文字的风度

辛峰 著

民主与建设出版社
·北京·

© 民主与建设出版社，2020

图书在版编目（CIP）数据

文字的风度 / 辛峰著 . —北京：民主与建设出版社，2020.7

ISBN 978-7-5139-3027-7

Ⅰ . ①文… Ⅱ . ①辛… Ⅲ . ①世界文学－文学评论－文集 Ⅳ . ① I106-53

中国版本图书馆 CIP 数据核字（2020）第 071708 号

文字的风度
WENZI DE FENGDU

著　　者	辛　峰
责任编辑	周佩芳
封面设计	陈　姝
出版发行	民主与建设出版社有限责任公司
电　　话	（010）59417747　59419778
社　　址	北京市海淀区西三环中路 10 号望海楼 E 座 7 层
邮　　编	100142
印　　刷	唐山楠萍印务有限公司
版　　次	2020 年 7 月第 1 版
印　　次	2020 年 7 月第 1 次印刷
开　　本	710 毫米 ×1000 毫米　1/16
印　　张	20
字　　数	305 千字
书　　号	ISBN 978-7-5139-3027-7
定　　价	69.80 元

注：如有印、装质量问题，请与出版社联系。

卷首语

正是那些我们内心里未曾被人听见的歌,培育了我们更为深沉的哀愁。也是那未曾被人听见的歌,塑造我们的灵魂成型,模制我们的命运。

可是那些低沉的歌声正来自最卑微最琐碎的生活角落,那些被尘封已久的经典,那些在寂寞的角落里等待一双孤独的手来开启的文字,更多的隐藏在我们最为敏感的神经末梢里,是夜晚的那盏孤灯照亮了我们幽微灵魂中的宁静与温馨。

深邃与宁静来得是如此不易,身处一个瞬息万变与快餐化的阅读时代,难得有人会与你一同去开启思辨,去寻找一个个曲径通幽的角落。离开象牙塔中那段孤独与宁静的心灵港湾,走进更加真切的红尘万千之中,你的思考便会显得犹其珍贵。直面现实、孤守书城,虽是一种最难的人生抉择,却也不失为一种最为幸福的人生选择。

——作者自题

序言一：成熟作家的基本功：有话要说，有情可鉴
左右

熟知辛峰多年，热爱辛峰多年，我们已经成了朋友，但作为文学上的朋友，我能为他做的，太少了。从他的第一部长篇小说《西漂十年》到他的评论著作《文字的风度》，我见证了他的勤耕与不易，也理解他的失望与落寞。在中国，在陕西，在西安，甚至在西查寨，他是一个很容易被人忽视的边缘人，被忽视的作家。这不仅仅是他的身世，他的相貌不扬，他的瘦弱个头等问题种种，在我看来，根源在于文坛的漠视与名利场的差使。既然我们无能为力，我一直对他说：往死里写，不断写，坚持写，这是你唯一的途径。

大多作家说写东西基于有话要说，我一般是怀疑的，但对于辛峰，我没有理由这样。他和我一样失去了一些上帝赐予人类基本的东西，比如听的能力与说的能力，一天到晚不说话肯定会憋得慌，于是他把自己的话从手里憋出来了，文字就是一种声音。这就是他数年来所积淀的"有话要说"：我在阅读与写作中，听见了上天赐予的声音，包括四处无人时的天籁，人山人海时的灵音。这是他作为作家最可贵的地方，也是特别的地方。

辛峰阅读宽泛，从古代到现在，从中国到外国，从红人到无名作者，只要自己喜欢的作品，他都会认认真真地记在本子里，然后搬到电脑上，再搬到报刊上，最后落成了书。写评论是一个讨苦吃的活儿，既要顾全作家的文字脸面，又要顾全作者的独立偏见。所幸辛峰的评论文章，带有大部分作家喜闻乐见的褒奖，也带有自己个性独立的偏见。全书如果说有一点不完美的地方的话，那就是他不善于给人负面的批评，不善于给人诤友意义上的建议，缺少大胆的冒犯。我理解这种写作，因为他的心中渴望阳光，也渴望正

面的能量，从他的世界里看见的，都是真的，美的，善的，换句话说，他患上了严重的文字洁癖。我欣赏这种洁癖，但又担忧这种洁癖：毕竟作家是高贵的群族，评论家也一样，我们有自己的立场，有自己的勇气和冒犯。评论的过程，尽一切可能把最美的地方展现给读者，也要把最突出的问题反映给作者，这样文学评论才能抵达它本身的意义：发现美的眼光和批评丑的胆量。另一方面，文学评论和文学理论，最大的差别就在于"理"字上，辛峰需要从"评"的层面升华到"理"的高度中去。

辛峰评论的对象，我一半以上都喜欢，苏童《妻妾成群》，余华《兄弟》《活着》，范小青《香火》，东西《后悔录》等中国一线小说家，读他们的作品我曾经也是有话要说的，但忙于生计奔波与各种写作，给耽搁了。读辛峰的洞见和敏锐，对文字的敏感与把控，对世界的顿悟与感知，对作家的解读，都有惊艳的地方，也有真挚的深意。虽然很多地方与我的想法是相左的，这根本不影响人们发现文章中出彩的发现与独到的发问。还有一些关于诗歌的评论，我读了，很好，但也觉得不够过瘾，对读者有所启发的地方也不够明显。至于其他文章我也细细品味了，深浅有痕，高低错落，血肉可感，足见辛峰在评论写作上的用心与追求。

我始终是把辛峰当作作家来看的，至于评论家这个身份，随着时间的推移，我坚信有一天会发出迷人的荣光，时间已经为他准备好了车票和行李。一个作家按照自己心中想说的话来写了，并把自己最真的感情表露出来了，这也就完成了文字世界里漫长而非凡的旅行。我也坚信辛峰在这段旅程中，所收获与体会到的，不仅仅是一部新著的诗意完成。

（作者简介：左右，陕西山阳县人，80后诗人、作家，现为华商报签约作家。曾获第六届珠江国际诗歌节陕西新锐诗人奖、青年诗人奖；第二届紫金·人民文学之星诗歌佳作奖、2014年度陕西奋进文学奖、第四届柳青文学奖、长安诗歌节第三届唐·青年诗人奖等奖项，2016年参加诗刊社第32届青春诗会，入选陕西省宣传部"百优人才"计划名单。出版诗集《地下铁》《命》《商洛诗八家》，和散文诗集《我的耳朵是一座巨大的寺庙》等八部。）

序言二：战栗的灵魂
柴治平

曾有段时间，辛峰的父亲频繁地打电话给我，命令辛峰回家，口气不容商量。我问："你让他回家干啥？"

"种地。"

"你让他种地，是想毁他一辈子。"我有点气不过，"好叔哩，你就不能安安生生地让他写文章？"

"天天写，我看也没写出啥名堂来。"

辛峰心宽，也从不当回事。由着他唠叨去。说句大逆不道的话，我们一生中最大的绝望，往往都是由亲人赐予的。

辛峰的父亲不会明白，写作也是一门手艺，是与血液交融的一门漂亮的手艺。在老一辈人的思想里，自古靠手艺吃饭的人多的是——引车卖浆，撑船打铁，刨土觅食，三教九流皆有各自厚实的活法。还没见过哪个人凭写文章能把日子过起来的。这种看似不切实际的活法彻底激怒了辛峰的父亲。当然，我们从未奢望靠写文章过日子，有如此能耐的人为数不多。在这混沌而欲望蒸腾的人间，写作是唯一守住自己的心灵不被糟践的方式。只为寻得活着的乐趣，孤独的慰藉。

作为知根知底的兄弟，我有时不免想，辛峰活该是为写作而生的。让他断了写作，等同抽筋扒皮，是索了他的魂哩。常言道：上帝为你关上了一扇门，必定会为你打开一扇窗。大地上须有万物生长，才彰显出它的蓬勃生机。来到这世上的每一个生命，都自有他的光亮。对于辛峰后天失聪这个话题，我本来思谋着想将它绕过去，但绕了好多次，终得直面。要说辛峰从小痴迷文学，直至今天的成绩，在某种程度上，是缘于失聪这一生命劫数的逼迫——他清楚退一步便是万丈悬崖。在寂静的角落里，他需要一种声音来触碰他灵魂的战栗，排除来自生活诸多方面的压力，文学成了他与这个世界快活的通道。他握着一支笔从黑暗写到黎明，写出满天霞光。上帝为他打开的那扇窗口里簇拥着夺目的光芒，仿佛在召唤着他展翅飞翔。

距离长篇自传性散文体小说《西漂十年》的出版仅仅间隔一年时间，辛峰再次捧出一部沉甸甸的三十多万字评论集——《文字的风度》，这并不惊讶。以他汪洋的阅读量，再凝聚爆发自己的写作，这完全在情理之中。

阅读是一个写作者必须具备的生活常态。阅读量则决定着写作者自身作品的眼界与格局。而事实上，能真正静下心来阅读的写作者寥寥无几，更别说对优秀文学作品进行甄别与品评了。阅读不是跟风，并不是媒体网络宣传的名作才去关注。富含矿藏的好作品是需要在阅读中去遇见的。它仿佛在等着心有灵犀的那个人。在利益割据，经济至上的今天，整日饮着清汤寡水的心灵鸡汤装腔作势的写作者多如牛毛。只一味图名图利，以文学的服饰掩藏粗糙，端起架子，强扮高雅。是否拥有写作的修为，从其作品一眼便可辨出一二。

不可否认，辛峰的一双小眼睛是独特的。他以它的犀利在如今小说海量生产的年代里，遴选出佳作，予以品评。他的勤奋令每个人汗颜。我们都有一双黑色的眼睛，有人看见了巍峨的高山，有人看见了一包土堆。阅读的高度不一样，阅读的心念更不一样，辛峰一直在不断地夯实自己写作的根基。文学路上无捷径，他老老实实作文，痴于与睿智的灵魂对话，来锤炼自己文字的成色。

每次辛峰来我的住处，半夜起解，迷糊中总见他趴在床上彻夜阅读。读至兴奋处，擂床大笑，似乎在对着一个人说话，聊兴正欢。平日里，逢上朋友相聚，辛峰必是嘈杂里最安静的一个。酒足饭饱之后，大家胡吹海谝，群情亢奋。他从不参与任何话题，除了为各位提壶续添茶水之外，便将自己随意靠在椅背上，微笑着看看这个，瞅瞅那个。时而仰首环顾屋顶，时而低头沉思。待到散场，大家才忽然记起了他，他则往往歪斜在餐椅上睡得正香。朋友们谝闲，无关痛痒，辛峰始终被热闹和无聊隔离。同时，他也少却了千丝万缕的烦恼与揪扯，更少了人际间利益冲突的刀光剑影。这种热闹的缺失，使他拥有了更多的时间接触智者的气场。

《文字的风度》是他面向空茫的生活发出的声音。他所遇见的每一部作品都是一位富于耐心的智者。他虚心学习，用心感受，在厚重的思想里徜徉。尔后不停地咂摸，便有了这部评论集的产生。基于此，辛峰的评论大多是从自我感情的角度上去品评的，常常呈现作品优秀的一面。按专业评论的标准来看，他的评论尚且缺乏对作品宏大背景及时代意义的深层次挖掘，缺乏用褒奖与批评的双重态度去看待作品。然而，正是这种善意的笔法，保持了对原作的一种尊重，对作家劳动成果的敬仰。也正是这种温暖的指引，诱发读者不断滋生阅读优秀文学作品的欲望。

毫不客气地说，面对生存的困顿，作为一位虔诚于纯文学写作者的辛峰，执着坚守精神的领地，在外人看来，这一切显得多么荒唐。在不堪的生活中，辛峰肩上所承受的重负，是多数人难以想象的。像极了路边一棵冷暖自知的草，脚踩石碾，霜打雷击，每一次的摧残过后，他毅然咬着牙挺直身躯，铺展自己旺盛的生命之绿。又不忘提着阳光的灯盏，凝成一部《文字的风度》，唤醒读者心底里逐渐荒芜的部分。

二十年的兄弟，辛峰生活里的每一个脚印都镌刻着拼命的挣扎、无法述说的憋屈、落寞的隐忍。或许只有写作和阅读的时光，才是他身心最惬意的时光。我有幸见证了他在文学道路上的每一份付出和收获。《文字的风度》无疑再一次奠定了他在青年写作者中对评论这一体裁写作的地位。大道无门，对于辛峰而言，除了用作品说话，他似乎再也找不到跟这个世界和解的方式。

（柴治平：80后，陕西彬州人。书法与文学兼擅，书法作品曾在全国各种比赛中获奖，有作品收录于《西部骄子》丛书；有文学作品见于《豳风》文学双月刊，现居西安。）

目　录

第一辑　先锋阅读

柔弱之美与缄默之爱
　　——读严歌苓《陆犯焉识》　002
一个小三与三个赌徒之间的爱情悲歌
　　——读严歌苓《妈阁是座城》　006
悲剧人格与黑色幽默
　　——评余华《兄弟》　009
一往情深
　　——读余华《活着》　012
关于命运
——兼论余华小说《活着》与《许三观卖血记》　015

男权社会下的女性悲剧
　　——评苏童《妻妾成群》　017
压抑时代里的河流密语
　　——读苏童《河岸》　020
泪光里的悲悯
　　——读苏童《碧奴》　022
王的忧伤
　　——读苏童《我的帝王生涯》　025

真诚的爱就是极端的恨
——评慕容雪村超人气新作《伊甸樱桃》 029
《相爱十年》与慕容雪村
——读《天堂向左，深圳往右》 032
王小波印象
——从《一只特立独行的猪》说起 036

第二辑　经典品读

黄土地中的人性纵横
——读王海《老坟》 040
直面当下现实的时代担当
紧贴社会底层的精神批判
——读王海长篇小说《城市门》有感 043
一颗没有被损害的佛心
——读范小青《香火》 047
绚烂的女性之美
——读《手铐上的兰花花》与《余震》 050
民间书写与平民情怀
——读贾平凹《古炉》 054
酸甜苦辣皆是味，悲欢离合尽归尘
——浅析迟子建小说中的爱情描写 058
"背后有人"
——读李佩甫《生命册》 071
一场徒劳的自我救赎
——读东西《后悔录》 074

02

荒漠里的人心

——读东西《篡改的命》 080

引导我们的永恒女性

——读毕淑敏《女工》 083

独一无二杨争光

——读《杨争光文字岁月》 086

那片荒芜的麦田

——读杨争光电影剧本《公羊串门》与《生日》 091

虚无的青春之城

——读路内《少年巴比伦》 094

另一种生命的光亮

——读蔡崇达《皮囊》 097

金钱至上 娱乐至死

——读阎真《活着之上》 100

一个原生家庭中的成长悲剧

——读池莉《所以》 103

一部晚清时期辉煌绚烂的秦商创业史

——读李文德、王芳闻合著长篇小说《安吴商妇》 106

文字的风度

——读《困惑与催生：雷涛文学演讲录》 110

爱的天堑

——读旧海棠《橙红银白》 114

当代文化处境下知识分子的内心挣扎

——读张者《桃夭》 117

道是无情却有情
——评胡性能中篇小说《消失的祖父》 122
不能擦去的爱
——读张华中篇小说《橡皮擦》 124
世间最残酷的温暖和最温暖的残酷
——读乔叶《最慢的是活着》 126
那些暧昧表象之下潜藏的最高理性
——读乔叶中篇小说《我承认我最怕天黑》 130
原罪与救赎
——读王十月中篇小说《人罪》 136
《孔雀的叫喊》
——关于三峡的传说 139
"半部小说"闯天下
——读张浩文《绝秦书》 142
乱世里的人心
——读孙见喜《山匪》 147

一个逆来顺受者的博大胸怀
——读陈彦《装台》 150
亦文亦哲周国平
——读周国平《岁月与性情》 152
今夜我无法入眠
——读郑小琼《打工——一个沧桑的词》 154
用命写作
——读左右的诗集《地下铁》 156
寇挥式阅读
——读寇挥《我的世界文学地图》 159

第三辑　风流人物

说不尽的张爱玲
——读《小团圆》侧记　164

品味不尽的末世苍凉
——读张爱玲《倾城之恋》　167

一场徒步旅行里的爱情
——读安妮宝贝《莲花》　170

美丽谎言底层的记忆空洞
——读张悦然《誓鸟》　173

伤感而唯美的青春序曲
——评顾坚长篇小说《元红》　176

于尘埃中立起的风骨
——读《刀尔登读史：中国好人》　179

一个人的舞蹈
——读冰水一度《A城B梦》　183

黄土地上那一缕灵魂的清芬
——评九零后青年作家王闷闷长篇小说《米粒》　185

关于孤独
——读沈浩波《每一栋楼里，都有一个弹钢琴的女孩》　189

淡定从容做自己
——读张清平《林徽因传》　192

第四辑　幽地文丛

一曲乌金岁月里的红尘挽歌
——读刘秀梅长篇小说《乌金红尘》　202

文学朝圣路上的两地书
——读韩晓英《鲁院日记》　205

黄土地上人性深处的雅歌
——评大漠《白土人》 209
深深地俯身于黄土
——读赵凯云《鄜州书》有感 219
真诚书写　庄严发问
——读程娟散文集《热土》 223
俯首做人梯，扬眉显铮骨
——读魏锋随笔集《微风轩书话》有感 226
从诗经之乡走来的歌者
——读席平均散文集《一个人的故乡》 229
寻找自己灵魂的高地
——读康桥《风在高处》 232
今宵别梦寒
——读微微远枫古体诗《谁知山中冷》有感 236

第五辑　外国经典

生不同裘死同穴
——读罗伯特·詹姆斯·沃勒《廊桥遗梦》 240
战火中的爱情悼词
——读海明威《永别了，武器》 243
寻找瓦尔登湖
——读戴维·梭罗《瓦尔登湖》 249
梭罗与超验主义
——《瓦尔登湖》阅读笔记 252
莉迪亚从来就没在这个世界上活过
——读华裔女作家伍绮诗长篇小说《无声告白》 255

假如给我三天的光明
　　——读海伦·凯勒自传《我的生活》　258
绝望与新生：另一种灵魂的自我救赎
　　——读格雷厄姆·格林《命运的内核》　266
关于安娜命运的思考
　　——读托尔斯泰《安娜·卡列尼娜》　274
传说，每个人的灵魂只有21克
　　——读艾丽丝·门罗《逃离》　276

第六辑　书边语丝

我有一个梦想
　　——我的阅读故事　282
疼痛的青春
　　——关于席慕容，也说诗歌　285
不朽之途
　　——写在陈忠实老师逝世之际　289
"吉禾"精神
　　——与周莉老师的"共"读岁月　291
阅读是灵魂的密语
　　——西安十点钟读书会活动侧记　294
秦岭女子
　　——孙亚玲散文印象　298

后记：一个人的阅读史　300

第一辑　先锋阅读

柔弱之美与缄默之爱
——读严歌苓《陆犯焉识》

　　当我开始读这部小说的时候，四月的春风正弥漫在图书馆一排排浩大书架之间，从期刊阅览室取下长篇小说专号，我对自己此时能否阅读完《陆犯焉识》仍然怀着一种疑问的态度。首先是因为它太长了，长的我无法在短暂的时间里去咀嚼它。其次是因为自己这段时间经常陷入一种无序的忙乱之中，从而让自己先前的耐心细致的阅读享受变成了一种走马观花的浏览与漫不经心的猎奇。而这两个原因对于长篇小说的阅读来说都是一种大不敬。

　　将这本长篇小说专刊拿回住处，我经常在午夜十二点之后才能静下心来进入故事，走入作者精心布局的小说环境之中。于是陆焉识这个人物开始在我的面前悄然复活，他时而活跃在上海十里洋场的靡靡之音里，时而奔走在美国大学的精神殿堂中，又时而辗转于上海富户望族的妻妾成群之中。再等我打个盹的瞬间他便成了上海大学里的知名教授，像我们的周总理一样精通多国语言，且风流倜傥，人见人爱，花见花开，更令自己的妻子冯婉喻为之痴心守候，无怨无悔。

　　如果故事这样讲下去也就毫无新意，落入俗套了。只是此时作者笔锋一转，让昔日风流倜傥的天才教授、豪门公子一转身便成了被判无期徒刑的老囚犯，而且被送往海拔四五千米的大荒草漠，这一去就是二十年。二十年间老囚犯凭着自己的天才智慧和顽强的意志活了下来，并在这二十年中追忆自己此前的锦衣玉食、风流成性的生活，缅怀生命中所遇到的几个女人，最后终于彻悟原来自己真心所爱的女人就是自己的妻子冯婉喻，一个被家族的继母强塞给他的女人。曾经为了躲避这个塞给自己的情感包袱，他只身留学海外,在大洋彼岸的高等学府风流成性,追逐自以为是的爱情与自由。而这个女人,却在见到他的那一刻起就全身心地做着一个妻子所能做的一切,忍辱负重又心怀欢喜,战战兢兢又满怀期待。如今,因为陆焉识教授无所顾忌的言论将自己推进了政治与党争的漩涡,落入别人的陷阱而成为"主义"的牺牲品,身背重大政治犯的大帽子,让全家陷入万劫不复的境地。而这一切的一切只是因为风流倜傥的陆教授仅仅是一个只懂学问而不问政治的人,严谨的治学态度和满腹的诗书锦绣是他引以为傲的立身之本,却也是他此生坎坷不幸的根源所在。

陆焉识究竟是一个什么样的人,这是我此时此刻最想了解的问题。在他的生命中曾经有过意大利血统的贵族女友旺达,曾经有过如韩念痕这样痴心不改为他颠沛流离的重庆女子,那么为什么他却始终放不下一个冯婉喻,一个在他的心目中原本只是一个被恩娘强塞给他让他失去自由的累赘。

在黑暗而冰冷的大荒草漠,陆焉识开始在苦寒的环境之中,拂去重重虚假的光环和物质的迷雾,审视自己的内心归属。这个时候,只有冯婉喻的身影与脸庞在他的内心之中变得更加清晰。在他们仅存的那些相守的日子里,她对他的服从与付出,她对他明里暗里的体贴与关怀,都穿越漫漫长夜的时空隧道复活在他的心中。此时,陆焉识才开始真正地认识冯婉喻的美丽,认识冯婉喻的干练与坚韧,还有她对自己长达一生的守候。为了这守候,陆焉识精心策划逃跑又为了不牵连冯婉喻和孩子而终于自首。为了这守候,陆焉识在漆黑的牢狱之中盲写情书,几近失明。为了这份守候,陆焉识从一次次的死亡线上挣扎着活了下来,用尽各种办法与凶残的犯人斗智斗勇,与用心险恶的劳改干事周旋、甚至与自然的冰雪奇寒和荒凉的冰雪之上的野狼搏斗。精神的匮乏、政治的严苛、犯人间的相互围猎与倾轧,终使他身上满布的旧时代文人华贵的自尊凋谢成一地碎片。当陆焉识终于归来,饱经思念的陆焉识和冯婉喻终于可以团聚,然而回到上海家中的陆焉识却发现岁月和政治彻底改变了他的生活,他再也找不到自己存在的位置:一生沉沦、终成俗庸小市民的儿子一直排斥和利用他,才貌俱佳、终成大龄剩女的小女儿对他爱怨纠结,态度几经转变,唯一苦苦等待他归来的婉喻却在他到家前突然失忆。

此刻，只有陆焉识写给婉喻的信是他们曾经情感至死不渝的明证。两个人等待了二十多年，到了终于相见的那一天，却成了日日相对不相识。这种情感的凌迟之痛也只有历经大荒草漠牢狱之苦的陆焉识能够从容面对。失忆的婉喻，内心变得如同婴儿般懵懂，唯独对焉识的等待和痴情永不变色。虽然焉识就在面前，她却把他当作了另一个人，对他来诉说自己所等待的那个焉识的所有眷恋。

至死，婉喻都没有完全地清醒过来。虽然焉识就在她的身边，处心积虑地为她复原了曾经的家的模样。让她置身一个曾经熟悉的环境之中，期盼她能够真正地苏醒，明白此刻的陪伴之人就是她所苦苦等待的那个人。然而，直到临终，婉喻还在等待。

她问：他回来了吗？

回来了。焉识回答她。

还来得及吗？她说。

来得及的，他已经在路上了。

哦，路很远的。婉喻最后这句话是在袒护她的焉识：就是焉识来不及赶到，也不是他的错，是路太远。

至此，故事已经到了悲凉的境地，也到了令人心碎的境地。两个原本相爱的伴侣，一定要等到了分离，他才能明白她的真与美，她的纯粹、优雅与白璧无瑕。他为了这份忏悔，让她和他一起经受了几十年的自然苦寒的煎熬、战争动乱的煎熬，政治主义的绞杀，最后却只落得个对面相见不相识的凄惨下场。

严歌苓笔下细腻入微的心理与场景描写把世情人心剖析的淋漓尽致，也把一个女人的痴情在波澜不惊的笔触里写得让人惊心动魄，更把一个老囚犯的风流倜傥、失魂落魄甚至于斯文扫地和心灵忏悔刻画的入木三分。作为好莱坞的编剧，严歌苓对故事的叙述从来都是精巧布局，情节衔接精当。而其细节的描写，情感的贯穿力度和语言的温婉多情、摇曳生姿都有着其自身一脉相承的火候与功底。严歌苓热衷于历史题材的叙述，善于在波澜壮阔的历史图画中塑造一个个具有传奇色彩的小说人物。

《陆犯焉识》中陆焉识和冯婉喻都是非常出彩的人物，而尤其是冯婉喻看似配角,实则充当了全文的灵魂。她让我们见识到了一个安静如水一般的女子精神上的强大气场,正是她在不动声色之中在将全文的故事情节一步步推向纵深,让我们感悟柔弱之美和缄默之爱的伟大。一如当冯婉喻把丈夫活在了自己的身体里,她失不失忆,丈夫回不回来,于她而言都已没有差别。而守在她身边的陆焉识,没有强迫妻子与自己相认,他的沉默与等待是顾忌妻子的最佳证词——怕惊吓了她,怕任何闪失再错过她,这是只有失去过又拼了命想得到的人才能懂的心境。

一个小三与三个赌徒之间的爱情悲歌
——读严歌苓《妈阁是座城》

  严歌苓的《妈阁是座城》从严格意义上来说只能是一部情感小说,妈阁这座赌城只是小说的发生环境,也是女主人公梅晓鸥所生存的环境。在这个环境里梅晓鸥遭遇了她生命中的三个男人,这三个男人在遇到梅晓鸥的时候都已是万人敬仰的成功人士,他们身家万亿,有家有室,事业也正到达了其辉煌的顶峰。然后他们带着一掷千金的气概来到赌城妈阁,梅晓鸥此刻就是他们走入赌城妈阁的牵线人,也是赌城的中介人。她将赌客引入妈阁的赌场,然后将他们一个个从赌客培养成为赌徒、赌棍,最后作为债权人跟他们收账。正像严歌苓在小说里所说的那样,梅晓鸥只是这赌城千千万万个职业中介中最普通的一个叠码囡。

  梅晓鸥为什么会成为叠码囡,这正是严歌苓要向我们娓娓道来的故事。

  梅家上溯五代到梅晓鸥的祖爷爷梅大榕本身就是个赌棍,当梅晓鸥的祖奶奶梅吴娘嫁给他的时候,正是他从海外的番邦淘金归来的时候,梅大榕将淘金的所得全输在了从番邦回来的海轮赌场里,输而复去,归而复赌,梅大榕最终还是输得一败涂地最后跳海身亡。梅吴娘因为恨赌,因此也恨上了赌博的男人,她买通接生婆将自己所生的每一个男孩都掐死在了第一声啼哭到来之前的时刻。只有最后一个男孩被公公婆婆抢救了下来。

  梅晓鸥生于离异的家庭,在父母离婚之后她跟着母亲和继父生活。继父是一个生活上一塌糊涂的中文教授,时时刻刻咬文嚼字,因此虽然梅晓鸥门门功课优秀,也依然不愿意考取大学,叛逆的她只身远走北京混迹于打工人群里,坚持着自己的尊严与人生。就在这时候梅晓鸥认识了她生命中的第一个男人，卢晋桐。这个出身清白的男人和梅晓鸥在一起的时候确实对她爱护非常，无微不至。但是卢晋桐也是一个有家室的男人，这一点梅晓鸥没有计较。为了和卢晋桐在一起梅晓鸥和他一起努力学习英文，一起留学美国。可是就在这里却发生了梅晓鸥一生也不愿意面对的悲剧。卢晋桐在美国的赌城拉斯维加斯输掉了一切，此时正值梅晓鸥怀孕的时候，卢晋桐却让他们面临着露宿街头的惨景。在打胎的最后关头她终于还是被卢晋桐赶来制止了，或者说是她一直在等着卢晋桐赶来制止。之后她和卢晋桐分手带着怀孕之身回到了妈阁，为了养活孩子，她终于还是没有逃离家族的宿命，和赌城结下了不解之缘成为一名叠码囝。

　　作为一名叠码囝的梅晓鸥虽然时时内心怀着一种罪恶感，可是为了自己和儿子的生活衣食无忧她忍受着内心的挣扎，作为赌城职业中介之中的唯一女性从业者，绞尽脑汁地与形形色色的赌徒斗智斗勇，保卫着自己的生存阵地。京城地产大鳄商界精英段凯文就是在这时候出现在梅晓鸥面前的，开始他气质不凡、出手阔绰且风度翩翩、英俊潇洒，确实让见识过无数赌场精英的梅晓鸥刮目相看。甚至她们之间一度产生了一种暧昧而不乏温情的情愫和在妈阁海风之中徐徐荡漾的浪漫，只可惜这一切都是浮华的物质迷雾之中的附属物，一旦海水退去迷雾散尽，展现在大众面前的仍然是赤裸裸的金钱角斗。

　　史奇澜则是梅晓鸥生命之中最重要的一个男人，梅晓鸥对这个男人的爱在最初的最初只源于史奇澜那一双在雕刻艺术造诣上能够鬼斧神工、无所不能的手，这是一双什么样的手呢，他修长细腻，富有一种音乐的律动和心灵的震颤，这双手时时刻刻在引导着梅晓鸥的灵魂和意志去偏离她的理智判断只是跟随一种心灵的自觉去判读和处理他与她之间剪不断、理还乱的经济与情感纠葛。所以纵使他用这双手在赌桌之上输光了亿万家产，还因此欠下了自己 1300 万的赌债，她也依然无法任他自生自灭。

　　当然我们不能否认史奇澜是爱梅晓鸥的这一事实，为了证明这份爱他甚至不择手段欺骗自己的远房表弟将其引入圈套，用表弟的输去还梅晓鸥的赌债。在输得一无所有众叛亲离之际，也只有梅晓鸥愿意在他东躲西藏的境况下将他从泥潭里拖出来，然后给他信任，给他爱，给他继续进行艺术创作的资本与能力，将他从比死亡更悲惨的境地里拯救出来。可惜的是，他们也只能在这样亡命天涯的逆旅之中做一段露水夫妻。因为史奇澜还有一个发妻陈小小和他们的儿子,所以尽管付出了能付出的一切,梅晓鸥最后还是只能得到一个孤独的结局。

段凯文与梅晓鸥之间的结局却是另一种人性的背叛与救赎之间的角斗。也许从一开始段凯文就将梅晓鸥当成一块可以利用的跳板,利用她在赌城的信用额度来不断地填补自己豪输的亏空,然后把所有的债务留给梅晓鸥。在梅晓鸥和他之间为收债产生的所有斗智斗勇的过程里,他一次又一次地利用梅晓鸥的恻隐之心,不断地将自己逼入道德的绝境之中。从一个享誉世界的建筑精英、地产大鳄到一个亡命天涯隐姓埋名的赌徒,从一个忠诚尽责的丈夫与父亲到一个输尽家产名誉扫地发妻被逼得中风瘫痪的逃犯,这是段凯文的人生答卷。尽管梅晓鸥在一次又一次地给他翻身的机会,只是他已经丧心病狂,无力回天。

故事的结局是梅晓鸥在史奇澜回到多伦多和家人团聚之后,也终于带着儿子定居多伦多。只是这是在卢晋桐身患癌症晚期死亡之后的事情了,这也是在她所相依为命的儿子竟然背着她去豪赌被她发现并点燃了赌博所赢的数十万港币让其醍醐灌顶下跪认错之后的事情。儿子的赌是给失去史奇澜的梅晓鸥的又一次惨痛的打击,从而让她认识到妈阁这座城的罪恶,也认识到自己所从事的这份职业的罪恶,在她眼睛之下成长起来的儿子竟然对赌博那么熟练,这让梅晓鸥在惊悸之时更多的是痛心,这是对她和卢晋桐之间的爱情的痛心,也是对自己教育失败的痛心。所以她不顾一切地在儿子面前点燃了数十万的赌资,甚至差点让她和儿子一起葬身火海。最终儿子的痛悔才让她清醒了过来,也让她下定了离开妈阁这座城的决心。

在梅晓鸥和三个男人的情感纠葛中,卢晋桐是她伤痛难忘的初恋,段凯文是她一段神情恍惚之际的精神出轨,而史奇澜则是她爱恨依依的情感归属。虽然史奇澜无法和她在一起,但是他们能够老死在同一座城里也算是心有所慰了!

这也是一个女人对三个男人的情感救赎。对卢晋桐,梅晓鸥用的是亲情,是儿子在他临死之际的陪伴与照护。对段凯文梅晓鸥用的是一个女人对一个男人的才华和生命的怜悯与同情。而对于史奇澜,梅晓鸥用的是爱,是一种飞蛾扑火的牺牲,这牺牲最终让史奇澜戒了赌,回归了自我,也成全了他们的爱情。这才是整部小说之中最动人的那一部分,那就是:用爱拯救了爱!

悲剧人格与黑色幽默
——评余华《兄弟》

　　终于一口气读完了《兄弟》下部，心胸间涌动的却是无限的悲凉，然而我也终于读出了余华漫画式笔法下那生命的多彩与局限来！

　　李光头的暴富是我们意料之中的，而宋刚的曲折人生与悲壮结局又一次地令我为之唏嘘感叹了！李光头的父亲掉进了粪池被淹死了，但李光头没有继承父亲的命运，而宋刚悲惨壮烈的死亡却与父亲宋凡平的死如出一辙！

　　宋凡平是在得到了李兰的爱情之后在幸福中死去的，宋刚则是在失去了对林红的爱情的悲伤中踏上死亡之路的，这种鲜明的对比凸现了爱情在这个时代中的珍贵与稀缺，"文革"中的浩劫没有让宋凡平失去对爱情的信仰，而改革开放到来的的浮华与世俗却动摇了宋刚对于爱情的信仰，让他在自卑与惭愧中走向了那滚滚车轮下的死亡之轨。两代人的生活，宋凡平与李兰的爱情在悲惨的岁月里患难见真情，而宋刚与林红的爱情在风雨飘摇的商业洪流里被冲刷得如同浮萍野草，也如同那虚伪而又肮脏的人造处女膜一样，失去了本身的价值，成为了一种对爱情的最大的亵渎与嘲讽！

　　下部的重心是兄弟情谊与爱情之战，展开在林红、宋凡平与李光头之间，形成了一种奇特而又荒谬的三角恋爱。这恋爱本身的竞争是公平的，但在金钱与情欲的诱惑下最终还是严重地倾斜了。宋刚将自己的一生都押在了一个女人身上，这是他人生最大的成就又是最大的悲剧。他将爱情看作生命里唯一的信仰，甚至为此而丢失了自己的文学理想，丧失了一个男人本应有的雄心壮志，因此，他的生活也就不可弥补地要陷入一种迷途。因为爱情是一种易碎品，当生存的课题变得紧迫的时候，再加之他本人内向的文人性格,他对林红的一味顺从与无主见将他逼上了生活的困境。社会格局变动,下岗失业之时他便成了彻底的弱势群体。他终于失去了一个男人的虎虎生气,多了的只是几分懦弱,几分无奈!他太过于忠于自己的爱情,而又太不爱惜自己的身体,他的一味忠厚将他限制在了一个无形的圈子里,让他进退不能。所以,他的死亡不能不说是有些悲哀了的!

然而,他也刚强过。为了自己的爱情,他甚至不惜与兄弟断绝往来。在李光头得势之时,他又放弃不下自己的尊严。一味的硬撑,终于让他失去了健康的资本。在这个时候,悲剧的结局就已经埋下了!而在宋刚的骨子里却是文人的本质,他太自尊,不肯向兄弟低头,却宁愿去出门远行做自己不愿意做的商人,这就给李光头留下了可乘之机!然而,他对于爱情的忠贞,他的忍辱负重,他的重情重义,却使他的个人形象在这所有的局限中绽放出了另一种人格的魅力,这就是悲剧人格的魅力!

李光头对于爱情也可谓执著,甚至有点无赖,但这是个能够狠毒的人,是个可以在这个时代成就事业的人。他有着自己的做人原则与底线,他只忠于他所爱的人。他表面上是个彻底的无赖,但骨子里却是个坚强的英雄式的人物,有点像西班牙塞万提斯笔下的唐吉诃德,但明显却是个中国式的唐吉诃德。他有着勃勃雄心,他果敢而智慧,他也颇具洞察力与执行力。他该软时软,该硬时硬。他懂得"欠债还钱"对债主可以打不还手骂不还口,可对于赵诗人、刘作家之流他毫不手软,照样揍人虎虎有生气。只是,林红是他生命中的"硬伤",也是兄弟情谊的"硬伤",她就像一根导火索,最终点燃了这场蓄势多年的战争。

然而,林红的个人形象却是一个很世俗的女人。她不爱李光头却在金钱和情欲面前投靠了他。她爱宋刚最后还是背叛了他,而且是在他最需要她的时候。她的背叛给了宋刚最致命的打击,也给他的爱情信仰近似崩溃式的摧解,让他为她一死不成再死终成,他升向了天堂,却把另一种无形的地狱留在了人间,让她和李光头背上了永远的精神十字架,把他们钉在了灵魂的耻辱柱上!李光头的武功全废,李光头的清心寡欲,李光头的无限悔恨的后半生……他即使守着金山银山,却再也不能雄心勃发了!

兄弟情谊历经了苦难的青春,分裂在爱情的竞争里。然而,兄弟情谊还是兄弟情谊，即便"天翻地覆慨而慷了"，即便"生离死别了"。只是，一个女人林红，犹如爱情的红色，在兄弟情谊的天平上充当了一个特殊的砝码，从此争乱起，人心变！只可惜林红不是圣女贞德，也不是孟姜女，她只是长得漂亮了一些而已，虚荣了一些而已。

应该说，这是一场兄弟之间的爱情保卫战，只不过谁胜谁败此时已不再重要，而我们也不知道究竟是宋钢以自己的死保卫了自己的爱情，还是李光头以自己的"活"赢回了自己的初恋？但结果无疑是令人悲伤的，宋钢离世，一切成空！宋钢用死亡的方式再一次赢得了自己的爱情信仰。他也相信，自己的爱情还是在的，自己的兄弟也还是兄弟。只不过这些情谊幻化成了另一种人生的哲学，这就是悲剧人格！

世人熙熙，皆为利来，世人攘攘，皆为利往。当处女膜成为一种暴利，当物质当头，拜金主义嚣然而行，像赵诗人，刘作家之流，摇身一变成了商业社会的御用文人，灵魂被洪水淹没，当年的苦难成了李光头生活中的最后一抹阳光，宋钢的亡灵也成了孤儿李光头情感生命里最后的维系。无父无母，无妻无子，孑然一身，缅怀苦难也就成了一种生活，这个时候物质又成了身外之物。世事轮回，余华以自己的笔触道出了人世的艰辛，道出了爱情与亲情的矛盾冲突，喜剧的情节里是悲剧的底色，不知道黑色幽默是否能概括这种余华式风格！

然而，余华的局限就在于他的文章里过多地集结了时下的各种流行元素，诸如暴力、无厘头、性，甚至一些数据换算的情节和慕容雪村的《伊甸樱桃》有一拼，多了一份急功近利，少了一份精益求精，这确实应该引起作家们的思考和警惕！

一往情深
——读余华《活着》

　　在我喜欢的作家中，余华一直以来都占据着极为重要的地位。虽然，他在国内并没有被茅盾文学奖所青睐。但就世界文学中的影响而言，他无疑是中国当代作家中数一数二的人物。他的长篇小说《活着》和《许三观卖血记》，已经成为中国当代文学中的经典之作被读者广为传颂。

　　在《活着》这部小说中，福贵这个人物是中国千百年来劳苦大众直面人生苦难的典型。这个在少年时期历经花天酒地甚至穷奢极欲的花花公子，当终于因赌博输的一无所有的时候，当他生命中的物质拥有被命运的大手剥夺之后，余下来的日子才是能够让他看清生命本质的时间。的确，在每个人的一生中，我们究竟为什么而活着，这是一个困惑许多人一辈子的问题，也是许多人至死都没有透彻和明白的人生命题。我们是为了爱情，为了事业，为了亲人，还是仅仅只是为了自己？我们这样辛苦地活着，接受着命运之中突如其来的种种幸或不幸的摆布，我们是这样地被围困其中又无能为力，我们究竟是为了什么而活着呀？

　　福贵输掉了家产、土地、房屋，当他彻彻底底地成为一个一无所有的穷人之时，他身上原本的狂妄和骄纵之气也跟随着那些曾经的财富一去不返了。这个时候，他才发现父亲虽然口口声声骂着他，却仍然费尽心思地在教育他，让他挑着铜钱担子去还赌债，接受苦难的教育，明白生活的担子究竟有多重。而母亲依然爱着他，妻子更是不离不弃，女儿乖巧懂事。我们也许可以这样说，在丢失了物质财富的时候，福贵才真正地认识到了亲情和爱情的美好，在感动和自责中，他的人生道路正在回到正轨上来，他内心中那些曾经盘桓不去的贪欲开始被一种生命的良善所清洗。就在这时候，命运把他抛进了乱世战争的汪洋大海。枪林弹雨、忍饥挨饿中他没有死，那是因为他的内心之中始终有一个家在呼唤着他。动乱社会的残酷生死考验更加明确地让他懂得了活着是一件多么艰难的事，死亡又是一件多么容易、甚至随时随刻都可能到来的事。

当福贵在归家之后的日子经历了儿子被抽血而死的悲痛，在听闻当年战友当了县长的春生因经受不住"文革"小将的折磨上吊而死时，他对妻子家珍说："一个人命再大，要是自己想死，那就怎么也活不了。"这应该是福贵自己的生存哲学，是他在经历了种种的生死之后对人生的彻悟。中国民间一直有着"好死不如赖活"的口头禅，乡土上生活的农民在吵架的时候经常会骂对方："看谁死在谁前面呀"，而我们在生活中与别人较劲的时候也会说"笑到最后才是胜利"。活着，千百年来在中国人的眼中，就是让生命延续下去，让香火流传下去，让生命中那最简单也最可贵的亲情和爱情延续下去。除此之外，还有什么呢？

在文章中经历了一双儿女、女婿与妻子的相继死去之后。福贵依然能够坐在田头对着作者说："家珍死得很好，死得平平安安、干干净净，死后一点是非都没有留下，不像村里有些女人，死了还有人说闲话。"此刻，余华说："坐在我对面的这位老人，用这样的语气谈论着十多年前死去的妻子，使我内心涌上一股难言的温情，仿佛是一片青草在风中摇曳，我看到宁静在遥远处波动。"后来，外孙苦根也死了，只剩下一头和福贵同样老得快死的黄牛陪伴着他度过余留的岁月。

与其说死亡在余华的笔下被写的如此波澜不惊、一往情深，还不如说是福贵的命运在岁月的长河中自己讲述着自己。千百年来生活在这片土地上的万千农民正在用自己的肉身和骨头，波澜不惊地向我们呈现着自己直面生死的态度：一往情深。

我想，正是这个词。我们为什么而活着，那是因为我们对生命的一往情深，是因为我们对这个世界的一往情深。这情之中饱含着我们对生命的信仰、对这血肉之躯的宗教般的热爱，我们对人的价值的肯定、追求和向往。

在关于《活着》的读书会上，谈到当前个人应该保持一种怎样的生活状态之时，大家不约而同地谈到了勿忘初心、保持童真以及简朴生活。在一个物欲横流的时代里，我们要让精神归位，就不能让物质全部占据我们的生存空间。我们要清除生命中多余的东西，只留下最简单的。如此，阳光才能照进来，清洁的空气才会愉悦我们的身心让其清爽、整洁，生命中那些本真的元素才愿意长久驻扎在我们的心房。

关于命运
——兼论余华小说《活着》与《许三观卖血记》

命运,这个词语本身就有一种宿命色彩。

在命运面前,大多数人都是弱势群体。我们很难去掌握自己的命运,一个个生命就像大海里航行的孤舟,处于一种风雨飘摇的状态里,随时都可能倾覆。所以,当我们提出是命运选择我们,还是我们选择命运这个命题的时候,肯定有很多人在嘲笑我们的无知。

人类的生命就像海上的浮萍,在命运面前很多人只能逆来顺受。选择的范围是很小的,选择的机会更是少得可怜。但每个人必须争取活着,争取生存的机会。生存与命运的关系太过于沉重,所以很多人从来不去想它们究竟是什么样的,可当夜晚之中灵魂苏醒之时,我们仍然会情不自禁地想去展望自己的明天,渴望掌握自己命运的主动权。

人类的命运说穿了也就两个字:活着。如果我们真的想去了解命运的真实状态,那么我建议你去读一本书,这本书的名字就叫做《活着》。在这本书里有一个叫福贵的农民,他能够告诉你活着究竟是怎么回事,究竟是一种什么样的生命状态。这个叫福贵的农民早年的时候是个纨绔子弟,他挥霍掉了一份很殷实的家业并在气死自己的父亲之后,才明白自己将要面对一种赤贫的生活状态。随后他被国民党拉了壮丁,打过仗又死里逃生。然后,他眼看着自己的亲人一个个在贫苦和病痛中死去,带着对亲情的眷恋离开人世。此时,他真正体味到了命运的滋味,但他此刻所拥有的,只能是一种痛楚之中的承受,承受命运对自己的选择。这是一部深沉悲凉、深刻残酷的作品,但却闪耀着人性的永恒光辉,因为这是中国农民普遍的生存状态,所以也最具代表性,它所传达的是对生命的悲悯和敬畏,是对于命运深刻的理解和承受,是深深震撼我们灵魂深处的悲情力量。

  命运是最具悲壮意味的,也是我们人类始终关注和试图了解与掌握的东西,但所有的结果都表明它又是最不可掌握的。也许我们还可以想到像哈姆莱特与安娜·卡列尼娜的命运,但我们所看到的《活着》却是我们民族的人民生活最真实的表达。也许你还可以看看余华的另一部作品《许三观卖血记》,它向我们传达着同样的思考,更是中国农民千百年来生存状态的真实揭示。一个农民在无数次的灾难中只能用卖血的方式养育自己的家庭,让它在生死攸关的时刻渡过难关,这部作品中有他十二次卖血经历的描述,在诙谐与幽默的语言里我们所体味到的却是带笑的泪。

  农民对命运的选择就是如此,一种不做选择的选择,一种逆来顺受的承受,用自己的血去救赎自己的灵魂,从而在朴实无华中走向了生命的最高境界:朴素的高尚。他们是不自知的,在不自知中他们反而愈发地崇高,从而显示出了一个民族的品性。这就是我们的父辈,教给我们对待命运的态度,自己在苦难中去救赎自己的灵魂。

男权社会下的女性悲剧
——评苏童《妻妾成群》

苏童的文字有一种女性的幽怨，如同闺中少妇的琴声，浅吟低唱里便道出了一段如泣如诉的美丽故事，《妻妾成群》正是如此！

程颂莲这个新式教育下的女学生因为家道中落，又不能过一般下层女子的生活而误入富商陈左迁的妻妾之中，成为其中的姨太太，从此把自己的美丽青春和爱情梦想埋葬在了阴沉凄冷的后花园里，也埋葬在没落时世的礼教宿命里。

她的天真与傲骨，是一点点地在陈左迁的家族恐怖中被消磨掉的。在无聊的争斗和无休止的妇人之争中，她最终沦落为一名世俗而又心怀梦想的少妇。只是她的灵性变成了狠毒和勾心斗角，她的心里最后只剩下了恐怖，剩下了阴冷。三姨太梅珊的死给了她致命的打击，也让她明白自己落进了一个怎样的陷阱，这是一个有着物质满足但却充满腐朽和淫荡的地狱，是一个填满了冤魂的悠悠古井，一如梅珊的死亡！

大太太是个吃斋念佛、不动声色的统治者，她统治着这一群妾，以正宫自居，阴冷死板的面孔里是坟墓的阴气。二太太笑里藏刀，为了在这个地方生存下去，什么也能做，低贱、狠毒，却也是最可怜的；三太太梅珊，出身梨园，风骚美丽，却最终落得埋身古井的下场。剩下了颂莲，这个颇有新时代知识和美貌的女子，也是疯了，是被吓疯了。被旧制度的阴冷无情和残忍可怕吓疯了，被后花园的秘密和古井中的幽幽冤魂吓疯了，更被旧的没落的礼教和世俗扼杀了灵性！

她进入陈左迁的后花园，凭借自己的美丽、聪明，机警地在这一群妻妾之中占得了一席之地。但她的内心仍然是善良的,她忍受不了残忍和阴冷的环境,她寻找爱情渴求获得情感的温暖,与大少爷飞浦之间保持一种微妙的情感。但他却是懦弱的,他恐惧这个地方的一切,最后终于一个人远走他乡。她没有依靠,却因着对于这个后花园里一切事物的好奇在解开了一个个谜团之时自己也被吓傻了。缘于一个女子本身的善良,她忍受不了这些真实可怕的丑恶与残忍,忍受不了这光鲜外表之下的肮脏。在经历了与艳儿之间的争斗和梅珊的死亡后,她终于崩溃了,崩溃在了这个后花园的紫藤花架之下。

梅珊的白衣歌舞象征着一种阴魂不散,而在陈左迁的贪欲如海面前,颂莲的疯似乎是必然的,因为任何善良的心灵都忍受不了一种变态的疯狂与纵欲。

梅珊优美的清唱是颂莲在疯后的日子里心中唯一的怀念,古井里的幽幽清波是她灵魂里的清影。如果颂莲不疯,她也必将成为第二个梅珊。因为秘密的不可告人,腐朽的内里更需要光鲜外表的遮掩!大太太维护着这个没落家族的光鲜外表,维护着陈左迁的名声,狠毒残忍是吃斋念佛的她伪善面孔下的本质,更是陈左迁的本质。而她自己,又何尝不是这妻妾成群中的一员呢。可惜她的灵魂早已腐朽,在后花园里日日吃斋念佛的她,只不过是一具行尸走肉罢了!

应该说苏童笔下的《妻妾成群》是《红楼梦》传统的延续,是女性悲惨命运的悲歌,是随着礼教的靡靡之音在末世的民国传唱的另一种生命的凄凉!我喜欢的只是苏童笔下的唯美与哀婉,是那种氛围里女性的美,比如梅珊清唱里的悲戚与绝望,紫藤花架下的冷风飒飒,这种情调里弥漫的其实是一种末世的苍凉与冷艳!

这也是男权社会下女性的悲哀,小说之中的女性都是丧失了自身独立与尊严的弱者,是将自身依附于男权的个人。虽然颂莲是新式教育下的女子,但她追求个性独立与理想爱情的愿望并没有实现。她是喜欢飞浦的,飞浦也是喜欢她的,但是他们都受到家族礼教和社会的局限,在陈左迁的阴影下生活。在这样等级森严的社会下,独立与平等和女性的自由与爱情是被完全忽视了的,甚至就连她们自己,也早已忘记了尊严与人格的存在,这才是深墙大院内女性悲剧发生的根源!

  那么,我们也应该思考,在今天的生活中,男权的阴影是否还在发生着这种作用和影响呢?在不发达的地区,女性的独立与自由是否真的如我们的宪法上所说,认识到了自身的人格与尊严的存在?

压抑时代里的河流密语
——读苏童《河岸》

读苏童的《河岸》，感觉这部作品和苏童以往的风格有很大的区别，没有了往昔的那种委婉哀伤，细腻婉约。倒是有几分粗糙生硬，不知道这是"文革"年代的历史环境使然，还是作者的刻意而为。

应该说《河岸》是一场压抑的性苦闷与性惩罚的斗争，也是一曲暗恋的歌谣与追寻母爱捍卫母爱的悲歌。库文轩、库东亮父子的河流漂泊、无岸可依，代表着真爱的放逐，是整整一个时代里人们心灵的荒芜史。

小铁梅慧仙的成长史和库东亮的童年与青春完全对立的人生遭遇，造就的实际上是一个荒诞不经而又让人不得不信的"文革"时代。"文革"里的青春不免是粗糙的，是用心险恶的，是完全丧失了童稚与童真的时代。在这样一个时代里的"小铁梅"注定是要被当作标本"挂"起来的，她的被宠与失宠正是"文革"玩偶剧的真相与本质。

库文轩寻找自身血缘归属捍卫烈士家属身份，甚至自我惩罚挥刀自宫的行为都代表着那个时代里的人们价值观念在非黑即白的对立与颠倒中求存的真实境况。然而人们不知道，世间的真理并非如此。人性的善恶也并非完全地对立，人心的柔弱与刚强其实更多的是一种糅合与掺杂。而人性的光辉正在这里，它更多更强烈地表现为如何弃恶从善和自我拯救的壮美过程，这个过程其实就是人道主义真正的起源与生发。

库文轩的死亡是一种无法求得宽容的自我拯救。他背负着烈士邓少香的石碑跳船而死的壮烈，表明了他对于自身烈属子女身份的看重和"死不悔改"。正是这种九死不悔的气概却是"文革"对于库文轩迫害的最好明证，因为离开了烈属身份的库文轩就已经不是当初的库文轩了，他将成为一个没有血缘归属，丧失雄性体征的"半个鸡巴"的船民。这种深深的烙印已经完全刻在了库文轩的灵魂深处，成为他一辈子必须背负的重担。

因此，我们可以说，正是"文革"扭曲了库文轩的灵魂，让他不得不死，也非死不可。因为只有死他才能摆脱屈辱，摆脱被人践踏的境地。

库东亮"空屁"的称呼正是因父亲库文轩烈属身份被颠覆而被冠名的。因此我们可以说库东亮的悲剧完全是对父亲库文轩的悲剧的继承。也正是因为这种被迫的血缘悲剧的继承，才让库东亮对父亲如此憎恨和反抗，但同时又因为血缘的关系而掺杂进怜悯与同情。库东亮对于小慧仙的暗恋是库文轩父子人生中唯一的亮色。

在我看来，相比于不着经传的邓少香烈士，倒是他们眼前油坊镇中的现实生活更重要一点。然而，他们父子的倔强和不妥协却又正是"文革"时代里自由主义精神的最后一抹亮色和最后一道曙光，它象征着河流一般宽广的人性的温暖与宽容，纯真与透明。它就像库东亮那些密语一般的暗恋文字，终会将爱恋的歌谣洒遍油坊镇的每一个角落和每一颗人心："啊，葫芦丝恋着向阳花，海枯石烂不变心……"

读完掩卷沉思，我忽然有点惊讶，我感觉我不是在读苏童，反而是在读余华。因为苏童留在我心中的印象一直是那种温润婉约的江南水乡的味道，是香椿树街巷腾起的一股股烟尘，是大宅门里满含幽怨的女子的清泪。但这一次，他却是硬语盘空，凌厉而蛮横地创造了一个新的语言空间，他把一个水乡男子埋藏在心中的所有莽撞与愤恨都一股脑地搬了出来，这时我们才发现他隐藏在眼睛深处那不为人知的狠毒！

泪光里的悲悯
——读苏童《碧奴》

读苏童的《碧奴》是带着一种强烈的探求欲望一口气读完的。

重述神话，应该是对于作者本人想像力的重新开拓，也是对我们民族本身那些未曾开拓的精神遗产的一种挖掘，一种在反思中领悟与创新的能力！

苏童选择了传说中孟姜女哭长城的神话，选择了处于动荡乱世里的秦朝这个短命的王朝作为历史背景。在秦王横扫六合一统天下，大兴土木修建长城的民间疾苦中，在"朱门酒肉臭，路有冻死骨"的炎凉世态里，作者站在小说主人公碧奴的角度，以一种蛮荒之中的纯真，一种冷漠之中的热情，一种残暴之中的善良，一种仇恨之中的信念与意志来面对神话叙述中的具体生存环境，即神话所产生的土壤——民间生存。

碧奴的形象是一个对自己的丈夫，远征在北方大雁岭修建长城的万岂良倾注了全部爱情的民间女子。在她贫穷的生活中，爱情是她的一切，也是她唯一的拥有。丈夫被抓走了，她的魂也跟着丢了。在从桃村的南方水乡到千里之外大雁岭的粗犷之地，她一路历经千辛万苦，不怕女巫的警告，不畏死亡的威胁，遭受了鹿人的袭击，丢失了给丈夫的棉衣，受尽了无赖的猥亵、世人的捉弄又被投入官府的牢笼。她千里寻夫的壮举并不为世人所接受，她呈献给世人的是善心，世人回报她的却是猜忌与侮辱。她被一个小小的鹿人欺骗拐卖变成为盗贼芹素送葬的妻子被迫哭棺；她被五谷城的民众所歧视，因为与刺客少器的谈话而被当作刺客投入牢笼。在每一次的劫后余生中她从未想过自身的处境，她一心所想的只是远在大雁岭修造长城的丈夫的安全与温饱，想着他光着脊梁的寒冷。她丢失了包裹，丢失了衣裳，为了丈夫岂良的温暖，她不惜违背良知的谴责而去和五谷城的民众一起哄抢卖旧衣的妇女。在风沙狂啸的路途上，她的脚终于再也无力前行了。于是，她开始了寻夫路途上最艰难的爬行，背上驮着给丈夫的棉衣和献给山神的石头，匍匐在风沙迷漫的路途上。

在碧奴千里寻夫的路途上，有一只青蛙，不间断地追随着这个善良而忠诚的女子。据说那只青蛙是一个寻找丢失儿子的母亲魂灵所变，就像碧奴至死不渝地坚信自己的前生是一只葫芦一样。在千里寻夫的路途上，她的泪水是她最宝贵的护身符，她强大的悲伤力量成为她抗拒悲苦命运最强有力的支柱，支撑着她顽强地奔赴人生的目的地。

在通往大雁岭的路途上，匍匐前行的碧奴在青蛙的引领下，在蝴蝶的呵护里，悲壮而又乐观地奔赴在追寻爱情的路途中。

大雁岭——长城——断肠岩，她到达了。却再也看不到她的丈夫岂良了，他已经因山崩而葬身长城底下，永眠在了长城的基石里，死无葬身之地。碧奴悲伤而绝望地哭泣着，呼喊着丈夫岂良的名字。她不顾同乡小满的劝阻，不畏工长的权威，她的泪水所过之处遍地潮湿，苍鹰悲鸣，蝴蝶落泪，甲虫哭泣，引发了简芊将军的思乡之心，坚硬如铁的长城下的冤魂和她悲伤的泪水一同哭泣，长城在一个女人的眼泪里开始颤抖、崩溃、瓦解！

在这部小说里，作者塑造了许多栩栩如生的人物。如被父母遗弃无家可归的鹿孩，为逃避徭役而自断双手后成为衡明君门客的车夫无掌，盗贼芹素，被皇兄赐死的信桃君的长孙少器……在那个风雨飘摇、民不聊生的年代，作为底层民众他们承受着统治阶级强大的金字塔身的全部压力，他们的反抗相对统治阶级强大的国家机器而言是那么微不足道，他们更多的只是通过口舌之快来发泄自己的不满。他们对君王权威盲目的顶礼膜拜，又对自身的贫困处境心怀怨言；相比于理性的规律他们更愿意相信女巫的神秘力量。所以，泪人碧奴的纯真善良和她善良的泪水就成了神秘的女巫象征，她对死亡的无所畏惧使她看透了神秘的隐喻，她的悲伤力量赋予她用一颗赤子之心去体察人世的本质。当她暂时忘记爱情的时候，她更像一个慈悲为怀的菩萨，能够准确地预言生命的本相。当她想起爱情的时候则又完全成为一个不畏世道艰险甘愿为爱情献身的贞女，以她的悲伤之爱去呼唤她爱情的魂灵归来！

　　苏童以一种粗线条来勾勒整个社会环境，以工笔细线来刻画主人公的悲伤之泪。泪水于是就成了全文的重心所在，泪水在这里代表着一种慈悲的正义力量，它来自于最底层的民间，来自于最软弱善良的女子的身体，却同时又是一种最强大的力量，闪耀着无比纯真的爱情光芒和人世间最朴素的和平愿望。国王与诸侯的奢华与浪费，浩大长城工程里的冤魂与苦难，这一切都是站在善良的对立面来凸现民众对于和平与和谐的向往。

　　在全书之中，作为国王的秦始皇始终没有出现，而当他出现的时候已经成为了一具发臭的尸体，但他在全文中的力量并没有削弱。这是一种粗犷的简笔画式的笔法，在奔放流淌的文风中呈现的是一幅荒凉而悲苦的民生疾苦图。而碧奴和她的泪水则是这幅图画里唯一的乐观与希望，奔流四溢的泪水洋溢着一种乐观的发自底层民众的生命气息，更是一种对于生活绝对赤诚的热爱与信赖！

王的忧伤
——读苏童《我的帝王生涯》

读完苏童长篇小说《我的帝王生涯》，心中感触颇多。苏童就是苏童，其文字风格的凄楚幽怨，依然继承了《妻妾成群》的风格，只不过民国富户的高宅大院换成了帝王三千粉黛的奢华后宫。依然有女子凄恻哀伤的命运一如惠妃，不同的是故事是从一个落魄帝王口中道出的。于是故事里便多了一份人生变幻的传奇色彩，也多了一份沧海沉浮与世事如烟的慨叹。

大燮国的太后将皇权玩弄于股掌之间，她在大燮王死后私改遗嘱，将本由长子端文继承的王位改由幺子端白继承，目的只为皇帝年幼自己便可以继续操纵皇权。于是，端白这个敏感脆弱却不乏执拗的十四岁的小皇子便因妇人玩弄权术而做了自己一点也不喜欢的大燮国国王。从他刚继承皇位的那天起，他就感知到大燮国的灾难将要降临了。也正是从他继位的那天起，他黄袍加身却从此失去了自由。他皇权在手，却不得不听从皇太后的摆布，也不得不忍受亲生母亲孟皇后的不断唠叨，同时还必须面对端文、端武等诸位皇兄的仇视。

端文的母亲杨夫人因为在继位那天争吵说皇位本应是她儿子的，结果被皇太后传旨陪葬，和死去的先皇还有众多的宫女、妃子一起被埋葬在祖宗的陵墓里。端文、端武兄弟从此卧薪尝胆，谋划着如何夺取本应属于自己的皇位。

皇太后为了更好地统揽大权，让端白满腹经纶的师父寂丈和尚辞归苦竹山苦竹寺，在端白成年之际又屏退了其身边的小宫女，招揽来了一班小太监。夜郎因此而来到了大燮王端白的身边，成为陪伴端白并为他死去的忠心奴仆、知己和玩伴。皇太后大权在握，端白虽然身为大燮王，却明白自己只是摆设，真正的大燮王应该是自己的长兄端文。因为端文的英武与死去的先皇是那么相似，而自己只是一个内心敏感，身体弱不禁风的傀儡皇帝。师父走时交给他的《论语》，他从不喜欢。在不得不做了大燮王之后，他因恐惧而变得凶残，因凶残而更加恐惧。因为在他的幻觉中每个夜晚都有一群白色的小鬼在他的床铺上跳舞。没有了师父的陪伴，谁也赶不走那些小鬼。他为了克服恐惧命令行刑的官吏摘除了宫中所有妃子的舌头，包括父皇生前最受宠的黛妃。她因为美貌善舞，一双玉手能够弹奏出世间最美的琵琶曲。但她却被端白的生母孟皇后迫害斩去了十指，从此长住冷宫，在幽怨中了此一生，不见天日。

　　不久，大燮国边防被封国进犯，边关告急。经朝臣议政，需大燮王亲临边关巡视，鼓舞士气。端白与夜郎随军出巡，一路尽睹大燮国民生疾苦，却视之如无物。途经西王昭阳封地之时需要微服而入，因为西王昭阳封地的实力已比大燮国强壮，就连先皇生前都斗不过他。端白害怕西王昭阳行刺报复，只能隐忍不发。夜间，端白与夜郎私出游玩被西王昭阳封地的繁华所吸引，尤其被腊八节里的走索艺人所吸引。大燮王端白的梦想中此生最大的愿望就是做一个自由自在的走索艺人，悬浮于高空，俯视世间百姓的声声喝彩。这比端坐于皇位接受文武百官的顶礼膜拜更令他愉悦。这也是大燮王端白的真正心性所在，所以在此后的生活中，即使在他成为一个真正的庶民之时，他也仍然无比怀念在西王昭阳封地的一夜。

　　年轻气盛的大燮王端白，在边关巡视之中因为风雪交加而不肯外出巡视正祈求一睹大燮王风采的三军将士。随行都检哭求而不被允许，结果在无知少年端白与此地王叔的游戏之中，大燮国士兵被封国一击即溃，仓皇之中端白的巡视不得不草草了之，踏上返京逃归的路程。参军都检杨松在祈求端白巡视不成之时惊闻边关告急，于是领兵救援，却在殊死之战中肠断血流，卧野于途。归途中端白远远地望见了肠断血流的都检，护卫祈求大燮王下令救护都检，得到的命令却是：赐死。

　　因为端白不喜欢血腥气味，更不能忍受近在眼前肠断血流的场面。护卫不肯下手，端白便于巡视的马车之中手持弓箭，连发数箭。参军都检杨松终于卧地死去。在西王昭阳封地，脆弱的大燮王端白终于病倒，却险被太医下药行刺，审问后才知道太医乃都检杨松之弟，行刺是为报仇。西王昭阳下令将其杀头，悬尸于城门。

回到京城，端白一天于宫内偶然遇到望鸟张臂学飞的宫女，即后来的惠妃，从此开始了大燮王的人生恋情。端白欲立其为妃，皇太后和生母孟皇后都极力阻挠，宫女被皇太后囚于冷宫。端白无奈中通过夜郎传书于冷宫，倾诉恋情。后经与夜郎谋划，端白在皇太后面前持刀以断指威胁，两个妇人无奈，只得立其为妃，惠妃从此便三千宠爱集一身，惹得诸妃谗言暗箭不断。

大燮国此刻边关再次告急，群臣商议得出和亲之策。于是彭皇后来到了大燮国，成为大燮国的皇后。端白再次叹息，大燮国的灾难就要降临了。此后几年中，内宫诸妃争风吃醋，惠妃被诸妃苦苦相逼，只能以假死之名卧棺出宫，入寺为尼。国内蝗灾连年，大将李义之死谏不成聚众造反，大燮国国情势同水火，被外派驻守关防的长子端文又被皇太后急召奉命讨伐李义之，大燮王端白的恐慌再次加剧，皇太后此刻却要死了。死之前她单独召见端白，说明端白只是她一手制造的大燮王，真正的大燮王是端文。

端文平反叛乱归来，皇太后已死。端白此刻欲处死端文，设下陷阱等待端文朝见。端文被一乞丐巧救，逃亡西王昭阳封地。不久端文杀回京城，端白的诸妃与孟皇后自缢而死，端白与夜郎被逐出都城。落魄之后的大燮王在逃亡路上历经耻辱，心中的梦想却仍然是成为一个走索艺人。历经小旅店之中的酸臭和盗贼的抢劫，落难之后的端白与夜郎相依为命，竟然真的学成了走索的本领，成为轰动一时的走索艺人，组成了达十八人之众的艺人团体。在返回京城献艺的过程中，他们得知封国攻破了大燮国都城，大燮国的灾难真的到来了，只不过亡国之君不是端白，而是端文。

逃亡途中，端白于妓馆巧遇曾经的惠妃，她此时外号九姑娘。落魄的帝王受到昔日妃子的奚落，后于夜晚中离开。大燮国灭亡，封国屠城之后大火焚城。此刻只有落魄的端白活了下来，他掩埋了夜郎这个生死相依的奴仆与知己，回到了苦竹山的苦竹寺，全身只带一条绳索，一本《论语》。

数十年过去，苦竹山被师父寂丈扩大成一座宏大的寺庙。端白到达之时，师父已经圆寂。后来外来的难民不断涌入，苦竹山渐渐繁华，只是人们经常在午后或者清晨看见一个手拿《论语》的僧人，双脚走在一条系于寺前高树两端的绳索之上，飘然如临风处子，悠然如世外高人，他被人们称为走索王，而非大燮王。在此之前，他还在一个闹市的街头，见到一个手拿宫廷粉色纸笺叫卖的妇人。那特有的香味，是曾经只有在惠妃身上才有的体香。他知道那粉色纸笺是他曾写给她的情书。

苏童的笔下，《我帝王生涯》让我看到了历史上那些文人帝王的影子，一如李煜。只不过，雕栏玉砌此刻变成了佛堂古殿，一江春水只剩下了空空绳索。

仔细品味苏童笔下帝王端白的忧伤，却没有亡国之恨，反有一种超脱如庄子逍遥游的无谓。端白成了真正的走索王，完全以超脱的心灵俯察宇宙人生。而在他身后的大火中灰飞烟灭的大燮国曾经的辉煌与没落，以及那些残酷的争斗已经了然无存。他的忧伤实是一种王者的忧伤，是为自己曾经不自由的忧伤，是为曾经那段历史中灰飞烟灭的灵魂的忧伤。我们如果要对"走索王"做一个注释，则应该是精神的王、自我的王和高蹈的王。

我想，这才是苏童要表达的写作理想。

真诚的爱就是极端的恨
——评慕容雪村超人气新作《伊甸樱桃》

读完这本书，我的心里一片悲凉，明显地这是一部严肃作品，虽然他的文字充满了一种反讽和让人疯狂的语言激情。但我仍然可以感觉到作者心中对于生活的爱与赤诚！

然而他却说："我注定，人类活不过这个千年！"

小说主要讲述一个青年因一次偶然的机会与一位神秘人物邂逅，获赠一支名贵的万宝龙水笔，随之便逐渐堕入一个"物质的陷阱"——路易威登皮包、宾利轿车、劳力士手表、阿玛尼西装……在现代社会各种各样的顶级奢侈品的包围之下，在锦衣玉食、香车美女的簇拥之中，主人公的心灵渐被腐蚀，在金钱的作用之下，亲情、友情与爱情也逐渐离他远去，原本一息尚存的良知也在强烈的物欲的反复攻击之下不断沦陷，直至堕落到饮血、食人的地步……最终，当他发现周围似真似幻的世界正随着自己一同腐坏，当他明了"吃人者恒被吃之"的道理之后，一切都已经晚了。

有人说，这是一本包括了当前市场上所有的时髦元素的书，奇遇、凶杀、暴力、色情等等……

评论人西丁说：这是一本关于人性贪婪的寓言，是抽向金钱和物欲的鞭子，是对贪婪人性的恶毒诅咒，是对人类社会的悲悯和人类前途的浩叹！

比起现在这个名字来，我更喜欢原来的书名《多数人死于贪婪》，够直接，够狠毒。可我还是想说，极端的恨就是真诚的爱，这应该是直抵作者内心的写作目的。我们生活在一个贪欲的世界上，21世纪，是物质主义的图腾，那么在此之后呢？

我认为，不是别的，是我们对于生存环境的杀鸡取卵式的破坏，所以我们不免会绝望，可是我们在享乐主义的盛宴里往往看不到绝望境遇里的自己，我们已经变得麻木不仁，不关心别人也不关心自己了。所以面对这样的一本书，我不由心怀敬意。

关于这本小说的评论，我看到的是一片谩骂。谩骂的是什么呢？是小说封面的媚俗。可我更想说的是内容，是文字本身所蕴涵的思想。那是一种爱的焦灼，是对于理想之爱的不懈追寻，从《成都，今夜请将我忘记》到《天堂向左，深圳往右》到《伊甸樱桃》，慕容雪村所一味坚持的虚无主义并没有变，但在这一本书里，我们看到了更为极端的坚持。而恰恰是这种坚持，却让我从骨子里看出了他对于爱之理想的渴望。渴望无法得到，理想失败之后便是极端的恨。

在这本书里，慕容雪村之所以将所有的名牌产品加以罗列换算，是让我们明白在这些数字的背后隐藏着堕落的灵魂，空虚的心灵，盲目的消费与享乐。所有人都在盲目地追逐金钱，五色令人目盲。我们看不到未来，也没有未来，不明确自己的危险处境，也看不到自己所处的危险。

我们在疯狂的享乐里目中无人、自私贪婪，物质的奢华腐蚀了生命的灵性，精神的空虚让我们堕落无知。我们目盲心更盲，危险已经无处不在！

青年男子在天堂与地狱的两极挣扎里，恐怖地看着眼前发生的一切，他所体会的，所承受的，所享受的，所感知的是金钱的奢华与腐蚀力量的强大，是贪婪的人性在永不满足的欲望里的沉沦与挣扎！

慕容雪村甚至用魔幻主义的手法让我们看到了贪婪的极致，看到了人类本身的凶残与仇恨。爱情与纯真失落之后，代之以一种为金钱所俘虏的兽性张扬，青年男子在一次又一次的失落和满足里惊惧无名，金钱在这里成为主宰，而其余的一切都沦为阶下囚！

富翁用他对于失落爱情的追忆和无限报复的仇恨在青年面前展开了他处罚仇人的残酷极刑！而这正是 21 世纪拜物教的极致，是物质主义与享乐主义在迷失本性之后良知泯灭的极致，是我们在时代发展中缺失精神支撑的沉沦！

有人说，这是一本血腥的作品，是极端的虚无主义，是将我们的理想彻底否定的作品，它让我们看到的未来是一片永无尽头的黑欲森林。然而，正是这种极端，才能唤醒我们麻木的灵魂，才能令我们在极端的震惊之后有所思考。不是吗？试看我们今天的大多数人所过的生活，我们在享乐主义的俘虏下的麻木不仁和极端自私，我们对于整个地球的疯狂掠夺，我们对于土地资源的毁灭性开采。难道我们的做法就不极端吗？

不，我认为我们是有过之而无不及！

我想，所谓的名牌产品只不过是一种表达手法，但是我们却能够从它的生产过程里，从那些数字的换算里看到浪费，看到贪婪，看到丑恶的人性本质。我们也能看到贫富悬殊里的两极分化，看到人类的残忍，甚至于比战争年代更疯狂的占有欲望！我们看不到精神的雪域高原里那清雅的雪莲，我们看到的是享乐的花园里散发着糜烂芳香的玫瑰与牡丹。牡丹是富贵的象征，而玫瑰是爱情的标志，现在当富贵成为奢华，爱情成为走向富贵的阶梯，那么在精神的世界里，我们还拥有什么？

物质的发达本身给予了我们方便，它是为了让我们能够有更多的时间去关心精神而存在的。但是现在物质本身成了目的，生理的无限满足替代了更高的精神要求，人类的攀比本性更是让我们遗失了"精神"的一极！

下一个千年，人类必将灭亡！我想这不仅仅是警告，在这句话里，我能够听到一颗良知未泯的灵魂那声嘶力竭、弥漫着淡淡血腥味的呐喊！在这寂寥的寒夜里，是如此苍凉，如此孤独！

《相爱十年》与慕容雪村
——读《天堂向左，深圳往右》

孤城遥望家万里，一枕离愁无数山。
金樽已空梦未醒，繁华开处血斑斑。

《相爱十年》这部电视剧，塑造的是在改革开放之初的深圳一对男女主人公刻骨铭心的爱情故事。它悲欢相继而又荡气回肠，浸透了世态炎凉的辛酸，又蒸腾着欲望都市的浮华、冷艳与苍凉。

只是这部电视剧主人公的名字和他们的故事时时刻刻都在提醒着我，他们曾经在我的记忆里出现过，甚至曾经给我留下过永不磨灭的记忆之痕。直到看完了大结局，搜索了小说原著，我的记忆之门才如洪水撞击一般訇然洞开。

原来它是根据慕容雪村的《天堂向左，深圳往右》改编而来。只是电视剧沿袭了小说的格局甚至结尾，却否弃了小说的那种过于沧桑悲凉的格调，让爱情成为唯一的主题，因此在现实的批判力度上就明显地黯淡了下去。而董洁所演的韩灵却很出色，深刻地演绎出了韩灵在爱情中的迷惘，在坚守之中的失落，在离去之时的悲凉。而刘元这个人物也被塑造得很丰满，甚至比主人公肖然还要出色。刘元在人性深度和心理刻画上的逐渐演变，道出了欲望之都深圳在罪恶与浮华之中的最后一抹温暖。

肖然的死是一种必然，这不仅是因为他追逐物质的成功达到顶峰后个人心理的过度膨胀，还有社会环境与成长经历并没有教会他在拥有巨额财富之后，如何来化解这种能量对自身心理的冲击和反噬。所谓"高处不胜寒"，何况正是这种权势炽烈的"寒冷"让他丢失了曾经为之奋斗的信念，那就是韩灵的爱情。能量在达到极点之后，如果我们不会引导和引流，那么它必然会"爆炸"，而肖然的死正印证了这一原理。

最早看慕容雪村的书是在2004年，可是十年之后面对以小说内容改编的电视剧，我的感觉先是如同陌路，再到记忆复苏，然后是翻开当年阅读笔记之时的恍如隔世。慕容雪村以《天堂向左，深圳往右》出名，再到《成都，今夜请将我忘记》。在他的所有书中，应该说这两部是最好的。它写出了繁华都市之中的苍冷、苍凉和苍老，写出了人在离开土地之后的阴冷、悲凉和绝望，写出了欲望都市的罪恶之花的绽放与凋零，也写出了人性在金钱浇灌之下的被扭曲与被异化的过程。

正像慕容雪村在《天堂向左，深圳往右》的手记之中所写的那样："我正试着描述这些人的生平，在写作过程中，我时时感觉到有一种强大的悲怆的东西包围着我，生者和死者同时在场，一切都像是偶然，一切又像是预先排演好了，人间种种，不过是这出戏的一个过场，而谁将是最后的谢幕人呢？"

读慕容雪村的作品，总感觉到自己被一股强大的气流所包围，也许这就是他所说的"悲怆感"。读余华的《活着》《许三观卖血记》《在细雨中呼喊》时，我也有过相似的感受。但相对来说，余华小说中的那个时代已经离我们远去，所以那种感受虽有真切的痛楚却仍然有一种"隔"，一种模糊和从内心深处所生发的惊讶和对远去的历史的敬畏。

慕容雪村则不同，他在作品中所散发出的这种"悲怆感"是我们感同身受的。不管是《成都，今夜请将我忘记》，还是《天堂向左，深圳往右》，他的文字纯净中带着冷峻与深刻，幽默中不乏讽刺与批判，这种幽默带给人的笑是酸楚的，而他的讽刺和批判则是刺入肌骨的，让人心寒、心痛，因为我们能明显感觉到他作品中的那些主人公的身上带有我们自己浓浓的影子。

《天堂向左，深圳往右》中的肖然，是在商场中扬名立万的农村大学生的典型，是我们社会中某些商场成功的知识分子的典型，更是物欲横流的商业社会对知识分子人格摧残、腐蚀的典型。在这个时代中，爱情已经成为一种奢侈，只有金钱才是万物的主宰。一群无名小卒般的大学生南下来到深圳，他们梦想着出人头地，在一步步的艰辛拼杀中前行，而精神上却背负着一种罪恶感，一种不择手段，为良心所谴责的罪恶感。为了生存，为了成功，他们压抑着真正的情感，甚至不惜出卖自己，他们在一步步的成功中改变着自己原本的信仰、善良和正义感，一步步走向欲望的深渊，为物欲所驱使。

爱情，这是一个深深的刺痛着我们这一代人的话题。尤其是在商海沉浮中摸爬滚打的人，因为这个时代的爱情已然成为物质的附属品，有时候甚至一文不值。

但是，失去，却总是一种伤痛！

韩灵和肖然在艰难中相爱，却在成功中走向爱情的坟墓。只因为金钱的力量可以把一个人变得狂妄自大，甚至完全改变一个人的本性。他们原本的爱情是纯洁的、更是美好的，只是因为生活的艰辛才能让我们看到爱情的可贵。生活的富有却让我们丧失判断的能力，从而让物质享乐和本能欲望占居首位，把原本美好的品性变得偏执、多疑、善变、冷酷、麻木。

肖然的例子便是最好的典型。他对于韩灵怀疑，逼迫她打胎。他一生中让女人为他打胎从而间接地杀死了四个孩子，而自己到头来却是一无所有，除了金钱。他为了女人争风吃醋、大肆挥霍，从而更显出他的变质。吃喝嫖赌，对有钱人来说，这便是生活的一切。可这其中却深藏着一个时代里人的灵魂中的隐痛，它让我们看到了城市社会中一个极其危险的陷阱，物质欲望的腐蚀力量！

陈启明原本是一个叛逆者，但到了深圳之后却做了富人黄村长的女婿，将自己嫁给了初中还没毕业、满身狐臭、相貌丑陋的黄芸芸，从而放弃了一生的情感，尽管他最后遇到了大学时代的梦中情人孙玉梅，但最终仍被其抛弃，直到儿子走失，妻子发疯，从而成为空守着一去不回的惊艳岁月的老实人。

刘元为日本人尽心竭力，却因为陪日本老板嫖娼而误抓被拘留，接着失业、成家，最终遁入空门，几十年的挣扎到头来只换得一颗疲惫不堪而又伤痕累累的心灵！

肖然的君达公司势如中天，却因为肖然的死去而随之垮台。周振兴、陆可儿四散而去，又独立门户，只有他的保镖赵宝锋忠心依旧和潮洲强仔不忘旧情。商界人士的吊唁不过是逢场作戏，除此之外就只有韩灵的伤心了。而他的情人卫媛只是为生活中失去了一种说不清的东西而叹息，连她自己也不清楚她究竟是喜欢肖然的钱，还是喜欢肖然的人。

驾车疾冲的肖然死于凌晨三点钟的超车道上。他是哭着死去的，死得非常伤心，他知道自己现在拥有了一切成为亿万富翁，却因此又失去了一切，变得像一只孤魂野鬼，无可信任。他把爱自己的人赶走了，把自己的孩子杀死了。现在，他已一无所有。

韩灵回忆着他们曾经的爱情和爱情中的岁月，他留给她的除了累累伤痕，便剩下了他们贫穷岁月里的一段青春爱情。那时他叫她"小棉袄"，他说"你是我最可爱的小女儿"。可是现在，除了他留给她的一千万，她什么也看不到。他最后还是爱她的，因为在他临终之前还给过她一个电话，唯一的。这更令她心痛！

黄昏的太阳斜斜地照着他，他面色平静。脸上似笑非笑，两只瞳孔微微的收缩，就像他遗照上的脸。慕容雪村笔下的肖然，从梦想出人头地的大学生到成为身拥亿万的富翁，在他的身上有着功业、理想的渴望，有着青春爱情的燃烧，但到头来，一切都化为虚无！

他的死是一种解脱，一种自救，拯救精神上的肖然，挽回失落的爱情。他的孤独与鬼气森森，是商业环境下成功人士内心最真切的刻画。孤独、悲伤、失落，我们在成功之前如此，因为生存的煎熬；我们在成功之后如此，因为欲望的蒸煮。到最后，我们成为一具干尸，或为脓血、或为飞灰，这是慕容雪村笔下的未来，充满了虚无的色彩。在他惊艳的笔下，我们看到了这个都市中太多繁华背后的苍凉。

朦胧中，从上空往下看，让芸芸众生奔向争斗的世界就像一口薪柴上的大锅，锅里煮着众生的欲望之躯，锅下就是欲望之火，而蒸发的空气便是我们的尸骸！

这种说法恐怖但却现实！

王小波印象
——从《一只特立独行的猪》说起

读王小波的文字是在上学期间,《一只特立独行的猪》是大学老师在课堂上向我们极力推荐的读物。但就那个时候的年龄而言,越是老师推荐的书目,越是我们懒得去读的书目。记忆里清楚地记得,那时候读书多喜欢从校园的租书屋里借书来读。一方面是每天五毛钱的租书费让我们在读书的时候会有一种紧迫感,这种紧迫感也就成了一种对自己变相的监督和催迫,进而演变成一种积极性。另一方面,则是流行的阅读会让我们和同学们在交流的时候保持话题上的同步,不至于因为孤陋寡闻而遭人耻笑。因为大学的图书馆里流行的图书一般是借不到的。校园的租书屋恰恰相反,书架上陈列的都是非常流行的书籍,这其中就有王小波的《一只特立独行的猪》和《沉默的大多数》。

我是在大学暑假里将这本书从租书屋借出来,带回农村的老家阅读的。坦白地说,王小波的文风确实独特,幽默诙谐之中常常能道破庸常社会内里的人性劣迹和心理痼疾,说出常人不敢说和不能说的现实存在。

按照王小波的妻子李银河的话去理解,也许王小波本人才是那只特立独行的"猪",而且这只"猪"的身上有着特别浓烈与浪漫的自由主义精神。他用他的文字在不断地挑战和扩展着文化自由领地的极值,他在向千百年来传统文化所形成的腐朽陈规和人性枷锁开战。他是一个单枪匹马的骑士,在他的身上我们能看到鲁迅的遗风,但又有所不同。鲁迅的存在代表着一种民族主义,他有着绝对正确的政治立场,然后才是向极权和腐朽开战。王小波恰恰相反,他意图打破的正是这种表面上绝对正确的政治立场,或者说是借助道德大旗来否定人文理性的偏狭之举。用通俗的话来说就是"扣帽子"，用僵死的道德陈规来否定理性上的正确，用伪善来代替真理。

但是，我又极其想说，王小波的杂文所宣扬的自由主义精神从根本上是承接了鲁迅杂文的传统，代表着文化文学领域民间自发的一个新的思想解放潮流的到来。鲁迅杂文的辛辣、深刻，诙谐与冷幽默在王小波的身上转化为一种更加轻松自如的诙谐幽默。鲁迅的幽默令人警醒奋发，王小波的幽默令人心悦诚服。鲁迅是向腐朽腐败的极权统治要自由，王小波是向一个承继千年的文化传统要自由。鲁迅要为一个民族建立文化上的自信与自由信仰，王小波则意图打破民族的藩篱，争取无疆界的人本身的自由。他们共同之处是都道出了这个民族的民众身上存在的劣根性。

王小波说："作为一个知识分子，我对信念的看法是：人活在世上，自会形成信念。有一个公开的秘密就是：任何一个知识分子，只要他有了成就，就会形成自己的哲学、自己的信念。" 王小波所追求的正是这样一种自发的自然的人文传统，而不是那种君君臣臣父父子子的愚忠与愚孝，不是借用"孝"与"忠"的名义去否定基本的理性精神。换句话说，我们的信念是来自于我们自觉自发的成长，有着一个由低级到高级的自然发育过程。并非是别人硬生生地嫁接过来，甚至用强权和武力逼迫我们接受下来的东西。

王小波的杂文在他死后的广为流传已经验证了他在新时期思想启蒙上的先锋地位。不管我们承认与否，他和他的杂文、小说中所形成的反对愚昧、丑陋与盲目的文化自信，建立一种具有人文理性精神的文化自信已经成为新时期知识群体的共识。

一个有趣的现象是，王小波生前籍籍无名和死后的殊荣有加，甚至就连他个人的情书也被出版社搜刮编辑出版，无论是他的小说还是他的杂文，已经成为时下出版业的热销神话。这和他生前作品无法出版，求告无门的现象形成了强烈的对比，不得不让人想起文学天才卡夫卡的人生遭际。可能王小波比卡夫卡幸运的地方就在于，他还有一个对他无比忠诚和热爱的妻子李银河。王小波在生前郁郁不得志之时，恰好有一个理解他的李银河对他不离不弃。这是陷于孤独冷漠包围之中的卡夫卡所不能拥有的一种灵魂的浪漫与抚慰。甚至于王小波面对死亡的幽默与豁达也部分地来自于这种爱情的滋养……

王小波的文字刻画出了一个特殊历史时期的现实荒诞，在这一点上他和卡夫卡可谓是殊途同归。极其尖锐的是王小波同时运用小说的形象刻画和杂文的理性批判道出了自己的意图，卡夫卡只是运用小说晦涩不明地传达出了自己的思想。王小波堪称新时期的唐吉诃德，单枪匹马地与整个世界宣战，最终也没有放弃和妥协。卡夫卡却在死时要烧掉自己的所有作品，无比绝望地告别了这个世界。幸运的是，他们的作品都流传了下来。他们都是这个世界的天才。

王小波的文字在看似荒诞不经的嬉笑里始终潜藏着浓郁的哀愁，我们称他为"愁容骑士"，但他的愁容里却有着一种无比清醒的思考。那是一种哲学家的思考。他看穿了中国千年来士大夫文化的阴暗与冷酷，道出了他们进退维谷和骑虎难下的尴尬处境，也剥下了知识分子伪善的画皮。他的文字里有着放荡的纯真，滴血的赤诚和放弃一切的成全与奉献精神。

天才都遭天妒恨，所以他死在了才华正盛的中年。

他的死是我们所有人的损失，他的思想又成全了所有人。

他才是那个安徒生的童话里道破真相的孩子。

第二辑　经典品读

黄土地中的人性纵横
——读王海《老坟》

腊月二十八，在回乡的长途车上，雪花纷纷扬扬飘落而下。这是今年入冬以来西安的第一场雪，此刻我即将回到我的故乡北极原。而我的手上却拿着一本关于五陵原的小说《老坟》。

《老坟》应该是本流传很久的小说了，而王海也算是个文坛上的老将了。至少在陕西文坛，王海算得上是咸阳的一个角儿，而且新作频出。《老坟》仍然是陕西人熟悉的乡土题材，书中写了龙家村的一群守陵人为了保护祖先的坟陵数十代人薪火相传，在黄土地上苦苦地挣扎，却始终不忘使命。文中围绕龙家村夏家三辈人之间的恩怨，在贫与富，盛与衰之间转变。在民国乱世的大背景下，偏居一方的五陵原仍然生活在似乎与整个混乱的政治格局毫不相干的沉寂荒野之中，过着他们代代相传的乡土生活。

文中让我们记忆犹深的是那几个女子鲜活的面影：米雪这个被贪图彩礼的父母出卖的美丽女子，却只能抱着公鸡拜堂，伴着木偶入眠，嫁给一个早就死亡的影子丈夫旺财。事实的真相是旺财早已被土匪绑架殒命荒野，死无尸首。但是他的父亲斗半却硬是将进门就要守寡的十里八乡漂亮独一份的米雪娶进了家门。而米雪早就看中的男子夏文，则为了报家仇而给仇家夏仁做了长工，气得瘫痪在床的父亲尚运一见就骂孽障。

夏文的嫂子麦草是另一种女性悲惨命运的代表，她因为与财东夏仁家麦客二虎的通奸（为了生男孩）而气死了丈夫，自己身受最悲惨的惩罚，下身血流如注，命几不保。后来却因为孝敬残疾的公公，成为方圆百里有名的孝顺媳妇。夏文在饥荒中捡来的河南女子秀，成了夏文家最有力的顶梁柱，帮扶着夏文家业兴旺，人丁繁衍。

夏仁家的丫鬟小玉则是文中又一种女性，她自小进入夏家为仆，辛苦操劳。却最终在十四岁时与已经五十岁的主人夏仁发生了关系，最后成为小妾。由奴入主的身份变化和欲望的使然，让这个原本聪敏乖巧的丫鬟小玉转身一变成为与夏仁儿子清武私通的淫荡女人。

在这几个女性之中，米雪是命运最悲惨的，却也是全文的灵魂人物。围绕着守寡的米雪与夏文之间情感的起伏波折，当最后夏文为了报复家仇而将米雪作为报仇的工具使企图强奸米雪的清武被当场抓获，从而让夏仁的威望日衰，家业开始败落。清武更是被夏文利用计谋引向了赌博的歧途，只有夏仁和小玉的儿子清国成为夏仁家唯一的希望。米雪对夏文爱情的最后守望变成了绝望，在断指守贞之后自杀而死，她的死是对夏文最大的指责与控诉。当夏仁的家业日渐败落，夏文的家业却渐渐地红火起来，夏文这个不声不响的汉子，为了父亲的传言夏仁家一房两院的家业是盗了我老爷的坟墓才起家的仇恨，在逐一进行着自己的复仇计划。

最后的结果却是盗取夏文祖坟的人并非夏仁的爷爷，而是二虎这帮以替人收麦打场为名而走村串巷的匪徒。夏仁对夏文家的报复致使麦草与二虎通奸的事情被捉奸在场，夏文的哥哥自杀，麦草遭受惩罚，尚运几乎气死。夏文对夏仁的报复让其儿子清武走向歧途，夏仁在村中威望一落千丈，家业中落。而五陵原上的龙家村的守陵人陵爷为了守护河堤，为了祈雨保收成，为了保护住祖先的坟陵不被匪人盗挖，带领着夏文夏仁这些五陵原上的村人们辛苦奔波，在这片黄土地上守护一方土地，守望一片家园。当夏文的儿子从延安归来之时，原本的穷人父亲夏文成了地主在被原来地主夏仁的儿子清国当众批斗……冤冤相报，恶性循环这是农村千百年来小农意识最为根深蒂固的症结所在！家族的仇恨是这部小说最为鲜明的主题，宗法观念是家族繁衍生息中千年不变的传统。在这传统中有守善为孝，勤劳节俭值得彰显的一面，却也有相互争斗，嫉妒仇恨，互不相容的恶的一面。

王海的笔触写活了黄土地中的收碾打种这些惯有的场景，也写活了这些生活在五陵原上的男男女女，让饥荒中的河滩窨与炒凉粉呈现出它鲜活生香的本色。小说模糊了政治意识，呈现了生活本身的质朴与粗劣，它的本质却直抵人心，惊现千百年来黄土地中人心的沟壑纵横，皇天后土的五陵原神秘而又荒蛮的人性纵深在王海的笔触下毫无遮拦地呈现在了我们面前，这是一个问号，还是一个叹号，需要我们自己去思考与解答！

直面当下现实的时代担当　紧贴社会底层的精神批判
——读王海长篇小说《城市门》有感

阅读王海老师的长篇小说《城市门》是我在亲历咸阳秦汉文学馆的盛况之后的一大心愿，近日终于将书拿到了手中，阅读之始便有了一种迫不及待的欣喜。虽然此刻已是《城市门》出版六年之后，获誉斐然并被搬上银幕的2017年，可我在开卷之时依然能感受到一股新鲜的气息。这种新鲜并非其书的崭新，而是其题材的崭新，文本核心精神的崭新，和直面当下社会现实与饱含人文主义批判精神的崭新。

《城市门》虽然仍旧诉说的是咸阳这块古老土地上的故事，但和王海以往小说不同的是，它描写的是处于社会转型期城乡剧变之中的农民失地问题，是我们当前社会在城市化进程中必须面对的现实处境。因此，其文本便具有更大的现实意义和批判精神，可以说是新时期具有典型现实批判主义精神的文学文本。

张旗寨和掌旗寨是树立在咸阳古渡的沣河之畔上林苑的两个古老村庄，相传掌旗寨的先祖草上飞是秦始皇旗下的战旗鼓手，秦统一中国后他便将秦战鼓的敲法带回了村子。刘邦入咸阳后采用了秦战鼓，且由其后人千里眼掌旗，后赐封上林苑的龙爪宝地供其养老。千里眼的后人敲的战鼓被称为秦汉战鼓。多年离乱之后，村人重回村落，此时的村寨已分离成两个村子，东村为掌旗寨，西村为张旗寨，谁是千里眼的真正传人，谁又是秦汉战鼓的传人，已经无法说清，只是那块龙爪宝地被张旗寨人种着，他们无法确定自己的身份，每年二月二以秦汉战鼓决定胜负，来确定哪个村庄是秦汉战鼓的真正传人并由其给村庄的帝王爷庙上头一炷香。

"文革"时候，掌旗寨的鼓手是德胜老汉，张旗寨的鼓手为张大老汉。两人都是村庄有名的鼓手，但张大因地主身份成为"四类分子"，而德胜老汉因为抢救被狼抓了脸破相的落水女子翠英误抱了她被诬陷为流氓戴上了"坏分子"的帽子和张大一起扫街。在旧时期张大和德胜作为两个村的鼓手为争夺秦汉战鼓的真正传人身份而斗的鸡飞狗跳，最后德胜在一次失败之后抱起石碾砸了张大用龙爪宝地和外村的王老虎换取的上等牛犊皮做成的战鼓"黑虎"，张大也砸了德胜老汉的家，两家一度成为死敌互不往来，之后又在文化运动中因为同为批斗对象一起扫街而关系缓和成为至交。

到了新时期，张大的儿子张虎作为张旗寨的村长成为村寨中有名的鼓手，德胜的儿子大笨也作为掌旗寨的村长是村庄数一数二的鼓手，两个村子依然每年二月二以斗鼓比赛确定秦汉战鼓的传人并给帝王爷庙上香。只是此刻整个村庄都疯传即将被拆迁的消息，村民们都焦急地等待着土地被征用、村庄在拆迁后能获得多少赔偿款。德胜老汉的女儿琴却在此时喜欢上了张大已经娶妻的儿子张虎，因为张虎长得雄武有力，而且鼓敲得特别好，琴便被张虎迷住了。甚至为此不惜放弃已经说好的婚姻并在新婚前夜逃婚去了省城，而让全家陷入了两难处境。同时张虎也被琴的美丽与炽烈的情感所打动，但是在身体纤弱的妻子青云面前，他和琴都陷入了一种巨大的负罪感之中。青云也为此痛苦着，因为她对张虎的爱而不愿意责备张虎，便认了琴做妹子，想以此来感化他们。三个同样善良却又情感炽烈的男女便陷入了一种欲罢不能的三角恋之中。

村庄拆迁前夕，两个村子的人们为增加人口而不顾孩子年幼便为孩子成婚，村子十多岁的孩子因此都早早地辍学成亲了。更有甚者为了增加补偿面积而大肆盖房、栽树甚至挖假井和拆迁组组长朱理相互勾结分赃，因此而获取更多的赔偿。原本诚实本分的村民在经济利益的诱惑下，逐渐陷入一种道德伦理失控的混乱状态。只有两个村庄中的老人张大和德胜在苦苦地坚守着村庄伦理的最后底线。尤其是作为县长舅舅的德胜老汉，在以各种方式抵抗着拆迁组的野蛮拆迁。因为拆迁涉及村民祖坟的迁移问题，村民们在两个村长的组织下去县政府抗议而引来了政府部门的不满，拆迁组组长朱理为此引来了公安深夜翻墙入户将两个村长抓入拘留所。大笨因为恐惧而屈服，只有张虎据理相争，结果张虎的父亲张大在惊惧中死亡。村中的老人们在即将离开土地的恐慌中相继离世，最后只剩下德胜老汉一家在坚守着最后的阵地。朱理便叫来了推土机直接推倒了德胜家的门头，德胜的老婆在惊惧中死亡。至此，小说故事进入了一个新的高潮，县长和县委书记相继来到德胜老汉家安抚，德胜在为村民争取到更多基本权益之后搬离，来到了政府安置的新村。

在这部小说中，搬迁前和搬迁后村庄里的村民生活是小说的一大主线。而琴与张虎的情感故事则是小说的另一条主线。在情感主线这条线索中，琴在逃婚之后和母亲去世后归来之时，小说中张虎与妻子青云对琴的思念，以及大学生老师张运对琴的寻找，这些围绕着琴所产生的情感张力一直有效地推动着整部小说故事情节的发展，营造出一种微妙紧张却又和谐生动的故事氛围，由此展现了一段凄美生动的乡村爱情故事，在古老的沣河之畔的上林苑为我们描绘出了一幅质朴感人的乡恋图景。

搬迁之后，村民们拿到数额巨大的补偿款盖起了小楼成为城里人，他们在金钱的驱使下村庄的伦理防线彻底失控，整个村庄都靠出租民房为生。锣娃做生意赔尽家当陷入窘迫，妻子跟着做生意的房客老赵私奔留下了嗷嗷待哺的女儿；张伍赌博之后成为黑社会老大为霸一方气得老婆离去、母亲上吊，却依然不知悔改；村庄的漂亮媳妇青青跟着因拆迁被德胜告发入狱后保外就医、用阴谋夺取张虎的秦汉茶馆的朱理出双入对，继而怀孕彻底和丈夫铁锤离了婚。朱理利用秦汉茶馆与地方警察勾结做情色生意，搞的整个城中村乌烟瘴气。整个城中村的房子多被发廊女租去，村民们无所事事整天在广场上以打麻将度日，就连德胜的儿子大笨也染上了赌博的恶习，最后被德胜以断指明志的方法送出村庄去创业。

王海以近乎严酷的写实笔法为我们描摹出了进入社会转型期的都市城中村村民的真实生活现状和精神图景。这种图景是触目惊心的，更是麻木不仁的。它是农民在失去土地之后瞬间获得巨大经济补偿却又不知道未来生活方向的一种瞬间膨胀和彻底放纵，更是农民在失去土地依赖之后的迷惘与迷失，是一种纸醉金迷和精神放逐。

在小说的结尾王海以一场近似魔幻的神秘疫症让整个村庄陷入灭绝的

死亡来预言了村民的这种精神的穷途。这场疫症首先从一个发廊女的死亡开始，逐渐传染到每一个村民身上。而德胜的地窖逃亡之路则是幸存的人们逃离这场疫症灾难的唯一途径，这便是德胜所一直坚持的质朴农民本色的道德底线。王海以一种象征的手法向我们描绘出了陷入道德伦理困境和都市欲望之中的人的求生出路。然而这对于本就缺乏精神信仰的村民来说实在是一条不到穷途末路便很难迷途知返的求生之路。

农民失去土地之后进入城市不能获得永久与合理安置变为游民与闲人成为社会治安的隐患，这些正是王海笔下批判现实主义精神的锋芒所在，一如王海在小说中指出的那句令人闻之惊心的话语：无恒产者无恒心！

从写作风格上来讲，王海的文字一直是质朴恬淡的，甚至具有一种清婉柔媚的婉约色彩。无论是《老坟》的浑厚大气，还是《城市门》的润物无声，王海的创作一直都离不开土地与农民，离不开脚下的这一方又一方的平原。可到了《城市门》之时，他才发现了原本在他笔下土地与农民血脉相连、生死相依的这种关系在现代化的进程中开始出现了一种人为的残酷割裂。作为千百年来农民所一直信赖和信仰的土地在我们这一代人的手中开始被变成可以换取利益与满足欲望的对象，他的忧患意识便变得愈发地强烈，其笔下的批判意识也尤其深刻。同时他的笔下又不乏深情的人文关怀和浪漫主义精神，于是我们在琴的爱情与德胜老汉的黄昏恋中便追寻到了一缕满含柔美的情愫。作者通过德胜老汉的最后一段岁月中对土地的眷恋和对爱情的向往，从反面刻画了现代性对农耕文明的蚕食和对乡村风情毁灭。

一颗没有被损害的佛心
——读范小青《香火》

读完范小青的《香火》，我的脑海里依然处于一片混沌。在这本书里，我看到了太多的荒诞与淳朴，还有荒诞与淳朴之外的向善之心。这本书讲述了一个太平寺里的香火对于菩萨的认识过程，同时也是这个香火的成长过程。这个过程中伴随着太多的生生死死，饥饿与政治，亲情与疏离，鬼魂与人世之间的离奇转换，但在香火的眼中这一切却俨然是一个不可分割的琉璃世界，是圆满功德。

饥荒年代，一个大字不识几个的村庄少年在咽下一只棺材里跳出来的青蛙后，读出白纸上的"观音签"。少年被母亲厌憎，又被与自己长得完全不一样的爹爱怜。爹想把他送到庙里讨口饭吃，在替少年讨药的路上不幸溺亡。少年当了香火，忘掉了原本的名字，有了三个师傅，一个能在缸里坐化的大师傅，一个可能是通缉犯的二师傅，一个满世界寻找生母的小师傅。

荒唐岁月，寺庙亦非净土。人们要"破四旧"，来砸菩萨像。这个不信菩萨的少年在一个人的呓语中看见了爹的魂灵，并在几位善良村人的帮助下，与一个时代的凶蛮对抗，保下太平寺与镇寺之宝《十三经》……然后娶了媳妇，生了孩子。"文革"结束，他卖掉祖传之物翻修太平寺。这才知道，小师傅是母亲的亲生儿子。他只是一个被抱错了的孩子，是那个烈士陵园主任满世界寻找的孩子。岁月若琉璃，洁净无瑕。开发商来了。他与爹并肩坐在天上。"德山棒如雨点，临济喝似雷奔。"终其一生，他只选择做了一个伺候和尚的香火。

在这本书里，最让我们沉迷的是那个天真淳朴不知世事，一心只做香火的孩子。他忘记了自己的名字，甚至于仇恨自己的名字：孔大宝。这三个字在他的眼中俨然是一种无法忍受的诅咒，所以他终其一生都愿意人们称他为香火，一个寺庙里专门伺候和尚的香火。

文中那些堪称禅语的对话，在诙谐与幽默之中不乏机警与智慧，但从这个叫做香火的孩子嘴里说出来总是让人忍俊不禁却又心生欢乐。在一个失去了信仰与秩序的特别时代里，人们不敢信菩萨，不敢进寺庙。但心中却依然不忘菩萨与佛祖，宗教因此成为一个心照不宣的禁区。但是，这一切对于以寺庙为生的香火而言并不存在。

大师傅往生了，二师傅还俗了，小师傅四处去找亲娘了。太平寺里只剩下了香火，还有存在于香火魂梦与幻境之中的爹，无所不能的爹：孔常灵。一个为了给儿子讨药而翻船溺死的魂灵，一个并不是香火亲爹的爹。

小说一开始，革委会造反司令孔万虎带着参谋长来太平寺砸菩萨、破四旧、烧佛经之时，大师傅就坐化在了大缸里去了另一个世界。菩萨的胳膊被砸断了，人们埋了大师傅后庙门就被封了，二师傅还俗去了寡妇家里，小师傅回来之后发现大师傅死了就出走了。从寻找小师傅开始，鬼魂世界逐一展开。

爹带着太平寺的镇寺之宝《十三经》转悠在乱坟岗上，遇到了寻找小师傅的香火。爹带着香火回了家，香火却总是被娘诅咒，爹带着香火见到了摆渡的船老四（溺死的鬼魂），香火在回太平寺的路上又碰上了漂亮的女知青（鬼魂，因为未婚怀孕自杀），还有香火的邻居老屁（鬼魂），一个说话不离"屁"字的村民。香火在庙门被封之后翻墙回太平寺遇到了烈士陵园的老主任（鬼魂），一个为女烈士董玉叶托孤寻找其儿子的陵园主任。直到太平寺坍塌，香火不得已回家，娶妻生子。"文革"过后，香火依然不忘太平寺，狠心卖掉家传之宝金镶玉佛陀，翻修了寺庙，在爹的魂灵指引之下重新做了香火。这个时候小师傅带着他的金镶玉观音出现在香火面前，原来小师傅的亲娘就是香火的娘，当年香火的娘因为贪财偷了挂在香火胸前的金镶玉佛陀。错乱之中让别人把亲生儿子小师傅抱走了，她却抱回了香火。几十年来，香火的爹孔常灵无比疼爱着这个不是亲生儿子的儿子香火，甚至为送他去太平寺当香火混口饭吃而在船上送了命。香火的娘几十年来哑巴吃黄连有苦说不出，只有把气撒在这个假儿子香火身上，总是见不得他。

香火翻修了太平寺，想升级做和尚的时候，二师傅却回来了。香火只好依然去做一个香火。直到自己也坐化的那一天，他看到了大师傅回到了太平寺，看到当了县长被撤职的孔万虎带着锣鼓表演队伍在太平寺里给菩萨表演，香火当年翻修寺庙时送给孔万虎的《十三经》却成了孔万虎在牢房里每天必读的修行，出狱之后孔万虎竟改名释小虎，与佛祖同姓了。

香火的儿子新瓦从大学毕业归来把乱坟岗改作了"金银岗"，竖起了一排排墓碑建成了陵园，让城里人也来一起与祖宗同住，大做墓园生意。太平寺也被香火的兄弟二珠请来的财神带旺了香火，香客盈门。香火与爹此时并坐天上，俯视人间，大谈美元与人民币的汇率。

读完《香火》，我看到了荒诞之中的美，也看到了荒诞之中的丑，看到了一个饥饿年代的众生相，看到了一个失去信仰而又把暴力当作信仰的时代中那一颗因为淳朴未凿而没有被损害的佛心。

范小青以魔幻的笔法在还原着一个混乱时代里的那股涓涓清流，在意象丛生的生死两界营造出了一个令人动容的"香火"之相。阴阳两界，天上地下，神出鬼没的香火世界展示给我们的是人心崩坏年代之中的一根中流砥柱，虽小虽弱，却终能荡清浊流，得见清芬。成佛见性，可谓难得！

绚烂的女性之美
——读《手铐上的兰花花》与《余震》

读吴克敬《手铐上的兰花花》，为其朴实无华的陕北黄土地描写所吸引，更为其小说中朴素到极致的浪漫所折服。

阎小样自小喜欢陕北民歌，在朴素的陕北黄土地中长大，就像一朵纯洁多姿的兰花花一样有着野性的质朴和天性的烂漫。然而她却被来自外地的油田老板所看中，因为贫穷和愚昧的父亲而被强娶入门，结果洞房夜新郎醉酒与小样撕扯间倒头撞在了铁质茶几的尖角之上当场殒命，阎小样阴差阳错地成了杀人凶手被警察千里迢迢押赴省城服刑。

在押赴途中她不卑不亢，依然能够在内心的屈辱中唱出声情并茂的《兰花花》。喜欢阎小样这个人物，更为她不幸的遭遇和在具体环境之中纯真的内心所感动，她优美的歌声里传出的是陕北黄土地上最朴素纯洁的植物兰花花的抗争与不屈。她的不幸是纯洁弱小者在一个被物欲严重污染的恶劣环境下的被欺凌与毁灭，她就像在沙土中顽强生长的兰花花一样始终不改自己的人性本色。

小说极尽白描的风物描写，不觉会让你喜欢上在陕北民歌熏陶濡染下的土地女儿阎小样。同时，也为那个被阎小样深深感染的警察宋冲云的性情表现所感动。

吴克敬在叙述中加上追忆，使得阎小样的悲剧命运达到极致。全文柔婉中见悲凉，粗犷中含细致，把女性的柔情与兰花花的歌声融为一体，塑造出了坚硬黄土地上血性男儿的叹惋和柔弱女儿的悲情。

阎小样是个罪犯，可她本身却是一个受害者。她因为父亲的软弱，兄长的势利和弟弟的无奈，最后只能屈服于拜金主义的重压之下，含着一股血性的悲凉嫁给油田老板。这个过程恰恰是她引以为傲的歌声充当了悲剧婚姻的"媒人"，这不能不说是对世俗生活的极大讽刺。

更令阎小样绝望的是，她一直奉为偶像的音乐老师王后草竟然也是这丑恶世风的一分子。因此，她的内心含着委屈与抗争，但不得不为了贫穷的家庭和亲友的胁迫，甚至于当权者的同流合污，为了各种人物隐隐之中那见不得天日的一己私心，而让她充当了这丑恶世风合谋下的牺牲品。

阎小样仅仅因为在油田老板顾长龙醉酒撞在铁质茶几的尖角之上的时候没有打120，而是打了110，就被认作杀人凶手，被判死缓。而所有知情的人都把她当作一个罪犯，甚至把她当作谋杀丈夫企图侵吞财产的蛇蝎女人。世风丑恶，人情冰冷，即便警察宋冲云在押送她的过程中被她在抢劫犯面前以血肉之躯挺身而出为他挡刀的行为所感动，即便她身处阶下之囚却仍然能够逃而未逃，怀着心中的梦想处处以女儿的柔情，以纯洁质朴的歌声去撼动每一颗处于名利漩涡之中的灵魂，可她仍然逃不过冰冷手铐的铁窗命运。她是美丽的，然而人人只知道享受美丽所带来的愉悦，在这美丽陷落泥沼之时却没有一个人肯伸手挽救被世俗毁灭的美。这样的宿命绝对不是用"红颜薄命"四个字就可以搪塞过去的命运悲剧，更是对一个时代文化与制度层面的人性拷问，是我们必须要厘清的物质主义世风之下的罪恶本源。

因此，《手铐上的兰花花》能够获得第五届鲁迅文学奖是人心所向，更是名至实归，这不仅是对作者的鼓励，更是对人类精神世界的一次深入挖掘，是对寻找穿透人性内核精神的伟大创举的认可与褒奖。

阎小样柔弱而纯美的姿影将和她响彻云霄的陕北信天游一起，不断回荡在我们每一个人心中，让我们为毁灭的美而痛惜，更为这绚烂的美而不断地审视自我。

张翎的《余震》是冯小刚的电影《唐山大地震》的原型小说，被改编为剧本之后的电影显然和小说出现了巨大的不同。小说女主人公被欺凌的童年创伤有所淡化，原本一个带有极强悲剧色彩的文本在电影中让亲情的一面在结尾变得明亮起来。只是小说《余震》却是以女主人公万小灯历经大地震失去亲情与家庭，成长于异国他乡多伦多成为作家且患有严重的精神病痛接受心理医生治疗为背景。

这个文本极具弗洛伊德化。万小灯在地震之后和弟弟同时被一块楼板的两端压住了身体，母亲李元妮最终不得不忍泪舍弃了女儿而救出了儿子。但是弟弟却因此失去了一只臂膀。地震之后姐姐万小灯奇迹般地活了下来，后来被一对夫妇收养。小说中收养她的夫妇男的是军人，女的是教师。而且在她的养母突然癌症去世之后她受到了养父的猥亵。她一气之下再没有回过那个家。

只是在她的成长过程中最让她承受不了的却是亲生母亲李元妮在她意识清醒的状态下放弃了她的生命，选择了弟弟。这是她生命成长之中最大的顽疾和隐痛，是她疏离亲情的原始症结。在大学期间她结识了男友杨阳毕业结婚又一起来到多伦多留学并生存了下来。

他们因为情感问题最终选择了离婚，离婚原因其实还是万小灯地震中所导致的无法弥合的创伤心理。在心理医生的帮助之下万小灯逐渐重拾记忆，还原自己在地震之中被毁灭的童年，他的父亲是一个身体粗壮的长途汽车司机，长年奔波于各个城市。他们的家境也很不错。她的母亲是一个与众不同的女人，她和弟弟小达是一对双胞胎。因为双胞胎的原因他们总是形影不离，连睡觉也要永远在同一张床上。地震发生之时，他们姐弟俩正在一张小床上抵足而眠。

在心理治疗中逐渐愈合的万小灯最终回到了唐山原来的那个家，是弟弟万小达为母亲盖起的二层小楼的新家。她的母亲一直以为小灯已经死亡，并因此而始终活在自责与愧疚之中，常年被痛苦所折磨。万小灯的灵位也因此被母亲常年供奉在家中并给孙子取名：纪登。

万小灯认出了母亲，母亲却认不出已近中年的万小灯，但是万小灯终于推开了她记忆之中的最后一扇窗，她历久不愈的头痛失眠症状方告结束。她原本始终认为母亲不爱女儿，但结果并非如此。

那场万劫不复的大地震让千千万万的人被毁灭，也让千千万万的家庭支离破碎，让千千万万的父母失去了儿女，儿女失去了父母。家园变成了瓦砾，但是亲情并没有因此被泯灭，人间大爱也没有彻底消失。万小灯看到了晚年中煎熬的母亲，看到了用一只臂膀独自撑起一个家的弟弟，便由此重新树起了人生的信念。

  这两篇小说同样是写人性在面对灾难之时的不屈，只不过一篇是因为人的私欲所造成的命运的崎岖，是为人祸。一篇则是写人性在面对天灾造成的人性悲剧面前的无奈与抗争。可不管是阎小样，还是万小灯，它都向我们传达了同样人性之美，是人性的善在面对不可抗拒的"恶"之时的柔韧而绚烂的女性之美。

民间书写与平民情怀
——读贾平凹《古炉》

一口气读完了贾平凹洋洋洒洒六十万余言的《古炉》，我的心中便凭空地生出了这么一个小人儿：他相貌丑陋，个子矮小，古灵精怪，却又人见人欺。他就生活在一个叫做古炉的小山村里，用自己的童年与青春见证着中国民间底层的一场史无前例的革命风暴。他出身卑微，甚至无父无母，只是被一个心地慈善的婆收留下来，从此养活在古炉村这片贫瘠而又美丽的乡土之中。他的名字叫做狗尿苔。

在1966到1967的历史时空里，狗尿苔这个小孩就成长在古炉村中。他永远也长不高，因为"五类分子"的政治帽子永远在遭人奚落。他可以是任何人的出气筒，但是他不气馁、不报复。他甘愿受人差遣，为每一个村人跑小脚路儿，永远在身边带一根火绳以供村人吸烟点火。他善待每一种生灵，他与山川草木，鸡狗猪猫，飞鸟虫鱼对话。他带着生命中永远的童真生活在一个万物有灵、物我交融的自我天地里。即便是这个天地之中正在酝酿和爆发着一场展现人性恶的政治运动，他也依然不愿放弃内心的纯善与正义；即便每一个人都在欺负他，他也依然在他们遭遇险恶与生命威胁的时刻挺身而出，伸出友善之手。

在小说故事中，他在榔头队队长霸槽要被赶出古炉村之时为他通风报信。在大刀队天布、灶火遭遇危难之时冒险救护。他在霸槽和古炉最美的女子杏开的交往过程中时时刻刻关心着杏开的处境，为她的遭遇抱不平。他在与民间智者善人的交往中相互体谅，肝胆相照。他年纪虽小，却在古炉"撞"干大的风俗中成了跟后儿子的干大且有情有义，努力做出一个小长辈的表率。他在和玩伴牛铃的相处中彼此照顾，甘愿吃亏。总之，在这个小人物身上，处处表现出了生自中国民间底层黄土地之中的那份天然的质朴与豁达。

他的名字"狗尿苔"正如贾平凹在小说中描述的那样："两指来高，白胖胖的，似乎嫩得一碰能流水儿，但用手摸去，却像橡皮做的，又柔又顽"。这"嫩"透出了一种生命的纯洁，这"顽"却代表了一种生命的韧性。狗尿苔正是用这种天然的本性以自己的微不足道的行为在影响着古炉村的山山水水，鸡狗猪猫，和每一个古炉村人。他让支书朱大柜看到了生命的另一种淳朴的黄土地般的质地，他让善人看到了古炉村的另一种希望，他让霸槽不时地去校正自己的错误，也让杏开看到了生命中的另一种温暖。而在作者的心目中，他就是古炉村的灵魂，他的逐渐长大成熟，也就自然成了古炉未来的希望。

除了狗尿苔，故事中还有善人和婆这么两个人物。婆当然是狗尿苔的婆，善人却是整个古炉村甚至附近所有山村的善人。他总是在到处不停地说病，在他本身却并不懂得多少医术，只是会一些接骨、推拿的民间土方子。他以人伦道德，纲常法纪为基本核心，却在宣传着善恶有因，慈孝得报的做人教义。警示人们不要违背天伦人道而坠入怨恨无常之中。他所说的性心身诸种修为，大致可以称作是一种民间自我生发养成的朴素宗教教义。这种教义的本质在于教人不欺心，正本心，归纯善，爱人，也被人爱。

在小说故事中，古炉村朱夜两姓为首的派别之间的争斗实质是一场在"文革"的名义之下的个人私欲的争斗，是恶的萌芽与泛滥。说穿了这争斗不过是霸槽和其骨干水皮、秃子金以及恶人麻子黑、守灯为了成名成圣的私欲膨胀，是支书朱大柜、民兵连长天布、骨干磨子、灶火等人不甘心被夺权的争名斗利。"文革"的混乱给了一帮为恶者出头闹事的机会和由头，却在古炉村百姓之间引发了一场展现大大小小的人性丑恶一面的历史舞台。

于是，我们便看到了无数的丑事恶人一一暴露在大众的眼前。原支书朱大柜在任期间的贪污和贿赂连任，村人给支书的送礼无数，古炉村的瓷货被侵吞。天布与秃子金媳妇半香的私通，麻子黑的投毒，霸槽和杏开之间的恋情竟然气死了原队长——杏开的父亲满盆。在饥饿与政治的双重斗争之中人性中的私欲与恶开始无限地膨胀，最终引发了原本一村乡亲之间的告发、揭短，文斗，武斗，直至死人无数。

而在本质上，作为"文化大革命"汹涌澎湃的农村底层，村人对"文革"的认识也仅仅停留在所谓的打砸抢、破四旧、烧文物古董，贴大字报、喊政治口号等简单的形式层面上，就连作为古炉村"文革"的发起人黄生生和霸槽也不理解为什么北京会有两个司令部。他们只是简单地停留在领袖崇拜的神话之中，而把无知无觉的底层民众作为成就自我虚幻政治野心的工具加以利用。而在古炉村村民的观念里，运动来了，你就必须跟着响应，否则肯定倒霉。于是便有了榔头队与红大刀，便有了"武指"和"武总"，有了其他村的"金箍棒"，甚至麻子黑成立的"刺刀见红造反队"。

贾平凹以他对农村底层细致入微的观察与谙熟，运用淳朴鲜活的乡村俗语写活了这些见证那个特殊历史时期的村庄的生活实景，那些鸡狗猪猫、山川草木，长辈邻居、乡亲父老，甚至生老病死、世俗人伦无不在作者的笔下活色生香、鲜妍明媚地道出了一个小山村的大世界，一个小古炉的大山水。

善人的死和山神庙的烧毁与百年白皮松的被伐表述了在那个特定历史时期内人性恶的短暂胜利，也表述了那个特定历史时期天伦纲常的崩毁。在武斗中灶火被点了炸药包，磨子被麻子黑捅死，马勺被秃子金用砖砸死。水皮被灶火用冰锥刺死，迷糊被灶火捏破了卵蛋疼死，还有那些染上芥子病死的，父母被气死的，及至最终霸槽、天布、还有那个用权势让霸槽背叛杏开屈服于己的"联指"女部长都被枪毙在了古炉村过狼的荒滩里。

然而，这些人并没有因为自己的死亡而懂得了"文革"的含义，古炉村人也没有因为这惨重的代价而懂得了"文革"。"文革"好像就是他们生命中必须经受的一场鼠疫、一场灾难。善良慈悲的经受住并挺了过来，比如狗尿苔和婆、杏开。而逞恶者得到了报应比如霸槽、麻子黑。但是这样的命运和惩罚又是来得何其迅猛，何其荒诞，何其莫名其妙。说穿了这些死去的所有古炉村人都只不过是这场运动的炮灰，他们至死也不明白自己是为何而死，为谁而死。

在《古炉》中，我第一次从贾平凹的笔下读出了黑色幽默和荒诞这些原本并不存在于他笔下的叙事风格。所以，我只能说这也许应归结于"文革"

运动对于中国农村底层的荒诞与黑色幽默。表现在故事中，就是那个叫水皮的榔头队骨干在口号比赛中因情绪激动喊错了刘少奇和毛主席而被当作"现行反革命"等诸种能够随时改变人们命运的荒诞事实。由此我不禁想，"文革"真是一场全民动员的浩大行为艺术啊！只是，这代价也太过于惨重、太过于血腥了一点。

贾平凹作为中国少有的乡土实力作家，针对"文革"这样一个敏感题材，以狗尿苔这样一个乡村少年的真实体验，运用乡土宗教的人文关怀以无比写实的笔法和勾画儿童灵性的轻灵，写出了那场"文化革命"中真实的农村和农民的内心体验；表达出了他对父老乡亲又爱又恨、爱恨交织的复杂心理感受和对他们在"文革"经历中的苦难的彻悟与体察。作为一个陕西作家，他脚踏黄土的厚重、不忘农民的本色和书写稼穑的谙熟，都表现出了他对这块黄土永远的眷爱与沉潜。

酸甜苦辣皆是味，悲欢离合尽归尘
——浅析迟子建小说中的爱情描写

俄国文豪列夫·托尔斯泰在其经典巨著《安娜·卡列尼娜》中有一句精彩的话"幸福的家庭都是相似的，而不幸的家庭各有各的不同"。这句话恰如其分地道出了东北女作家迟子建在其小说作品中表现和彰显的爱情本色。无论是朦胧梦幻的浪漫遐想，还是淡泊宁静的温馨相伴，也无论是相濡以沫的天荒地老，还是相忘江湖的曾经拥有，她笔下的每个主人公在爱情国度里的遭遇和经历都是好事多磨、一波三折的。每每掩卷沉思，总会被那些意犹未尽、耐人寻味的故事结局引发共鸣和顿悟，似乎在一切的偶然变故和必然事件背后，爱情始终是作者以及作品中人物的内心世界最温暖、最可靠、最幸福的必需。

迟子建，来自大兴安岭的女儿。钟灵毓秀的黑山白水除了给予了她聪颖的头脑善良的本性，更为她十九岁开始的小说创作奠定了坚实的感恩心态和无限的悲悯情怀。在她的作品世界里，那些时间空间、那些风光景物、那些人情世故、那些生活片断，甚至于那些天赋本能与思想观念、骨子里渗透的有关是非对错的评判与选择，无不张扬着淳朴直率的东北地域特色。亲情如此，友情如此，爱情更是如此。她作品中的人物，无论是贯穿始终的主人公，还是半途出现又半途消失的配角，每个人的命运莫不由于爱情的起始发展高潮结束而呈现着无可奈何的沉浮跌宕、蜕变涅槃，仿佛所有的一切都出乎意料之外又都在情理之中，只是因为它的无法预期而让故事充满了张力，同时又让人物命运充满曲折坎坷。

其实，纵观古今中外的文学作品，爱情是千百年来始终如一的经典主题。诗词歌赋的含蓄，散文杂文的直白，小说戏剧的典型，绘画雕塑的演绎，大凡体现作者情感取向的作品，都在创作者与众不同的表达里以各自独具匠心的方式向他人传达至善至美的思想内涵。一如迟子建在接受采访时所言：我心目中的伟大作品，是经过了现实千万次的'炼狱'，抵达了真正梦想之境的史诗。一个作家要有伟大的胸怀和眼光，才可以有非凡的想像力和洞察力。正所谓文如其人，品读迟子建的作品，不难发现在作者淡雅从容的文笔背后，她对于生活情感，尤其是爱情具有着如何非同凡俗的想像力和洞察力，在自己创作的那些发人深省、令人唏嘘的人物身后又意图表达出怎样的明晰彻悟？

一、酸：暧昧之悲

> 邂逅的魅力在于它的偶然性和一次性，完全出乎意料，毫无精神准备。两个陌生的躯体突然互相呼唤，两颗陌生的灵魂突然彼此共鸣。但是倘若这种突发的亲昵长久延续下去，绝大部分邂逅都会变得索然无味了。
>
> ——章序

众所周知，初恋是心酸的浪漫。因为不谙世事的懵懂，纯洁无瑕的天真，初次邂逅的朦胧，我们往往要等到事过境迁之后不经意间回想，才会拥有沧海桑田时光易逝、往事不可重来的惆怅。

《零作坊》中表面随和、内心孤傲的女主人公翁史美的一生正是由于心动的不期而至却又稍纵即逝继而发生了脱胎换骨的变化。尽管当时五官长相有着高高在上意味的她已经是有夫之妇，然而一句"我是为你来的"还是让她难以抑制内心的情感涟漪，忽视了憨厚可靠的丈夫王四会，主动对纪行舟投怀送抱。"她觉得自己就是顶破头顶的厚厚冰层的一条鱼，她望见了广大的天空和迤逦的群星"。① 可同样是一句"和孩子不要对付，做一点好吃的，

---

① 迟子建《零作坊》，载《小说月报》2003 年第八期，百花文艺出版社，原载《北京文学》2003 年第七期。

不要乱给人开门"让她意识到自己被始乱终弃的悲哀。几经周折,与零作坊同时诞生的还有她和孟十一之间的缠绵纠葛。虽然两人从未见面也从未通信更从未传递过任何照片,但零作坊的前主人孟十一遗留下来的那些优雅破碎的陶片以及他所雕塑的那两根她永远也看不厌的廊柱唤醒了她生命中沉睡着的对于纯真情感的憧憬和热望。"当她的内心对情感无比灰心的时候,她的情欲就如同冬眠的蛇一样沉睡着。而当她的爱情开始苏醒的时候,情欲又如同已逐渐熄灭下去的炊火遇见了风一样,被鼓噪得熊熊燃烧起来。"① 于是,她没有一天不在期待着他低沉而轻柔的嗓音,尤其是黄昏降临之后,在昏暗的氛围中她有一种无比的凄凉感和孤独感,她往往因为思念这个没有真实形象的人而泪流满面。她不知道这是不是一种病。通过对他声音的回忆,她似乎能捕捉到他的脉搏,感觉到他的心跳。她认为孟十一的声音就像雨丝一样,总会给自己的灵魂带来洗涤和净化,而她也总是满怀了一份爱意和期待甚至无法忍受他的话语里的任何不和谐音。如同夏日晴空中的云朵一般莹白动人,但行踪飘忽的孟十一自然难免会让她有几分心疼、几分温暖、还有几分遥望时的惆怅。

第一次,也是最后一次叫孟十一"亲爱的",然后毅然地挂断电话,翁史美就这样让这段与零作坊息息相关的感情画上了休止符。生活在继续,零作坊也由于结尾时出现的那包花种将开始新的内容。但是,到此为止的故事就这样言简意赅地道尽了这个女人生命中经历的三段爱情。如果说与王四会的婚姻是死水微澜,与纪行舟的相遇是在劫难逃,那么翁史美与孟十一之间的爱情就很难用一个词或者一句话去形容了。或许在翁史美的心目中,孟十一仅仅是一段暧昧,一段刻骨铭心的相思。迟子建将一个女人的一辈子如此巧妙地浓缩在这一小段时间一小处空间里,让每个看完整个故事的人都禁不住发出一声叹息,叹息于命运对生活在社会边缘的这个女子的不怀好意,叹息于生活对这个处于周遭全是异性却仍对爱情心存幻想的女子的曲折离奇。

与翁史美不同的,迟子建在其中篇小说《观慧记》里塑造了另一个女主

---

① 迟子建《零作坊》,载《小说月报》2003年第八期,百花文艺出版社,原载《北京文学》2003年第七期。

人公"我"。假若说翁史美身边素来不乏男性，那么"我"就只是和两个异性有过较为亲密的接触。小说将"我"只身前往出生地漠河看彗星的经过这样一个再纯情不过的故事娓娓道来。故事的男主人公周方庐，一个让"我"一见钟情的男子。他有着自己的家庭且深爱着自己的妻儿。只见过两次面的"我"和他并没有捅破彼此之间的暧昧，尽管"我"在火车上想他，看日全食时想他，返程时忍不住给他挂电话时意外得知他三天前到哈尔滨找"我"了，而"我"为了看一回未曾露面的彗星，竟然错过了与自己最魂牵梦萦的朋友相聚的"机会"。

认真品读故事，自始至终作者都没有耗费太多的笔墨讲述"我"和周方庐之间发生的事情。在密集地近乎琐碎的叙述中，作者似乎更关注围绕着"彗星"这一事件在"我"周围出现和发生的人和事，然而就是这样平淡若水的时光流逝中，作者有意无意地营造着一种坚定的成长和清纯的固执之间的冲突与和谐、矛盾与统一。看似清醒矜持理智的女主人公在内心深处依旧保留着一份率真勇敢的憧憬，一如当太阳与月亮完美重合，日全食发生时她的表述："我不再相信是天狗在吃月亮，而深信是遥遥相望的太阳和月亮在经过了漫长的煎熬和等待后，终于如愿以偿地接近和相拥了。月亮在遮住太阳的 2 分 46 秒，它们一定是在热烈地'做爱'，不然它们周围怎么会如此流光溢彩！那种安静背后的绚丽，动荡之后的辉煌。"[①] 而后当太阳复原，她又有另外一番描述："也许是哀怜月亮的离去，太阳的复原显得无比忧伤，它的光芒纤柔飘逸，让人不忍触摸，"[①] "从残缺的太阳中流泻下来的光芒给人一种水洗的感觉，仿佛太阳在洒泪"，[①] "太阳虽然恢复了常态，但它总给人一种恹恹无力的感觉，仿佛它在忧伤而甜蜜地回味与月亮合欢的情景"。[①]

眼前的景物映衬着内心的复杂交织成喜忧参半的氛围，一如结局时"我"的那句"我没事，能在这个夜晚听到你的声音我很幸福，从未有过的幸福，真的！"[①] 无疑是言有尽而意无穷的点睛之笔。不管初次相遇是怎样的心动情生，也不管再次重逢时是如何的缠绵暧昧，彼此在各自的现实世界里都不被容许肆意妄为、任性犯规，于是，当回忆的甜蜜在时光的悄然流逝

---

① 迟子建《观慧记》，载《迟子建作品精选》，长江文艺出版社 2006 年 9 月第一版。

中渐行渐远，生活如初人如故。

二、甜：亲密之欢

既然有酸涩悔憾的暧昧悲戚，自然也会有甘甜缱绻的亲密欢愉。在宁静淡泊的日常生活中，爱情往往会朴素到难以察觉的程度，然而就是这般并不华丽喧嚣的普通平凡里，历经多年婚姻的夫妇之间的爱情在不断磨合中会变得更近似亲情，没有花前月下海盟山誓的浪漫甜蜜，只有执子之手与子皆老的忠贞不渝，如此深厚的真挚，如此温暖的厚重，着实令人由衷地心生敬意。

迟子建的中篇小说《踏着月光的行板》就描述了这样一份感人至深的爱情。一对在不同城市打工、只有在休息日才能见面的清贫夫妻。工作的艰辛使生活在社会最底层的他们倍加珍惜每一分钱。团圆中秋他们不约而同意外获得一天假期，为了给对方惊喜而精心准备专程赶到对方工作的地方见面却因为没有提前招呼而想见却未得见，不仅仅双双落空而且还都在火车上奔波劳顿了一整天。最后不得已电话约定在返程的路上，通过相反方向的车窗对望。虽然丈夫特别买给妻子的丝巾和妻子刻意送给丈夫的口琴都没能送到对方的手中，并且由于火车相遇的那一刻太快以至彼此都没有看清对方，但是那种浪漫的深情却覆盖了两列火车，一如迟子建在后来谈到创作心境时说的，男女主人公在慢车交错之时终归得以隔窗相望，而自己却连再看丈夫一眼的机会都没有了，"我们婚姻生活中曾有的温暖又忧伤地回到了我身上，所以那对农民夫妻的感情，很大程度上倾注了我对爱人的怀恋"。[①]

故事的开端有几许凄怆的意味。对于习惯快节奏的城市人群来说慢车无疑是难以忍受的，但在女主人公林秀珊看来却是与丈夫相见的必经之途。即便相见后也不过做两件事——热烈地做爱和随后的贴心话。不管日常工作多么卑微忙碌，和丈夫在一起的林秀珊总会感觉分外甜蜜，丝毫不介意自己的满口黄牙朝丈夫露出娇嗔的笑容。虽然他们之间的甜言蜜语不能在夜深人静

---

① 迟子建采访专题，载《华商晨报》2007年11月23日。

时悄悄地说安心地说,而必须在固定的时候,在风雨中大雪中大声地说,这是何等辛酸悲凉的浪漫!相聚苦短,相思苦长。"两辆反方向运行的慢车在交错时,慢车在那个瞬间就成了快车,他们相会的那一刻,等于在瞬间乘坐了快车。"①很显然,作者意图借助对两人在各自车程中经历的不同事件的细致描述将自己对寻常夫妻琴瑟和鸣的羡慕深藏在字里行间,原来真实的爱情可以如此简单地知足。

在迟子建的短篇小说《盲人报摊》中,吴自民、王瑶琴是一对靠卖报纸为生却生活得恩爱自足如漆似胶相互提携的盲人夫妻,他们共同生活在黑暗的世界里,心中却洋溢着无比光明的爱情光芒。丈夫吴自民体贴备至,从不颐指气使呼来唤去,数十年如一日风雨共度。妻子王瑶琴是一个先天失明者,对于颜色的感知只能靠丈夫残存在记忆中对颜色的描述获得。和周围健全人鸡飞狗跳的生活相比,他们关系最为融洽。"全院子里只有我们是不吵架的夫妻,因为我们相互看不见,在我心目中,你是世界上最美最好的女人。"②如此宁静安乐的生活状态在王瑶琴怀孕后发生了变化,因为他们担心孩子出生后像自己一样,由于经济窘迫经过再三思量决定募捐为将来的孩子治眼睛。屡遭挫折后,特别是邻居刘奶奶因与孙子阿强吵架而自杀的悲剧,让两人不约而同地感到,"要让他有点什么不足,缺陷会使人更加努力。"②"他们像新婚那夜一样拥抱在一起,失明的痛苦早已被抛到九霄云外。孩子不管是否是盲人,都是上帝赐予的。他们觉得会加倍爱惜那孩子的。"②故事在王瑶琴美丽的梦中悄然落幕,"盲人的世界里一片光明灿烂"。②

这份在逆境困苦中的相濡以沫,对于残缺的生命来说也是难能可贵的。人生的亲密之欢和谐之乐,演变成迟子建对爱情的深刻体察。在那些弥漫着人间烟火气息的背景环境里,因为有爱存在,人们并不因为贫困而感觉绝望,反而对生活多了一些深层的宽容和体谅,从而让彼此之间的爱情更加亲密,相互之间的婚姻更加欢愉。

---

① 迟子建《踏着月光的行板》,载《小说月报》2004年第二期,百花文艺出版社,原载《收获》2003年第6期。
② 迟子建《盲人报摊》,载《迟子建作品精选》,长江文艺出版社2006年9月第一版。

《花瓣饭》写的是"文革"时期一对被划为右派的知识分子夫妇之间的感情。因为一些事情，他们也会在生活中发生误会。那些误会尽皆由爱而生，彼此间的关爱通过大雨之中的两人一而再，再而三的反复寻找的过程中表现出来，那寻找的过程甚至离奇的有些闹剧的成分，但我们却笑不出来，当夫妻二人终于捧着一束鲜花归来的时候，作者如此写到："他们进了屋里，一身夜露的气息，裤脚都被露水给打湿了。爸爸和颜悦色地提着手电筒，而妈妈则娇羞地抱着一束花。那花紫白红黄都有，有的朵大，有的朵小，有的盛开着，有的则还打着骨朵。还有一些，它们已经快凋谢了。妈妈抱着它经过饭桌的时候，许多花瓣就掉进了粥盆里。那苞米面粥是金黄色的，它被那红的黄的粉的白的花瓣一点缀，美艳得就像瓷盘里的一幅风景油画。爸爸妈妈的头上都沾着碧绿的草叶，好像他们在花丛中打过滚。而妈妈那件洋红色的衣裳的背后，却整个地湿透了，洋红色因此成了深红色。"[1]

　　读到此处，一股暖流不禁涌上心头，我们在感到无比轻松的同时也由衷地为这份患难中的真情喝彩和祝福。"花瓣饭"在这里不仅代表着温馨美好的家庭温暖，更象征着香醇丰美，始终如一的美好爱情。父母亲在"文革"中都遭遇了不公的待遇，一个被撤职下放，一个被打成苏修特务。在那种恶劣的环境下，两个人还能保持一份宝贵的爱情是难能可贵的，而且正是这份来之不易的爱情支撑着他们活着，并且是幸福地活着。家庭内部的温馨和谐氛围与外面黑白颠倒的社会环境构成强烈的对比。迟子建即使写历史浩劫年代里的"文革"往事，也绝无以往作家笔下诸如夫妻反目、家庭破裂，人性的温暖被铁血般的政治意志与权力刀锋所切割的冷酷，恰恰相反，我们看到的是患难之中的恩爱，忧伤之中的甜蜜与浪漫，爱情无论在何处，只要心存慈善，只要彼此牵挂，它便永远不会枯竭，因为只有它才是我们真正的生命之源。

三、苦：聚散之离

　　七年之痒是时下对结婚多年的夫妻的比方。柴米油盐替代了玫瑰巧克

---

[1] 迟子建《花瓣饭》，今日中国出版社，2005年5月第一版。

力，再恩爱的生活也会枯燥单调。于是身边开始出现难以抵挡的诱惑，内心深处也渐渐萌生难以抑制的冲动，出轨似乎不再是稀罕的新鲜事。步入这个阶段的爱情对双方来说，毋庸置疑濒临危险的边缘。善于挖掘和反思人性的迟子建在其创作中自然不会忽略这种合久必分分久必合的边缘状态。只不过似乎在她的行文中，诱惑和冲动终究无法与真爱相抗衡。不管出轨因何而起，也不管过程如何，总后总会是圆满收场。《第三地晚餐》是这样，《起舞》更是这样。

若论《第三地晚餐》里提及的爱情，其实有三对：主人公陈青和丈夫马每文，陈青之母陈师母与丈夫陈大柱，陈青继女蒋宜云和陈青旧情人徐一加。围绕着"第三地"和"晚餐"两个意象，迟子建将三对爱情错综复杂地交织在一起，借以表现男女之间的不平等和不平衡。"上帝造人只有两种：男人和女人，这决定了他们必须相依相偎才能和谐存在于这个世界。宇宙间的太阳和月亮可以转换，可以看作是人世间男女之间所应有的关系。它们紧紧衔接，不可替代，谁也别想打倒谁。只有获得和谐，这个世界才不至于倾斜，才能维系平衡。"[①] 在迟子建看来，陈青和马每文之间的爱情之所以会出现猜忌、波折和变故，最根本的原因在于第三地这个介乎于魂牵梦萦的温柔乡和痛彻肺腑的断情崖之间的处女地。就这层意义来解读整个故事，显而易见的是陈师母、陈青和蒋宜云在面对"第三地"时做出的各自选择。与母亲义无反顾的决绝和继女鱼死网破的果敢不同，陈青选择了隐忍退让，选择了宽容理解。当"晚餐"又一次成为爱情的象征，发生在男女主人公这三对夫妻之间的聚散合分终于尘埃落定地归于平息宁静。

其实作为这部作品中心意象的"第三地"，除了是指夫妻之间由于摩擦误会而引发的不必要的隔阂外，还特别指向了女主人公陈青的一段过往。"陈青觉得自己以前身上的每一个毛孔都是堵塞的，如今它们却如遇到了春风的花朵，狂放地开了"。[②] 当蒋宜云让徐一加这个名字重新回到陈青的意识

[①] 张立芹爱的晚餐：《第三地晚餐》的意象和女性主题，思与文网－文化研究，2007.1.14。

[②] 迟子建《第三地晚餐》，载《小说月报》2006年第5期，百花文艺出版社，原载《当代》2006年第2期。

中，在陈青看来，"那曾在她耳边留下的温存的求爱声，那曾印在她额头的热吻以及他们水乳交融时激荡起的动人的波涛声，都在那个寒冷的冬夜凝固了"。①伴随着自己与丈夫的感情在柴米油盐的浸润和熏染中，在调侃而又透着浪漫的话语声里日渐加深，婚姻变成不可分离的整体。

照寻常人的逻辑，男女主人公的婚姻无疑是令人羡慕的幸福典型。可在这样波澜不惊的背后，围绕着两人的大环境与小家庭正汹涌澎湃地激荡着数股暗流。似乎整个故事里没有一对夫妻爱侣之间是风平浪静恬适祥和的。爱情的存在与消亡，婚姻的维系与延续，似乎都是他们难以清醒的无解之谜。

与《第三地晚餐》的意象明晰相比，《起舞》更诗意更含蓄更内敛。老八杂、水果铺、傅家甸、半月楼、蓝蜻蜓五个简洁的三字词将全文划成了五个看起来各自独立的部分。男主人公齐耶夫在第一部分就交代完了生命历程，而女主人公丢丢的过往则是第三部分才出现的内容。其间的第二部分是与历史相对的两人现实生活的记录。至于第四部分讲述的有关半月楼的故事和第五部分讲述的两人身边出现的异样情愫，更是让读者感觉到完全不着边际的混乱。

事实上，无论是齐如云、裴老太，还是柳安群、王小战，或者是罗琴科娃、彭嘉许，故事里相继出现的所有人物时间都和男女主人公以及两人的爱情进程有着密不可分的关联。就像半月楼这处楼房对于老八杂这方区域特殊的重要，作为父母爱情结晶的丢丢在听闻了齐如云的传奇后，意外与齐耶夫一见钟情并迅速在两位母亲的殷切期许下喜结连理。聪明善良的她在使重获新生的半月楼在老八杂百姓生活中占据不可或缺的重要位置的同时却未收获丈夫一心一意的疼爱呵护。齐耶夫多年经受的委屈在罗琴科娃的怀里涣然冰释。"他俯在罗琴科娃身上，就像匍匐在故乡的大地上一样踏实。他从来没有那么忘情和持久地要过一个女人"。②尽管罗琴科娃最后还是离开了，可齐耶夫在地窖里声泪俱下的大段告白还是让丢丢感到了欲哭无泪的心痛。"你

---

① 迟子建《第三地晚餐》，载《小说月报》2006年第5期，百花文艺出版社，原载《当代》2006年第2期。
② 迟子建《起舞》，载《收获》2007年第5期。

现在愿意爱两个人,就爱吧!有一天你不想爱两个人了,那就爱一个!不管最后我是不是落在你手里的那个爱,我都爱你"。① 应该说,迟子建在这个故事的女主人公丢丢身上倾注了她对女性所有美德、信仰和坚持。所以即便当丢丢与齐耶夫的婚姻遭遇这样的意外,丢丢依然能够以一颗仁慈宽容的心来原谅丈夫,让偏离方向的婚姻、出现裂隙的家庭重归原有的模样。与陈青相比,丢丢是幸运的。面对始料不及的惊诧,身心并未遭受太多的折腾伤害。只是,有些痛楚有些悲痛就这样定格成了心底的伤痕烙印。

四、辣:生死之合

死并非是生的对立面,而是作为生的一部分而存在。——村上春树

在爱情国度里,生离死别一直令人欲语还休、欲罢不能。因为在逝去的感情事件中,无论痛苦还是欢乐,无论它们一度如何使我们激动不宁,隔开久远的时间再看,都是美丽的。我们还会发现,痛苦和欢乐的差别并不像当初想像的那么大,欢乐的回忆夹杂着忧伤,痛苦的追念掺杂着甜蜜,两者又都同样令人惆怅。

迟子建的中篇小说《世界上所有的夜晚》讲述的是女主人在魔术师丈夫车祸去世后因为悲伤的思念难以忘却,沉陷在感情沼泽中挣扎煎熬的女主人公最终选择了以旅行作为排遣,然而在途中因为山体滑坡导致火车晚点被迫停留在一个盛产煤炭和寡妇的小镇乌塘,听闻了众多的情感创伤与生离死别的故事,最后在三山湖景区和一个叫云岭的少年去清流河放河灯以此结束掉整个故事。

"魔术师被推进火炉的那一瞬间,我让推着他尸体的人停一下,我用手抚摸了一下他的眉骨,对他说,你走了,以后还会有谁陪我躺在床上看月亮呢!你不是魔术师么,求求你别离开我,把自己变活了吧"。② 即便是如此的肝肠寸断,可迎接女主人公的并不是丈夫复活的气息,而是送葬者像涨潮的

---

① 迟子建《起舞》,载《收获》2007 年第 5 期。
② 迟子建《世界上所有的夜晚》,人民文学出版社,2006 年 1 月第一版。

海水一样涌起的哭声。这种饱含泪水的祭奠,这种如影随形的思念,在主人公的旅途中随处可见。听史三婆讲鬼故事时主人公想到丈夫在阴间的模样;行走在乌塘的小巷里深陷阴阳永隔悲苦中的主人公所看到的小镇天空中有着令人窒息的浓重压抑。

"我打量着那盏属于魔术师的莲花灯河灯,它是用明黄色的油纸做成。烛光将它映得晶莹剔透。我从随身的包中取出魔术师的剃须刀盒,打开漆黑的外壳,从中取出闪着银光的剃须刀,抠开后盖,将槽中那些细若尘埃的胡须倾入河中。我不想再让浸透着他血液的胡须囚禁在一个黑盒子中,囚禁在我的怀念中,让它们随着清流去吧……"① 主人公看着承载丈夫血肉象征的细小粉末的河灯渐行渐远,仿佛她自己所有被遗弃的委屈和哀痛也随之一起流向夜空中无边无际的银河。由天人永隔的思念到生死合一的释怀,主人公的爱情并未因为死亡的降临而终止消失。迟子建意犹未尽地给故事留下了一个回味无穷的尾声。

和《世界上所有的夜晚》相似,短篇小说《亲亲土豆》也展示了一场人世间最为朴素无华、淳美芬芳的生死绝恋。和《世界上所有的夜晚》不同,《亲亲土豆》的开头是弥漫着诗情画意的凡俗而又瑰丽的土豆花香。迟子建用极具唯美的色彩渲染出空灵的忧伤,为男女主公的相濡以沫营造出有如天籁之音般淡远和缓的空间氛围。男主人公秦山在身患绝症后为了将一生所得留给妻儿,从医院偷偷溜回家的选择使得这个故事宛如一曲现代乡村幸福家庭的田园牧歌。

在迟子建的这部作品里,爱情是互相陪伴、互相体谅和互相珍惜。秦山不愿意花钱治病却在生命遭受死亡威胁之际舍得给妻子李爱杰买条精美的旗袍,天寒地冻中身着旗袍的李爱琴在为因病离世的丈夫盖棺时,意外发现冻土不够,心有灵犀的她情急之下将一袋袋土豆堆积在坟头。"只见那些土豆突噜噜地在坟堆上旋转,最后众志成城地挤靠在一起,使秦山的坟豁然丰满充盈起来。"② 而当李爱琴最后一个离开秦山的坟:"刚走两三步,忽然听见背

---

① 迟子建《世界上所有的夜晚》,人民文学出版社,2006 年 1 月第一版。
② 迟子建《亲亲土豆》,载《迟子建作品精选》,长江文艺出版社 2006 年 9 月第一版。

后一阵簌簌的响动,原来坟顶上的一只又圆又胖的土豆从上面坠下来,一直滚到李爱杰的脚边,停在她的鞋跟前,仿佛一个受惯了宠的小孩子在祈求母亲那至爱的亲昵。李爱杰怜爱地看看那个土豆,轻轻地嗔怪道'还跟我的脚呀?'"①生前的患难与共,死后的依依不舍就这样被作者表现得淋漓尽致。

与前两者有着异曲同工之妙,短篇小说《一匹马两个人》也描绘出了一种天荒地老至死不渝的真爱。一对相依为命的老夫妻由老马拉着去远离村落的麦田看守庄稼。半路老妻不慎跌落身亡。饱经痛苦思念折磨的老头也未久于人世,剩下忠诚的老马守护主人生前播种还未来得及收获的麦田。小说开篇的叙述是静谧恬适的。"同以往一样,坐在车辕的男人垂着头袖着手打盹,车尾的女人则躺着睡觉","马走得有板有眼,一对老夫妻也就安然地在温润而清香四溢的晨曦中继续他们未完的美梦,偶尔能让他们醒一刻的是原野上嘹亮的鸟鸣"。①在这般温暖无比、质朴无华的情感氛围中,老夫妻经历十年人生风雨的相依相守显得那般珍贵。即便因为儿子两次入狱使得周围人误解颇多,即便只有一匹老马相伴晚年,仍然无法磨灭天荒地老、生死相许的幸福。

"微风吹着原野,原野上的野花就将芳香托付给风了","坐在车辕的男人不喜欢花,可是老马喜欢,它常常用舌头去舔花。车尾的女人也爱花,不过她只爱花朵硕大的,比如芍药和百合,而对那些零星小花则嗤之以鼻,说它们开得针眼那么小,也配叫做花?"②然而,老太婆就是在这样微暖的春风里掉下马车被路边的石头害了命。死亡如此突如其来,令原本温暖无比的氛围立刻转入痛心无比的悲怆。老头为了安葬老太婆让老马反复奔走在村落和麦田之间的土路上,以至人马皆疲惫不堪。他们一遍又一遍地途经老太婆出事的地点,心头的哀痛也一点一点地累积着。由此失去生活重心的老头开始忙乱于吃饭洗衣之类过去由老太婆打理的琐事中。当远来的画家为他完成老太婆的画像,生无可依死无可恋的老头选择追随老伴而去。而亲自承担并埋葬老太婆和老头的王木匠,一个对老太婆有着持久而纯真的眷恋的人,(只

---

① 迟子建《亲亲土豆》,载《迟子建作品精选》,长江文艺出版社2006年9月第一版。

② 迟子建《一匹马,两个人》,载《迟子建作品精选》,长江文艺出版社2006年9月第一版。

是老太婆在年轻时选择的是老头)在故事中更加凸显了真爱无悔的主题。

不管无情的岁月如何侵蚀容颜,根植于善良人群内心深处如泥土一般厚实的爱情始终不曾有过丝毫褪色。故事从开始到结束,迟子建鲜少直抒胸臆,但字里行间散发的是让人唏嘘不已白头偕老真爱永恒的感动。也许真正的爱情,正应了元好问的一句词:问世间情为何物,直教人生死相许!

五、综述:爱情千般味 故事万段缘

爱情是千百年来无数文人墨客颂扬的经典主题。只要人类的情感河流没有枯竭,爱情便会永远流传!酸甜苦辣、悲欢离合也会始终如一地成为我们在劫难逃的人间之味,无尽之尘!

迟子建笔下的爱情,无论是暧昧如《零作坊》中翁史美的悲愁迷茫,还是《观慧记》里"我"的遗憾沉迷;也无论是《踏着月光的行板》里的俗世欢颜、底层纯真,还是《花瓣饭》里的患难真情、相亲相爱;更或者像《第三地晚餐》与《起舞》那般的纠缠不休,聚散依依;甚至于如《世界上所有的夜晚》里的深沉哀痛,《亲亲土豆》中的温暖诀别和《一匹马,两个人》里的凄怆晚景、悲凉之爱,我们在哀婉缠绵、悲凄深沉的语境中分明看到了在这些小说人物背后深藏的作者那一颗充满了爱的心灵。他们在爱情的国度里经历的悲欢离合、感受的酸甜苦辣从深层的意义上来说正是作者迟子建自身爱情观的生动体现。对于迟子建来说,她的小说作品,尤其是后期作品中所描写的爱情,无不与自身的情感经历有着千丝万缕的潜在关联。一如著名作家蒋子丹在他关于《世界上所有的夜晚》一文的书评中所言:2002 年的车祸,对迟子建的影响不可谓不深。丈夫之死如同春天里的沙尘暴,为迟子建带来一段天昏地暗的日子,也带来将与生命等长的伤痛记忆。由此,《世界上所有的夜晚》也被迟子建称为写给丈夫的漫长的悼词。

不能不承认,迟子建是中国当代文坛,尤其是现实小说界里个性极其鲜明、文笔风格独特的一朵奇葩。尽管她为绝大多数人所熟知的往往是她对纷繁复杂的红尘俗世寻常百姓生活的诗意描绘,然而就她自身来说,那些小说故事,那些人物遭遇,那些自然风光,其实都紧紧地围绕着一个绝对的中心主题,那就是人世间的真爱!

"背后有人"
——读李佩甫《生命册》

  《生命册》是李佩甫所著，作家出版社2012年3月出版的一本长篇小说。是著名作家李佩甫潜心五年，倾力打造的最新长篇小说，是其继《羊的门》《城的灯》之后，"平原三部曲"的巅峰之作。这是一部自省书，也是一个人五十年的心灵史。作者追溯了城市和乡村时代变迁的轨迹，书写出当代中国大地上那些破败的人生和残存的信念。在时代与土地的变迁中，人物的精神产生裂变，都走向了自己的反面。在这些无奈和悲凉中，在各种异化的人生轨迹中，又蕴藏着一个个生命的真谛。

——题记

  李佩甫的《生命册》是一本讲述人之"背景"的书，简单地说，就是讲述一个人的出身对我们人生的影响。而且这种影响不可清洗贯穿一生。对于《生命册》的主人公吴志鹏来说，他的背景就是供养他长大的"老姑父"和以"老姑父"为村长的吴梁村以及供他吃奶上学的吴梁村的父老乡亲。

  吴志鹏出身孤儿，却在中国土地改革和合作社这样一个特殊的历史环境中长大，吃百家饭，穿百家衣，在战斗英雄"老姑父"权力的庇护下被一路绿灯送进大学最终成为研究生留校任教。但恰恰是这种生命的"原罪"，让他在工作中因为家乡的"人情债"而不堪负荷，终于辞职落荒而逃，在改革开放的原始积累中于商海沉浮，功成名就却又不堪尔虞我诈，疲惫之际功成身退。

  吴志鹏身上的这种生命的"原罪"正是来自于吴梁村众多妇女的乳汁，

来自于平原的土地与河流，来自于生长于这片土地上的每一种植物。这是他生命的背景，是他生存的根源，无论吴志鹏这个人身在何方，富有或者贫穷，他的血液之中都带着这种无法清洗的"原罪"。《生命册》所书写的正是这种乡土哲学中的"原罪"伦理对生命的本质性影响。

《生命册》写了吴志鹏的成长背景以及与他所关联的所有事物。包括吴梁村的山川草木，风俗人情，传奇故事。他所接触的人，接受的文化，经历的苦难，刻骨铭心的爱情和商海沉浮的厚黑，还有始终站在他身后的如同鬼魅般神秘莫测的吴梁村人。这是一种乡土哲学，是在时代变幻中被日益稀释的村落文化与生死哲学。

一个人生在哪里，他将死之际或扬名显姓之时最想得到认同的地方必然是哪里！虽然，社会在急剧地变动，改革的步伐不断地清洗着日益匮乏的乡土观念。可是没有文化根基的灵魂，在都市漂泊中纵然荣华富贵，也是孤独无依的。都市之中的灵魂都是陌生的灵魂，是没有土地依附的浮萍野草，缺失了乡土的滋润和文字的丰盈，他们的生命如飘飞的蒲公英一样，在坚硬的钢筋水泥中永远找不到落根之地。他们纵然有名也无处可显，纵然有姓也无处可扬，这对有着血肉情感的灵魂，实是一种生不如死的折磨。狐死尚首丘，何况人乎？

《生命册》中的"骆驼"何等聪明，何等不可一世，用金钱将官员和名人玩弄于股掌之间，却始终无法看到自己的根在哪里？当他从十八层的高楼上跃下之时，当他活在日日"争抢"名利的搏杀中时，他的灵魂如同一颗干瘪的葡萄。当一个人生命的汁液变成了甜蜜的欲望，他的灵魂已毫无气象可言，他精神的内核已然凋零败落，在崩溃的边缘垂死挣扎。相比而言，虫嫂在亲情的滋润中挽回了自我的尊严，赢得了世人的尊敬，那卑劣的过往竟然也是可以得到原谅的，乡土生命哲学的厚重由此可见。而在上访路上苦苦奔波了三十年的梁五方在垂老之时却获得了另一种生命的启示，成了神通无比的算命神仙。他的一生被荒谬的历史和刚愎而"各色"的性格驱使着，鬼使神差地家破人散，却拥有了窥视他人生命密码的异能。而赢得无数军功章的"老姑父"因为一个女人而被困死在这封闭愚蛮的吴梁村。他用自己的悲悯和仁慈还有在战火中锻就的钢骨佛心守护着一方村落的安宁，却仍然在荒凉衰老之中屈辱地死去……

吴志鹏生命中的爱情，恰似灵光一闪，光华过后，一地飞灰。那个他心中女神一般的梅村和象征不死爱情的"阿比西尼亚玫瑰"，即便再昂贵也挽回不了凋零衰败的命运。爱情不是永远活在记忆里，就是永远活在青春里。爱情不是永远活在别人的故事里，就是永远活在历史的断章残简之中……

"花开堪折直须折，莫待花落空折枝"，《生命册》中的爱情便是如此。只是贫穷的吴志鹏在花盛时节只能落魄离去，错失了那满怀纯真的情怀。等到功成名就归来之时，已然是花谢花飞花满天。这就像腼腆而不开窍的吴梁村的春才，面对所爱的女子无法开口，终于看着她远嫁他村，便在羞怯而耻辱的欲望暗夜里挥刀自宫。仔细想来这春才岂不正是"蠢材"的暗喻。可在一个以偷奸耍滑为生存要义的时代里，做一个老实人的代价也便就是如此了。这是一种可悲的人生哲学，更是一种"舍生取辱"的哲学，但偏偏就有这么一帮人将它奉为生命的信条，至死不渝地守护着。这是一种对逝去往昔的坚守，其悲壮与绝决实是感天动地，却唯独感动不了这个时代中那一张张冷漠的脸庞。

吴志鹏的生和骆驼的死，却恰恰正是这种不被感动的信条的答案。每一个人都觉得成功的吴志鹏背后一定有人撑腰，且那个人一定是个不可一世的大人物。可只有吴志鹏知道，他的身后其实是一群在世人眼中最卑贱的人，是供养他长大成人的"老姑父"和以"老姑父"为村长的吴梁村，是他身后这片广袤而贫瘠的平原，也是他心中永远不敢丢弃的那一把做人的戒尺。

"背后有人"如果要说是一种写作的"悬念"设置，倒不如说是作者所信奉的写作信条。这"人"乃是大写之"人"，更是心中之"仁"。这一点作者在文章中解释得再清楚不过，所谓"仁"：便是众人的慈悲之心，是舍弃个人私欲的灵魂，是千万人联手的浩荡潮流，是把良心捧在阳光下，让灵魂的芬芳得以四溢漂流的人间清气。

一场徒劳的自我救赎
——读东西《后悔录》

> 整个阅读过程是极其痛苦的。我仿佛成了一个有自虐倾向的人，硬逼着自己在火上烤，在冰里浸，在刀刃上跳桑巴。好几次，忍无可忍，将书扔到一边，心中波涛翻滚全是暴力念头。无比厌恶书中的"我"，恨不得将其一砖头拍死一了百了。有人说可怜之人必有可恨之处，那个"我"简直就是唯恐此话缺少佐证所以挺身而出树立榜样的。整个阅读过程中，我不断咬牙切齿（想骂人），不断摩拳擦掌（想打人），进而不断迁怒作者觉得他分明就是活生生一个变态居然能把如此犯贱窝囊痛苦恶心憋屈郁闷的感觉游刃有余写出来，这得有多大的毅力啊，同志们！！只是为了有始有终，我才捏着鼻子将这药喝下。我的想法极其单纯：仅此一次，看完就扔，永不染指！然而扔了数日，我就开始心痒。当我忍不住打开书来看了几页，浓浓的悔意又将我包围。我仿佛终于明白了，它为什么要叫《后悔录》（就是你让你看的时候后悔看了，扔的时候后悔扔了，总之不让你消停）。
>
> ——题记

这是一篇有关欲望的小说，只是发生在一个禁欲主义的时代，所以人性欲望本能摇身一变成了一种对欲望的恐惧。

这是一篇有关爱情的小说，只因为发生在一个爱情不被允许的时代，所以熊熊燃烧在灵魂里的爱火，终于变成了一副冰凉的爱的枷锁，爱被囚禁于不见光明的黑暗里，任其挣扎腐烂成泥。

这是一篇有关成长的小说，只是主人公成长在一个反常的"文革"时代，所以他在不断地做着令自己后悔的事情，可是却无法自拔，并将这种做后悔事的行为持续了一生。

主人公曾广贤成长在"文革"时代，他的父亲曾长风因为资本家出身而让整个家庭都被连累，成为被批斗改造的典型。他们的家产也被没收充公，一家人和曾经的家仆、雇员一起住在原本属于他们家被改造后的仓库里。

曾广贤的母亲吴生在长期的政治运动改造中为了把自己洗刷的像白球鞋那么干净，像放了漂白粉那么干净。在近十年的时间里不愿意让曾经的资本家丈夫玷污自己的身体。曾长风在长期被欲望的折磨中把目标投向了曾经的家仆赵老实的女儿赵山河。令人惊讶的是这一行为得到了赵老实的默许，只因为曾长风这个资本家少爷是赵老实看着他在自己眼睛下长大的。曾长风身体上的每一个印记他都无比清楚。在他的意识里像曾长风这样的少爷，放在过去娶个三房、四房那是很平常的事情。

曾广贤不同，在母亲的教育下他从小就认为性是一种不洁的行为，一切有关性的行为都是耍流氓。所以当他发现父亲曾长风与赵老实的女儿赵山河私通的时候，他无法克制隐藏在内心的秘密，把这一切报告给了赵老实的儿子铁杆"文革"当权派第五中学校长赵万年。结果曾长风被押出去狠狠地批斗了一顿，下体被打的血肉模糊，惨不忍睹。作为动物园饲养员的母亲吴生也因此搬出去住到了单位。

即使面对血肉模糊的父亲惨遭毒打的模样，曾广贤也仍然无法管住自己的嘴巴。当他在父亲养伤期间发现父亲在看没有穿衣服的女人的画报，为了挽救父亲，他再次找到了正在寻找批斗对象的赵万年。这一次的结果是父亲被批斗者打的近乎残废，他们位于仓库的家被查抄拆毁成为废墟，妹妹曾芳失踪。当风雪中爬行归来的父亲终于知道了告密者就是儿子的时候，他发誓此后不再认这个儿子。

处于迷茫落魄中的曾广贤去寻找母亲的时候，目睹母亲被幼儿园园长非礼的经过。他无法正视曾经教育自己的母亲也做出和自己的言行相反的流氓行为，朝着母亲吐口水漫骂，丝毫不顾及母亲的辩解。吴生为了向儿子证明自己的清白以身饲虎，死后只剩下半个残躯。

家破人亡之际的曾广贤接替了母亲的职位做了动物园的饲养员。此时正值知识青年下乡插队的高峰期，一直对曾广贤怀有爱慕之心的姑娘小池在仓库的阁楼上大胆地脱下裙子向他表白。曾广贤见状被吓得大喊流氓仓皇逃走。后来小池暗示他和自己一起插队到乐天，结果小池报了名，曾广贤却失信了。就在小池远走农村之后，身体逐渐发育长大的曾广贤在青春荷尔蒙的呼唤下终于意识到了性本能的不可抗拒，也开始回过头来重新认识小池的爱情，理解父亲之前的一切行为。

可惜的是当他再次奔赴小池插队的农村之时，小池已经在历经对他的绝望等待之后选择了委身于和她一起插队的疯狂追求者于百家。落寞中返回城市的曾广贤在动物园里养了一只流浪狗，取名"小池"。以此表达和抒发他对小池的思念。在去农村探望小池的时候他狗把委托给同事赵敬东照顾。不想他回城的时候发现流浪狗"小池"的名字变成了"闹闹"。后来又听同事何彩霞说赵敬东和狗搞男女关系，单位准备批斗赵敬东。曾广贤遂把这个消息告诉了赵敬东，赵敬东听后在恐惧和羞耻之中选择了服毒自杀。死的时候给"闹闹"也喂了药。

因为自己管不住嘴巴又造成了一条人命的曾广贤在内心的愧疚与恐惧中离开了动物园的住处回到了仓库的阁楼。而阁楼的下面就是省宣传队的舞台，赵敬东所爱慕的表姐张闹每天晚上就在舞台上排练革命现代芭蕾舞《红色娘子军》。由此我们也知道了赵敬东为何要将流浪狗"小池"改名"闹闹"。

已经成为青年的曾广贤开始每天晚上通过阁楼的窗户偷窥张闹跳芭蕾舞，然后寻求各种办法接近张闹，并在朋友于百家的出谋划策下给张闹买裙子，甚至企图晚上闯入张闹的房间。最后这一企图真的变成了事实，只是曾广贤从窗口进入房间不久因为张闹的挣扎而被抓了个现行。尽管什么也没做，却被以强奸犯的罪名判了十年有期徒刑，进入杯山拖拉机厂劳动改造。事实上，张闹经法医检查处女膜破裂只是因为跳芭蕾舞的剧烈运动造成的。只是张闹并不知情。当十年刑期将尽的时候张闹偶然从现代保健常识中发现了这个问题，曾广贤在名义上已经成了人人口中的强奸犯。尽管从入狱开始他就不断地给所有亲朋好友写信辩称自己是冤枉的，只是越抹越黑。最后也只好放弃。

服刑期间，昔日的同事陆小燕不畏曾广贤强奸犯的名声即使众叛亲离也依然愿意等他出狱。陆小燕对于爱情的忠贞彻底感化了曾广贤，让他在荒凉的人生里收获了一份意想不到的温暖。为了早日出去与陆小燕团圆，曾广贤不择手段寻求越狱的机会，却最终功败垂成，被加刑三年。为了减掉这三年的刑罚，他又不惜出卖自己的狱友李大炮。却不堪忍受良心的折磨，向李大炮坦白了自己的卑鄙行为。又惨遭狱友的孤立毒打。

张闹在发现处女膜的医学常识之后为曾广贤洗清了强奸犯的罪名，出狱之后的曾广贤却违背了当初对陆小燕的承诺，选择了和张闹结婚。只是面对张闹依然青春诱人的躯体，曾广贤虽然万分渴望得到她，却又在内心之中被欲望的恐惧所束缚，一心想在和张闹办理结婚证获取合法手续再入洞房。不想在此期间，他昔日的朋友现在已经是小池的丈夫的于百家乘虚而入，和张闹酿成了奸情。此时的曾广贤再想回头和陆小燕重归于好之际，张闹已经和他办好了结婚证。无奈之际的曾广贤只想和张闹离婚，张闹却百般刁难，一拖再拖。

进退失据，如同困兽的曾广贤此时再次忍不住地选择了向于百家的妻子现在已经是著名画家的小池告密。小池不堪丈夫出轨的折磨将张闹和丈夫的奸情举报给了公安局。不想事后于百家与张闹变本加厉，更加肆无忌惮。小池精神几近崩溃终于选择了自杀，并被曾广贤从高楼顶端救下。历经此事，小池已经精神失常，时好时坏。

适值"文革"结束，社会秩序回归正常。经济和社会风气逐渐开放。曾家的仓库按政策将返还到曾广贤父子的手中，其价值在百万之巨。此时曾广贤才知道原来张闹一直看中的就是曾家的家产。

曾广贤为了和张闹离婚，请律师前去和张闹交涉。不想律师和张闹竟然成了姘头。此时的张闹已经不是当年的张闹。即便曾广贤萌生了与张闹过日子的想法，张闹也已完全不把曾家的家产放在眼里。离婚之时却拿走了曾广贤八万块。令曾广贤气愤的是，那张结婚证竟然是伪造的。也就是说张闹用一纸假结婚证骗取了曾广贤八万块的补偿费，也造成了曾广贤无法与陆小燕重归于好的悲剧。当曾广贤再次去找陆小燕时，人家已经嫁为人妻，怀孕待产。

此时的小池整天疯疯癫癫，她的丈夫于百家被张闹抛弃后以十万块每年的租金租下了曾广贤的仓库，开始经营按摩理疗。不到几年便被公安查处，仓库遭遇查封。作为仓库所有人的曾广贤差点被连累。事后曾广贤一气之下将仓库捐献给了政府。岂料短短几年之后，仓库的底价飙升，其价值已远不止区区两百万。更悲剧的是曾广贤不顾赵山河阿姨的劝阻，将仓库回收的消息告诉了父亲曾长风。造成父亲激动过度，精神受到巨大刺激，变成了植物人。

可笑的是此时的曾广贤虽然处在欲望解放的洪流之中，却因为害怕那些风月场所的女子会变成自己失踪的妹妹，而对女色陷入一种极端的恐惧。他对自己的人生也陷入了一种深深的后悔之中。只是据说后来张闹又抛弃了律师跟了一个厅长，并生下了一个男孩后又再次离婚。张闹生下的那个男孩像极了曾广贤，可是在曾广贤的记忆中，他和张闹从来没有过肌肤之亲！

很显然，张闹十年之后的所有行为都出于一种报复和泄恨。报复曾广贤给予她名誉所造成的损害。虽然她也愧疚于让曾广贤经历了长达八年的牢狱之灾。她曾一次次将自己呈现在曾广贤面前，却因为曾广贤的恐惧心理而让他们之间的机遇一次次地流失，在这流失中由爱到恨，由报恩到报仇的演变是如此触目惊心。

在这部小说中有两条主线，一条是由性引出的主线。那就是曾广贤对于性知识的认知与性本能的苏醒。是他对于父亲的告密和对于小池、张闹、陆小燕的爱情与幻想。

另一条主线则是曾广贤管不住自己的嘴巴不断地告密，不断出卖别人又出卖自己的荒唐而又荒诞的倒霉蛋经历。他两次向"文革"当权派出卖父亲换得家破人亡。他向赵敬东传递虚假的批斗消息造成了赵敬东自杀身亡。他甚至向李大炮出卖自己落得个孤立被毒打的下场；他向于百家倾诉张闹的信息，结果让于百家给自己戴了绿帽子。他向父亲倾诉仓库回收的消息，让父亲遭受刺激瘫痪不醒。

从本质来说，这是一个荒诞不经的故事，发生在一个荒诞不经的年代。但却把一种人性枷锁之下对欲望的恐惧刻画的入木三分，同时在不经意间暗合了我们每一个人在人生的不同阶段里在欲望本能中自我煎熬、不断挣扎的惨痛历程。

　　曾广贤的命运可以说是一种反常的历史环境下政治高压对于人性本能的摧残与伤害。作为主人公的曾广贤，虽然每一件事情都是出于一种"善"的动机，却又无不促成了一种"恶"的结果。

　　这就像一个医生本想用手中的注射器去挽救生命，不想每一次都因为注射器中本就存在的毒药而造成伤亡累累。每一次的伤亡都让他对这种注射行为产生怀疑和恐惧。但是注射对于医生来说本身就是一种不可更改的职业本能。因为注射器就是他的存在本身。而曾广贤恰恰就是这个存在。他身体里毒药是母亲传递给他的关于人性即恶的观点，而在成长的过程中孩童天性善的本能又在时时与这种观点在内心中做着激烈的斗争。

　　当他终于能够真正地辨别是非的时候，却已经在无形中被卷入了一个看不见的漩涡，那就是大时代背景之下的人性即恶的政治高压，是人与人之间的猜疑与批斗，是禁锢欲望与人人自危的政治恐怖。所以为了自保他不得不选择作恶，可为了洗刷这种"作恶"，他又在一次次进行着徒劳的自我救赎。

　　因此我们在阅读中便为这个主人公的犯贱窝囊痛苦恶心憋屈忧闷而一起做着犯贱窝囊痛苦恶心憋屈忧闷的行为，我们哀其不幸，怒其不争。可是，我们不知道自己如果和主人公处于同样的环境，我们又是否能够真的超凡脱俗呢？

荒漠里的人心
——读东西《篡改的命》

读完东西的长篇小说《篡改的命》，我的内心不由陷入一种悲凉与黯然。如果说余华的《活着》是曾经苦守土地的中国农民命运的缩影，那么东西《篡改的命》则是中国城市化进程中千千万万力图靠自己的汗水在城市换取一方立足之地的农民命运的写照。

汪长尺高考超分不被录取，他父亲汪槐因为有过招工被人顶替的教训，所以怀疑有人动了汪长尺的奶酪。便进城抗争，在教育局官员面前以跳楼威胁，结果意外摔成重伤，从此只能坐在轮椅之上苟活。汪家的重担压在了汪长尺身上。为还债，他进城打工。因领不到薪水替人蹲监，出来后继续讨薪，被捅两刀。可怜时爱情出现，准文盲贺小文下嫁汪长尺，他们带着改变汪家贫穷命运的重托来到省城，却不想难题相继出现。坚守中贺小文在同乡的诱导下走进洗脚屋、经不起金钱的诱惑终于陷入卖淫的歧途。当汪家第三代出生，汪长尺觉得他们的墨色必将染黑儿子汪大志的前途，于是，他做出惊人之举，于黑夜之中将儿子辗转送到了地产商人林家柏的家中，企图以此来改变汪家贫穷的命运。

汪长尺为了改变家族贫穷命运将儿子送给自己的仇人地产商林家柏，为此不惜以性命为代价，甘愿以自己的死换取家族兴旺的行为，从本质上揭示了社会两极分化的严峻现实。汪长尺的目的暂时达到了，但他的儿子汪大志在长大成人了解整个事情的来龙去脉之后，并没有对自己的家族做出任何回报，而是选择了无情的逃离，将自己儿时的照片从汪家的老屋里全部偷走抛洒在父亲死亡的河流里。

汪长尺和父亲汪槐以两代人命运为代价与贫穷殊死搏斗的行为，最后只能成为一场荒谬且残酷的行为艺术。在陷于情感荒漠的现代社会，在金钱代替信仰的欲望都市，在一切温情的表象之下都潜藏着利益交换的都市洪流之中，汪长尺一家三代人的命运，是当代社会中国农村千万农民走向城市的过程中所必须付出的残酷代价。

与余华的《活着》有异曲同工之妙的是，《篡改的命》之中同样运用了苦难命运的叠加手法。具体而言，就是将许多人的苦难故事全部放到汪长尺一个家庭中来写。汪槐的人生如此，汪长尺的人生更是如此。汪槐的苦难在于他继承了祖辈土里刨食的命运，所以哪怕破釜沉舟也要汪长尺考上大学，以此改变农民的命运。汪长尺用尽全力仍然没有打破家族农民命运的诅咒，汪槐瘫痪的处境则进一步加剧了这个家庭的贫穷。

汪长尺的身上所继承下来的，只是汪槐身上贫穷且执拗的抗争。这种抗争是一种小人物抵抗苦难命运艰难生存的坚韧精神，同时也是他们将自己进一步陷入绝境的愚顽力量。汪长尺的所有抗争与妥协都来自这种既执拗又懦弱的悲剧人格。在强大的命运面前，他们想反抗却没有来自精神力量的支撑，他们想妥协却又心有不甘。汪长尺与父亲汪槐的跳楼行为便是这种存在于他们身上悲剧人格的真正写照。

汪槐的跳楼本意只是以此威胁教育局长让汪长尺能够得到录取，结果造成了自己的瘫痪，他便彻底放弃了抗争。汪长尺的跳楼本意是为了讨得伤残赔偿，结果在林家柏强大阻力面前他没有获得半点好处。万不得已之时他想出了将儿子送到林家以此篡改命运的办法。他以为自己这次获得了胜利，可林家柏最终还是发现了他的企图。他便只能以自己的彻底消失来换取儿子的光明前途。在他死亡之时，他为儿子争取了一千万的成长基金，为父母争取了二十万的养老金。将自己的积蓄全部送给了已经嫁给他人的原妻贺小文，他的死算得上悲壮。

我甚至相信，他在跳水而死的那一刻是死且瞑目的。但多年后的结果还是没有打破他悲剧命运的诅咒。因为儿子即便在获悉整件事情之后都没有来认祖归宗，反而将自己在汪家的痕迹清洗的干干净净。相反，他本应考取大学的命运却被一个叫牙大山的落榜生所篡改。

至此，我不由想问，究竟是谁篡改了谁的命？

我的心里悲凉至极，也沮丧至极。在这个信仰缺失的时代里，我们每个人都是睁眼的瞎子，我们看不到灵魂的光，也看不到自己的原罪。我们都在黑暗之中怀着狡黠的窃喜，比较谁比谁更悲惨。我们不自知的是，就在我们窃喜的这一刻，整个世界都已陷入巨大的阴影里。

相比《后悔录》，《篡改的命》运用更多的短句，以匕首般的力量、自嘲般的戏谑、结合戏剧化的小说结构，直刺人性的阴暗面，剥剖出了我们身处的整个时代的弊病，在人心与人性陷入荒漠化的今天，现代都市社会的精神走向，确切地说是在中国城市化进程中如何重现人性的光亮，如何重建信仰，如何让我们最底层的民众在精神上不陷于绝望，在物质上不陷于至贫，这也许才是东西写作的真正用意。

汪长尺的命运比福贵的命运更悲惨的地方就在于，福贵历经一生苦难，经历重重死亡，他依然对亲情和灵魂怀着深深的敬意，而汪长尺则是怀着对这个社会的无限恨意、以赌徒般的心理，企图以自己的死来成全一个家族的荣华富贵。

可是从他开始行动的那一刻，他就已经败了。因为他的心里没有光，没有温暖。他的死轻微地如同西江大桥沉寂水面掉落的一点木屑，无法唤起整个江面上哪怕丝毫的波澜！

引导我们的永恒女性
——读毕淑敏《女工》

毕淑敏的《女工》是一曲女性的赞歌，更是一曲劳动人民的苦难之歌，这是对于一个远逝时代里人性悲剧的深刻反思，更在那个时代中每一个人灵魂深处敲响了一记警钟！

在浦小提几十年坎坷岁月里，她平静从容的生活态度和坚强无悔的默默操劳，让我感受到了中国妇女内心深处的博大与无私。当白二宝趾高气扬地挥洒着土财主般的豪气的时候，当宁夕兰喋喋不休地向当年的女同学叙述自己的光辉历程和豪华生活的时候，浦小提的平静态度令他们惊讶，他们不知道羞愧却让无数的读者为之羞愧。

白二宝的一切都建立在浦小提无怨无悔的付出之上，甚至于他的学习，他的成长。可他忘记了红袖添香的患难生活，只把浦小提当作自己进身的梯子，在完成那关键的一跃之后，便抛弃了她。同时也抛弃了亲生骨肉，将妻女置于破旧的老房子里，却和年轻漂亮的秦翡翠一同踏入了装修一新的楼房里，而这所房子是浦小提用她不再生育的代价换来的。白二宝的冷酷与贪婪、无耻与卑劣还在于他得不到浦小提的时候不择手段地卖乖讨好甚至将高海群给浦小提的信私自隐瞒，而在他得到浦小提的时候却完全是另一副嘴脸。这种鲜明的对比让我们看到了浦小提作为一个骨子里具有知识分子情结的中国劳动女性的自尊与坚强，同时也看到了"文革"时代中一代人的荒废，这种荒废是一种心灵上的扭曲，是在狂乱的争斗中养成的麻木与冷漠，更是一种势利与自私。白二宝便是这种人的典型。

在浦小提的整个生命中，尤其是少年时代的成长里，甚至于"文革"的争斗中，钟怡琴老师给了她最大的影响，所以她没有参与批斗老师的过程，她拥有的只是内心之中淳朴自然的乡土纯真。她在养猪场里长大，伴随着猪屎的臭味走过了整个童年。所以她没有宁夕兰的清高与矜持，也没有白二宝的自私与贪婪，但她却是穷困中唯一聪明有主见的小大人。她有自己独立的学习方法和技巧，对于事物的是非善恶有着自己的判断，而不是跟着"文革"批斗的风向走。正是因为这样，她才没有在被白二宝抛弃的时候低头认输，更没有去求白家，而是独自默默承担了抚育女儿的重任，甚至为此而不惜买断工龄，放弃车间主任的职位，成为一个没有单位没有职业的下岗女工。同时，她更没有接受外国工程师的求婚。在这些事情上，我们看到的是一个女人的自尊、自强与自立。在她的骨子里有着误嫁白二宝的悔恨，有着时运不济的喟叹，但更有着永不服输的骨气。哪怕是仅仅做一个家务女工，她也依然堂堂正正、不卑不亢，勤勤恳恳地去完成自己所应该完成的职责。

所以，在师级军官高海群面前，她仍然是美丽的，虽然她历尽沧桑、受尽苦难，满手皱纹、皮肤衰老，但是作为精神上的浦小提却永远都是那个当年带着皱巴巴的红领巾却神采奕奕的浦小提。

石头是砸不死苍蝇的。沧桑的世事掩盖不了金子的光芒。在毕淑敏的笔下，浦小提是一个精神上的强者，更是历经"文革"浩劫依旧岿然不动的坚强女性的真实写照。她是我们中华民族普通女性中极为光彩的一笔，只是她的生命史仍然是一个悲剧。正如同她与高海群的爱情，一如钟怡琴历尽沧桑的一生。

校工老姚当年的恶行与老年的瘫痪是一种真理永存的象征，但是我们仍然改变不了历史和在历史过程中造成的众多的遗憾！当众多的同学在几十年后重新相聚于钟老师的家中，也许我们可以看到，作为女工的浦小提的人生是令人惋惜的，相比于身嫁美国老公、坐拥豪华住宅的宁夕兰，她一无所有；相比于白二宝的小康家庭她依然生活在温饱线上；相比于海军军官的高海群她只是一介平民。但从另一种角度上来说她却是富有的，因为她平淡如水的生活态度，更因为她历尽沧桑却依然故我的做人风范。在宁夕兰面前，她淡定自若；在白二宝面前，她从容自贞；在高海群面前，她温婉有节。甚至于在老姚面前她宽容温厚。所以钟怡琴把最后的所有交给了她，那不仅仅是一种嘱托，更是一种信赖！

　　一口气读完《女工》，作者饱满的情感灌注读之令人心快，却也最为艰辛。快心是因为称心；艰辛是因为对于生活的认知。书写人生的艰辛是作家的使命，在这种使命里是我们对于生命的敬畏和对于人生的一种深深地理解与宽慰！

独一无二杨争光
——读《杨争光文字岁月》

一

之前从来没有读过杨争光的文字，甚至也没有看过杨争光的电影。这说起来是非常惭愧的，同时也说明了自己的孤陋寡闻。杨争光影响确实非常大，他的著作和电影作品无论是国际国内都有一定的声誉。直到2016年咸阳市中青年作家培训班上，我才目睹耳闻了杨争光老师的风采。

当真的拿起他的文章的时候，内心里确实有一种莫名地震动。他的文字表面上往往不动声色，却自有一股清冽如甘泉的味道，能滋润人心，也能给人以说服力。坦白地说，杨争光的文字有着自己鲜明的风格，这种风格放在千百样的文字中便如锥处囊中，是必然要脱颖而出的。

杨争光的小说语言纯净、明快、准确，丝毫不拖泥带水。他的文字不纠缠，几乎没有一句废话。在《杨争光文字岁月》西安签售会上，我近距离地感触了杨争光的语言和声音。他的文字的确就像他的目光，虽然穿越了大半个世纪，依然是那么纯净，没有丝毫浑浊与散光。所以，阅读杨争光的文字是一种享受，甚至我认为就我所熟悉的作家中，杨争光是陈忠实、贾平凹之后陕西这块土地上生长出的最成熟的作家。

杨争光对中国社会的文化与人情认识特别清醒，尤其是在他的身上始终保持着一种宝贵的独立人格意识。这就让他的作品虽然同样是在书写中国的乡土社会，但传达出来的精神并非是要为历史和传统塑像，而是带着深刻的人性反思与批判，在文字的背后往往有着作家独立的思考。这让他显得不那么合群，但正因为不合群，才说明了他的出色。

《杨争光文字岁月》这部书，可以说是作者对自己一生文学履历的回顾和展望，其中回顾是重点。在和彬县青年女作家刘秀梅闲聊的时候，她说杨争光的文字她很早就在读了，尤其是他的《少年张冲六章》。她说杨争光的文字非常睿智，这一点我是心悦诚服的。因为杨争光的文字里思辨色彩非常浓烈，他不仅能通过小说人物形象地传达自己的思想，而且能通过言论直接地抒发自己的思考。这也许和他阅读大量的哲学著作有关，但更重要的是他先天的智慧，一种耿直和大智若愚的思辨与反省可以说伴随着他一生的写作。

二

杨争光在作品中说："以血缘和宗亲为纽带的伦理与情感，是中国文化的重要组成部分，与我们的民族性格和文化心理建构有着一种既隐秘又堂皇的深层关系。我们的文学、史学、社会学、伦理学等等，对这一层关系有着美誉，也有微辞，并各有其理由。我有切肤的感受，也有我自己的认知，并成为后来我小说创作的一个主题。"

杨争光的很多短篇小说和长篇小说中的人物身上所存在的反叛意识，可以说是他对中国传统文化中血缘和宗亲所形成的伦理与情感的深层反思。少年张冲便是一个典型的例子。杨争光在表达自己对中国长期以来的宗亲和家族文化传统认识的时候，非常鲜明地表达出了自己的恶感，或者说是厌恶。他用了一个我们很多人都感同身受的词：纠缠。

尤其是在阐述他对婚姻的认识的时候他说："没有爱情的婚姻是不道德的。这应该是婚姻的一条准则，尤其是现代婚姻。但这一准则是严酷的。在面对现实的时候，经常显出理想化的色彩，尤其是中国的婚姻，也包括现代中国的婚姻。据我自己的观察和经验，用这条准则去衡量中国现代婚姻的话，'不道德'的比率应该是非常高的。甚至，大多数婚姻都经不起这一条准则的考量。"

"中国式的婚姻总给我一种'不爽'的感觉。纠缠、黏稠、甚至潮湿，让人望而生畏。身历其间，易生疲惫。原因很综合，既有传统的，也有现实的。让我感觉最强烈的是：我们给婚姻附加的东西太多，牵绊太多，它承担了很多爱情很难承担的东西。负力太重，身体就容易变形，甚至扭曲，甚至畸形。"

"我不喜欢诸如'保卫爱情''捍卫婚姻'一类的呼唤和呐喊。如果有爱情，是不需要保卫的，有爱情的婚姻，也无须捍卫。它本身所具有的力量已足够保持自己——是保持，而不是维持。因为婚姻实在不是'维持会'"。

进一步地，他将这种纠缠和绑架式的中国伦理延伸到社会和家庭中来。

"没有尊重——尊重自己，尊重对方，尊重爱与被爱——就不会有健康的爱。

尊重的含义在于，让不同的意志和选择并存，且互不伤害。

我们至今不懂得这样的尊重。我们的尊重还只在'理解'的层面，仅在于'我明白了'。

然后就是：'你为什么会爱上他（她）？'

'你是我生养的，我当然要管。'

这就是我们的亲人的爱。虽然我明白了你的选择，但正当的依然是我——'因为我爱你，我是为你好。'

'我是那么爱你！你太让我失望了！'

'你为什么不能改变呢？'

'我无法改变你，但我可以自虐吧？自虐是我的自由。'

然后就像朋友所说的，我们的'爱'就像杀人一样了。"

"这就是我们的爱，也是我们爱的文化。婚姻首先是为了别人（父母、亲戚、邻居、同事、朋友），为'社会'而存在的。爱也一样，几乎都是在为别人而'爱'。享受爱和婚姻的不是自我，不是'我和你'，而是'他们'。爱没有错，婚姻没有错，错在缺失了爱的自由和对爱的尊重。自由不是抽象的概念，是有质感的生命状态。在情感的经历中，自由的根本含义是保持自我。没有自我的爱，不可能是美的、健康的。没有自由的爱，不可能是自由的情感行为，它必然导致伤害。自虐不是英勇的自我牺牲，更与高尚无关。没有自由意志的情感状态是恍惚的。而活在恍惚中是可怕的。违背自由意志，丢失自我的顺从，是'孝'，不是爱。当它和爱遭遇的时候，有可能制造罪恶。"

他说："爱不是倾诉，是一颗心在另一颗心里平安居住……"

"只有尊重和自由意志的存在，才会有这样的平安——没有纠缠、没有捆绑，没有绑架。纠缠、捆绑和绑架，就是不见血的自杀和互杀。"

他说："我不仅不欣赏我们的婚姻文化，也不大认可'人民'的浅层道德作为广泛基础和土壤的礼仪文化、亲族文化、村社文化——它保障的是亲族和村社；是以消灭个性为前提的；在现实生活中更多的是催生互相纠缠和互相虐杀。这种文化和我们的婚姻文化是共生共存的。这种文化是我认识到的最低俗，而生命力又最顽强的一种文化。它也是我们的意识形态。"

我想陈忠实在他的《白鹿原》中所展现的百年历史图景，便是对杨争光所认识到的这种胶着、黏腻的意识形态的反映，在宗族文化中被牺牲的弱小者诸如田小娥、黑娃何尝不是这种捆绑与绑架关系的体现呢？

在当代女作家孙惠芬的中篇小说《致无尽关系》中，现代社会中的知识分子同样逃脱不了这种无限制的纠缠不休的亲族文化的消耗，作者借一次过年省亲的机会，从娘家与婆家的亲族网络的分析梳理中对这种根系庞大，琐碎、黏稠的人际关系做了深刻的剖析，无形中正验证了杨争光的这种认识论。

所以杨争光最后说："面对这样的文化，与其恶俗地活着，不如搏斗。至少，搏斗不会让我们恶心自己。从精神上也许还有形式，不再和它纠缠，还要蔑视一切因此而来的不屑和敌视，不管来自何人，何处。哪怕是亲人，哪怕是在我们的居所，我们的床上。"

他说："我欣赏这样的话：把理由都给你们吧，剩下的就是属于我的，也应该属于我。"

三

面对这种无比清醒的认识，我想很多人甚至觉得杨争光是惊世骇俗的。

至少，在面对我们眼前这一摊烂到无法提起的世俗关系来说，杨争光确实是惊世骇俗的。但他也为我们指出了方向，一切能够明心见性的人都应该对这种方向做出判断，对自己做出判断。无论是杨争光的小说还是电影剧本，他一直在苦苦实践着的，就是能够唤起我们对眼前纠缠不休、彼此消耗而毫无创新的自我生命做出新的判断。这也是一种对人性的判断。倘若有一天我们真能走出这千年的迷雾，我想我们必须感谢这种独立、自由而又理性的指引。

究其实，自人类诞生的那天起，我们就一直在试图认识自己。

从族群到个体，又从个体回归族群，我们一心想发现的也无非就是自己的独特，自己的创造力，自己的个性色彩。我们要用自己的创造力去塑造崭新的自己，回馈于族群，而不是在族群中埋葬自己的创造力，成为族群的附庸和牺牲品。

杨争光小说里的主人公无一不是小人物，每个小人物都栩栩如生，个性鲜明。

他一直在背向传统的角度里，打捞着我们在传统中泯灭的个性色彩，打捞着人的独立属性。

所以他独一无二。

那片荒芜的麦田
——读杨争光电影剧本《公羊串门》与《生日》

近日在西安极其闷热的环境中读《杨争光文集》电影卷，仍有一种心静自然凉的阅读心境。

《杨争光文集》中的电影卷包括了由他担当编剧改编的几乎全部的电影剧本，这其中便有享誉国内外的《双旗镇刀客》。但给我留下特别深刻印象的还是由他改编自自己小说的同名电影剧本《公羊串门》和改编自鬼子小说"瓦城三部曲"之一《瓦城上空的麦田》的电影剧本《生日》。

这两部作品均带有特别浓烈的陕西元素，也具有深刻的个体思想和悲剧意识与荒诞色彩。其揭露出的社会个体的精神愚昧与社会整体的灵魂麻木现状，可谓令人触目惊心。

《公羊串门》是两户村民因一只种羊发情偶然进入邻居家为对方母羊配种，双方就配种费问题发生争执，继而在村长一系列行为推动下，愚昧的村民将两只羊的动物性交行为上演成两户人家中一户男主人对另一户男主妻子的强奸报复行为。在偏僻的乡村里，法制成为完全的盲区，村民对法律"想当然"地解读最后酿成的不仅仅是动物性对人性的践踏，还有残暴对善良的驱逐，私欲对道德与社会良俗的藐视。

如果说《公羊串门》只是杨争光对偏僻乡野里民众思想落后现状揭露出的冰山一角。那么由鬼子小说《瓦城上空的麦田》改编成的电影剧本《生日》则是现代社会家庭亲情异化麻木现状的彻底曝光。一如鬼子在小说中所言：在每一个当父母的心中，他们的任何一个孩子，其实都是一块麦田。可是当李四把他的"麦田"——送进城市，他的"麦田"便只能成为瓦城上空的"麦田",再也飘不回来了。

《生日》所写的正是执拗而自尊的父亲李四对他的三个"飘"到瓦城的子女的一场关于他们忘记了老子六十岁生日的"兴师问罪"。李四在生日当天,背着自己酿的枣酒长途跋涉赶到瓦城三个儿女的家里,试图让他们陪他一起过生日,结果三个儿女们都各忙各的事情,没有一个人记得父亲的生日。他也就索性不说,背着自己酿的酒在瓦城的大街上无目的地飘荡,却遇到了拾荒的父子老胡和胡来成。

十五岁的胡来成跟着父亲老胡在母亲和一个包工头私奔之后来到瓦城拾荒。善良的老胡得知今天是李四的六十岁生日没有人陪他过寿之后,买来了牛肉和李四一起喝他的枣酿酒。喝完之后第二天要陪李四一起去找他的儿女兴师问罪。结果遇上车祸,命丧黄泉。李四帮着警察一起处理了老胡的车祸后事,突发奇想,带着老胡的儿子胡来成将老胡的骨灰盒和自己的身份证一起放到了女儿的家里,想看看儿女们知道自己死讯后的反应。

没想到儿女们一点也没有怀疑父亲死了这个问题,带着父亲的骨灰盒匆匆赶往老家奔丧。李四的老伴得知真相后在送葬的途中惊吓而死。儿女们一起埋葬了父母,顺便将家里的房屋一起卖掉后返回了瓦城。李四返回老家和胡来成一起取老胡的骨灰盒时得知老伴已死,房子此刻已被买主拆成了废墟。

和胡来成一起回到瓦城的李四依然不肯去认三个子女,一心要他们自己来认他这个父亲。在此期间,李四干起了老胡在世时的拾荒行当。倒是胡来成想尽办法想让李四的子女来认李四,结果被李四的子女当成诈骗犯百般侮辱,并叫来警察将其送入拘留所。

小说的结局和剧本结局不同的是,小说里李四的子女直到李四因为目睹了子女们不相信自己还活着对胡来成的殴打场面后自杀身亡,子女们直到李四真的身亡,也没有认出眼前的拾荒老人就是他们的父亲李四。剧本里则是李四的子女在殴打胡来成之后,李四当场撞死在他们的面前,他们才认识到自己的父亲之前并没有死。

但无论是小说还是剧本,其所表现的精神主题始终没有变。那就是在现代城市化社会之中,人们因为快节奏的生存压力而对亲情的忽视。就个体生命而言，是生命和生活中的亲情血缘等原本主宰我们生活本体的东西被边缘化，变成生活的附属，甚至生存的累赘。就社会整体而言，则是群体精神的麻木、冷漠、异化。是人与人之间的怀疑与不信任，是在城市化进程中所有的生活关系都演变成为冷冰冰的利益切割，是我们自己亲手斩断了自己精神和生命的来源与归属。

当繁华的都市生活成为所有人望眼欲穿的"梦想"之时，我们原本身体所属的乡土根须便被连根拔起，从而成为"游子"，成为都市的浮萍野草。新的"梦想"还未达成，原来的归属却日渐荒芜。等真的想要返回时，才发现我们走后的"地方"，早已不属于自己。迷失的游子再也找不到归来的路，父辈们心中的"麦田"，此刻真的成了天空中的无根之草，无本之木。现代人的尴尬处境和精神荒凉由此也便被作者推到了极致！

如果说《公羊串门》呈现了偏僻乡野里乡土之中因为知识贫乏与理性缺失所导致的人性残暴与自私，那么《生日》(《瓦城上空的麦田》)则是我们整个社会在城市化进程中的人性寒凉，是温暖亲情被都市欲望所消解、异化继而分崩离析的残酷呈现。

虚无的青春之城
——读路内《少年巴比伦》

    《少年巴比伦》的语调貌似调侃，但骨子里却是痛彻心肺的忧伤和孤独。路内以这样的语调讲述一个小混混青春中的爱恋、感伤、荒芜和诗意，那些在呼啸而过的时光中泛起的最值得纪念的生命碎片。

——题记

  对于路内这个名字早有耳闻，却是初次接触其作品。不过我还是很喜欢这部小说的风格，尤其是语言的诙谐，能够令人在大笑之后陷入长久而迟疑的忧伤！这是一部成长小说，被舆论称之为中国的《麦田里的守望者》。读后，感觉确实有些相似，却又有诸多的不同。

  20世纪90年代的戴城，路小路在一家化工厂上班，他是个愣头青，不知道未来和生活目标在哪里。跟着一个叫"老牛逼"的师傅混，没学会半点技术。在机修班，除了拧螺丝之外什么都不会，在电工班，就只会换灯泡。除此之外，还喜欢打游戏、翻工厂的院墙，打架。当然还追女人，他与一个叫白蓝的厂医产生了爱情，最终因为白蓝考上了研究生而离开了他。后来三十岁的路小路坐在马路牙子上对着他的情人讲述了那些年发生的故事。

  在阅读时，此文让我想起读余华《兄弟》时的那种语言粗糙而凌厉的质地与内心涌动的情感。只是，不及余华的惨烈与血腥。相反，路内的《少年巴比伦》是温和而又忧伤的青春牧歌，如同米兰昆德拉的《生命不能承受之轻》。

  归结这部成长小说的主题，我觉得它讲述的是一个时代里少年忧伤的青春,是七零后一代人的青春与爱情。路小路与白蓝的爱情,一个糖精厂的青工与大学生厂医的爱情。一个处在青春叛逆期的少年对于自身成长之路的回忆与讲述。

巴比伦是已经毁灭的城市。戴城是路小路回望青春时已经毁灭在工业化进程中的城市。它们本来的面目都已经不复存在,而这部小说的整个叙事就如同一段青春的回响!遥远而又清晰,亲近而又模糊,令人留恋、伤痛而又无法追随!

路内的语言是一种干净明快的忧伤,充满张力的忧伤。这种忧伤令人在阅读中时不时给予心灵的震撼与生命的思考。形而下的青工生活与形而上的灵魂思考在一个少年的成长历程中不断地闪现,交错,令其对于生命本身的存在产生一种疑惑、反思与抗争。

现实的昏暗,生活的单调,轰轰作响的糖精厂,糖精厂里的钳工师傅老牛逼,老牛逼的老虎女儿。钳工班与电工班,逍遥自在而又无聊单调的拧螺丝与换灯泡,与倒逼、胡德力、保安主任的较量,与小撅嘴和白蓝的玩闹。与结拜兄弟小李、长脚的打闹,考夜校与读大学,这些所有的琐碎就是路小路青工十年岁月中的人生江湖。

然而,这一切之中只有白蓝是他的生命寄托,是他无法说出"我爱你"的全部爱情,是他在戴城的全部希望,是鼓励他与整个人生、整个糖精厂较劲的全部人生动力!从他们第一次在老牛逼家的猪尾巴巷自行车摊上认识,到暴雨中路小路把德卵用三轮车送进医院,他们一点点地相互认识彼此真正的内心,那种完全和外表上的诸多行为完全背离的内心渴望与想法,比如写诗,比如考夜校,比如他们的爱情与约会。

外表上的路小路张扬跋扈,内心里的路小路单纯善良,甚至羞涩到无法说出"我爱你"。他们的爱情是真实的,糖精厂轰轰烈烈的大集体是真实的,换灯泡与拧螺丝是真实的,只是他们的人生轨迹却完全不同。白蓝等不到路小路彻底换一种活法的那一天,她远走西藏,考研,出国。之后,路小路才从与一条疯狗相互追逐的荒谬人生中明白什么是生命存在的真正意义。只是,此刻十年已逝,白蓝只成为他生命中一个无法还原亦无法抹去的灵魂影子,在路小路的青春里成为一个深入骨髓的烙印!

博尔赫斯说，记忆总是固守在某一个点。从此点出发，无论你行走多远，但总会在某一时刻转过身去，回到原点，似乎是要从身后的那漫长的时间甬道中找寻一些什么，聊以咀嚼或是用以祭奠那些失去而永不再来的青春岁月，然后再重新出发，继续走下去。

站在三十岁的人生原点上回忆二十岁青春的路小路正是如此，虽然在这段里程中有过暴雨、地震，也有过死亡。却并非惨烈，这些经历对于成长中的路小路仍然是记忆深刻且刻骨铭心的。就好像他第一次看到邻居李奶奶在农药厂即将爆炸的传闻中亮在光天化日之下干瘪如同麻袋片一样的乳房，从而让其对于性和女人身体产生一种天生的恐惧，只是白蓝解救了他的恐惧，也帮助他重新回复到真实而丰满的人生里，同时她还给他以知识与精神上的启蒙，让他走进诗歌与文学的世界，走进一个崭新充满希望的不断认知与更新的生命历程之中！

三十岁的路小路已不再是那个原来的巴比伦少年，就好像三十岁时的戴城也不再是十年前的戴城，面对八零后的女友张小伊，路小路的世界在她的眼里是新奇而又无法理解的。而只有曾经的白蓝才是他真正的爱人。

悲观主义者路小路的悲观也就在于此，我们面对世界，清醒之时只有虚无。爱情的巴比伦城早已倾覆不存，只有记忆中的巴比伦，记忆中的戴城医务室，记忆中的白蓝，属于悲观主义者路小路。但是，绝对和八零后的张小伊无关。所以，青春是无比温暖的残酷，所有的爱恋、感伤、荒芜与诗意都是建立在一个残酷的虚无之基上。

只是，所有人都知道，虚无却并非根本不存在！就好像曾经的历史之城磨灭于历史之中一样，飘荡在风中的还有传说之中永不消逝的风声……

另一种生命的光亮
——读蔡崇达《皮囊》

读蔡崇达的《皮囊》，就好像默默地倾听一个人在深夜里深情诉说。

这种诉说，时而像缓缓的清流，带着少年顽皮而叛逆的抗争；时而像激越沉重的海啸，充满了家庭遭际的屈辱与不幸，和在这不幸中抱团取暖的爱的歌吟。而当作者开始书写那些少年之中玩伴的生命遭际和各自不同的人生走向与性格悲剧之时，我们更看到了一种直指人心的文字力量。那是作者对社会对人生对友情在经历之后的沉淀，是另一种生命的光亮。

我想，看完这本书的每一个人都明白，这是一本深刻剖析现代人的灵魂之书。尤其是他所写的是我们处于人生困境之中的挣扎，是幼小的心灵在面对贫穷和疾病，甚至残疾和死亡之时所做的不屈不挠的斗争。

面对亲人在我们生命之中的突然消失，在无法接受的打击之中，我们才能深切地感受到他们曾经存在的意义，甚至于他们的生存哲学曾经如此顽固地影响了我们命运的走向。就像阿太说的，"肉体是拿来用的，不是拿来伺候的。"如此坚毅到刻板的人生信则里却有着令我们内心如芒在背的刺痛感。而在面对残酷的现实之时，我们又不得不承认，正是这样的人生信则让我们最终没有一败涂地。

从《残疾》《母亲的房子》和《重症病房里的圣诞节》中，我们看到的是人在最残酷的现实处境之下和现实的顽强抗争。在这些篇章中，表面是父亲的身体伤残与不幸，实则是人性在危难之际所展露出的最朴素的爱。母亲对父亲的爱，表达在近乎偏执的加盖房子的过程中，似乎房子正是让丈夫的尊严和人格得以顽强屹立的象征。为此她穷尽一生地在与贫困做着殊死的搏斗和不顾一切的挣扎。而在父亲的身上，不想依靠别人的自尊和身体偏瘫的现实更是一种残酷的战争，在台风中的攀爬与摔打，更像极了一则人生的寓言故事。

身体的衰老和死亡的临近是我们任何人都无法对抗的现实困境。而衰老和病痛的折磨对于灵魂而言则更甚于死亡，这是分分秒秒都需要面对的生命凌迟。在病人本身来说，他内心的痛苦和绝望不是我们旁观者所能完全体会和明了的。而作为病人的亲人和子女，我们则承受着无法言说的顾忌、担心、忧虑，甚至现实的逼迫。

无法冷血，便只能在这种痛彻肺腑的人生命题中去感受活着的分量。有时候，我们甚至不敢去面对，会想到逃避却又无处可逃。我们不忍去面对病人那双求助的眼睛，那种眼神里充满了对病痛的绝望和对亲情的留恋，而这种情绪愈甚，则越会走向情绪表达的反面，变成一种残酷的自我惩罚。

《我的神明朋友》则更是一种爱的极致。如果说这是一种爱的迷信，倒不如说这一种是爱的信仰。它穿越了人间种种复杂的谎言和欺骗最终抵达了灵魂的深处，触及了我们内心最柔软的那一部分。因此它更像是一场生命的朝圣，让泪水和赤诚演变成了梦幻中的现实，让情感穿越我们本该无法逾越的生死阻隔，让灵魂得到了最大限度的抚慰。

《张美丽》篇，是一个女子在世俗的污秽中顽强地寻找尊严的故事。这个故事特别残酷，也特别腥艳张扬，演绎到最后却是一场贞烈的殉难。这是一个女子对世俗的挑战，也是时代在发展过程中自我矛盾的世俗伦理重组的过程，张美丽其实只是这场社会伦理转型过程中的牺牲品。但张美丽依然有着张美丽的存在价值，某种意义上她甚至是一个社会改革的殉难者和烈士。她的美丽风骨甚至偏执地和世俗对抗、死不妥协的精神，更代表了一种无法取代的时代进取精神。而这精神，才是我们最终所要继承的根本。

《阿小和阿小》是两种人生走向的悖逆，我们甚至无法说哪一种走向更是我们想要的，但它却又是活生生的现实。一个阿小，从小生活在奔赴繁华香港的准备之中，有着似乎与生俱来的优越感，却又无法得知优越感的本源。另一个阿小，则生活在对这种生活的羡慕和模仿之中，却又始终无法抵达。

抵达香港的阿小在家庭的变故中沦落底层，开始真切地感受现实的粗劣；而另一个阿小，在丢失了别人的梦之后，才开始学会寻找自己的梦。从哲学的意义上来说，我们都好像生活在别人的梦中不肯醒来。到最后却恰好错过了真正属于自己的梦。《天才文展》和《厚朴》亦是活在他们各自的梦中不愿醒来的人，甚至是从一开始就不愿意睁眼看现实的人。他们从一出生就没有活在现实里，双脚一直处于悬浮状态，飞得越高则摔的越惨，只能令人徒生遗憾。

蔡崇达的文字可以说明八零后用自己的眼光去看世界的角度。这些文字立足底层的土壤，却能抵达灵魂的天顶。它们饱含着青春的疼痛，甚至青春的血泪，能够抵达人性最温暖、最柔软的那一块地方。用序言中评论家李敬泽老师的话说，皮囊是一个灯笼，而我们的心则是闪耀在其中的烛火。只要我们的心是温润灵动的，那么这盏灯笼便会亘古流传。

金钱至上　娱乐至死
——读阎真《活着之上》

  阎真的《活着之上》写的是高校行政权力之争对真理与公正的摧残与毁灭，对良知与正义的扼杀与异化。

  这个题材可以说并不新鲜，只是阎真的笔触更多地是从底层小人物入手，围绕着主人公聂致远从大学考研读研留校任教和一步步成为大学教授的心路历程，通过他的求学婚恋以及生活，作者无比痛切地揭示出了底层知识分子人格和尊严惨遭权力与金钱摧残的真相，还有真正的知识和公正在权力与金钱的绞杀中被边缘化的无奈。

  小说中最鲜明的人物是聂致远的大学同窗蒙天舒，这个不学无术只靠着小聪明和钻营拍马，一路直升最终成为执掌一所大学行政大权的副院长，实际上却是个为了目的不择手段的学术混混。然而，就是靠着会钻营，他却比闷头做学问的聂致远早十年达到了学术的顶峰。在各种竞争中左右逢源，无往不利。而所有的这一切，只是因为当年他苦苦哀求聂致远换了一个导师。这个导师便是后来成为院长的童教授。在蒙天舒发迹之后，昔日学习优异的聂致远为了生存和竞争却时时刻刻要屈尊去向他根本看不起的蒙天舒求情。

  作为一个有良知的知识分子，整天面对学生讲授中国文化史中那些人格磊落的智者与先贤，却无法唤醒学生们对于知识与真理的向往之心，更无法激励他们的意志与梦想。面对真正有梦想有追求的学子，只能看着他们在各种不公平的暗箱操作中折羽而归。作为一个饱学之士的聂致远痛苦而无奈地挣扎着，甚至在某些时候因为权力的胁迫，不得不作出与自己意愿完全相反的抉择。

小说写了聂致远的妻子作为一个本科211大学的毕业生，在小学执教七年仍然无法得到一个编制。只因为这个编制从来就不是靠考试能够争取的，真正靠的是背景与关系。

小说也写了作为大学教授的聂致远，在父母的眼中却比不上一个有实权的乡镇办公室主任的弟弟更有能力。只因为他无法将教授的头衔和知识变为闪光的权力和沉甸甸的金钱。小说还写了一个没有编制的大学图书馆老师几十年恪尽职守，却无法得到一份养老保险，为了争取编制带着单亲的女儿来给聂致远送礼下跪。

小说中更写了身为大学院长的教授却甘愿为一个处长的女儿向手下的教师游说，在其大半学期不上课的情况下要求给单独辅导，划出考试范围，甚至要求给其高分保证她能够公费出国留学。至于高校采购之中的黑暗，以及发表论文、获得科研项目资格等方面的权力腐败就更是明码标价的皇帝新衣了。

在这个娱乐至死金钱至上的年代，很多大学教授不得不为了生存而去给一些低俗的明星艺人抬轿拍马，为一些公司摇唇鼓舌，为一些暴发户写传记。很多大学生也只关心一切和收入有关的事情，或急功近利，或娱乐至死，似乎在这个世界上人们想看到的只是你成功之时的耀眼与光鲜，却从来不愿意去想你是靠什么成功的，你成功本身的意义何在？正所谓"笑贫不笑娼"，连贵为天之骄子的大学生都如此，那么平民百姓又当如何，连学术都娱乐化了，那大学还剩下了什么？

小说中的聂致远从一开始就在追问着历史上那些伟大者的灵魂，他们何以能够在贫困潦倒中写出那么伟大的作品。比如住在北京门头村靠赊粥度日的曹雪芹，比如不肯依附权贵而葬身鱼腹的屈原，还有留下"为天地立心，为生民立命，为往圣继绝学"的张载。

《活着之上》本身是一部追问人的价值的作品，作者似乎一直想问的是，我们在这个世界上，除了活着，还有没有别的意义、价值和追求。难道人只是为了活着而活着，甚至为了奢侈地活着，为所欲为地活着要冒着践踏灵魂、侮辱人格，甚至糟践自我良知的代价吗？

从文本意义上来说，这是一部更多地将着眼点围绕在教育界和知识分子群体身上的作品，因此作品的视野是有局限的，但其思想深度仍然是值得肯定的。作者也许更多的是本着对知识分子的一种理解，一种身在江湖身不由已的痛切反问，一种灵魂的自我剖析，值得尊敬与理解，只是在批判力度上稍弱了一点。

从更根本的意义上，作者想表达的是当前社会价值导向的混乱，青年思想的错位，在经济高速运转之时我们教育发展的滞后，从而造成文化发展与经济发展的不同轨，甚至让经济胁迫了文化，由此造成知识无用论的抬头，或者说人们更多地看重的只是知识分子头衔，而不是文化本身的力量。

这些，我们从《活着之上》都能够得到启示。

一个原生家庭中的成长悲剧
——读池莉《所以》

在阅读中,我一直被一种锋芒毕露的力量所吸引,直到读完这部作品。

文中的主人公叶紫,是一个生活在父母对长子的宠爱和幼女的呵护之外的孩子,甚至就连她的名字也是一个街道上的民警小何叔叔随便起的。她的童年,笼罩在父母每天早上让她倒掉的沉溺着白色避孕套尸体的痰盂的羞辱之中。父母对她来说,只是权威的象征,而不是爱的源泉,她是权威控制欲望所笼罩下的被动者,而不是生长在阳光雨露下自由呼吸的花儿。

当一颗小小的心灵总是生长在屈辱之中没有自己的发言权,当一个孩子的自尊被有意无意的忽视,当父亲总是在应该站出来为孩子争取公道的时候沉默无声地服从于妻子的女皇权威……那么,可想而知这个渴望爱之抚慰的心灵又是怎样一次次被压抑的阴云笼罩,她心中的反抗力量又是怎样扭曲聚集成为仇恨的种子!

这是一部关于成长题材的小说,它通过女孩叶紫的口向我们描述了中国家庭教育中存在的许多问题,偏见与陋习,冷漠与自私,虚伪与伤害。在叶紫的母亲身上,我们看到的是中国传统知识女性在家庭中的统治力量,她像一股阴云笼罩在家庭自由和谐的环境之上,专制而不宽容;偏狭又自以为是;压抑而沉闷的家庭环境给孩子的成长以无比的压力。

即使叶紫这样一个有着强烈人文气息的女孩,她的爱心也总是被一次次的伤害着。所以,她成长的过程始终是一个逃离的过程。在这个过程中她因为幼稚单纯而更残酷地被社会所伤害,她在前后三次不成功的婚姻中伤痕累累,她的爱情总是被野蛮与无知的力量所愚弄。而家庭每一次都扮演着旁观者的角色，是冷漠的讥讽；是弹嫌与鄙视。而作为民警小何叔叔的妻子，邻居何阿姨却以旁人的身份切实履行着母亲的义务。这不能不说是一种反讽！

叶紫是在小市民生存环境中成长的少年典型，他父亲的懦弱和母亲的专横是"文革"后典型环境下典型中产阶级的失落，作为一个在母亲随时呵斥笼罩下的不被重视的孩子，她是乖巧的，甚至是讨好的。可是，她的每一次讨好都被母亲尖利的讽刺伤害。慢慢地，她终于知道，自己的多余！

而作为在她的少年岁月里唯一依靠的哥哥，却在渐渐和她疏远，这倒不是他真忘记了妹妹的存在，而是那个小市民气质十足的嫂子已经让他无法负荷，不过他们的日子也并不好过。开公交的哥哥和做售票员的嫂子对于生存的压力，对于孩子无限的需求、对于生活重担的不堪重负，让他们彻底陷入了琐碎的小市民生活沼泽！

是的，当叶祖辉终于忍无可忍的时候，他就一个华丽转身成了黑社会老大，神秘莫测地出没在被人需要去摆平一些棘手事情的时候。而她那被母亲宠得不能再宠的妹妹叶爱红却成了开放时代的弄潮儿，一天一个花样的倒卖服装，学美容美发，凭借着她那天生的晶莹肌肤，周旋在无数魅力男人之间，最后却死在劫匪的枪口之下。

当父亲终于无声地离去，当母亲成了一个唠叨而庸俗的老人，她那专横的本性并没有半点改变。她所宠爱的儿子处境莫测，她宠爱的女儿已先她而去。她却一无所知，一心挂念的仍然是那个在外国赚钱的小爱爱。然而，她也终于是老了，她终于变得虚弱和需要人照顾，她的神经处在最敏感脆弱的边缘。只有她的二女儿叶紫随时出现在她的身边，成为她抱怨和唠叨的对象。可是，叶紫真正的苦她又何曾知晓一二？

当叶紫为了大学毕业留在省城而被那个苕货男人和他的家庭所骗的时候，她只是充满嘲讽地看着她！当叶紫为了转户口而陷入交易婚姻困境的时候，她看到的只是那军官家庭的身份；当叶紫为了那不是爱情的爱情而身陷沼泽之中，她站在一边一心要维护的是她那清白家庭的名誉，所以母亲总是把女儿逼到墙角，让她在毫无经验的社会沼泽中遍体鳞伤。所以，她才会陷在那个猥琐而好色的骗子丈夫的圈套之中，而其实她一出生就已经陷入了一片爱的荒漠里。她的每一步寻找爱的里程都充满了艰辛和悲凉！

她凭借着女性的坚韧,凭借着自身的聪明与敏感,还有一颗善良的女儿心,在不是母亲胜似母亲的何阿姨的关照下,她体验着这个人世仅有的爱!尽管她的内心有着那么多的怨恨与不平!这是一个少女的成长过程,这是一个充满痛苦和无奈的知识女性苍凉内心的独白,这是生活在父母专制独裁家庭阴霾下失去爱的抚慰的苦涩心灵的无声泣号! 可是,在这个寂寞的深夜无人倾听!

池丽的短句如一把把尖刀,将生活里那些心灵的细节剖析在众人的面前,在淋漓尽致中令人刻骨铭心!

只因为我们需要成长,所以我们必须付出!

只因为这代价的惨重,所以我们痛彻肺腑!

只因为那不堪忍受的内心,所以我们寻求倾诉和理解!

只因为人世的荒凉与孤单,所以我们渴望被爱与抚慰!

可是,亲爱的朋友你知道的,那一个个心灵的细节让我们哑然无声,徒然留下惊异的双眼,面对着这个世界!

一部晚清时期辉煌绚烂的秦商创业史
——读李文德、王芳闻合著长篇小说《安吴商妇》

近日偶得李文德先生与王芳闻老师合著的长篇小说《安吴商妇》，春节万家灯火之际于晚灯之下字字读来，不由沉陷其中。当终于合上小说的最后一页，一幅波澜壮阔的晚清秦商创业的历史画卷便呈现眼前。

这是一部以认真严肃的纪实手法兼顾大部写实与细部虚构为一体的历史小说，只是它描写的是一个身处男尊女卑、等级森严的封建礼教统治之下的柔弱女子周莹以自己的聪明与坚韧对抗来自家族与社会的压力，逐步登上秦商顶峰建立自己商业王国的创业历程。

《安吴商妇》的可贵之处在于它第一次描写了处于资本主义萌芽时期的秦商创业史，塑造出了一位有血有肉、善良正直富有侠义精神的女商人周莹的典型形象。这是一个从小就接受了商业文化熏陶，身受严格儒家文化教育的女子，更是一个文武双修敢于对抗强权与匪患，威武不屈的巾帼豪杰。位于陕西省泾阳嵯峨山下的吴氏庄园，因为吴氏一族安家于此故名安吴堡。吴慰文先祖从宦为商，至其子吴聘迎娶三原县孟店村富商周梅村之女周莹为妻时，吴家已财势大减。周莹嫁入吴家不久吴聘便因病而死，其公公吴慰文在巡视全国各地商铺途中落水而亡。周莹以新寡之身，在吴家家业遭遇变故之际秉承其父的经商才能，以果断决绝的手法处理了吴氏家族内部因主人死亡而可能引起的内讧，并巧妙利用官府势力成为吴氏家族的掌门人。

在周莹主政安吴堡的二十五年里，吴家商业王国从丈夫死亡之初的风雨飘摇到店铺遍及全国的鼎盛辉煌，创造了秦商创业史上的传奇。更令人惊异的是，商妇周莹不但具有非凡的商业才能，而且具有异常敏感的政治天赋。

庚子年八国联军侵华慈禧西逃至西安后，周莹先后捐银五十万两，被慈禧认为义女，诰封一品夫人。周莹使吴家中兴后，在安吴堡修了规模巨大的堡寨，分为内外两城，内城为吴家私宅，分为东、西、南、北、中大院，周莹则独居堡中的迎祥宫，主政全堡。

《安吴商妇》是李文德先生与王芳闻老师历时四年的心血之作。据闻李文德先生早年便一直千方百计搜集关于安吴堡女商人周吴氏的材料，无奈于"文革"之中遭遇浩劫，大部分材料被焚毁。至创作之时已是七十多岁的高龄，无法独立完成这一牵系一生的心愿。此时恰遇同样关心文学与家乡文化的女作家王芳闻老师，于是双方本着抢救家乡文化的夙愿，遍访相关人物与古迹，求教文化、经济方面的学者、专家，历时四年艰辛，终于完成了这部煌煌三十五万字反映秦商创业文化与渭北晚清时期民生图景的纪实文学。

时至今天，安吴商妇周莹的出生地，位于三原县孟店村的周家大院虽然经历了晚清陕甘回民起义的浩劫十七座庄园有十六座被焚于战火，但剩下的唯一一座周家大院依然保存完整，成为反映当时历史与民俗生活的见证。而位于泾阳县嵯峨山下的吴氏庄园因周莹病逝前埋下的大量财宝而引来无数盗宝者，安吴堡大部分建筑已毁灭于战火与兵匪之灾。抗日战争爆发后，中国共产党在安吴堡设立了青训班，先后培养了两万名抗日救亡干部，为中华民族的解放事业做出了不可磨灭的贡献，现安吴堡遗址被确定为爱国主义教育基地，仍然发挥着巨大作用。

在谈及陕西商人在明清历史时期表现的时候，王芳闻老师说："陕西是中华文明的重要发祥地之一，西周礼乐，秦汉雄风，盛唐气象，加之天府之国的优越地理环境，在三秦大地上孕育了一代代秦商巨贾，几千年来，他们纵横驰骋在丝绸之路，盐马古道，茶马古道上。特别是在明清时期，秦商以渭北为中心，以沟通中西部贸易联系为己任，运粮于塞上，输茶于湖苏，贩布于江南，鬻皮于甘宁，卖烟于南洋，植木于秦巴，成为名震全国的商业资本集团，在中国明清史上写下了令人荡气回肠的雄浑乐章。明代陕西人韩邦奇曾写诗赞说：'浦有美人儒而商，江南塞北飞车行。本为养亲营四方，王民奕奕家用昌。'这时渭北涌现出的一大批秦商杰出代表人物，咸阳泾阳王桥于家、社树姚家、安吴堡吴家、三原孟店周家、渭城穆家、武功康家、高陵县刘家、渭南孝义镇赵家、信义焦家、板桥常家、齐店曹家、西塬贺家、阳部姜家、大荔八女井李家、大荔羌白温家、韩城王庄党家、富平县北李家、庄里张家，等等。一度渭北成为中国西部的商贸中心，对明清时代中国经济发挥过巨大历史推动作用。"

　　作为一部文学纪实作品，《安吴商妇》描写的人物前后多达一百四十多位。尤其是围绕其主人公周莹塑造的一批武师、管家、账房、商铺总理、甚至仆人、伙计均个性鲜明，他们的诚实守信、忠心耿耿表现出了陕西商人性情耿直和积极进取的一面。而周莹与身边武师王坚生死患难的爱情故事、不离不弃的创业历程，把一个身处封建礼教约束之下无法拥有个人完整情感与家庭的女强人周莹的个人悲苦刻画的深情哀婉，令人同情也令人悲叹。同时也塑造了一个忠于爱情、不求回报，富于牺牲精神的深情武师的饱满形象和磊落人格。

　　作为一个商业帝国的统治者周莹可以纵横捭阖于商场，把一个个叛臣降服于地，束手认罪；作为一个巾帼豪杰的周莹，她可以运用自己的文治武功，将一个个江洋大盗、山寨大王掀翻于马下；作为慈禧义女、一品诰命夫人的周莹，她可以在官场与商场之中左右逢源，财源滚滚，创造出富可敌国的财富王国。但是作为一个失去了丈夫守寡持家的寡妇周莹却必须为坚守吴氏家族的商业王国而终生守寡，不能拥有自己孩子与家庭。同时她必须终日提防来自吴氏家族兄弟们的虎视眈眈，为一个不能完全属于自己的家族的创业与守成而耗费一生的青春年华。临死之际，她将几乎所有的财富捐献和分散给了官府与吴氏家族的商业管理人以及身边的仆人。甚至她连自己的庄园与土地也全部赠送给了土地的租种者。她只给自己留下了一座迎祥宫作为死后的灵堂设放之地。而在她死亡之后，她为此奋斗一生的吴氏家族连祖坟都不让她进。她只能独卧于荒郊野外，成为孤魂野鬼。时至今日，安吴寡妇坟的传说依然流传在渭北大地，成为一段令人诉说不尽的悲情故事。

　　这就是一个曾经创造出富可敌国的商业王国的安吴商妇的最后结局，她的一生是富有创造精神的一生，辉煌绚烂的一生，却也是苦难的一生，令人同情的一生。她生前主持了众多的公益慈善事业，兴修水利、降服匪患、修桥铺路、救济难民表现出了极大的悲悯情怀和人道主义精神。尤其是在她身上所体现出的秦商的坚韧不拔、诚实守信、以苦为乐、努力拼搏的精神，为秦商文化的繁荣和强大树立起一面旗帜。她的商业王国立足古丝绸之路东端的三原、泾阳和渭北的广大地域，以此为中心辐射全国，足迹遍及山西、巴蜀，重庆、扬州、上海和陇西的广大地域，在晚清风雨飘摇的政治格局中创造了陕西商人创业的神话。

《安吴商妇》的作者以其详实的史料，精细的商业文化描写、婉转多变的故事情节和波澜壮阔的史诗笔法塑造了一个成功商妇的典型形象，周莹的一生集辉煌绚烂与悲苦多情于一身，在她身上所焕发出的三秦儿女的坚韧顽强的创业精神是作者对其挚爱的渭北大地与秦商精神的深情讴歌，在21世纪商业文化繁荣的今天，秦商精神中所蕴含的诚信与吃苦精神在重塑古丝绸之路的过程中依然具有重要意义。在反映晋商文化、徽商文化的文学作品不断涌现的今天，《安吴商妇》是一部反映秦商文化精神与创业守成历史的里程碑作品。

文字的风度
——读《困惑与催生：雷涛文学演讲录》

近日，去诗人赵凯云处游玩，看到了书案上的《困惑与催生》，浏览目录之际，心中已喜不自胜，走时便耍赖从诗人手中强索了回来。

对这本书感兴趣，不仅是因为雷涛老师曾经为我的长篇小说《西漂十年》题字，我心中始终对他持有一份朴素而崇敬的情感。更多原因是在翻阅目录时我已十分肯定，这是一本对陕西文学走向鼎盛辉煌的数十年风雨历程的艰辛批阅和梳理，更是一个文化官员对自己的文学职业的检阅与反思，它饱含着作者朴素的情感和直率的表达，其中胜景自不待言。

一如贾平凹在序言中所说："困惑，是作者对文学的思考；催生，是作者对文学的期盼与扶持。"作为一个省级作协的党组书记和常务副主席，在作协十多年的领导岗位上，他经常所做的正是这两件事。他的思考表现在所有演讲发言均出自己手，不假借他人，要么深夜伏案急急草书，要么台前即兴发挥。他的演讲充满了个性化的表达，也充满了深深的忧虑、痛切的发问乃至自责。

陈忠实更是在文中坦言，雷涛的讲话有着坦率、直白和操守三方面的可贵品质。比如作者在《文学的困惑与催生——"在文学管理体制创新"座谈会上》的讲话中指出当前作家文学作品内涵上出现的"三多三少"的问题："写日常生活琐事的作品多，写重大社会冲突的作品少；写凡人甚至畸形人的作品多，写英雄人物的作品少；写灰色情绪、悲伤人生的作品多，写崇高理想、悲壮人生的作品少"，这样的声音放在十多年后的今天依然振聋发聩。

在这本书中，我们还看到了一个文学官员的磊落人格和人文情怀。作者以直白简洁的文字表达了自己走上文学创作道路的艰辛历程，和路遥、陈忠实、贾平凹这些文学前辈一样，雷涛老师也同样经历了"文革"岁月中知识的荒废，合作社工地上劳动的磨砺，从写通讯稿被吸收进基层政府做宣传进而推荐上大学、进机关从事宣传工作一步一个脚印的踏实足迹。

那些"文革"时期偷书、抄书阅读的苦中甘甜，那些孤寂长夜中的墨染人生，那些不断奔走在出差旅程中的疲惫身影，那些在台前或站或坐的激情演讲，它们叠加在一起便汇成了一个人于普通工作中不平凡的人生历程。

说不平凡，我想在陕西乃至中国文学史上，很少有人拥有像雷涛老师这样的珍贵阅历，在陕西省委宣传部和省作协的领导岗位上，他经历了与路遥、陈忠实、贾平凹三位陕西茅盾文学奖获得者合作共事，见证"陕军东征"的文学盛况，他亲历了这些文学巨匠的写作历程，见证了他们曾经的苦难与辉煌，甚至他就是他们的朋友、知己和亲人。

在谈及路遥与他的创作之时，作者说："路遥给我的最初印象是一个追求完美的人，也是各方面都很要强的人。他在创作上、政治上、婚姻上都追求第一，追求完美。而且永远是昂扬着头，不服输的气概。路遥不到二十岁就做了县革命委员会副主任，说明他有一种强烈的政治追求。在政治上失落以后，他立志要搞文学创作，走另一条道路。他曾经流露出一种愿望：我路遥是从山里走出来的，找一个北京知青结婚，是我人生的一个梦想。然而，现实不遂人愿。之后不久就发现，他的婚姻并不幸福。他在政治上追求第一，没实现；在婚姻上追求完美，也没能得到；因此他抱定要在文学上找到他的归宿。"

在总结路遥的人生时，作者以一个朋友的身份无比心痛地说："他晚上进行创作经常吃着干馍，喝着开水，咸菜也没有，更谈不上营养品。他还经常半夜三更敲开邻居门说：'有没有馍？给我吃一点儿'。所以说，路遥身体垮掉是与他长时间超负荷的精神劳作有直接关系的，同时，与他内心深处无法表白的伤痛亦有不可分割的关系"。

在贾平凹《秦腔》获奖庆祝会上，作者更是深情地说："看到路遥侧立于省作协大院内的那张沉思照，看到陈忠实因写作而显得憔悴的脸庞，还有他身后那白雪覆盖着的白鹿原，骤然间，文学依然神圣的感念笼罩了我的心

111

扉。我们可以毫不夸张地说，路遥、陈忠实和贾平凹三位的作品，正是现当代陕西人心灵史的记录，也正是中国社会政治、经济、文化发展变化的民族心灵史。"

我想这些见证文学事业的辉煌瞬间，很多人一生经历哪怕一次，便已足够，但雷涛老师不仅是见证者，甚至很多时候还是参与者和推动者，彼时彼刻，他绝不只是一个文化工作者，他更是参与文学史的创造者。

在扶持文学新人的方面，雷涛老师更是不遗余力，他在任期间不仅创立了陕西首个大型文学基金会：陕西省文学基金，亲自为残疾人作家和农民作家写序、题名，并与很多基层写作者保持着友好的往来。陕北农民作家张孝友就是其中之一。尤其在长期的工作和阅读中，雷涛老师养成了丰富敏锐的文学洞察力和鉴赏力，他对陕西中青年作家队伍的培养正缘于他这种朴素的文学情怀，冯积岐、叶广芩、吴克敬、冷梦等一大批陕西实力派作家的涌现，和其识人知文的能力是分不开的。

众所周知，雷涛老师不仅有着强健的笔力，多年来先后出版文学散文专著多部，曾获得契科夫文学奖。在阅读《困惑与催生》的过程中，我时时能感受到作者对文学的挚爱，对电影的痴迷，尤其是俄罗斯题材的电影，每每见诸笔下，皆能引发出美好的文学情怀和丰富的想像力。在创作之余，雷涛老师更对中国书法艺术情有独钟，几十年的挥毫泼墨，已铸就其深厚的功底和独特的风格。书法家雷涛的声誉甚至远远超过了其文化官员的名声。

为此文化界便有"洒脱、飘逸、厚重、深邃的原生态书写，融浓、淡、干、湿挥洒于快、慢、动、静之中"的书法评价。雷涛老师在文中坦言，他的书写一直追求的正是无拘无束、潇洒飘逸而又不失厚重与深邃的书法境界，一言以蔽之即功夫在字外。

他说："所谓功夫在字外，凡大手笔，无不求字外之功，这个字外之功，就是书家的人格境界，品学修养、阅历情怀，以及美学和文学的综合修养。字外之功并非刻意求得，而是书家阅历之集成，是气度之外化，是情怀之自然流露。"而在谈到文学与书法的异同时，他说："文学与书法的共性在于都是形象思维的艺术产物，但二者的差异在于文学往往需要我们沉下心来，用很长时间去把内心的人生体验表现出来；书法则讲究一个瞬间的爆发、在特定的心境和环境下，最真实地表现累积心中的生活体验。"这些关于文学艺术的真谛感悟，是作者苦其一生的艺术经验，对后来者有着极其深刻的启示作用。

　　读完《困惑与催生》，我更加认定了当初的判断，这的确是一本梳理和表达陕西十多年文学发展历程，具有珍贵史料价值的厚重之作。同时，我们还可以把它看成作者的文学自传，因为我们能从这些演讲中看到一个人的文学心履，这些文字之间融汇着梦想、责任与坦露的情感，有其理论的高度和思想的深度，却直白易懂，传达着美好的文学品质。

　　读其文，如洪钟大吕，訇然若有回响；观其字，飘逸俊美，悄然间风骨自现，正所谓字如其人，雷涛的文字所呈现出的风度与气魄，实是其一生艺术追求的传神写照。

爱的天堑
——读旧海棠《橙红银白》

读完《收获》杂志2016年第四期的首篇小说《橙红银白》，我的内心深深地被刺痛了。这是一个父亲千里寻女的故事，也是一个教育失败的故事，更是在时代变迁中逐渐荒芜的村落如何去面对和适应儿童教育的社会问题。

一对曾受过基本高中教育的农民工夫妻，像村子里其他人一样将女儿留在家里托付给老人、亲戚、邻居，他们一心想要的是在外面赚钱让女儿享受更好的教育，为此他们甚至放弃了买房的打算。这个男人是个极具宽容心态和超强忍耐力的男人，在外打工的过程中夫妻曾两地分居，面对妻子经受不住城市的诱惑和别人私奔，他从未曾责怪过她。面对妻子被抛弃归来他重新接纳了她。这一切的一切也许仅仅是因为，他们有一个共同的女儿：回回。女儿上高中之后他让妻子留守县城陪读，原本乖巧的女儿进入青春叛逆期之后开始以各种方式和母亲展开对抗，在进入高考倒计时的日子，竟然要放弃高考。为此在外打工的他才感觉到问题的严重性，不得不请假归来。就在高考当天，女儿死活不愿去考场，母亲以死相逼，女儿不为所动。最后弄假成真，母亲真的拿着刀子捅进了自己的胸口。那一刻，就连母亲自己都惊呆了。在奔流的鲜血面前，女儿去参加了考试。竟然一下子考上了清华，母亲也因此落下了残疾。可故事到这里才刚刚开始。

女儿在父亲打工供养下大学终于毕业，却从此杳无音讯。甚至爷爷的葬礼都没有回来。自从高考之日的那一幕之后，父女之间的感情已经处于微妙状态。因此在女儿毕业之后父亲经过反复思考不得不踏上了寻找女儿的旅程。可是自从高考之后，女儿就再也没有回来。他只知道当年女儿毕业后去了深圳。而留在父亲手里的唯一线索，就是侄子转让给他的一个有女儿信息的QQ号，父亲以女儿堂兄的名义每时每刻在经过手机通过女儿发在空间的生活动态来了解女儿的生活。只是这个QQ忽然永久地停止在了父亲来到深圳之前的某一天。父亲一边在工地上打工，一边不断地了解各种新闻动态，包括无名女尸的新闻启示、公安解救的被骗女孩、传销窝里营救出的女子等等。每一次一有新的消息，父亲便会买火车票赶赴事发地点。在不断寻找的旅途上，他经常会对各种打扮时髦的青春少女表现出特别的关注，甚至一次在无意识中去跟踪两个着装魅惑青春的女孩，一路上竟然一直跟随到了终点站。可是他又无数次地陷入到自卑羞愧和迷惘中去，因为他不知道此时此刻自己的女儿究竟长成了什么样子，在他的记忆中女儿回回还是高中时候那个比他肩膀还低的女孩。同时他也发现以自己目前苍老、疲惫的面容是无法站到那一个个靓丽的少女面前去对话的。他也发现那些着装暴露的女孩看起来青春瑰丽，一出口却是粗话连篇。她们潜藏在城市灯光璀璨的水晶宫里，但在世人的眼中却有着无比低贱的身份。有时候他甚至想，哪怕是他的女儿真的成了和她们一样的人，只要生活富足，衣食无忧，他也算是安心的了。有时候，女儿会打来莫名其妙的电话，让他为她的处境陷入新的惊恐不安的状态里去。

在城市的铁路和旅途中奔波的时候，他也曾陷入各种各样的失落心态中去。他觉得自己也曾是有知识有理想的人，却为何会陷入今天比真实年龄还苍老的困顿之中。但只要他的心脏还没有停止跳动，他仍然惦记着自己和妻子花费整个青春的打工代价所一手培养的女儿。终于，有一天某地的监狱打来了电话，说回回被关押在此地。他的精神防线瞬间彻底崩溃了，在那一刻他突然明白是自己荒芜了女儿的青春和童年，让她在幼小的年纪里始终处于颠沛流离之中。所以当她长大的时候，当她具备了反抗能力的时候，她怀着彻底让他们失望的目的来试图挽回她丢失的童年温暖。可是母亲以淋漓的鲜血将她再次击败了。当终于离开了父母为她设置的孤独囚笼，她便以一种自我的堕落和放纵来彻底反击那些曾经小心翼翼的日子。可是她不知道社会的孤独囚笼比缺失亲情的童年更加残酷，为此她不得不付出比原来超出数十倍的惨重代价。

作者旧海棠在短短的篇幅中将中国城乡剧变之中的教育和社会问题，尤其是农民工家庭问题以令人无比痛心的画面展现了出来。逐渐荒芜的村子，劳动力大量出走的乡土。留守儿童的孤独囚笼，陷落在经济繁华之中如同鬼魅般的欲望躯壳，始终闪烁着无比魅惑眼神的都市欲望，婚姻情感的脆弱和进退失据之中在不断走向苍老的数亿中国民工……

他们的未来和他们儿女的未来究竟在哪里？是在每年进行候鸟般迁徙的铁路线上，还是在一座又一座从来不属于他们的工地之上？是在不断陷落的孤独海洋般的乡土之上，还是在缺失亲情温暖的孤独童心里！

这是一个并不缺乏责任感的痛心疾首的农民工父亲所面对的心灵煎熬，也是千千万万的中国农民所必须面对的家庭问题。我相信，这些问题的解决关系着我们所有人的未来，也关系着一个国家的真正未来。这仅仅只是因为，那些属于孤独囚笼中成长的回回们，才是我们这个国家和社会的真正未来！

同时我觉得，父母与子女之间的沟通在任何时代都不存在所谓的代沟问题，我们存在的问题实质上只有一个：那就是爱的匮乏，因为滋润人心的情感洪流永远都无法用物质来取代。

当代文化处境下知识分子的内心挣扎
——读张者《桃夭》

张者的《桃夭》，我是在2015年第五期的《人民文学》期刊上阅读的。小说讲述了一个非常精彩的校园故事，据说《人民文学》在刊发的时候删掉了五万字，但眼前读到的作品依然是一个堪称完美的文本。这也是张者的校园三部曲中继《桃李》《桃花》之后的收官之作。

《桃夭》讲述的是一群八十年代风华正茂的大学生的纯真记忆，从代际上来说，他们是真正的六零后人，也正因为如此，他们的身上才有着一个特殊年代里特殊人群身上的别样风貌。从本质而言，他们是真正的天之骄子，他们身处一个文化人才极度匮乏的时代，一毕业就会成为社会精英进入政府职能部门，他们享受的是今天毕业即失业的八零九零后们无法拥有的身价和地位。

然而，在张者的小说中，他们这群已经成为当今社会有功之臣的老将们身处21世纪市场经济的浩荡洪流之中，这是一个完全不同的物质主义环境，上世纪80年代大学生身上的那股浪漫风情和文学热忱已然堕地成尘，大多数人眼中此刻除了金钱、权力与美女，可谓别无所求。因此，当一群六零后们大学毕业三十年后重返校园之时所看到的种种令人惊愕的现象也就不足为奇了，那么他们尘封在记忆之中的纯真爱情和浪漫青春就只能在记忆之中去追寻了。

精彩故事就在这里：邓冰、喻言、张健、赖武等人在大学时期同为同学，其中前三个人又因为对诗歌的爱好且同处一个宿舍而被称为"三个火枪手"，是名副其实的校园诗人。一日，邓冰和喻言将班花柳影作为"赌注"，让所有男生集体见证,打赌谁让柳影坐上自己的自行车后座,并一起骑行几公里路程谁便获胜。毫不知情的柳影就这样稀里糊涂地成为耍小聪明取胜的喻言的女友。失败之后的邓冰偶然之中见到了柳影的舍友张媛媛一见倾心,置张媛媛的男友赖武于不顾,在本科和研究生学习的八年间用尽手段,终于在校园内有着百年树龄的香樟树上将张媛媛拿下,让其做了自己的夫人。

喻言赢得柳影之后却发现自己并不喜欢柳影,于是转而追求更令自己喜欢的美女蓝翎,两人也算爱得死去活来,只是毕业分配的一纸通知将蓝翎发配到了偏远的云南,原来还两地通信,最后也终是音讯渐少以至分道扬镳。

邓冰和张媛媛结婚三十年后,他们这群当年的法学研究生都已进入法律系统,成为法律界呼风唤雨的法官、律师和法学教授,甚至还有企业家、作家。他们当年的导师梁石秋也成为法学界的权威教授。邓冰和张健做了律师,赖武成为法官,喻言成为杂志主编兼作家,昔日的张媛媛此刻也是法学教授。此时,赖武凭借着法官的自由裁量权在同一场官司中分别收取张健和邓冰代理的当事人的贿赂,结果因为张媛媛的缘故而判邓冰赢了代理费八百万的官司,张健一气之下将赖武与前女友张媛媛(如今已是邓冰老婆)的私通照片寄给了邓冰,导致邓冰和张媛媛离婚并直接举报了赖武受贿,使其面临牢狱之灾。

而今的喻言也因对当年女友蓝翎的思念将两人当年的书信结集出版,导致和老婆离婚。离婚之后的喻言逍遥自在,正在寻找着自己的"第二春"。邓冰却因为柳影当年给自己的一张纸条,三十年念念不忘,仍然想着再续前缘。大学毕业三十年的同学会便由此而始。

同学会上,柳影姗姗来迟,当邓冰满怀期望地让喻言帮自己公布了当年的那张纸条之时,不期然却掀起了埋藏三十年之久的白涟漪跳楼案。

纸条的内容是:如果我死去,你会为我哭泣吗?LY.1983.9.10

原来邓冰和喻言一直以为的纸条中的"LY"是柳影之名的缩写,其实纸条只是柳影代替女同学白涟漪传达给邓冰的表白信,"LY"其实是"涟漪"的缩写而非"柳影"。当年邓冰收到柳影的纸条后怕影响兄弟之情(此刻柳影实际上是喻言的女友),便将纸条告诉了喻言。喻言指示邓冰将纸条交给了老师,导致纸条被公布于众。他们以为这是对柳影的羞辱,实际上真正伤害的人却是白涟漪。而白涟漪一直以来也是喻言的暗恋对象，只是他被柳影纠缠着脱不了身罢了。

当时身为大学教授之女的白涟漪，父亲因为和女学生恋爱而在"文革"余霾未消的时代被当作了流氓罪判决。白涟漪因此背负着巨大的精神压力，在校园内独来独往。一些男生又调皮捣蛋，故意以此事起哄羞辱白涟漪，白涟漪一度想一死了之被身为好友的柳影劝解，并让她找个心中人以排遣压力。邓冰因为对同学们针对白涟漪的起哄不满，当场出手与一群男生打架，又因为和白涟漪是作文作业互批中的对子，因此深得白涟漪的好感。只是迟钝如邓冰，一门心思想着和赖武争夺张媛媛，根本没有发现白涟漪的一片真情。

在邓冰将白涟漪的纸条交给老师之后，虽然大家都以为这是针对柳影的，但白涟漪却承受着爱情和亲情的双重失落，加之老师布置作文一定让她写"父亲"这个题目，百般刁难。困顿之际也就在风雨之夜从学校最高的楼层一跃而下。

当邓冰在三十年后才明白这一切的时候，内心的痛苦和悔恨如毒蛇般吞噬着自己的心，而柳影此时却和班上已是大款的"康大叔"宣布结婚了。痛苦迷茫中邓冰和喻言在同学会上结识了两个小师妹，九零后的胡丽和吴亦静。有着恋父情结的吴亦静毅然委身于事业有成的喻言并因此获得一份歌舞团的工作。而胡丽却是个能够将身体和灵魂分割开来的女生，她愿意为钱而卖身，却不愿意付出一丝一毫的情感，这让身为著名律师的邓冰在醉生梦死之际如同当头棒喝，内心对情感的幻灭和对自身律师职业的质疑一同在摧毁着他的人生价值观。

为了寻求灵魂的救赎获得良心的安宁，邓冰为已死三十年的白涟漪在墓园立碑刻字纪念。却不想碰见了一个现实中的白涟漪。此白涟漪虽非彼白涟漪，却也长得漂亮，是一个开着QQ汽车的保险推销员。正当邓冰为心中的白涟漪伤心悲痛的时候，她打着白涟漪的名号来推销保险，因此被邓冰不由分说一顿痛骂。不想保险推销员白涟漪也并非善茬，她将邓冰的电话公布在网上，从此各种推销电话如潮水般汹涌而来。无奈之际的邓冰只好反其道而行，将自己的来电全部转移到了白涟漪的号码上去。不料他和张媛媛的儿子邓小水因为受了母亲的委屈离家出走之时打老爸的电话却被白涟漪接到，并被开车接走了邓小水。

邓冰和张媛媛找不到儿子，慌了神。白涟漪却以邓冰的女友自居让邓小水跟着自己玩。深夜之际为了寻找儿子，邓冰和喻言一起开着宝马车去找白涟漪接儿子，却被推销员白涟漪约到了死者白涟漪的墓地青松岗墓园。其实这是保险推销员白涟漪偶然发现的地方，墓园恰巧就在她家小区不远处的公园西北角，因为相同的名字而引起的关注。不想去墓地途中邓冰的宝马追尾了一辆马车，马匹受到了惊吓一直追着宝马车追了半夜。马车上的人不知何时摔进了路沟身亡。直到第二天发现的时候，马匹也冲进了城里与一辆公交车相撞，车毁马亡。这一切却被细心的白涟漪从报纸报道中发现，以此要挟邓冰与自己结婚，否则举报邓冰交通肇事逃逸。和白涟漪结婚之后的邓冰却忽然醒悟，想主动自首以获得良心的安宁和精神的解脱。无奈各方面报案条件不足，得不到公安认同，反被认为是精神异常赶出派出所，由此邓冰的精神陷入一种近乎崩溃的自我惩罚之中。虽然白涟漪答应放弃要挟，任邓冰自由选择和自己婚姻的去从，邓冰依然执意投案自证有罪。

喻言、张健和赖武为了挽救昔日的老同学，而联系法庭和所有大学同学针对邓冰的驾车肇事案隐瞒邓冰做了一场模拟法庭审判，终于让邓冰如释重负。值此之际，喻言和新女友去见女友母亲之时却发现，吴亦静的母亲正是自己当年苦恋的蓝翎。吴亦静也发现了喻言出版的献给母亲的情书合集《两地书》，便甘愿退出而成全母亲和喻言的一段爱情。

这样的小说情节可谓环环相扣，步步出人意料又在情理之中。而我想要说的是这部小说真正的可贵之处表现在三个方面：

一是现代社会知识分子的自我救赎以及他们在情感欲望与伦理道德方面的两极分裂。很多人之所以安分守己，也仅仅是因为想获取一份在既有法律框架之下的安全感。而这种所谓的"安全感"又是一种何等荒谬的黑色幽默！

这不仅表现在喻言和邓冰这样的有着强烈人文情怀的知识分子身上，也表现在有着耀眼光环的法学权威大学教授梁石秋身上。梁石秋在情感欲望的强烈召唤之下放弃教职带着九零后美女胡丽远走他乡，并将自己的著作收入赠予胡丽。

由此张者引述了一段日本作家渡边淳一对现代社会男性的分析： 男女生理上的差别，使得男性在性行为上处于施予地位，女性处于接受地位。这种施予与接受的分工,让他们在性活动中扮演着不同的角色。相比之下,男性的性模式显得直截了当,冲动、热烈,只要有合适的机会,就想一泄为快,很少去考虑对方是什么样的女性。而女性会在众多的施予者中进行挑选。这在精子与卵子的结合中亦表现的十分明显。在显微镜下,卵子总是安安静静地待在一处,精子则是积极进攻的一方,争先恐后地游向卵子,其中游得最快的往往会成为最后的胜利者。精子具有无条件地冲向卵子、进入卵子的本能,而卵子则有从无数的追求者中选择一个的本能,这就是性的原理。

渡边淳一认为,男人的强烈性冲动并不会简单地为女方外貌所左右,很多时候对男人来说最关键的是新鲜感,男人为这种新鲜感的渴望所驱使,有时虽然新结识的女性远远不及自己的妻子,但仅仅因为她们有未知性,所以极大地吸引了他们的注意力。

二是主人公邓冰强烈的自我救赎心理,他所追寻的不仅仅是一段纯真的爱情,也是去挽回自我灵魂的原罪,那就是自己对于一个处于情感沙漠之中的女孩的漠视,是对人性脆弱之时本应得到的抚慰的缺失。那是他在与赖武情感的争夺战早已丧失的一份最本原的人性之美,灵魂之爱。而白涟漪的死强烈地唤醒了隐藏在邓冰内心的那份对美好情感的渴望。另一方面,邓冰自证有罪的行为动机也是因为他对自身律师职业价值的幻灭,对法律公正和社会正义的强烈呼唤。虽然身为著名律师,他早已身价不菲,但他对法律界派系之间的利益至上以法律公器为私人工具的行为甚感失望,由此他想以自身的自证有罪去重新寻回法律的神圣。只是,面对真正的社会现实,我们最后看到的结果不免更令人无奈。真正的法律公正和社会正义并非一两个人的一腔热血所能完成……

三是写出了当今社会价值观的混乱。九零后女子胡丽竟然能将肉体和情感一分为二,这虽是个案,但不免令人吃惊,同时也令人担心,梁石秋教授所苦苦追求的人性自由和田园牧歌景象究竟会落得何等下场?在这样一个时代,真有一个如花佳丽愿意陪着一个白发苍苍的教授去寻找他的田园牧歌吗?还是她只是为了他身后的不菲遗产而甘愿用肉体和青春做等价交换?那么情感与金钱等价交换之下的田园牧歌还是真正的田园牧歌吗?同时喻言与蓝翎母女的情感纠葛虽然作者并没有在文中全面展开,但已然呈现出了一种别样的黑色幽默和荒诞色彩!

道是无情却有情
——评胡性能中篇小说《消失的祖父》

《消失的祖父》描写的是政局剧烈动荡时代里个人命运的悲欢沉浮，一个铁血军人的荣耀与屈辱。战火中闪耀的爱情照亮了一个军人冷却的血液，抗日英雄历经政权更迭掉进了一张充满荒谬与悖论的大网。在这张大网中他丧失了自己的身份，也丧失了亲情的温暖，面对曾经熟悉的家园，自己为此付出一切最后却成了一个陌生的闯入者而不被待见。

我的祖父聂保修出生于 1910 年。年轻时上过昆明讲武堂，去过日本留学。后成为国民党中央军军官，参加抗日战争负伤回乡修养，并因此成为抗日英雄受到家乡人民的爱戴与崇敬。辉煌的往昔岁月在 1942 年祖父随国民军参加缅甸抗日远征军戛然而止。缅甸丛林的艰苦环境，穿越野人山的地狱经历，这些都没有让这个革命军官屈服认命。

1949 年前夕他已经成为一名中共地下党员，肩负着潜伏使命，在昆明解放的战争中起到了特殊的作用。可当他历经九死一生再次归来的时刻，却碰上了中国政治的特殊时期"文革"，他无法找到自己的联系人，此时所有人都成了惊弓之鸟。他终于理所当然地被投进劳改农场，经历十五年的牢狱之灾后又被放了出来，回到了曾经的老家时已经七十多岁。此时孙子正在成长，妻子母亲已经去世，亲生儿子因为从来没有受过他的养育之恩，反而受他国民党军官身份的牵连在工作和仕途中徘徊穷途，对这个突然冒出来的不速之客的父亲充满了怨愤和敌意。因为在他们的意识中他早已死去，他在这个家庭中是从来就不存在的人。只有他的孙子对祖父的身份和往事充满了好奇与探知欲，也对老年归来的祖父满怀同情。在和祖父相处的两年时间里，他们之间建立了信任与默契，一种特殊的血缘亲情让他们之间的关系变得亲密而美好，作为丹城文化局长的父亲却对祖父冷漠到令人心寒的地步。两年的时间里，苍老的祖父依然拥有着士兵的刚强并永不停息地向有关部门申诉自己的身份问题，但寄出的材料都石沉大海。

终于有一天，祖父在大雪纷飞的季节离开了丹城，从此他们再也没有见过祖父。晚年退休的父亲突然悔悟想到自己可能一直错怪了祖父想要寻找他的时候，他们却再也没有找到他的踪迹。

1981年出狱，1983年出走的祖父曾经到过昆明，与他青年时期的恋人安青见过一面。确切地说，安青是祖父在昆明同居的恋人。那时的祖父雄姿英发，文雅渊博，很快便赢得了出身女子学堂的富商之女安青的爱情，祖父为此在昆明专门购置了一处院落作为他们的爱巢。1949年祖父出逃缅甸也正是从这里离开的，他是奉了中共地下党接头人的指派返回国民党驻地策应大部队围剿任务的，只是任务完成之际他没有接到返回的通知便在慌乱中随溃逃部队前往缅甸。没想这一去就是几十年，无奈之际的安青在政权更迭的慌乱中不得不委身下嫁于一个教师。再次相见之时，祖父已是垂垂老矣，唯有满怀沧桑的故事令二人唏嘘不已。此刻，她依然爱他，而他却已无法承受起这爱的分量。一夜长话之后再次相别，凄风残雪之中自是惆怅无限。

祖父在见过安青之后便一去不复返。多年之后，政府终于送来了一笔数额巨大的慰问金，表示对祖父身份的重新肯定。可消失多年的祖父终是无法得到这份慰藉了，他曾经埋身自家黑暗冰冷的碳房里一字一字书写申诉书的沉重与绝望，也许只有这个唯一的孙子能够体会其忍辱负重的悲凉心态。

在这部篇幅不长的小说中，令人动容的其实并非政治环境的险恶、亲人之间仇视的冷漠，而是那个叫安青的女子对祖父的一往情深，是他们在风雪之夜的小旅馆中围炉话谈的美好与凄凉。我想，那也是祖父聂保修人生之中最温暖的一夜，因为在这个世界上他曾经为之拼命付出的国家里没有一个人能相信他，就连他的儿子也不能，可安青能。虽然他们此时都已是垂暮之年，纵然安青比他年轻，也已是人到中年。一对白发苍颜的痴情爱侣在几十年世事沧桑后再次重逢，他们心中的那片赤诚却从未改变，这在一个充满荒谬与血腥的年代，是多么美好的一幕啊。

我想，纵然忠诚难见圣主，那一抹温情也足慰英雄之心。

不能擦去的爱
——读张华中篇小说《橡皮擦》

　　张华的《橡皮擦》是一个非常简单的故事，读后却让人意象丛生，它让我脑海里产生了非常多的词语，比如一个中年女人的悲伤、伟大的母爱或者卑微而真挚的底层人生。其实作者的语言风格非常世俗化，小说呈现的场景也完全是下里巴人的生活。

　　一对从农村入城以卖菜求生活的夫妻，在生活终于变得好起来的时候丈夫出轨找了更年轻的女人，而且有了孩子。被抛弃的妻子陆小荷不免怨气十足，悲伤抑郁。此刻她唯一抱怨发泄的对象就是自己的老母亲赵大秀。陷于离异痛苦中的陆小荷一心想抹掉丈夫留在她生活中的所有记忆，为此她不停地洗刷家里的每一寸地方，扔掉他所有的东西，甚至不惜盲目地拉回一个已婚的鱼贩子上床，让一起卖菜的同伴们帮她打听对象。同时她还必须面对母亲赵大秀不断出现的老年痴呆现象：出门就会走失、做饭就会起火、忘记自己的名字、不知道女儿是谁、家在哪里？

　　陷于世俗困境中的陆小荷日益惊恐，她急于找一个人去帮自己分担这些以前完全不可想象的生活场面。可是鱼贩子只是抱着玩一玩的态度，甚至出卖了她母亲老年痴呆的实情，同伴们对她愈加地冷嘲热讽。只有陷于老年痴呆状况里的赵大秀不断地鼓励她再找一个，不断地想着新的办法，让自己不给女儿添麻烦。为此她绞尽脑汁，却常常阴差阳错、弄巧成拙，让自己和女儿陷于一次又一次的惊愕与慌乱之中，引发出种种令人啼笑皆非而又辛酸无比的生活场面。当母女二人经历了又一次走失归来的故事之后，她们一起抱头痛哭、相拥而眠在同一张床上，从此夜夜相伴，不敢分离。

人到中年之际的困境在张华的笔下悄然呈现,种种复杂的情绪搅合在一起,凄凉与悲伤、困厄与孤独、拥抱取暖的怆然与举目无亲的孤勇原来都是我们在生活中必须承受的必然。

尽管不愿意分离,但面对生活现实为了母亲的安全陆小荷还是将赵大秀送进了敬老院。可是一进敬老院的赵大秀因为丧失了内心之中不给女儿添麻烦的那种执拗的坚持,在完全放松的心理状态下,她的记忆大堤瞬间土崩瓦解,成了一个真正生活不能自理的老年痴呆症患者。剩余的唯一那一点记忆就是女儿被人抛弃的悲惨经历,这一点记忆便成了祥林嫂口中的"我真傻……"被她不断地重复给所有人听。她一直觉得,有人在偷偷地擦拭着自己脑海中的记忆,她却无法找到那个人。终于有一天,她发现了院长儿子手中的橡皮擦,她溃败的理性忽然之间如回光返照,明白了擦拭她记忆的东西原来就是这块小小的橡皮擦。原来陆小荷所苦苦想擦拭掉的记忆和赵大秀执著地想寻回的记忆竟源于同一块小小的橡皮擦。此时,陆小荷终于放弃了自己荒谬而执著地用一个男人覆盖另一个男人留在她生命中的印记的想法,她要接母亲赵大秀一起回农村生活。

在张华的笔下,我常常能感觉到有粗粝的沙石擦过心灵的湖面所留下的疼痛与哀伤,比如陆小荷在山穷水尽之际去求那个背叛自己的男人回头的场面,比如鱼贩子"得了便宜还卖乖"对陆小荷奚落嘲讽之时,那些沉陷于底层的不堪竟是如此坚硬地损伤着一颗柔软的心灵。是深沉而处于本能之中的母爱唤醒了盲目慌乱之中的陆小荷,人生的方向盘便重新回到了她的手中。记忆可以擦去,唯独爱不能擦去,我想这才是张华字里行间所刻画的深情。

世间最残酷的温暖和最温暖的残酷
——读乔叶《最慢的是活着》

面对死亡，无人不恐惧。可是我们必须经历死亡，尤其是必须经历身边亲人的衰老死亡，这是比经历自己的死亡更加残酷的人性惩罚。如果我们没有信仰的支撑，没有灵魂的皈依，没有对人性看破红尘般地透彻领悟。我们在这一刻，只会更加无助与恐慌。

亲人的爱是一种温暖，是我们生命的本源。亲人的爱也是一种残酷，因为我们必须经历生老病死的自然规律。年轻鲜活与衰老腐朽的对比令我们羞愧，它是对生命尊严最严厉的惩罚，也是对鲜活生命最严厉的警告，非经灵魂的凌迟之痛而不能领悟。

一

乔叶的小说《最慢的是活着》，通过一个性格叛逆的孙女和奶奶相依相伴的生活经历，向我们传达了血缘亲情中亲密与疏离背后存在的爱的哲学。

一个普通的农村妇女，早年丧夫，拉扯儿子长大娶亲，孙辈们相继在自己膝下成长，又经历儿子与儿媳的中年病亡，看着孙子孙女们嫁娶生子，到自己再也无法掌控一切，油尽灯枯。

作者在文中说："如果用一个字来形容奶奶对于父亲这个独子的感觉，我想只有这个字最恰当：怕。从怀着他开始，她就怕。生下来，她怕。是个男孩，她更怕。祖父走了，她独自拉扯着他，自然是怕。女儿夭折之后，她尤其怕。他上学，她怕。他娶妻生子，她怕。他每天上班下班，她怕。——

他在她身边时，她怕自己养不好他。他不在她身边时，她怕整个世界亏待他。

父亲是个孝子，无论她说什么，他都俯首帖耳。表面上是他怕她，但事实上，就是她怕他。

没办法，爱极了，就是怕。"

爱的极致就是怕的极致，这是乡土中国血脉传承中最冷酷的温柔，最温柔的冷酷。它又是一种最理性的选择，如果没有这种"怕"对生命的支撑，也许这种"爱"早就无以为继，崩溃瓦解了。正是这种"怕"，让一个女人顽强地撑起了一个四世同堂的家族。也许我们不能理解，但却必须承认。实际上，正是这种对生命的"怕"，或者说敬畏，才是乡土中国千百年来的精神支柱。

二

"奶奶正在死去，这事对外人来说不过是一个应酬。——其实，对我们这些至亲来说，又何尝不是应酬？更长，更痛的，更认真的应酬。应酬完毕，我们还要各就各位，继续各自的事。

就是这样。

祖母正在死去，我们在她煎熬痛苦的时候等着她死去。我甚至怀疑自己是否曾经恶毒地暗暗期盼她早些死去。在污秽、疼痛和绝望中，她知道死亡已经挽住了她的左手，正在缓缓地将她拥抱。对此，她和我们——她的所谓的亲人，都无能为力。她已经没有未来的人生，她必须得独自面对这无尽的永恒的黑暗。而目睹着她如此挣扎，时日走过，我们却连持久的伤悲和纯粹的留恋都无法做到。我们能做到的，就是等待她的最终离去和死亡的最终来临。这对我们都是一种折磨。既然是折磨，那么就请快点儿结束吧。"

现代社会中，我们对生命的敬畏感正在坍塌，面对死亡将至，我们无能为力。死亡的阴影将永远盘旋在我们的心头，直到它降临于自身。死亡的痛苦对死者来说是解脱，对生者来说，表面看似解脱，实际上惩罚刚刚开始。

原因只有一个，那就是我们还活着。而活着，是一件极其漫长的事情。一旦历经亲人的死亡，我们必须时时刻刻去回忆，去体味，去忏悔，我们是否对得起已经死去的亡灵。

生命不止，忏悔不息。

三

"奶奶，我的亲人，请你原谅我。你要死了，我还是需要挣钱。你要死了，我吃饭还是吃得那么香甜。你要死了，我还喜欢看路边盛开的野花。你要死了，我还想和男人做爱。你要死了，我还是要喝汇源果汁嗑洽洽瓜子拥有并感受着所有美妙的生之乐趣。

这是我的强韧，也是我的无耻。

请你原谅我。请你一定原谅我。因为，我也必在将来死去。因为，你也曾生活得那么强韧，和无耻。"

活着，又是一件极其无耻的事情，因此，我们活着的每一个人都必须坚强和忍耐，必要的时候还必须无耻。因为生活本身就是无耻的汪洋大海，藏垢纳污，我们身处其中谁也无法保证永远地清白。除非我们在婴儿时期就已经夭折，除非我们永远不来这个人间，或者干脆就做个白痴。

四

作者在结尾说："我的祖母已经远去。可我越来越清楚地知道：我和她真正的距离从来就不是太宽。无论年龄，还是生死。如一条河，我在此，她在彼。我们构成了河的两岸。当她堤石坍塌顺流而下的时候，我也已经泅到对岸，自觉地站在了她的旧址上。我的新貌，在某种意义上，就是她的陈颜。我必须在她的根里成长，她必须在我的身体里复现，如同我和我的孩子，我的孩子和我孩子的孩子，所有人的孩子和所有人孩子的孩子。"

血脉的传承里，埋藏着相似的命运。这命运是一种模制，但模制中又潜藏着突变的基因。但无论如何，我们逃脱不了死亡的模制。世间的一切生物都逃脱不了。最终，我们不无悲哀地发现，逆来顺受，这四个字真好。无论如何叛逆、如何现代的孙女，最后却必须承认这血缘之中无法清洗的爱的哲学，必须承认那曾经的冷酷背后埋藏的爱的洪流，并最终被这洪流所湮没。垂下曾经高昂的头颅，让曾经所厌恶的腐朽与死亡一点点地呈现于自己的肉身。

如此绝望，如此温暖，又如此冷酷。

那些暧昧表象之下潜藏的最高理性
——读乔叶中篇小说《我承认我最怕天黑》

一

　　暧昧，是男女情感状态之中一种微妙的悬停，是介于友情和爱情之间的第三种关系。

　　暧昧又是一种永远存在的情感状态，是不可消灭的。因为无论你是否单身，人都是以个体生存于社会之中的。同时人是一种具有独立思想能力的动物，但很多事情又不能独立完成，需要相互帮助和相互协调。无论是否单身，你都要有自己的兴趣爱好，你都要有自己的工作圈子和社交圈子。无论是否单身，你都要与人沟通，你都需要倾诉。因此，我们可以说，有人的地方就一定存在着暧昧。

　　暧昧就好像母亲温暖的子宫，恰似爱情却没有爱情的名义，恰似友情，却在现实之中拥有比友情更多的内涵。也许我们可以说，暧昧是打着友情的幌子做着爱情的梦想。暧昧同时享受了友情与爱情的全部内容，却逾越了友情的边界，逃避了爱情的责任。

　　暧昧的表象是它既非友情也非爱情，它高于友情又和爱情保持着一段安全的距离，却又互相牵挂，互相关心，永远可望而不可即。它恰似挂在树上的苹果，永远充满着诱惑，却又永远只是诱惑。

　　退一步，我们可以说暧昧是一种虚假的友情；进一步，我们可以说暧昧是一种最荒唐的爱情。暧昧里充满着无奈和各种可能存在的不可言说的悲酸，在欲望都市，暧昧也是人际关系中的一种。

就好像有句话说，离暧昧很近，离爱情很远。谁都在持股观望，不愿意先抛出手，谁都想把自己保持在一个最安全的模式里，既拖泥带水又欲拒还迎，既清醒绝望又醉生梦死。

暧昧是可耻的，却符合人的情感欲望的全部需求。它的温暖舒适和充满各种可能的触须让人性获得了一种最放松的舒展，甚至触发着各种妙不可言的情感碰撞和欲望喷薄。

正因为它永远的不明朗，它的色彩恰似橘黄，它永远不可能纯粹，但又随时准备着到达彻底的纯粹。

毕竟灵魂是寂寞的，我们不可否认它有挣扎的时候，有煎熬的时刻。也许正是因为这样，暧昧在这个年代才愈来愈多，它的存在，让情感的面目突然模糊不清起来，是那么让人欲语还休。可倘若仅止步于灵魂上的牵扯，这份暧昧就干净多了。

甚至，我觉得暧昧是一种人性的麻醉剂与润滑剂，它的存在避免了这个社会各种到达极端的可能。由此我甚至不得不说，在暧昧表象之下，确实潜藏着人类情感状态的最高理性！

二

乔叶的中篇小说《我承认我最怕天黑》，正是通过一个离异女性的情感欲望状态，真实细致地向我们传递了暧昧这种情感状态的微妙和可怕。微妙是说它是如此敏感地存在于青春女性的躯体之中，它就像一根随时可能被点燃的导火索，任何一点点的两性接触都可能引发无数种不可预测的情感体验。但它所有的脉络所能到达的唯一终点只能是：欲望和性。说其可怕，是因为我们无法预知这种行为可能引发的结果，虽然我们知道最坏的结果也无非就是：欲望和性。

在文中乔叶为我们讲述了这样一个故事：

一个因为丈夫嫖娼而毅然决定离婚的机关女性刘帕，离异之后因为情感的空白，夜晚的寂寞，开始陷入不可遏止的性幻想之中。在无数次的幻想里，她把性幻想对象设定为已经离异的前夫，设定为对自己关拂有加的上司张建宏，甚至设定为突然出现又突然消失的一个假想的暴徒。恰逢刘帕租住的小区外墙装修，窗户外面搭起了一层脚手架。果然在闷热的夏日夜晚，一个陌生男子从窗户闯入了刘帕的房间。似乎一切都那么顺理成章，作为抢劫犯的强壮男子没有伤害她，他们水到渠成地发生了激情涌动的一夜情。

"男人站着，似乎有些手足无措。他的沉默让刘帕更加确定他是一个生手。一个老练的劫匪是不会在这样的境况里沉默的。"

"'不准报警。'男人又说，一边举着刀往后退去。紧张的神情仿佛面对的正是一个全副武装的警察，而不是刘帕这样一个单薄的女子。刘帕点点头，简直有些想笑。男人说的话让她忽然想起小时候她在乡下奶奶家过暑假，常常到环村的小河边玩耍，每次都把衣服弄得透透湿，而每次去玩的时候奶奶还是要叮嘱她：'不要把衣服弄湿。'"

"一个入室抢劫的男人居然会让她想起童年，这真是一个有意思的夜晚。他潜含的稚气冲淡了他裱糊的恐怖，使刘帕的一部分戒备不知不觉地转化成了悲悯。"

"其实，"刘帕说，"你可以打开门走的，走窗户太危险了。"

正是她的这句话，让男人转变了态度。

"男人跳下窗户，一步步地走过来，刀子像深秋的黄瓜，蔫蔫地垂在他手里。刘帕静静地站着，一动不动。与刘帕擦肩而过的时候，他的脚步忽然有些踉跄，身子微微一晃，蹭掉了刘帕的浴巾。男人的体味山洪一样袭击了刘帕的山谷，刘帕的大脑顿时成了真空……"

"男人还是从窗户走的。他没有拿录音机和掌上电脑。他说：'钱我先用几天，我会还给你的。'"

从性幻想到一场情事的突如其来，整个过程可以说与暧昧息息相关。

男人走后，刘帕还是一如既往地生活上班，只是她的身体在夜晚开始愈加怀念那激情涌动的一夜，她夜晚的窗还是到了十二点后才关。期间，她终于与在所有生活中都谨小慎微的上司发生了山夜宾馆里的一吻。可是他在她的矜持中还是退缩了。

"张建宏似乎是确实喜欢她的，她也不讨厌他，甚至可以说她也有些喜欢他。可是他们之间一直是一条无声的渠水。此刻在大山怀抱的宾馆里，他突然激情四溢，仅仅是因为环境的生疏让他放松么？更重要的怕是她断定了她诱惑的安全。像她这样一个在机关里处世稳妥的女子，一直碗水不流，瓶水不动。"

可以说在小说中，刘帕与上司的关系是一种更加准确的暧昧。上司虽然喜欢刘帕，却不愿意因此涉及一点点危险，他们的关系便只能保持在一种绝对安全的彼此牵挂之中，甚至就连他们的语言也只能是蜻蜓点水的，只可意会不可言传。就好像他们之间永远存在着一张纸，隔着纸他们甚至彼此能够感受到对方的呼吸和心跳，却仍然要发乎情而止乎礼！暧昧这种情感状态的煎熬，便在此刻被乔叶游刃有余地呈现在了读者面前。

"他就是这样看她的么？刘帕突然有些愤怒起来。如果她不首先在他的面前撒起娇来，他还会有勇气对她这样么？不会。他从不做没有把握的事情，不做任何看不到效益的投资。他是个精明的算计者，是个从不赔本的生意人。现在的男人就这样让人绝望么？既可以把嫖娼看作一种被胁迫的纯生理行为，振振有词地要求被宽恕，也可以在面对艳遇时不浪费一丁点儿聪明，将每一个动作和每一个表情都要检验得天衣无缝才会把他们释放到皮肤。"

"她的记忆里又浮现出了那个夜晚，那个强暴她之后声称还要回来给她送钱的男人。她忽然想，如果张建宏也对她进行一场没有什么缘由的粗暴的非礼，或许也不会像现在这样让她难受。那起码证明：她是值得他为她疯狂的。在某种意义上讲，一个男人肯毫无顾忌地对一个女人疯狂，便是对这个女人的最大赞美。哪怕，只有一次。"

"当然他的疯狂也有可能伤害她，但这伤害的前提是他必须有勇气先去伤害自己，伤害自己的秩序和规则。就像那个男人。而此刻的张建宏之所以侵犯她还这么谨慎，就是因为他确定了这种侵犯不会伤害他自己。——他喜欢她，这并不意味着他愿意为她放弃一点点自私。"

"她使劲地推开了张建宏。"

深处于暧昧情感漩涡之中的刘帕，在经历了突如其来的一夜情之后，开始将她和上司之间的暧昧不明的关系和那个闯入的男子做比较。当然这种比较是可笑的，甚至是愚蠢的。但在情感体验上，女人所追求的永远是一种极致的爱。有句话说，你永远不要低估女人对情感的判断，因为女人对情感纯度的追求永无止境。这种永无止境的追求，最后所要达到的高度，便是纯粹理性，是绝对不含半点杂质的理性判断。

三

"每个夜晚，刘帕依然会一丝不挂地躺在床上，但她已经不听音乐了。她在夜的声响中像猫一样分辨着哪个声音是朝着自己而来。他说过他会给她送钱来。"

"她又想起了张建宏。相比于这个陌生男人，张建宏是更有条件让她接受的，但她拒绝了他。不能接受朝夕相处的人却能接受不速之客，她不能明白这到底是为了什么。也许真的只是因为熟悉和陌生？因为熟悉而顾虑，因为熟悉而萎缩，因为熟悉而异化了彼此的激情。因为陌生而舒展，因为陌生而自由，因为陌生而放松了彼此的渴望。真的是这样的么？"

那次夜遇之后的每个夜晚，刘帕开始陷入了一种御底的沦陷之中，她的理性已经到达了一种濒于崩溃的边缘。而恰恰是这种沦陷，让她认识到了暧昧的存在。

"现在，她不仅仅相信了，而且还实践了。实践了才知道，在界限分明的黑白之间，还有大片的灰色。就像在看似互不侵犯的井水和河水之间还有无数隐藏的底下溪流。"

恰如作者所言，这个世界上真正的黑与白之外，存在着大片的灰色。这灰色，其实正是对暧昧不明的情感关系的一种最恰当的比喻。而刘帕也正在一步步地陷入到对这种灰色所引发的结果的不可控状态里去。这种不可控便引来了后面情节的急转直下。

巧合的是，她竟然在自己的办公室碰见了他。他竟然是上司张建宏的表弟，建筑工人，母亲癌症住院，需要大量手术费，所以他才入室抢劫。就在那个夜晚，他回来给她还钱。他们之间发生了第二次鱼水之欢。她对他说，以后不要来了。因为她打算和前夫复婚。

在还钱的第二次激情之后，他们都知道了彼此是谁。她开始产生了厌恶。但是第三次还是发生了，发生在她准备复婚之前。却被所有人抓了个正着。文中乔叶对情感欲望敞开之中"陌生与熟悉"的讨论，是把人性的根须放在了一张安全舒适无边无际的大床之上，这大床恰似心理医生的显微镜，对情感欲望做出的剖析是如此合情合理，又如此微妙细致，甚至令人瞠目结舌。

那个晚上，正是在他知道了她是谁之后的夜晚。她本来是要拒绝他的，但最后还是在他的软硬兼施下放弃了。是室友在深夜回家的时候发现了从脚手架入室的他，然后报了警。警察到来的时候，他们被堵在了床上。于是他在被带走的时候大声呼叫："她是自愿的！她是自愿的！"

本来她可以否认，但是她出乎所有人意料地承认了。在这个时候，她已经对他一点感觉都没有了。但她还是拿起电话叫来了上司以证明他的身份，为他开脱了入室抢劫和强暴行为的所有指证。警察只能把这一切当作一场不走寻常路的情侣"约会"。当然，她的复婚计划也因此彻底取消了。尽管她的丈夫觉得现在好像彼此"扯平"了，他完全可以不计较这一切。他依然爱她！

在这篇小说中乔叶再次用到了她在所有小说中惯用的一个词"无耻"，这无耻可以当作是人在欲望面前的完全敞开，是将我们生活中原本惯常的暧昧场景看作是完全合情合理的最高理性，把人的情感和欲望的幽微曲折完全放在理性存在的平台上来讨论和展示。

甚至，我们可以说，这是对传统社会世俗禁忌的挑战，是女权主义行为的宣言。文中的女子刘帕作为一个知识女性，也正是在对自我欲望的发现过程中，来认识生命中本就存在的情感与欲望需求的，尤其是结尾大胆为入室抢劫者的开脱行为，更是一种不无自我牺牲的理性成全。成全自己的合理欲望，也为对方承担可能遭受的社会罪责。

甚至我们还可以说，她的这种行为是冒天下之大不韪的！她没有把自己放在女性一贯的受害者角度上，而是放在了一种保护者的角度上，为维护人性本真的最高理性做出了勇敢的自我牺牲！

因此，在看似暧昧的表象之下，乔叶的笔触是犀利的，深刻的，更是批判的。在她以女性的柔弱视角展开的故事中真正呈现的是对追求人性合理需求的大胆书写，在细腻入微的情感细节之中为我们展示了新时代女性身上所拥有的丰富、绵密、细致而又丰盈、深刻、理性的一面！

乔叶直面理性现实的精神和勇气是值得我们钦佩的！

原罪与救赎
——读王十月中篇小说《人罪》

读完王十月的中篇小说《人罪》，我不由想起了东西的长篇小说《篡改的命》。这两部小说描写的同是贫穷草根家庭优秀学子在高考中被冒名顶替的事件，但过程和结果以及给我们留下的社会思考却有着天壤之别。

《人罪》中的小贩陈责我，在被城管逼迫到绝境之际陷入丧失理性的愤怒之中，他用自己卖水果的水果刀捅伤了大学毕业后以优秀成绩考入体制内的城管执法者吴用，导致吴用当场死亡。当陈责我陷入牢狱之灾的时候，他没想到主审案件的法官却正是自己的替身陈责我。

当年作为学校教务主任的陈庚银（法官陈责我的舅舅）为了完成自己妹妹弥留之际的心愿，利用狸猫换太子之计让自己的外甥赵城顶替考上大学的草根家庭出身的陈责我的身份，用陈责我的名字上了大学。多年之后，冒名顶替者完成了大学学业的同时还考上了名牌大学的研究生，最终以优异的成绩成为省城法院的一名副处级法官。

只是，法官陈责我多年来一直活在冒名顶替的惶恐之中，即便他大学毕业之后以自己的努力考上了研究生，在他的内心中，依然埋藏着一种原罪。那就是他今天的优越生活是以另一个人一辈子的命运换来的，尤其是当他知道了那个真正的陈责我在没有上大学之后最终沦为这个城市底层的一名小贩，整天被城管追着到处跑。正是这种底层疲于奔命的挣扎让他最终奋起反抗挥刀杀人，酿成了今日不可挽回的牢狱之灾，即将面临着被判处死刑的结局。而作为法官的陈责我却顶替着小贩陈责我的名字，要去审判被自己冒名顶替的小贩陈责我。

多年来，即使面对身为省城报社社会部主任的妻子杜梅，爱他甚至崇拜他的杜梅，他也无法张口说出自己灰色的过往。可是作为知名社会调查记者的杜梅最终还是发现了丈夫不可告人的过往。虽然她没有去揭发他，可是这等于他把她彻底拉上了另一条完全不同的道路，是他让她一直信奉的崇高职业使命感蒙了尘。

虽然他们一直在努力赎罪，一心想挽回小贩陈责我的性命，争取最轻的量刑。虽然他的舅舅陈庚银也在一直努力试图用经济的手段减轻他们良心的不安，给予小贩陈责我的家庭以尽可能的帮助。只是最终，他们所有的努力都白费了。因为小贩陈责我即便在知道了所有的阴谋之后，依然选择了逆来顺受。在他的内心里，杀死了一个大学生的悔罪感已经让他陷入了一心赴死、心如死灰的状态。他已经不再关心自己的将来，只想用自己的死来为自己的过往赎罪。他是如此坦然，如此决绝，又如此悲观。

可正是小贩陈责我的这种选择，让一心想赎罪的法官陈责我陷入了彻底的绝望里。换句话说，面对小贩陈责我的这种态度，他们所有人即使再努力，也无法为自己今天的局面做哪怕一点点的挽回。他们被永远地放在了道德审判的被告席上，面临着将要把这种悔罪的心理带入坟墓的绝境。

所以，作为一个有良知和道德的记者杜梅最终选择了和法官陈责我离婚，甚至选择了辞职。因为在她的心里，自己已经没有资格去继续履行一个记者的崇高使命。然而和杜梅不同的是，法官陈责我在小贩陈责我最终被执行死刑之后，在道德的绝境中他选择了彻底的沉沦，在失去妻子之后开始放弃自己的职业底线，被律师韦工之彻底拉下了水，开始过起了醉生梦死的日子。

和《人罪》不同的是，《篡改的命》中的汪长尺在自己高考被冒名顶替后选择了奋起抗争，最后为了改变家族的命运甚至不惜把儿子送给了自己的仇人地产商林家柏，彻底放弃自己的性命和林家柏签下补偿合同，然后毅然跳进了大江里。在《篡改的命》里，汪长尺在自己不公命运的逼迫下已经陷入了彻底的疯狂，陷入了为达目的不择手段的境地，虽然他是悲壮的，决绝的，却不值得丝毫的同情。他的选择最后也没有落到一点好处，儿子长大之后甚至彻底背弃了他的初衷。《人罪》的结局虽然同样是死亡，小贩陈责我却为自己赢得了道德的胜利，在现实中他确实失手杀了人，但他愿意为自己的行为付出代价，用自己的死来换得良心的解脱。

一如王十月在小说中所写的那个细节：小时候作为同学的两个陈责我一起在公园门口碰到了用刀割伤自己身体来换取同情的一对十多岁的兄妹，小贩陈责我舍不得用钱去看公园的表演，却舍得将自己全部零花钱送给那对在公园门口卖艺的兄妹。在这个细节上，我们所看到的正是小贩陈责我和所有人身上的不同，抑或说是闪光之处。相比于法官陈责我的悔罪意识，记者杜梅的良心不安，小贩陈责我即便在陷入生活绝境之中时依然愿意为自己的行为负责，不反抗，不辩解，淡定从容的他让杜梅也陷入了深深的羞愧之中。

王十月笔下的《人罪》，在小说人物身上拥有一种非常强烈的自我救赎意识，他把人在面临绝境之时的反应和强烈的内心交战与灵魂原罪表现的淋漓尽致，人性的贪婪和灵魂的挣扎在这里携手共舞，也让我们看到了在残酷的现实生活中我们每一个人身上可能存在的原罪。

《人罪》和《篡改的命》同样具有深刻的社会批判精神，只是《人罪》中的小贩陈责我选择了对自己永不饶恕，这种永不饶恕放在法官陈责我的身上则是一副沉重的灵魂枷锁，因此王十月的笔触是辛辣的，甚至是无情的。他把法官陈责我彻底地钉在了灵魂的耻辱柱上，甚至连带他的同谋者一个也没有放过，但正是这种无情却恰恰体现出了他痛彻肺腑的悲悯情怀。

《篡改的命》中的汪长尺的反抗是绝望的，甚至充满了一种恶狠狠报复心理。《人罪》中的陈责我的身上却始终拥有一种温情的光芒，正是这种温情让他选择了毅然赴死，因此他才是那个真正获得自我救赎的人。

《孔雀的叫喊》
——关于三峡的传说

> 毕竟，有谁能抵达出生之前的世界呢？她只是见到急湍的江水，模糊了所有山崖的倒影。
>
> ——虹影

柳璀，这个作者的精神原型，在这部小说中成为伤与痛、爱与恨纠集的焦点。前世与今生、近代与现代、战争与和平，三峡的水坝和它即将淹没的无数历史沧桑的古迹与民宅，都将在文化命脉的延续中断流。三峡水坝的工程牵动了虹影对于文化与历史未来的思考。当然最基本的是她不愿意看到曾经的故乡和童年中的殷殷亲情同样被洪水淹没。所以，这部小说应该说是作者对于自己的故乡的一种记忆的挽留，一种在时间与空间中的挽留，它就像一个徒然而惊愕的手势，仍然不可阻挡滔滔的长江洪流。

《孔雀的叫喊》是一种对逝去时代的历史挽留，然而在挽留之中却有着一种强烈的悔罪意识，还有对于曾经时代的野蛮与残暴文化的谴责，这里面涉及前后两代人的恩恩怨怨。

在现代，是柳璀对于丈夫李路生情感背叛的怀疑引发了她的三峡之行，同时她又肩负着上一代人的遗留责任，前去看望母亲十几年未见的陈阿姨，于是在这种模糊的责任意识中柳璀发现了自己家庭的隐秘以及父母之间的心灵隐痛。

面对陈阿姨说出的带着狂烈的血腥与罪恶的故事，当年作为一方专员的父亲为了官场前途一手造成了一桩冤案：妓女红莲与玉通禅师含冤而死。柳璀感到的岂止是震惊，更是愤懑。但是对于自己与月明同日而生的那个充满血腥与狂热革命罪恶的日子以及陈阿姨所暗示的宿世轮回之说，她又隐隐地感到惶恐不安。

就在这样的心境中，她还要面对良县水坝工程中自己的丈夫李路生在官场尔虞我诈的黑暗场面，更让人感到不可思议地是她竟被一步步卷入这个黑暗的场面中来。良县公安局的拘留虽然只是一场虚惊，却让她看到了她所不能容忍的司法罪恶，更引起了她对于平民的怜悯情怀。月明的正义感和淳朴卑微的农村小教师的面貌让她看到了底层小知识分子的可贵之处，而陈阿姨一家的贫困景象又让她对于父亲当年所犯下的罪恶感到深深地不安。

终于，她认清了自己在丈夫心中的真正形象，她仍然摆脱不了寄人篱下的感觉，而丈夫则进一步揭露出了连她自己都不知道的家庭隐秘。母亲当年对于父亲的所作所为不愿饶恕和终其一生的孤独自守是因为她的出生，更是因为父亲的残暴与无情。而父亲在"文革"中的跳楼自杀却更可能是母亲终其一生的怀恨与不齿。现在，落到柳璀肩上的却是对于父母当年行为的一种责任背负。陈阿姨说红莲与玉通禅师当年被以通奸的罪行枪毙之日，正是柳璀与月明出生之时，所以柳璀可能是玉通禅师的转世，而月明则是妓女红莲的托生！

是与不是其实并不重要，重要的是沉沉压在柳璀心灵之上的一种罪恶感，是父亲当年对于陈阿姨的丈夫陈营长的降罪，直接导致陈营长的死和陈阿姨今日的贫困。

三峡水坝工程是自己丈夫李路生的生财之道，而水库的迁移引起的却是现实利益与历史责任的抉择。月明对此说："有许多事情，事先猜估利弊，与事后才能看到的利弊，几百年后看到的，一两千年后看到的，恐怕都不会一样。"就像他们发现的黄金孔雀羽灯架，两千年前做出了那么一件精美的东西，当时派了实际的用场，而到了今天呢？

月明创作的画，是一种大愚若智。他的不懂鉴赏却是一种实用。水库迁移，当洪水淹没所有三峡的城市，当柳璀于水月寺的雨夜里狂乱奔走在阴森的庙堂之中，她看到的和想到的太多太多。当年父亲所犯的罪行，母亲对于父亲在"文革"中的揭发，父亲的自杀，红莲与玉通禅师的含冤，三峡水库迁移工程中的争权夺利,以及陈阿姨和所有的三峡百姓所面临的迁走他乡,还有自己与丈夫的感情盲区,童年的故乡的即将消失……

　　也许一切的一切都会在不了了之中结束,三峡的明天是滔滔洪水中的未知,孔雀的叫喊或许真的是一种挽留,而我们所能感觉到的也只有指间穿走而过的一缕清风!

"半部小说"闯天下
——读张浩文《绝秦书》

一、书生救世

《绝秦书》以被史学界称为 20 世纪的十大灾难之一的"民国十八年饥馑"为重点背景，以陕西关中西府绛帐镇周家寨为发生地，以周家寨富户望族周家的两个家庭（周克文、周拴成）三个兄弟（周立德、周立功、周立言）为描写对象，通过他们在灾难来临之时的不同选择和命运走向，试图展示那场灾难的惨烈以及人性的复杂，并企图运用儒家道统来归拢乱世之中失落的人心，承担起家国大道的愿景。

文中的周克文是深受关中儒家文化熏陶以礼治家的乡野大儒，面对军阀混战、匪盗横行、民不聊生的社会现状，他在拉队伍成立护乡队却依然被土匪抢掠的结果之下，眼看传统的农耕生活无法保证安定的生存，只好让身边的老大和老三各自选择了从伍和经商。而老二早年就因为学习优秀而考入北平大学。

周克文所宣扬的礼便是孔子所倡导千年的礼教，其时大背景之下，中国社会各种新文化思潮相继袭来，而远处终南山下的绛帐镇依然沉浸在一片"礼乐之邦"的大梦之中。文中虽然让接受了新文化的周家老二周立功来回乡传播民主与自由，却在混乱的时局和愚昧的乡野里功败垂成。周立功落魄之中离开乡村，后又因为发表"军阀抵制禁烟土"言论而惨遭迫害。出狱后企图以新兴工业来实现救国理想，不想恰遇大荒之年，便想到了以自家囤积的粮食为资本起家，不想遭到父亲周克文的拒绝。因为周克文看到外国传教士在绛帐镇设立粥棚赈灾以此吸引教徒的火爆场面，由此激起了他强烈的民族自尊感便心生用自家的粮食救济灾民的心愿，同时潜藏在周克文心底的儒家救世理念也被唤醒。

由此，便上演出了一场围绕争夺粮食而让各色人等各怀鬼胎各施手段的大战。周立功与草寇结盟，甚至与大哥周立德的上司妥协，不怕丧失节气只是一心想得到粮食去实现自己的工厂梦；周立言在得到父亲周克文的家令之后便将商铺的粮食运送回家，途中遭遇大哥属下军队的追抢，中弹身亡。周立功在与军队的交易中看清了对方出尔反尔的嘴脸，幡然悔悟，拉响了身上的手榴弹粉身碎骨。周立德率领属下与绛帐镇的土匪前后夹击消灭了企图抢夺粮食拿去充作军粮，讨好军阀的顶头上司。周克文的粥棚在丧失两个儿子之后如期设立，然大规模的外地流民闻风而动，如山呼海啸般涌来，流民过后，到处一片废墟。周克文苦心经营，显赫一时的明德堂最终和整个绛帐镇一起灰飞烟灭在了滚滚而来的流民队伍之中。

二、悲苦爱情

在整部文本之中，周立功这个人物作者用心最多，甚至我们可以感受到在这个人物身上潜藏着作者本身浓浓的影子。但是这个人物最终却成了一个反面形象。本来接受过传统的私塾教育又接受了西方先进的人文理念，强烈的救世理想和满腔的报国热忱足以让作者将这个人物刻画的更形象也更丰满。然而，最后我们看到的是却是一个极端自私，甚至冷血无情、利欲熏心的攀附之徒。在引娃的爱情面前，他无动于衷，却接受了她鲜活的肉体和无微不至的关怀照顾。在挫折面前，他急功近利，甚至不惜背叛家族亲人与有着杀兄之仇的军阀团长私下交易与虎谋皮。

倒是引娃这个悲苦的女子被作者刻画的栩栩如生。她自小被抱养，却只是被周栓成当作香火传递的导火索，后来有了弟弟，她便成了自家的长工。之后她被当作童养媳卖到了北山贫寒人家，而她的用途仍然是为了引来男丁。这个所谓的男丁就是她未来的丈夫。可悲的是北山的男丁也就是所谓的她未来的丈夫出生不久便夭折了。她的公公为了传递香火，竟要娶她做二房。悲愤之中的她逃回了绛帐镇，就在这个时候她见到了回乡传播民主自由理念的堂哥周立功。而她自小就是他的小跟班。只是她对他的爱情一直是一种一厢情愿的爱情。后来他们在排演乡村话剧的夜晚因为青春懵懂的欲念和入戏过深的悲戚而纠缠在了一起，不料被怀恨在心者揭发，让他们一前一后仓皇逃出了绛帐镇。

引娃怀揣炽热的爱情梦想，一路乞讨来到了西安。苦做苦守，找到了被军阀迫害处于深牢大狱之中的周立功。又三天三夜千里奔走，找到在军队当军官的大哥周立德，想法子保住了周立功的性命。就在她以身相托的夜晚，他接受了她的身体，却拒绝了她的感情并毅然奔往大都市上海，在大学女友父亲的影响下又回到西安兴办纺织工业。无奈军阀混战，西北格局动荡，准岳父撤资放弃西北开厂计划，于是便有了周立功千方百计想取得父亲支持变卖粮食兴办工厂的野心。

可惜的是引娃怀孕之后因为生计又流产，在又一次与周立功相遇之后，她为了他的梦想竟然不惜去大牢替人顶罪，以自己的性命换取不到百余块的银元，为的是多少为她的立功哥哥减少一份忧虑。枪响之后，世间再无引娃，却徒增一份令人忧愤而又无奈的感伤。更可惜的是她为他所做的一切牺牲，他都一无所知。

三、灭顶之灾

文中在旱灾袭来之前，周克文的弟弟周栓成一家却变卖粮食疯狂囤积土地。灾难降临之时又只好贱卖家产，让吸食大烟的儿子去终南山里逃命，自己老两口双双饿死家中。其自私与荒谬，令人读之心酸。更有逃难的灾民倒毙于荒野之中，被野狗争食。有饥饿之中的村民夜晚成群而出割食死人之肉。更有绛帐镇的大头父子以杀食活人为生，最后竟起内讧，儿子杀食了父亲，还将其肉充作猪肉与村人分享。更有年老之人为了省口粮让儿孙活命，而恳请他人将自己活埋。有卖妻卖儿的路人，也有将儿子推入深井砸死以求独活的父母。

大灾来临，人性的自私与凶残暴露于光天化日之下，千里无人烟，白骨露于野。诸多的场景如电影镜头一幕幕闪过，带给我们沉重的思考背后，却是灾前政府强迫民众种植大烟，导致存粮短缺，灾时军阀政府横征暴敛，为征讨军粮不顾百姓死活的政治现实。是军阀混战，匪患横行，民不聊生的社会图景。俗语云：宁为太平狗，勿做乱世民。看似戏谑的口吻之下，道破的却是平头百姓的真实愿景，读之令人喟叹也令人忧愤。

据史料记载，民国十八年，陕西大旱其千万人口之中饿死三百多万，逃亡三百多万。旱灾过后，人口损失过半。而这仅是陕西一地，如就整个西北而言，其死亡人口总数超过千万。由此我们便可以想见，传言之中食观音土，流民所过之处片甲不留，树皮草木皆成白骨，实与蝗虫过境无异。此等话语，实非虚言。

这旱灾，是天灾也是人祸。本质上而言，最终的受害者总是两手空空无权无钱的平头百姓。周克文的书生救世在动荡荒凉的西北版图上竖起的是一面大悲悯的旗帜，其力虽小，其情悲壮。然终究杯水车薪，其付出却是惨烈无比，为的也只是喷薄一声"谁言我中华无人"的磊落嘹亮之音。

四、"半部小说"闯天下

《绝秦书》从动笔之初，就呈现出了作者创作之上的宏愿与野心。张浩文写活了传统的关中民俗，其方言运用独到堪与《白鹿原》比肩，遗憾的是作为一部灾难小说，整部作品的架构未免头重脚轻。作品之中大篇幅的描写关中民俗与农村生活，确实表现出了作者绵密深厚的书写功底。全文进展到三分之二的篇幅，才进入灾难描写。而且对于灾难的场景描写与惨烈程度和前文乡村生活的细腻描写相比，不免有捉襟见肘之嫌。这种头重脚轻的架构不仅稀释了小说主题的表达，更让人不由生出一种英雄气短的茫然。

从历史角度这是弥补陕西文学史中灾难文学的空白。虽然《白鹿原》和《创业史》中都对民国十八年陕西旱灾有所述及，然都是零星半点。只是《绝秦书》在小说情节环境与人物设置上实有《白鹿原》的影子。同是描写关中民俗乡土生活，同是家族小说的背景氛围，甚至《白鹿原》中的一家三兄弟（孝文、孝武、孝义）在这里成了（立德、立功、立言），他们从文、从伍、从商的选择也几无差别。

只是，《绝秦书》有史诗的架构和野心，然在写作之中却呈现出分裂的两极走向，为了照顾史诗的架构，前半部书写将重心落在了乡绅财主的发家致富和村人生活的琐碎家常之中。虽然是铺垫人物的成长背景，然叙述太过于纠缠细枝末节，实有模仿《白鹿原》而画虎不成反类犬的弊端。这就导致了后半部在灾难来临之时的描写显得匆促慌乱，及至灾难场景的描写难见史诗的大笔，呈现出的却是电影镜头的扫描。煞笔之时，便成了电影剧本，稀里哗啦一场战争，落得白茫茫大地真干净。读完之后，实令人心有所憾，细细究来，却是结构缺陷所致，由此便让小说呈现出半部小说半部电影的效果。

所以我说：《绝秦书》实为"半部小说"闯天下，成也半部，败也半部。

乱世里的人心
——读孙见喜《山匪》

读完孙见喜的长篇小说《山匪》，我的心里有一种说不出的欣慰。细腻的情节，引人的故事，民国年间的乱世纷争，乡土山民的淳朴厚实，陈八卦、孙老者、十三娃、老贩挑、老连长，以及孙老者的一家四男儿的生死；苦胆湾里，秦岭川州战争年代的风云变幻，一幕幕画面相继涌来，既遥远又亲切……

《山匪》主要叙述了孙老者一家及苦胆湾山民在战乱年代里艰难的生存斗争。它所描述的是民国年代、中原大战前后的政治风云中老连长所占据的商州地盘上人民艰难地生存在军阀混战夹缝中的故事。

孙老者为了维护一方安宁而劳苦奔波，凭着他在清朝末年的大贡爷身份和一条水火棍在州河两岸为父老乡亲说和诸事。陈八卦则凭借着自身的修为在阴阳风水、道家修身中成为当地人民心目中的神仙，奔走在老连长与苦胆湾的诸多事务里。他们都是这一方土地上极有威望的人物。孙家是苦胆湾的名门望族，孙老者是村民心中的主心骨。老连长则是一方土地上的土皇上，山匪其实就是这方土地上的地痞流氓、土匪恶棍，他们在战乱的时局里拉枪立寨、上山称王，和当地的官方势力割据，彼此之间狗咬狗的争斗徒给农民带来无休无止的摊派和搜刮。

孙家因为与老连长的特殊关系，陈八卦因为与孙家的特殊友谊，他们在村中有着特殊的地位。正因为这特殊关系引来了十三娃的丈夫老大承礼的被害，接着是老四孙文谦当兵得势和得势之后的战死，老二孙校长的被杀，孙家一门四男儿死了三个加剧了孙老者的衰老和孙家的衰落。同时流氓无产者开始上山称雄，唐靖儿、瞎锤子、固自珍等人迅速在战乱之中得势，老连长衰老死亡后，老势力迅速被新势力代替。

在这个过程里始终有一群女人在里面扮演着各自不同的角色：十三娃与小牛郎的爱情，孙家一门三寡妇的生养、护家，孙家门前的葫芦豹马蜂窝的伤人接连发生。海鱼儿与琴的私情暴露，土匪势力前前后后在被剿灭过程里的血雨腥风，孙家在办高等小学过程里护校的争斗都推动着故事跌宕起伏的发展脉络。

孙家是全书的主线，老连长的武装是一方平安的保障，其大背景则是西安省城政治势力在军阀混战中的风云变幻，是冯玉祥、阎锡山与蒋介石的斗争。在这混乱的大背景后面作者为我们呈现的则是商州水土上的民间文化风俗，是臭臭花鼓调子的泼辣与露骨，这种文化氛围正是老百姓在艰难时局里能够顽强生存的文化底蕴，是萧煞的山野里顽强生命力的能量渊源！

融合着儒、释、道三家积极进取的人生哲学，是孙老者、孙校长、陈八卦所苦苦探索的人生本质，他们所追求的是救世，但是在纷乱的时局里他们都是弱势群体，为了成为强者他们依附于权势而又不能忍受尊严的受辱，所以他们痛苦；他们也寻求武力与强大，但由于自身观念的束缚，他们无法像唐靖儿、瞎锤子那样去暴掠民众，所以他们注定了失败。他们在本质上是文人，他们无法施暴，他们关心的是灵魂和良心，是文化的力量和道德的培养。

这是具有远见的，但是在乱世纷争里他们注定了无法拥有灵魂的安息地，所以孙校长的死是必然的。孙老者没有死在儿子的前面，却死在了自己养了十多年的葫芦豹的袭击下。因为在这个年代，他看不到自己所努力的一切所获得的回报，相反却是自己的儿子一个个死去，他内心的绝望在孙子被伤之后达到了极限，所以他要报复。但他的报复又是无力的，所以他只好死去。他的死给了我们思考的话题，是关于乱世之中的行善与为恶，是对儒家道德的质疑。陈八卦最后选择还俗，这不能不说是有些滑稽的，但他却给了我们最本质的回答，那就是今生与来世，你选择何者？

《山匪》里有一群不怕死的莽汉，也有一群有抱负的青年，在一个乱世里，他们的行为已经没有任何道德的规则去因循，唐靖儿杀人如麻，却背着母亲的牌位行走。女子的软弱一如十三娃的屈辱隐忍；人性的卑劣一如牛闲蛋；人性的凶狠一如海鱼儿。善恶一念之间，为与不为，对与不对，这一切构成了一幅带着浓厚乡土风俗和血雨腥风的民国商州秦岭山林州河间的世俗众生图。在悠扬的臭臭花鼓声里，是凄楚与艳丽、沧桑与淳朴、善良与贪婪的交融对立。秦楚文化的融合使《山匪》具有了包容性，同时又透射着秦岭山地独特的秉性与气质，这秉性与气质里显现的则是人心的力量，流淌着看似柔软实则不屈的人性光芒。

在一个家庭的衰落里、一个老者的逝世里、一个霸主的死亡里、一个神仙的还俗里、一个混乱的社会里，我们所看到的、听到的、怀念的和向往的，是一个逝去的年代留给我们的无限想像力！

一个逆来顺受者的博大胸怀
——读陈彦《装台》

在读陈彦的《装台》之前，我对陈彦和他在戏剧领域的创作成就几乎一无所知。但《装台》无疑深深地打动了我，这部小说的主人公顺子身上所拥有的典型性格实则是中国底层民众身上千百年来从未磨灭的善良与朴实。这种善良与朴实是他们在现实生活中逆来顺受，从不反抗也从不逃避的一种近似悲哀的承受。

我被深深打动的正是这种面对任何苦难都甘愿咬牙坚持下去的承受力量，我甚至感觉到，顺子身上的这种无怨无悔的承受精神才是我们这个民族上下五千年永不磨灭的真正脊梁。

这样说，在别人看来也许有夸大的嫌疑，但我认为并不离谱。装台，实际上就是搭建戏剧舞台，为他人做嫁妆衣裳。做最苦的活，流最多的汗，获取最低的报酬，承受最大的压力，甚至包括无底线地接受别人的侮辱。顺子作为西安皇城根的城里人，本可以像别人一样整天遛鸟、喝茶，依靠地理优势获取房租和村庄在经济开放中所得的红利，过优哉游哉的清闲日子。可他偏偏蹬起了破三轮，带着一帮从农村来的民工干起了在别人面前点头哈腰的装台营生。为此，他甚至把自己累得肠子都从肛门掉了出来，但应承下来的差事就是跪着也要给人家做完，做好。

顺子这个人物就像他的名字一样，在任何人面前都服服帖帖，就连女儿都看不起他。这个凶神恶煞式的女儿完全是个为达目的不择手段的凶狠歹毒之人。她为了赶走养母的女儿，虐狗的残暴行为几乎达到了令人发指的程度，可是顺子一点反抗精神都没有，就连他所深爱的女人他也无法保护，最终让她在女儿的淫威下只能悄悄地远走。坦白地说，在读这部小说的过程中，实在让人有一种"哀其不幸，怒其不争"的深沉悲哀，有一种想揭竿而起、挥刀相向的愤慨，有一种无可奈何又深沉哀婉的悲怜。然而细细想来，这又何曾不是作者对我们这个社会、这个民族，洞若观火、体察至深而又用心良苦的表达呢？

在社会物质层面上，顺子要承担起一个在兴旺时期多则几百少则数十人的装台团队的糊口营生，要对上至剧团台长、剧务、导演，下至一般工作人员讨好、卖乖，以保证工程款顺利到手。同时他还要及时处理团队里人员的受伤、赔偿，甚至帮助讨薪。从家庭层面上，他要面对一个顽劣、凶狠的女儿，协调女儿和养女以及自己喜欢的女人之间错综复杂的关系。而且，他还有一个依靠赌博为生，风光时一掷千金、落魄时衣食无着的大哥，要时时准备着为他收拾可能到来的烂摊子。

逆来顺受的顺子，实在是一个在一切人事面前都战战兢兢的人物。他爱不敢放手去爱，恨不敢放胆去恨。在他的身上唯一的闪光之处就是善良和毫无原则的承受能力。他把养女养到大学毕业却没有落下一点好处，他无怨无悔还自觉有愧；亲生女儿待他如孙子般恶劣，他依然觉得是自己能力不够，羞愧难当；作为一个团队的管理者，他从不计较得失，干最多的活，拿最基本的所得，员工有困难只要张口他从不拒绝。

就是这样一个逆来顺受的顺子，其结局却依然是孤家寡人，在埋葬了大哥，丢失了爱人，迎回了恶煞女儿之后继续蹬着他的破三轮在年届五十之际奔波在风雨之中。有时候，我甚至觉得作者的笔触有点残酷无情，但本质上又对作者这种极度现实的处理手法打心眼里敬服。这样的故事里充满了闹剧，甚至无所谓高潮，也无所谓结局。但字字读来，却令人痛心至极，悲哀心冷之际又深深地感觉到就在我们身边正奔走着一个又一个逆来顺受的顺子。也正是他们的逆来顺受的善良，在无形中孕育了这个民族博大深沉的胸怀！

亦文亦哲周国平
——读周国平《岁月与性情》

对于自传性的作品，读者总会带着挑剔的目光去审视其作品的真实性，因为它难免会带有许多美化色彩，甚至功利色彩。但周国平的这本书，我相信很多读者会在读后有一种舒畅感，那就是平和。

年届六十，对一个人来说是生命历程中一个很大的转折点，更是一个人生命休耕期的到来。站在六十岁这个生命临界点上审视自己的一生，作为一个历经世纪沧桑和"文革"风暴的人来说，的确有许多东西值得回忆和反思。可作为一个成功的人文学者，周国平却依然淡泊，淡泊于他而言甚至已经成了一种文风，是他一生性情的总结，也是一个人文学者不懈探索生命历程的一种心得。

其实，就他的人生历程而言，也可以说是载沉载浮。一个满怀追求的青年学者，却碰上了那样一个时代，他能始终保持自己的独立人格而不流于庸俗，他能怀着如一的澄明之心而不被孤独压倒；他能够时刻保持清醒和独立思考的精神，这都是他日后获得成功的坚实基础。更难能可贵的是，他的生命中始终有着对于友谊的不渝之情和对于阅读的无限热忱。

他是幸运的，因为他有着生活市井却心怀乡村的赤子之心，因为他能够在人生里碰到像郭世英这样的精神启蒙之友，更因为他能够在十年沉寂之后迅速走上自己的创作之路。

他又是不幸的，他的不幸在于选择了一项孤独的事业，亦在于青年时代里精神之友的"文革"惨祸和无法摆脱的时代噩梦，以及数十年沉寂岁月的折磨。他又是笑到最后的人，是数十年孜孜以求的最后胜利者。他迎来了中国政治解冻的时代，并迅速地脱颖而出，以自己的实力见证了20世纪末中国思想界和哲学界的文化复苏。

我们应该说，周国平是个甘于平淡并不甘于平庸的人。也可以说他是一个性情中人。这种说法既是他的自诩，也是我们对于他的肯定。在这个功利化的时代里，他用自己的平淡文风和淡泊之志将我们引向生命的哲学追问和思索中去；在学术腐败盛行的今天，他却以自己的独立思想开启了哲学散文化的新道路，从而让更多的人认识到哲学并非只是象牙塔里的居住者所专有的，而是一种和每个人的生命息息相关的课题，是对于个体价值的追问与思索。我们每一个人都有权利，也有能力以哲学的思维去思考自己的生命价值和个体走向。

他是有学术良心的学者，比起那些一味沉浸在学术课题中闭门造车的哲学教授而言，他的散文如一股清新的春风，有着开启人心的力量。因为它是温情而非枯燥的，它具有生命的激情和鲜活的脉搏，而非躺在学术专刊上僵死的纯粹逻辑。

往往对于一个人的评价，我们都喜欢用一种方法，那就是盖棺定论。所以，我们现在看到的这本自传也只是他生命历程中的大部分，但已足够说明一个问题。那就是一个人文学者的良心和情怀。周国平是赤诚的，这一点从他登上求学北大的列车的那一刻就可以知道；他是进取的但绝不虚荣，所以他隐忍数十年埋头苦干不求名利。他是浪漫的但却不轻浮，所以他才会迎来爱情与事业的丰收。他执著而又无悔，随缘而又率真，所以他在女人面前表现出的性情和在男人面前表现出的坦诚同样赢得大家的尊敬。

他在最后说："这安静的日子也许仍不是我的归宿。"但他却知道，那一定是一种解除了人生困惑的境界，虽然还不清楚它是什么，但他会带着今生今世的全部日子走向那里，他说他会在那里受到祝福。

那是一种什么样的境界，我想这并不隐秘，那应是死亡的至高境界。因为只有死亡才能解除人生的大困惑，解除我们的欲望渴求，解除我们对于现实世界中能够实现与不可实现的一切妄想妄念。

他是性情中人，所以他不会道破玄机，而只是隐晦地暗示。因为这远不是人类智慧所能解决的问题，所以才成为人生的大困惑。

今夜我无法入眠
——读郑小琼《打工——一个沧桑的词》

  2003年秋，也是这样一个清冷的夜。在那个停电的夜晚，我拾起手边的《散文诗》选刊，在摇曳的烛火下，读到了郑小琼的这首诗歌，便写下了这些文字。

  坦白地说，这些文字带给我的震动非常地大，而我由衷钦佩的是她的风骨。当我躺在大学宿舍的八人间里阅读她诗歌的时候，她已经中专毕业开始在东莞的工厂里开始自己的追梦历程。

  十多年后，作为中国诗坛别具一格的女诗人，郑小琼的诗歌已经成为中国诗歌走向世界的一部分。她对文字的敏感、对真理的坚持、对社会现象的批判和对打工人群生存状态的关注里均有着自己清醒的思考。

  她的诗歌像锥子一样扎进社会阴暗的肌肤，同时带给阅读她诗歌的每一个读者以抓心挠肺的疼痛和如坐针毡的惊恐。她的文字里充满着冰冷金属味的控诉和伤痛血腥味的呐喊，那是真正属于诗歌的力量。她如一棵倔强孤独的冷杉在诗歌的花海里异常醒目，她焕发着冷冽光芒的个人气质也正是属于她诗歌的真正光芒。

——题记

  在沉静的夜里，我看见从摇曳的光影里走来一个坚强瘦小的身影，她一步步通过《打工——一个沧桑的词》进入我的内心，我的灵魂。

  在微弱的烛光里，我一次又一次读着这些血泪斑斑的词。我双眼迷蒙，泪水浸透着无边的忧伤一次次将自己潮湿。在朦胧的光影里，我似乎看到了妹妹的身影和她那疲惫的眼神……

又一次抬起双眼，我在那一个个冰冷的词语中驻足，寻找着那不曾失落的热情。我感到自己血管里渗透的蓝色血液又一次沸腾起来，它掺和着炽热的追求、残缺的梦想，它掺和着一个卑微灵魂的坚贞和对命运的不屈不挠的嘶哑呐喊，在我的血液里冲撞着、咆哮着，让我无法入眠。

这是一个极为沉寂的夜，八人间的宿舍里其他人已沉入梦乡。听不到咒骂，见不到屈辱，"打工"也不是什么错别字，但我却分明看到了那个词的不工整。它不是漂亮大方的华文中楷，亦不是圆润厚实的隶体，它就像一个被扭曲的灵魂，流着泪、带着伤、喋着血，横七竖八地摊散在我的面前，令我目不忍视。我甚至看到了它们正在变成一张张扭曲的脸，带着痛苦、嘲讽、不屑等各种怪异的表情对着我狂笑不已。我愤怒而又无奈地看着这个词，感到了从未有过的羞怯和耻辱。此刻，我极想将这个丑陋的词从眼前驱除，让它从此永远消失。

蜡烛一截截地变短，时间一寸寸地流逝。从摇曳的烛影里，我分明看到了她那伤心的泪水、燃烧的青春，还有那烛芯一般沧桑的灵魂。蜡炬成灰泪始干，借着微弱的烛光，我在那一块块沉重的铅字间摇摇撞撞，以读少陵野老《三吏》《三别》的心情来解读与自己时代类似的史诗，解读一个风华正茂的打工妹沧桑的心路历程。

今夜，我无法入眠，但我却做了一个睁眼的噩梦。我梦见一个瘦小的女子对着摇曳的烛影站在散文诗的圣地里向我讲述一个并不诗意的故事。虽然那里面有风信子和蒲公英，有飞翔的燕子，有坚贞的梦想。可我的心里却充满了悲凉，充满了彻骨的寒冷、悲伤和泪，愤怒、牵挂和丝缕不绝地心痛。

我二十三岁，读书十多载，此刻却无法读懂"打工"这个词。虽然在中国，这个词和我同样年轻，但它的沧桑与世故却令我吃惊、心痛和迷惘。

今夜，我守着烛火等待黎明。当一根红烛泪眼婆娑之后，我看着一个瘦小的女子拖着疲惫的身影，在摇曳的烛光里渐渐远去，带着我的牵挂消失在东莞的大街小巷，但她散落一地的忧伤却让我捡拾不尽。

用命写作
——读左右的诗集《地下铁》

说起与左右的相识,其实最早是在《华商报》上看到他的诗歌和报道。报道说,左右站在马路上用纸条与路人表达,可以根据每一个路人随意给出的一个词语,或者一种事物来速写出一首短诗相赠。我看到后被这种率真而真诚的表达方式所感动。后来便在网上搜索出了他的博客,我瞬间就被这种清澈明净的诗风打动了。

左右的诗歌并没有那种繁复的哲理叙事,相反他的语言十分简洁。只是这种简洁却是一种"删繁就简三秋树"的简洁,其清澈明净的内里本是一个童话世界。这是一种带着些许的调皮,些许的忧伤,还有满满地赤诚的写作态度,就好像他的每一个字都是用命从腹腔里"喊"出来的,而这种喊却是一种无声地"喊"。更是一种带着生命的疼痛的"喊"。

轻的 / 左右

风是轻的。我失聪的双耳
它看见骨灰飞扬的体重。嫩绿的草地
多么辽阔
——这些辽阔的风,和着鸟语,偷说着情话
轻盈盈的

雨是轻的。我失语的双唇
它闻见羊水的破裂。词语发霉

遍地温情盛开
——这些遍地成群的雨，牛羊啃着它
露珠颤栗，一滴一滴轻咣咣

春天是轻的。我还没来得及说出一句话
它就从天空跌了下来。破了河山
绿了江河。红了樱桃绿了芭蕉
——这些红红绿绿的春。多么像我
从椿树上跌落时涌出的鲜血

  风是轻的，雨是轻的，春天也是轻的。还有声音也是轻的。但我在这无处不见的"轻"中却分明体味到了生命的沉重。那是一种在命运沉浮里跌落见血的疼痛。是对生命中本应拥有却已经失去的最疼痛哀婉的祭奠，而这种祭奠却将要无比残酷地贯穿诗人的一生。

  青花瓷 / 左右
我在梦里盖了十年的房子
我把它称为鹤城故里
让青石板做我的时钟和窗
我夜夜就这样看着，无声无息地等待；
下午落去，早晨醒来

  亲爱的盖 / 左右
亲爱的盖，天黑了我在等你
天亮了我还在等你
西翠华山上的草房子空了
我们一起搬一些星星进去住吧

  在这些诗句里闪耀的是一颗纯净的童心，他好像从未长大，也从未衰老。他就一直住在诗歌的城堡里，在自己的王国种下诗歌的种子，然后看它们一颗颗生根发芽，变成一片浓荫密布的世界，给长途跋涉的世人以温暖清凉的抚慰。

在左右的世界里，从来不会有"假"这个词的存在，因为他本身就是一种真。任何假的东西在这里都会胆怯现形。因此左右的语言和他的诗歌一样充满着温柔的棱角。而他的外表也像极了一块棱角分明的石头，说话从来掷地有声。尽管他本身是无声的。

我喜欢左右的每一首诗歌，还有他的很多散文，浸润着山水的灵性、故乡的温润气息，在岁月的打磨里逐渐崭露出顽石璞玉的本色。

其实，对于左右的诗歌，我们只需要认真地去读，而不需要分析。那些本真的东西，它一直在那里，从来都不曾远离。

最后，愿我们一直都是兄弟，在文字的旅途中一路同行。

让我们陪我的好兄弟一起等。

等爱情归来，等太阳升起。

誓言 / 左右

我会等你，闭上眼睛等，关上耳朵等
落下我的影子一起等，耗尽我的一生一起等
锁住心等
等到黄昏落尽，等到天黑撑灯
等到天还没荒，地就老了。

寇挥式阅读
——读寇挥《我的世界文学地图》

在我看来，这是一部一个人积三十多年阅读历程厚积薄发的经典之作，也可以称为一个人的阅读史，更是一本关于小说的小说。

重点来说，这实际上是一部关于世界文学的记忆性解析，是一张渗透着强烈的个人文学印迹的文学版图。

寇挥漫长的文学阅读和思考历程，更像是一场充满着种种奇遇与思不暇接的创造之火的文学之旅，这其中充满着艰辛的生命跋涉，也充满着激情涌动的灵感喷薄，还有在书海里遨游与无数文学大师神会之际的倾心交谈。

这是一场仅仅属于寇挥个人的文学盛宴，又是属于我们每一个热爱和倾心文学之人的文学盛宴。一如寇挥将麦尔维尔的《白鲸》视为人类文学成就中的双高峰之一，《我的世界文学地图》也可以被看作是一场关于世界文学阅读的征服之旅，亚哈船长的扬帆远航和一个书生在无涯书海中的披荆斩棘有着同样的象征意义。

寇挥在自己的漫漫征途中，怀抱着寻找小说创作之中人类情感新结构的壮志和野心，翻越东方文学的浩浩长卷，欧洲文学的凄风苦雨，还有拉丁美洲反独裁反殖民的血腥酷烈，然后直抵美洲文学的腹地，一些诺奖作家在获奖几十年之前就受到了他的强烈关注。

本质上说，这是一部将文学视为生命之火的作家的个人呓语，他将一本又一本的小说当作一个个具有独立生命的个体来解读和剖析，并试图从中寻找到崭新的人类情感结构的表达方式和精神内核。他对那些陈旧迂腐的小说表达充满了厌倦，也对人类文学的创新尤其是小说写作的创新充满了期冀。

寇挥从汉中的偏僻乡野出发，从最本真的生命阅读出发，怀抱着一颗最虔诚的文学朝圣者的灵魂，在世界文学的版图中皓首穷经。他弃医从文，毫不留恋。他出汉中，越秦岭，进京城，住几个平方米紧挨下水道的潮湿居所，内心之中翻滚沸腾的却依然是世界文学的斑斓画图，是那些创作者流露在纸上的真知灼见和书生意气。

文学的记忆，尤其是长篇小说的记忆，无疑是另一种意义上的人类史，是最丰富、最壮阔、最纯真、也最梦幻的人类情感记忆。寇挥紧抓不放的寻找人类小说创作情感新结构的阅读使命，无疑扼住了小说创作的咽喉，是评判小说创作优劣和作家水准的一把刚硬的标尺。

一个人如果将自己的灵魂抵押给了文学，文学便是另一种意义上的非非斯特，我们能在其中看尽世界的画图，穷尽浩瀚的人心，获得创造与拯救的快乐。同时，我们又成了那个推石头上山的西西弗，我们不知道滚下来的石头何时会与自己玉石俱焚。因此，那些伟大者的作品，都是献身者的作品，是将自己的肉身和思想，一同献祭给了文学的上帝，寇挥无疑也属于这其中的一分子。

文学是人学，是必须时刻高扬人文主义旗帜的纯真书写。那些污浊的充满欲望的喧哗必不持久，那些流淌着热血和清流的歌吟自有其浩荡的归处。一如寇挥在书中阐述人类战争的文学书写时所说的那样："无论什么样的战争都是罪恶的。世界上一个人的生命的价值大于一切的政权战争。人类的任何计划、任何运动都没有一个人的生命重要。法国大革命的整个意义低于一个人的生命。第一次、第二次世界大战的意义，没有一个人的生命大。一个新政权的诞生，在战争中的诞生，在血与火中的诞生，也没有一个人的生命重要。所有的人类的权力计划与行动都应该停止，如果它要用一个人的生命作为代价的话。"

这是何等振聋发聩的定性，但它却又是最纯真、赤诚的文学至归，是丝毫不践踏、不侮辱、不损害人类情感的文学使命。所以，寇挥将《悲惨世界》定为全人类文学两座高峰之中的另一座高峰：一个基督化的苦役犯，可以通过努力将一个妓女的女儿提升到天堂世界。这和一个残缺的船长带领一帮亡命徒向代表无边无际的神秘力量的海洋与大鲸的复仇具有同等的象征意义。

而寇挥的标准是：作品本身的伟大、崇高，大爱极善，具有神秘强大的象征意义，来源于终极又回归于终极，同时不缺乏童话性与神话性。

最后他总结出了个人认为的世界文学文学创造中十六杰作家：荷马、索福克罗斯、但丁、拉伯雷、塞万提斯、莎士比亚、司汤达、巴尔扎克、雨果、梅尔维尔、陀思妥耶夫斯基、乔伊斯、卡夫卡、布尔加科夫、福克纳和卡彭铁尔。

从写作角度来看，这又是一本不同于一般的读后感和普通文学评论的写作模式的阅读笔记。寇挥以自己广博的阅读量和深厚的阅读积淀和散文化的闲庭漫步式的书写，细数世界各大洲各国文学家的经典之作与不同凡响之处，更表现了作者作为一个优秀的作家在文学写作上强烈的文学自信力！

坦白说，读这样一本关于小说的小说是非常辛苦和吃力的，同时又充满着各种惊喜和惊讶与赞叹，就像寇挥在阅读中不知道自己会迸发出怎样的思考和灵感，我们也不知道在体验一个阅读者的阅读梦呓之时，他会发出怎么的赞叹与哀挽，又会发出怎样的沉思与怒吼！

第三辑　风流人物

说不尽的张爱玲
——读《小团圆》侧记

也许，从高中的时候起，我早就已经是"张迷"了。只是此张迷非彼"张迷"，这不是盲目的追星族般的狂热崇拜，也不是孩童般的游戏和满足虚荣心的玩闹，而是在阅读了张爱玲的作品后发自内心的喜欢。

记得高一的暑假，我在小城的书店里和店主历经半天讨价还价，终以半价购买了张爱玲的两本旧书《烬余录》与《十八春》。对于《十八春》我的印象是它以沈世钧与顾曼桢的悲欢离合为轴心，描写几对青年男女的爱情婚姻在乱世中的阴差阳错。世钧的良善和软弱，曼桢的痴情和不幸，还有曼璐的自私，祝鸿才的无耻，在小说中无不栩栩如生。尤其是它将女性的软弱与坚贞，反抗与不屈在时代洪流中的挣扎描写的催人泪下。而在《烬余录》中作者则真实地描写了自己与弟弟的童年，尤其是被关在黑屋子里试图逃跑的真实经历。

至于她与胡兰成的那一段传奇般的爱情，除了胡兰成在他的《山河岁月》中的片面之言，和张爱玲作品中零星的提及供我们猜测之外，我们很少能够完全知晓那段岁月风云背后作者的内心隐秘与情感焦灼。

胡兰成1981年去世之后关于"张胡"恋的真实内幕更成了一个谜，张爱玲虽在美国有所著述，但已经闭门谢客过着几近与世隔绝的生活，直到1995年中秋夜，曾经瞩目中国文学界的才女张爱玲猝死于洛杉矶一公寓内，享年七十五岁。

因为张与胡的恋情，以及胡兰成的日伪汉奸身份，这给张爱玲的后半生带来了无法估计的影响，也是她只身远走，寄身海外的深层原因，（在当时全国一片红的形势下，可以想见如果张爱玲留在解放后的上海，会是一番什么样的遭际）以至于整个后半生，她都始终生活在这段感情的阴影之中，再也没有拿出一如《倾城之恋》《金锁记》之类的佳作来。

从另一方面来说，张爱玲的家族身世也是她性格与写作的影响因素，她的父亲作为满清没落贵族的遗老遗少，曾经留学海外的经历并没有清除其骨子里的腐朽风习，吸食鸦片与赌博的恶习终生相伴。张爱玲的幼年又处于上海租界洋华夹杂的环境中，自小在奶妈的看护下长大，和父母间生疏冷落，而又看惯了大家族之中的尔虞我诈，使其在童年里就过早地浸染了浮华社会的苍凉底色。

她的天才爆发是上海20世纪40年代沦陷区"孤岛文学"文化氛围的特殊产物，在《小团圆》中，"九莉"作为张爱玲自传体小说的代言人，虽然经历近半个世纪的历史沧桑，却依然保留了当年的一颗初心。尽管是一颗历尽磨难忍辱含屈，飘零四海看透浮华的初心，却依然令我们动容。

从文学的角度来看，《小团圆》并非佳作，甚至完全无法与其当年的《倾城之恋》之类的经典相比肩。只时，从文史研究的角度看，却是异常真实近乎残酷的自我剖析。书中大胆的描写与将自我完全放到世俗角色之中的内心刻画，在我们的面前完全展现出了一个在爱情面前卑微到令人动容的凄怆悲凉的女子内心。其悲苦与无奈地沉陷，其背负与救赎般地奔走，其悲壮地献身与决绝地回转及苍凉地落幕，让我们看到了一个内心缺失关爱的女子一颗冷艳苍凉的心灵沦陷与自我救赎。

在胡兰成这个处处留情的日伪政府的反动文人的身上，我们看到了其苍白软弱而又缺失原则的多情与滥情，他的四处投靠与仓皇奔走显现出一个去势文人的丑恶嘴脸。胡兰成大妻小妾、离婚结婚、甚至逃亡路上仍然处处留情，如此一个人，我们不理解如何能够让当时已在上海文坛气象峥嵘的才女张爱玲彻底地沦陷，从而一发不可收拾，直至连同自己的一颗敏感多思的玲珑心一起被驱逐至异邦他乡，飘零远洋却依然"初心"不改，情海沉浮而至死念念不忘，留下了这样一部为后世诟病的《小团圆》。

也许这只是张爱玲一个人的爱情悲剧，也许这是我们整整一代人的历史悲剧，"孤岛"上海给予了张爱玲一个展示自我天才的文学舞台，却也给予了张爱玲一段冷艳苍凉的传奇爱情，从而让她整整后半生都黯然无声，天涯零落！

　　幸与不幸，供后人评说！

品味不尽的末世苍凉
——读张爱玲《倾城之恋》

读过很多次《倾城之恋》，现在一个人在夜里重新拾起这个故事，许多新的况味不禁涌上心头。白流苏与范柳原，这一段旧上海四十年代张爱玲笔下的传奇恋情，总是让人觉得有异于常人的地方！

一个是富家公子、留洋阔少；一个是遗老小姐、富贵余韵的闺阁中人，在一个特殊的时代，特殊的背景下演绎了一场"生死契阔"的经典爱情。

现在看来，他们的爱情其实是现实到了骨子里的，就像他们之间的彼此猜疑与不信任，以及社会环境的圆滑世故，都让我们感觉到这段故事甚至是有些庸俗的！

可他们的的确确演绎了一出经典爱情，就如张爱玲末尾的那段话一样："香港的陷落成全了她。但是在这个不可理喻的世界里，谁知道什么是因，什么是果？谁知道呢？也许就因为要成全她，一个大都市倾覆了。成千上万的人死去，成千上万的人痛苦着，跟着是惊天动地的大改革……"

这是张爱玲给自己小说的注脚，那就是：谁也不是自己的，在怅茫而苍凉的时空里，我们都是一样的被动者，传奇就在这样的处境里不经然地诞生了！

范柳原默许了他们的婚姻，就如同香港默许了战争的存在一样！诗经里的经典成了现实里的归宿，流苏高兴了，"她笑吟吟地站起来，将蚊香香盘踢到桌子底下去。"这是一种胜利者的姿态，而咿咿哑哑的胡琴依然拉着，说不尽的苍凉故事也依然在继续着。

张爱玲在自己的小说里说："他不过是一个自私的男人，她不过是一个自私的女人。在这兵荒马乱的时代，个人主义者是无处容身的，可总有地方容得下一对平凡的夫妻。"这是多么深刻清醒的语言，但是苍凉依然是苍凉，就像张爱玲自己，她是否承认自己是个个人主义者，我们不得而知，而她的孤独与客死异乡的悲凉和着她那一身旧式旗袍的冷艳苍凉，倒是怎么也让人无法忘怀！

《倾城之恋》像一把野火燃烧在20世纪40年代的上海滩，也让张爱玲这个时髦而高傲的女子火了一把。几十年后，又有一个名叫三毛的女子干脆就将张爱玲当作主人公，并以她的爱情为底本，写出了一本同样叫做《倾城之恋》的剧本。

于是，这当年的大火余烬在多年之后再次成为燎原之势。人们在记起张爱玲的同时，也记起了《倾城之恋》里的白流苏和范柳原。当然，现在人们还知道了一个名叫胡兰成的男人，他甚至比当年的范柳原更有来头。他是小说中的人，更是现实中的人，他本是汪精卫伪满洲政权的御用文人。当然，胡兰成也是才华卓著的，否则张爱玲怎么会看上他。可他汉奸的身份给张爱玲的事业与声誉带来了灭顶之灾，让她背负情债背井离乡，远赴美国。

在张爱玲死后，胡兰成写了一本叫做《山河岁月》的书，来重新诉说他们之间的那段"倾城之恋"。这让一些人反感，也让一些有窥私欲的人看得津津有味。没有人知道胡兰成说的话是否属实，因为张爱玲已死，死无对证。关于他们当年的爱情，张爱玲也没有留下什么文字纪念。只剩下三毛的《倾城之恋》将他们美化为一段才子佳人的传奇故事，用来满足大众的通俗口味！

关于胡张之间的爱情，虽然有许多不同的版本，不同的说法，可张爱玲的确是为此付出了惨重的代价。她后半生的颠沛流离，甚至于她的作品被禁，都和胡兰成的身份脱不了干系。

张爱玲是个坚强的女子，可对于那份伤痛坎坷、备受磨难的爱情，她又何曾忘怀过呢？所以在大洋彼岸的美国公寓里，她可以花三十年时间不断修改自己的爱情，到最后便给我们留下了今天的《色戒》。这篇小说寂寞地躺在她众多文字河流的底层，甚至远远地被我们忽略，直到一个叫做李安的华人导演将它几乎原封不动的搬上银幕。于是在张爱玲死去二十年之后，我们看到了又一部张爱玲版的《倾城之恋》!

当时间走过了半个世纪，寂寞的灵魂和苍凉冷峻的文字成为中国近代文学中不可抹杀的一页；当文字成为影像，当爱情成为经典，当战争的烟火消逝远去，这时的爱情，不管是色，还是戒，我们都只能以旁观者的眼光去远远地打量。此时的美，便穿越了世俗，成了冷艳苍凉、余韵无穷的传奇与经典!

在白流苏的《倾城之恋》中，我们依然能体味到女主人公身上所蕴涵的气质与性情，似乎与张爱玲难辨彼此，而"苍凉"一词则成了张爱玲对于自己人生的注脚，一如她那一身旧式旗袍的飒飒风骨!

而在汤唯的表演里，我们看到却是现代和青春，毕竟汤唯太年轻，张爱玲生命里的那股冷艳、苍凉不是谁都能"还魂"的。

一场徒步旅行里的爱情
——读安妮宝贝《莲花》

　　读安妮宝贝的《莲花》，是断断续续地读。从开头看到结尾，又从结尾往前看，直到最初的序言和开端，这样我终于觉得自己是深深地读懂了一个故事。悲剧的，充满绝望的，关于死亡与危险的故事。安妮让我们在一场关于墨脱的徒步旅行里，体验了一场懵懂中精神受难式的爱情，而后一切又都化归于死亡的虚无。

　　纪善生、苏内河的童年，都是在家庭之爱的缺失中成长的。一个是父亲的突然病故，一个是双亲的遇难死亡。他们内心深处充满了迷茫和对于人世的漠然，因为他们幼小的心灵感受到的关爱太少。因此他们在各自的生活中，因着一种说不清楚的孤儿般的心绪而成为彼此生活和心灵里唯一的知音。他们是少年知己，可以在孤寂的夜晚相向而睡，互诉衷肠。他们又是完全不同的两种性格，因为对对方了解太深反而不能相守一生。只是在一次又一次的离别与相逢里永远信赖、惺惺相惜却不能携手相伴。这种永不言说的知己之爱，到最后便演绎成了死亡的预约。他们的生命里也许只有死亡才是一致的，其他的无一不是悖论！

　　苏内河少年时期便是放纵而狂野的叛逆者，是浑身散发着幼兽般气息的女子。因为双亲的去世，因为孤独的灵魂无所依靠，寄居于舅舅家的她是无人照护的野小子。她灵魂深处对于爱的向往因此更加强烈与疯狂，所以她与中年美术老师相恋，甚至怀上了他的孩子，而不得不去打胎。纪善生在这个时候给了她依靠与信赖。他陪她去了医院，亲眼目睹了整个过程。这种经历给了他深深的打击，他们之间开始疏远起来。可她并无改变，反而跟着美术老师远逃森林，在一种盲目的对于成年男子的情感依赖中过早地结束了自己的学业。她的确是个与众不同的女子，有着优美的文笔，独特的审美以及敏捷的思维！这也是她吸引纪善生的原因。

纪善生在学生时代就是一个美男子，令众多女生倾心不已，特别是他那种漠然的眼神，对一切都毫不在乎，淡然自处的生活态度，更是增添了其俊美之上的卓尔不群。他以优秀的成绩考取了清华建筑设计系，成为一名优等大学生。之后又顺利读研，事业有成。他们之间也一直保持着联系。在清华见面之时，内河已是一个独立谋生、在各大城市四处漂泊的单身女子。他们虽然相互牵挂，可是彼此对于生活的不同信念并没有改变。

再次相见是在异国他乡的街头，纪善生已是颇有成就的商业人士，而且娶妻生子。苏内河却依然漂泊不定，在世界各国和各个城市游走，为旅游杂志写稿和拍摄不同风格的摄影照片。他们讨论了各自的生活状态，发表了自己的意见，最后依然各奔东西。纪善生的理性和消极，苏内河的进取与行动，在他们生活领域中呈现出完全不同的走向，虽然相互牵挂，彼此理解却是谁也不能妥协。

从本质上来说，纪善生是一个从不主动施爱的人，也从不主动挽留爱人，他的这种一成不变的漠然处世态度令妻子对他丧失了信心，在为他生了两个孩子后终于无法忍受离婚而去。纪善生需要婚姻，但他所看重的婚姻形式大于内容，他所要得只不过是一个表面上稳定的家庭。他从不施爱，所以他的第二任妻子最后也离开了。在他的内心里，自己永远是一个孤儿。虽然他有母亲，可是他们之间的感情也是形式大于内容。孤傲于他不是一种心态，而是一种气质，他内心的爱被埋葬冻结，只为一个人留着。他只对内河吐露心声。这一点也许表明，他是爱她的，因为在她死之后，他为她哭了，唯一的一次。

苏内河最后去了雅鲁藏布江大峡谷深处一个叫做墨脱的镇子，在那里给孩子们当老师。那是个几乎与世隔绝的世外桃源般的地方，也是个风景优美民风淳朴的村子。在去往墨脱的路上遍布着原始森林、泥石流、蚂蟥、塌方和各种急流险滩，从拉萨到那里需要坐很长时间的车以后，还要徒步行走四天才能到达，还必须冒着随时被泥石流、塌方和各种险情夺去生命的危险。

纪善生最后一次与内河见面是在家乡，他已经离婚回乡买了房子过着半隐居的生活。内河此时给许多媒体在拉萨拍摄影照片，很是辛苦。她回乡的原因是那个当年的美术老师在濒临死亡之前想见她一面。她回来了，他已经五十多岁患心脏病进入弥留之际。她却因着他的死亡而回想起了青春时期的初恋与伤痛、甜美与绝望，她曾经因为那次疯狂的恋情而被医院当作精神病人囚禁，但是她也感恩于他所给予自己的爱，虽然那爱充满了伤害。

纪善生与内河的最后相处与倾诉也就是在那个时候。她告诉他，她要去墨脱教书，至于以后如何她不曾考虑。他们依然通信，只是时间的间隔时短时长。她写给他的信也是有时长达几十页，有时却是短短几行。信纸是随手拿到的通讯页、烟盒等。

纪善生最后去看内河是在自己第二次离婚后。他在拉萨寻找徒步旅行者一起结伴去墨脱，遇到了自由写作的女子庆昭。正是这个女子的陪伴，让他重新回顾了自己的心路历程，也让我们一同在危险的墨脱之行里见证了他与内河的爱情。让我们了解了庆昭关于写作与人生的感悟，并与他们一同领略了墨脱奇特的地理特征与不凡风景。

墨脱传说是莲花隐藏的圣地。如果不经历艰辛的路途，如何能够抵达美好的地方。作者说：它所发生的意义，是一种指引。他们历经辛苦终于到达墨脱时，看到的却只是一间简陋的空房子，一张单薄的照片。内河早在两年前就已经在放学后护送孩子回家的返程中，遭遇塌方被水流冲走，至今不见尸首。

善生早在两年前就接到了内河所在单位的通知。他答应去看她的，直到两年后他和庆昭一起来到了墨脱。庆昭在前往墨脱的途中失落了自己的玉手镯，而内河遗物里的银手镯却被善生套在了庆昭的手腕上。内河的祭日是两年前的七月十五，庆昭丢手镯的日子也是七月十五。善生一路对庆昭照顾有加，并对她讲述了他和内河的故事，他们在墨脱呆了四天就返程了。回到拉萨，善生在处理好一切，并把他和内河之间的书信交给庆昭后在旅馆的浴室里割脉自杀。

死亡成了内河与善生共同的预约！一个悲剧的故事就此终结。

我相信恰如安妮所说，莲花代表一种诞生，清除尘垢，在黑暗中趋向光明，也代表一个超脱幻相的新世界的诞生。善生与内河的灵魂会在莲花的圣地相会。在黑暗的光明里，也在光明的黑暗里！

美丽谎言底层的记忆空洞
——读张悦然《誓鸟》

断断续续读完《誓鸟》，我心中的感受非常复杂。这是一个女孩子寻找记忆中爱情的故事。这种寻找的过程极为惨烈，到了最后甚至连她自己也没有明白自己的记忆到底是什么样的？

这是一种徒劳吗？这是一种绝望的爱情吗？这个爱情故事究竟要告诉我们什么样的人生？带着一个又一个的谜，当我深潜文字的底层，才发现这爱背后的荒凉和寒意！我不知道为什么在那样华丽的文字里面有着如此惨痛的人生？虽然，这一切的一切，仅仅只是作者的一个虚构！

女主人公春迟的一生，就是寻找自己记忆的一生。她在无数的贝壳之间耗尽了生命的光华，甚至为此自废了双眼，放弃了人间的美景！这一切，仅仅只是因为一个男人关于爱情记忆的谎言！而宵行，这个小男孩的一生是跟随在这个谎言之后的爱情，是永远孤独的坚守与等待！

于是，所有的故事就在对爱情的虚假许诺与建立在虚假许诺之上的爱情之间上演。姗姗是紧跟在宵行之后的爱情，虽然她的爱情和谎言无关，可是比谎言更为惨痛！她的自杀，她的孩子的死去，甚至那只猫的开膛破肚，都源于春迟的一个关于爱情的谎言。那是一种无望的寻找，和穷尽一生的痴情！我们不得不相信，痴情有时候是一件非常残忍的事情！

故事的背景是一千多年前郑和下西洋的时代，春迟作为一个和南洋小国的首领通婚的女子，在他的父亲被皇帝疏远之后，跟随她那痴情的母亲一起南下寻找父亲并履行父亲所定的婚约！所以，这个故事一开始就注定了是个错误的结局！

他们遇上了海盗，母亲惨死刀下，女儿备受蹂躏，最后女儿将自己的生命押在了海盗首领骆驼的兄弟身上。历经生死搏斗，她终于生还，并真的让那个男子背叛了他的兄弟。可他们遇上了一场海啸，她忘记了自己的身世，也忘记了自己的婚约，身上只剩下了一把悬挂于脖子上的信物，那是父亲将她许给南洋小国首领的通婚凭证！这凭证恰恰被寻找自己已经死于海啸的兄弟的骆驼看到了。

            这个失去记忆的中国女子在南洋异国海啸之后的荒凉海滩之上遇到了骆驼。并与他发生了爱情。（如果那真的算得上爱情！）她以为他就是她被父亲许婚的丈夫，因为他的身上也有着和她脖子上的信物相同的刀柄状的信物。这个失去了母亲，失去了祖国，失去了记忆的女子将骆驼的许诺当成了自己唯一的爱情，她以为他们之间真的有一段刻骨铭心的爱情经历。当她在寻找这段记忆的时候遇到了南洋的女巫，知道了海底的贝壳里藏有每个人的记忆。她就开始了那穷尽一生的寻找！因为阳光的干扰，她用针自废了双眼，因为指甲的锐利，容易损害贝壳的花纹，她剥去了指甲。

            而围绕在她身边的淙淙和太监，被她身上诡异的爱和谜一样的生活所吸引，他们成了爱她的人，接连被她所伤害。淙淙是生活在来自宋朝的华丽红船上的歌女，她是本来跟随朝廷的官员生活在远行的红船上的官宦。淙淙不可遏止的爱上了春迟，一种源于同性的爱，可她却一次又一次逃离，并最后带着骆驼的孩子归来。淙淙恨于她的背叛，却又收留了她。一个挺着大肚子的盲女！而淙淙也终于报复了春迟的背叛！她以自己的无可阻挡的美貌和聪明，以及发自骨子里的恨让自己成了骆驼的女人，并让他死于众叛亲离！不幸的是，她怀上了他的孩子，这是她万万没有算计到的！可她也终于接受了现实，并以死反抗这荒谬的现实！

            当她从教堂的洗礼池上带着身孕以无比瑰丽的身姿赴身死亡的时候，她留给世人的除了满胸的仇恨，剩下的就是她那不可言说的爱恋了！

            是的，她报复了春迟，亲自告诉了她，自己是怎样将她爱情的许诺者杀死的，也告诉了她，自己是如何夺取了她苦苦等待的爱情！她让春迟永远都无法原谅她！可是她没想到春迟竟然从死神手里留下了她肚子里的孩子——宵行！

宵行的一生是对于春迟爱恋的一生，他把她当成了自己生命的密码，用一生去解读。他接替太监打磨贝壳的使命充当了她爱情的奴隶，并且心甘情愿！而当他穷尽自己的青春把妻子和儿子一起送进坟墓之后，终于找到了春迟那可怜而又单薄的记忆的时候，她却已经在贝壳堆成的坟墓里死去！骆驼和她的记忆毫无关系，她的身世只是一个奔赴南洋寻亲的大家闺秀，遭受了强盗的洗劫蹂躏之后，带着死于海啸的救命恩人的信物活了下来。

爱情，也许是存在的，一如她对于骆驼的兄弟的爱；也许是不存在的，一如她对于骆驼的爱，只是当生存成为最重要的事情之时，其它的一切都仅仅只是一种依附而已！爱情，又何尝不是如此！她所苦苦坚守的寻找是徒劳的。只是在这个过程里她无意中获得了更多别人的记忆——源于贝壳的记忆。那是她的劫难，也是她的财富。可在这个过程里又毁灭了多少人的爱情呢？

幻灭是张悦然的小说永远的归宿。无论多么美丽诡异的文字，多么华美浓艳的铺排，多么惊心动魄的情节，死亡的阴影总是跟随其后，让你看到更深层的寂寞灵魂里的疯狂呓语！

可那难道仅仅只是呓语吗？其实，我们的记忆往往是一张单薄如纸的谎言！在这个世界上，我们永远不知道自己。所以，世界在我们的眼里才会如此丰满浓艳！肤浅的谎言也就更无可指摘地取代了底层的深邃！就像春迟需要失去光明才能洞悉那些贝壳里的记忆！

记忆对于人类来说有时候就像一种咒语，你的命运时时被困扰其中而不自知。人啊人，为什么总是那么自以为是，又是那么不堪一击！

伤感而唯美的青春序曲
——评顾坚长篇小说《元红》

　　一口气读完了《元红》这本数十万字的小说，我的心中有着无限的快慰，又有丝余的伤感。这是一本充满了浪漫气息和田园风光的作品，细腻而带有方言口吻的生动叙述，在一种怀旧而又感伤的氛围里，描绘的是一段乡村少年的美丽爱情与伤感人生。

　　秀平、爱香、阿香、春妮等几个美丽淳朴的青春少女，她们将自己生命中最美好的初恋留在了主人公丁存扣的生命中，给他的生命注入了绚丽而斑斓的色彩。元红，在某种意义上它不仅仅是指少女的处子之身，它更象征着她们生命中的初恋：第一次抛开少女的羞涩去勇敢追求心中所渴慕的爱情，获取生命中那最纯粹也最原始的情感体验！

　　在这一点上无论是小说还是现实中的女孩往往都比男孩更大胆、更热烈。她们一旦认准了自己所爱的人便绝不轻易放弃，即使最后得不到对方的回应也绝不后悔。她们甘愿为自己所爱的人献出最珍贵的东西，甚至于处子之身。爱香是如此，阿香、春妮又何尝不是如此。只是秀平在那个时候还没有完全明白男女之情，他和存扣只是处于对爱情的朦胧感受之中，更确切地说，他们的爱情是更加纯洁的处子之恋。这种爱情正因为少了一份情欲的膨胀，多了许多精神上的抚慰，他们的恋情才是真正意义上的初恋。存扣称秀平为"姐姐"，这更本质地表现出他生命中深深的"恋母情结"！

　　丁存扣是个重情重义的性情中人，而作者则完全把他当作一个"情种"来写。他的身上有着男子的高大英俊、体格健美又尚武重义，可他骨子里却有着更多的女性特征。柔弱的内心和敏感的性情使他的情绪很容易受到外界事物的影响，作者在描绘这一点上是非常用心的。比如主人公对于天气阴晴的敏感反应，便折射出他性格中的这种因素。

秀平的病逝，阿香的被强暴是丁存扣青春里最阴霾的日子，也是他遭受的最严重的心理打击。这是影响他一生的人生经历，是最让他刻骨铭心的爱情。可他并没有因此而倒下，他坚持着一路走来，最终找到了他生命里最为美丽的风景，那就是春妮。

春妮是个生长在城市的女孩，父母的娇惯并没有使她变坏。她天性中的纯真与善良很好地被保存了下来，她勇敢地跨越了地域的横沟去追求自己的爱情和存扣走到了一起。丁存扣这次没有犹豫，也许是因为他经受了前两次的磨难懂得了去追求自己的爱情。因为他在犹豫里错过了和秀平见最后一面的机会，又错过了和阿香的约会。这两次的延宕不仅给两个女子，同时也给他带来了无限的痛苦与悔恨。所以，这次他毅然停薪留职下海经商，而这根本上都是为了更好地经营他与春妮的爱情。这一次他没有错过，他成功了，他获得了爱情与事业的丰收，也掘得了人生的第一桶金。

这是一本关于爱情的小说。在作者的叙述里，有四五个美丽的女性相继在主人公丁存扣的人生里留下了或深或浅的足迹。而在我看来刻画最为丰满的只有秀平和阿香。不幸的是，她们最终都没有能够与存扣走到一起。但她们却是他心目中最为刻骨铭心的爱情，是在他的内心中留下血泪的女子。秀平是他精神上永恒的恋人，是他最爱的人，也是教会他懂得爱的人，他们之间是更为深刻的处子之恋。在秀平的身上，丁存扣所感受和体会的爱情流露着母性的光华，神圣而庄严！

阿香是最爱丁存扣的人，她对于他的爱应该是一见钟情，再见倾情！她热烈而大胆，是个不懂得掩饰情感的纯情女子，她凭借着对丁存扣一颗滚烫的心终于打动了他。然而，她又是最为不幸的，她的不幸比秀平的死亡更为痛苦。因为秀平即使死了，她仍然是纯洁的，她的内心是安宁的，她对于自己的爱情通透明白。阿香却是明明自己所爱的人就在身边，却不能爱！她的心灵活生生地受着煎熬，却还要面对强暴她的禽兽男人，做他的妻子。她的心只要一想到爱情，便要忍受愧疚与羞惭的折磨。因为她始终感觉自己是脏的，她已经不配她所爱的人，她只能心怀着绝望煎熬度日。可她始终不能忘怀自己的爱情，所以她给自己的孩子起名"永存"，爱情永存，痛苦亦永存！但正因为她受了伤害，在所有的女性里面，她又是最美的，是断臂的维纳斯，腥红的伤口代表着她灵魂的坚贞，飘散在青春的天空里！

《元红》是一首文风清新，感情细腻，饱含青春活力的生命赞歌，又是一部感伤唯美的青春史诗，主人公用他的生命见证了这些美丽女子的温柔贤淑、坚贞顽强。在这部作品中对于细节的描绘处处皆是江南水乡的田园风光，童年里的如歌往事，在作者的叙述里让人身临其境，赏心悦目，如沐春风！它的不足则在于一些部分过于琐碎、冗长，整体结构有失于松散，小说的骨架也就有失于柔弱，而缺乏一种紧凑感！

于尘埃中立起的风骨
——读《刀尔登读史：中国好人》

> 我所知道的只是，刀尔登是个人物，老大不小，语言精到，观点鲜明。这本书，真是我喜爱的读物。只是相对有点短，却并非泛泛之言。
> ——题记

看完手中的这本《刀尔登读史》，我的心中不由疑惑，刀尔登究竟何许人也，竟能写出如此见解独到、观点鲜明又蕴涵高度人文精神与独立自由思想的文字来，且这其中的一个个人物，在作者的笔下如同"庖丁解牛"般被条分缕析，让读者看到了隐藏在光华灿烂的历史典籍中那一个个人物灵魂中的高尚与卑劣来。

的确，想要在历史上留名的人，一定不能太平庸，太普通。即便你自己真的普通，也可能被一定的事件，一定的人物推到一个光华耀眼的位置上来，让你的人生被重新定位。只是这些人物身上要么大善大恶、要么身怀绝技，要么英武不凡，要么处心积虑。在这些历史人物身上，有其平凡普通的一面，更有其令人不能忽视的一面。

这些人物在刀尔登的笔下一个个粉墨登场，让那些灵魂中的善恶交相辉映，让那些灵魂中的污点和亮点，被重新解析，于是便有了这一篇篇读之令人欲罢不能的文字来。

在文字的前言中刀尔登就抛出了自己的史学观点："事不宜以是非论者，十居七八；人不可以善恶论者，十居八九"。开篇中作者更是明言他不喜欢狗，不是因为狗不够忠诚，恰恰因为狗太过于忠诚，以至于眼中只有主子，而没有善恶是非之论。实际上，作者批评的并不是狗，而是那些生活中奴性十足的人，身上充满了"狗性"的人。

文中，作者举出了那些在历史上光环耀眼的大忠臣、大清官，同时陈述出了他们身上与正常人性严重不符的"狗性"。如作为荀子学生的李斯身居相位，主张推行"焚书坑儒"，一时权倾朝野、位极人臣却终落得自身难保。而包拯和海瑞这两个清官身上的那种不近人情恰又折射出政治光环之外的人性暗影。

包拯一生光明磊落，铁面无私，斩了自己的兄弟，身后竟没有留下半页私人性质的文字。一生没有亲近的朋友，生活上也没有任何的不洁之处，可谓"完人"。但正是这种"世间典范"恰恰折射出了其人性残酷、冷漠的一面。试想如果一个人的一生除了政治情感之外而没有丝毫的人情味，那么这个人一定是令人难以亲近的人，更难以用"性情中人"四个字来形容。而一个没有七情六欲的人则更是一个令人可怕的人，正直到了这种程度反而更令人怀疑其行为的伪善和刚愎，即所谓的"鸟畏霜威不敢栖"。

海瑞则更甚，可以说是廉洁到极致的"酷吏"。何谓"酷吏"？酷吏就是对别人残酷也能对自己残酷，更能对亲人残酷的人。是那种为了廉洁之名而愿意舍弃一切人情世故、人伦之理的人。海瑞恰恰就是这种人，书中举了一个例子：海瑞有个五岁的女儿，一天海瑞看见女儿拿着饼子在吃，问知是家中仆人给她的。海瑞十分愤怒地对女儿说："你是女子，怎么可以从男仆手中拿东西吃？简直不是我的女儿。你要是能知耻而饿死，才是我的女儿。"结果这个五岁的小女儿哭啼起来，再不肯吃饭，七天后真的饿死了。海瑞有三位夫人，前两位因为与婆婆不合，都被休掉了。第三位很是贤惠最后也与一妾先后自杀。因此海瑞便落下了"薄于闺阁"的名声。

在这些人物身上，我们看到的是被政治严重禁锢起来的人性和人之所以为人的温暖光芒被压抑湮灭的凉薄。最终，余温成烬，性情暗淡，这些本应有血有肉的人却变成了一具具历史典籍中冷冰冰的行尸走肉。

在中国古代历史人物身上，"忠"与"孝""仁"与"法"一直是困扰中国千年伦理的议题，在乱世往往"法"大于"仁"，换来社会的一时安定。在治世则"仁"大于"法"，推行社会内部的高度自治。在这里我们从不同的侧面看到了人性复杂的一面,而政治则往往将复杂的人性统一于简单的规则。因此,王权大于一切的高压之下,文人性格的扭曲变异实令人心寒而又无奈。

"马上得天下"的朱元璋更是信奉"严刑峻法",在他的铁腕统治和耳目遍布天下的"特务政治"模式下,整个社会可谓一片恐怖。文字狱便由他而始,至乾隆时期达到顶峰。天下文人一时噤若寒蝉,而明清的道学与伪善文化便由此发迹,整个天下被道学与八股并重的思想钳制。文化的发展由此进入了一个极度封闭而又极度自负、极度愚蠢而又私斗不断、党争林立的攻伐战中,这又何尝不是一种统治阶级上层集团内部的"文化革命"呢?

袁崇焕这个本该是民族英雄的人却被戴上了"汉奸"的帽子凌迟处死,百姓争食其肉,相比而言汉武时期李陵的冤屈则不免黯淡。只是这些人物身上还有着武人的血气,及至到了"清风不识字,只顾乱翻书",满清"文字狱"大行其道,士人间攻讦成风,彼此背叛,彼此告密。一个民族的文化从盛唐的"万国来朝"演变成闭关锁国的狂妄自大和文化阶层的互相蚕食,这个民族的气数也就危矣,而这个王朝的统治阶层其腐烂堕落之深,怕已是无可救药了。

在封建统治的晚期,也许只有"冲冠一怒为红颜"的吴三桂算得上从历史天空里飘来的一股多情烂漫的风情。自此后整个历史的发展便进入沉闷呆滞的衰退期。明亡之后,那个优柔寡断的崇祯皇帝将自己吊死在了煤山上,然而,他的引咎自杀再也无法挽回半壁江山残照里、零丁洋里叹零丁的不幸归途。

朱元璋以来的王朝统治虽重文轻武,但对文化阶层却以一种世所罕见的匹夫之勇进行了一场想当然的摧枯拉朽式的改造和脱胎换骨式的清洗。程朱理学和八股取士到了明清实在已是穷途末路,就连科举取士的教科书《大学》也被朱子假托圣人之名肆意篡改,以致于面目全非,其注释只是为了树立自我"文化僵尸典范"伪善哲学。而那些宦官的专政和阉人的阴狠我已不想在这里陈述,历史阴暗的一面读来实在令人沉重,其腥风血雨的厮杀不时从文字的缝隙间传出,让我时时想起鲁迅先生所言的"吃人"之论。

刀尔登从私人生活角度去解读历史人物,这便让我们在无形中看到了人的私欲，看到了历史光环背面的真相，这是我们在教科书中看不到的故事，也是百姓口中世代流传的故事。真理自在人心，也许历史的真正面目就是如此，稗官野史虽不算正统，却也是百姓心底的呼声，人文主义的真正滥觞却正是由此而始。人文自由与思想独立的不易便可想而知，它实是用勇士的鲜血和士人的尊严涂就的一面悲壮而绚烂的文化旗帜，更是一个民族文明发展的风骨在历史的污秽里卓然独立的先声。

一个人的舞蹈
——读冰水一度《A 城 B 梦》

读《A 城 B 梦》，是在从西安到家乡小城彬州的旅途里。车驶出了西安，方才见到了纷纷扬扬的雪花如玉般晶莹。我眼下心头的故事，也一如这车窗外北方山河的雪景，透着丝丝的冰凉，甚至忧伤。读到最后我方始发现，这样的故事，这样的文字，底层里仍然蕴藏着如玉般温润的爱意。只是它们被生活表层的灰暗遮蔽着，不为浮光掠影者所见而已！

《A 城 B 梦》里的所有故事归结在一起，便是一个住在十九楼的女子对于爱情的种种探索和领悟，是一颗充满了对爱的期待和恐惧的复杂灵魂的挣扎。它展示了一种城市爱情的荒凉感，甚至病态与悲凉。对于阳光的恐惧和对于温暖的渴望一样地强烈，对于爱情的真诚和对于人性的怀疑一样地执著！在以一种婴儿般的纯真和无辜来面对强大的钢筋水泥丛林里所培植起来的情感家园的时候，在以一种孤寂、彷徨的落寞来面对网络空间里的温情诱惑的时候，我们的纯真注定要受到伤害，而且往往伤痕累累！

在现代都市青春群体的面前，如果把钢筋水泥丛林里的情感家园比做我们所栖息的第一棵大树，那么虚拟网络空间里的温情诱惑则是我们栖息的另一棵大树。我们在成年之后脱离了家庭的束缚，渴望无限追求个人自由和人格独立的时候，便只能在这两棵大树之间做永远的跳跃。从一种状态到另一种状态，我们在很多时候往往忘记了责任，只是做着逃离。《A 城 B 梦》里的故事，正为我们切实详尽的展示了这种爱情悲剧和情感状态的无奈！

在一次次血淋淋的伤害中，在撕心裂肺般的生死离别里，在背叛与离弃的悲伤无奈中，在爱的执著和擦肩而过的悔痛里，在浪漫的开始与悲伤的告别的有缘无分中，我们体味着人生爱情中的种种境遇，结果却鲜有美满。其实，在大多数时候，我们大多数人的爱情也只能如《紫色·白色·灰色》中的女主人公一样，灵魂与肉体分离着生活。

用理性主义的观点来看，爱情的本质是虚无。失去了物质依托的爱情，不管有多么疯狂炽烈，到最后都只能成为彼此的伤害。"爱只不过是两个寂寞的人相互取暖的借口"（《再见，情人》），作者亦如是说。读遍了所有的故事，你仍然会无奈地发现，所有的爱人都是在彼此相爱也彼此伤害，人性的本质是怀疑与喜新厌旧，这条法则尤其在城市爱情中百试不爽，尽管人类的文明让我们在几千年的进化和教育中温情了许多！

作者说，我们都是寂寞午夜忧郁的动物，寒冷清晨清醒的植物。前一句验证了我们的温情脉脉，后一句揭露了我们的自私冷酷，合起来则是对我们的人性最为深刻的洞察与描述！

作者以唯美冷艳的文笔和对都市情感细腻入微的体察，为我们展现了青春爱情的浪漫、守候、决绝、悲伤、告别与守护。作者的心灵亦跟随着这所有的过程，在情感的旅程中经受着甜蜜与痛苦、欣喜与疯狂、悲伤与绝望。读着读着，我的内心里甚至产生了一种坚定的判断，这正是作者自己情感的真实纪录，在所有的故事里，那几个永远不变的名字是一种隐含的寓意与代表，它是作者心底最深层情感的不自觉外露，是那个住在十九楼脸色苍白、笑靥如花的冰冷女子心灵里无声的歌谣。她亦真亦幻地闪现在所有的故事里，自闭、孤独、悲伤、寂寞，一如午夜的精灵让文字在指间自由的舞蹈。而这自编自演的舞蹈恰是她生命里唯一的爱，是经历了冰冷之后才得来的些许温暖。

是的，我相信这些散发着如玉般温润的冰凉文字，在其内心，正是漫溢的泪与爱的结晶，它一如窗外缤纷的雪花，深情地铺满了整个西北的山梁与大地！

家乡到了，合上书本提着行李走出车外，抬头抚摸脸颊，脸上竟有些许湿润，我一时心内迷离，不知道这湿润是雪花，抑或泪花。

黄土地上那一缕灵魂的清芬
——评九零后青年作家王闷闷长篇小说《米粒》

曾经的"乡土"是一个繁华的词眼,尤其是在老一辈经典作家诸如陈忠实、贾平凹笔下,乡土小说为我们呈现着数代人最为饱满和质朴的精神生活。今天的"乡土"却是一个荒凉的词眼,随着城市化进程的加速,我们的乡土正呈现着凋敝、破败和被遗弃的命运。尤其是乡土生活中的农民,几乎是在以一种大溃败的方式向城市"逃亡"。

因此作为"新新人类"的九零后作家们,又该以一种什么样的面貌去传承乡土小说的写作,用什么样的语言去进行我们的乡土叙事,才更适合这个瞬息万变的信息时代读者的口味。也许王闷闷的写作能给我们提供一点借鉴和参考。

第一次听说王闷闷这个名字,是在报纸上看到他的长篇小说《咸的人》出版信息。引起我注意的则是两个关键词:九零后、乡土作家,除此之外就是陕北黄土地的苍茫背景了。

我承认在此之前,我没有读过他的任何作品,哪怕是一篇散文。是《咸的人》的选材引起了我浓厚的探究兴趣,因为我始终觉得九零后对乡土的了解是不那么深刻的,城市化的社会背景和网络化的社会环境,让他们还没来得及深刻地体会脚下的这片土地,便被迅速地推向了浩荡的城市海洋。

在文化和文学上他们更现实地面对着影视文学、网络文学、日韩风、玄幻、盗墓、青春等比较时尚的文学选题,他们可能对这些东西会有更深刻的体验。《咸的人》我没有机会阅读,只知道写的是陕北盐帮在时代变迁中手工作坊面对现代工业化生产的抗争与衰落,乃至逐渐消亡的故事,而《米粒》这本书则征服了我。

陕北方言的运用，让这本书中的人物在黄土地的背景下拥有了一种特别的气质。或者说什么样的人说什么样的话，《米粒》正是这样一本小说。这显示出了作者执拗的写作追求和对乡土语言透彻理解与娴熟运用的语言功底。他抛弃了我们惯常写作中所熟悉的普通话表达，甚至舍弃了一切华丽和形象的语言包袱，只是运用农村生活中最惯常最本质也最质朴的家常对话，就让米粒一家乃至整个米家庄的人物拥有了灵魂，拥有了自个的精气神。我相信这种语言是经过作者耐心打磨之后的选择，虽然它在表达现代场景与思考之时不免有磕绊之处，但在塑造整体的小说氛围中，却显示出了强大的气场和明显的优越性。

其次，《米粒》的写作运用了画面式的风格。每一个场景，每一处细微的情节，甚至小说人物的每一个动作，都能强烈地显示出一种乡村版画式的风格，能够表现出浓郁的乡村风情和质朴的黄土地本色，从而准确地塑造出小说的人物形象。短句的运用与方言的表达相得益彰，使整部小说显得精湛、紧凑，却始终洋溢着一股欢快的气息，一种生命的鲜活。

故事性则是这部小说的又一特点，也是我想重点表达的地方。

《米粒》写的是陕北黄土地上米家庄村米粒一家人的生存故事。米粒年轻的时候在一个雨夜强奸了米家村最漂亮的姑娘，也是他最喜欢的姑娘。无奈之际姑娘嫁给了米粒，之后姑娘的名字便被人忘记了。一个与米粒相配的形象表达"米汤"成为她的新名。虽然其中不免暗含着讥讽与取笑，久而久之却连她自己都习惯了。米粒是个勤劳老实的庄户人，米汤却精明能干，父母去世之际便将整个家托付给了米汤，两个人一口气生了两男两女四个孩子，相继取名为米酒、米团、米香、米粉。

故事从这里开始真正地进入了情节。四个孩子中，米酒最聪明，本可以凭着学习完全超过别人，却偏偏拉帮结伙、聚众斗殴很快成为帮派中的老大、学生中的反面领袖。米团恰恰与哥哥相反，体弱瘦小、白白净净，学习异常努力也异常出色。米酒讲义气，重感情，做事莽撞任性。从小学到高中他的成绩都平平，却因为学生帮派中头面人物的身份而备受瞩目，也因此赢得了一些女生的爱慕。他一直以长兄的身份在照顾着米团，米团在学习中不负众望，一直是好学生中的领袖，除了学习，一无所长。但在内心中懦弱的米团不免嫉妒米酒呼风唤雨的威风，不愿意充当被保护者的角色。甚至这种嫉妒逐渐演变成了暗地里的算计，渴望早日摆脱众人眼中米酒兄弟身份的阴影。当米团发现自己所爱慕的女同桌，竟然喜欢的是哥哥，他的嫉妒心因此到达了顶点。在一场学生斗殴事件中，他冒充哥哥强奸了张美，让米酒背负强奸犯的罪名仓皇出逃。

的确，这个世界上有一种奇怪却顺乎常理的关系，就像人们挂在嘴边的那句话：出来混，迟早是要还的。米团做了恶，米酒潜逃了。张美被强奸的恶气最终撒在了他们的妹妹身上。他们原本选择了米粉，但喜欢米粉的刘翔将报复的阴谋提前告诉了米粉，米粉便将张美的报复转移到了米香身上。可以说，是米粉一路设计了张美报复的阴谋，成为第二次阴谋的实施者将姐姐米香引入了圈套。因为她们姐妹的学习同样出色，可姐姐总比自己高那么几分。因为她被刘翔破了处女身，那么姐姐也要变成和自己同样的人。女人的嫉妒心有时候比男人可怕一万倍。忠厚善良的米香在米粉的眼皮下被张美指使的四个暴徒强奸，回家之后陷于惊恐压抑之中因怀孕打胎恶名传出最终精神失常，一个全村最漂亮学习最优秀的女子就这样落入了命运的圈套。米粉却和刘翔一路相伴，直到被送入大学。多年之后因为和刘翔纠缠不清的罪恶自杀身亡。

米团大学毕业，娶了高官的女儿，回到小城一路升迁相继成为公安局副局长、县委副书记、县长。在他的策划下，米酒漂泊多年终于归来成为一名厨师。米酒发现了当年的阴谋，却并没有惩罚米团。米酒始终觉得自己是长兄，罪名有一个人承担就够了。却不想米团贩毒之后再次将罪名嫁祸于他。死罪，他也认了。他痛苦的是害了米香一辈子。多年之后，当他们的父母米粒、米汤知道事实的真相，米粒瘫痪了，好强的米汤在身边伺候着，却始终不承认自己在教育上的偏执，出人头地和平平安安到底哪个重要，恐怕我们谁也说不清楚。

有人性深处的善与恶，更有着人物命运的起伏错落，乡土背景之中所孕育的人物性格的不同走向，一直是这部小说的叙述主线。甚至我觉得乡土只是这部小说的外衣，是一层皮，而小说人物内心的起伏错落，灵魂中颤动的欲望与表象之下的真正善恶，才是这部小说的深刻主题。

米酒米香才是本质，米粉米团终是表象。米酒米香是灵魂的芳香，米粉米团是物质的外壳。该腐烂的终将腐烂，要飘逸的终将飘逸，灵魂的清芬怎能容得罪恶的掩藏。

至此，王闷闷的小说已经上升到了人生哲学的层面，这是黄土地的哲学，也是一个九零后作家对文学和人性最清醒的思考。我们也相信每个时代都属于它自己的经典，独特的风格和经典精神的坚守在某种意义上更需要一种"抱残守缺"的孤勇精神。就像已故文学大师陈忠实所言："后生可畏"，希望九零后的王闷闷能为我们带来更多的惊喜。

关于孤独
——读沈浩波《每一栋楼里，都有一个弹钢琴的女孩》

一

那天，去参加一个读书会，会上张姐让大家各自画一张自画像，然后根据这张自画像介绍自己的三个性格特点。我平时很少画画，甚至长这么大连画笔都没怎么摸过，所以不免有点窘迫。但还是拿着水彩笔画了下去。

不知不觉间就画出了一个戴眼镜的胖子，一个很丑的胖子。只不过跟随着一种天性，我把这个胖子画的很和善，很有包容心的那种样子。而且在画画的时候，心里也没有那种从前在课堂上的紧张感。

轮到自己做介绍的时候，我很随性地写出了：发呆，冥想和远眺三个词语。

我说，发呆就是什么也不想，什么也不做，无知无觉，让心灵得到休整的一种状态。在很多时候我的确是这么做的，比如特别烦恼的时候，受委屈的时候，甚至在很多欲念无法被成全的时候，我都会闭上眼睛，或者睁开眼睛，望着什么，或者什么也不望。即便望着眼前的时候，大脑里也是一片空白。

冥想，则是在看完书的时候，想问题的时候，或者看完一部电影，构思一部小说的时候。那个时候，脑海里或者天马行空、群雄混战；或者汪洋里一叶扁舟；或者各种帝王将相粉墨登场；或者漫天风雪，白茫茫一片……冥想有时候就像一种白日梦，能让我们在现实中很多不能实现的愿望得到实现。当冥想结束的时候，我们所有在现实中被绷紧的神经都会舒缓和放松。

远眺，紧随着冥想。只是远眺是我们极目远望的时刻才会有的一种心境。那是橘子洲头看万山红遍，层林尽染；是秋日楼头，看夕阳西下，满目苍茫；是天苍苍野茫茫，风吹草低见牛羊；也是沙场横刀立马，英雄弯弓射大雕。总之它令人抒怀，令人激情涌动，令人野心勃勃，也令人壮志满怀。

这三种状态，用一个词来概括也就是孤独。而孤独者都是特别喜欢独处的人。独处是自己与自己的心灵对话，是一种完全沉浸于内心浑然忘我的心灵状态。在这种状态里，人的内心是完全坦露的，是不设防的，是最柔软最富于爱心的状态。这个时候的我们，可以泗泪横流不知因由，也可以胸臆呼啸直冲牛斗。这个时候我们其实是不存在的，存在的只有心胸间的那一团温暖的气流，滚烫灼热却温暖明亮，似乎能融化这个世界上任何我们想融化的东西。

二

其实，如果真的要追溯自己关于画画的记忆，恐怕就是小时候的美术课了。七八岁，或者更大一点的时候，乡村中的专业美术教师是基本不存在的。我们的美术课本虽然是城乡统一的教材，只是我们的美术课都是语文数学老师或者其他科目的老师替代的。

那时我们把美术课叫图画课。美术课上老师给我们在黑板上画一只缸子，带把的那种搪瓷缸子。然后所有的同学照猫画虎，画完了交上去就算了事。所以整个小学的六年时间里，我们基本上都在重复这种画法。随着年级的升高，缸子变成花朵，苹果，房子，树木。只是无一例外的都是孤零零的一种物品。顶多给它们涂上红墨水，或者蜡笔。

在这种把美术音乐等人类审美天赋完全被当作业余的环境里，我们的审美意识和审美直觉完全是被忽略了的。我们的孩子在成长过程中是孤独和孤立的，那种自发的喜爱和向往被阻隔在所谓的附属和正统的栅栏之外，自生自灭。

当我们长大，有一天走出村子，猛然接触到一种美妙的声音，一幅陶醉心灵的图画的时候。我们才发现我们曾经那么强烈地对这种艺术形式产生过热爱和崇拜，甚至模仿。可是现在终究也只能是崇拜和模仿。我们心中的那种惋惜之情是那么剧烈地刺痛和伤害着自己。

当那种无法参与和融入的隔膜日渐强烈的时候，孤独也就产生了。

这就像一种爱情，沈浩波在他的诗歌《每一栋楼里，都有一个弹钢琴的女孩》里，将这种爱的孤独演绎到了极致。那是一种无能为力却痛彻肺腑的爱的孤独。

> 每一栋楼里，
> 都有一个
> 弹钢琴的
> 女孩
> 我从未见过
> 她们中的任何一个
> 弹钢琴的女孩
> 从来不走到
> 阳光下
> 直到很多年以后
> 有一天
> 琴声突然终止
> 我才发现
> 楼房已经倒塌
> 我搬开瓦砾和砖石
> 看到一根
> 透明的手指
> 和我想像中一样
> 我怀抱爱情
> 将她拉出
> 亲吻她的白发
> 和皱纹深深的脸

淡定从容做自己
——读张清平《林徽因传》

在民国女子之中，拥有惊世才华者有之，比如萧红；拥有轰轰烈烈的爱情者有之，比如陆小曼；孤绝冷艳却陷于卑微红尘者有之，比如张爱玲；寒梅馨香却情归大荒者有之，一如石评梅！

但我们今天要说的这位女子，既有着令世人难以忘怀的倩影，又有着令世人钦佩的才华，更重要的是：她用自己的努力为一个国家的建筑事业奠定了根基。甚至，我觉得事业爱情双丰收的说法，并不能简单地概括她的一生。

一、并不快乐的童年

1904年6月10日，林徽因出生于杭州一个书香门第的仕宦之家。祖父林孝恂是光绪十五年进士，曾留学日本，历任浙江省海宁、金华、孝丰各州知县，参加过孙中山领导的革命运动。祖母游氏典雅高贵，是个端庄贤惠的美丽女子。

父亲林长民，擅长诗文、工于书法，二十一岁中了秀才，入杭州语文学校学习英文和日文，三十二岁毕业于日本早稻田大学，回国后历任南京临时参议院秘书长、北洋政府司法总长等职。

林徽因一出生就有着稚嫩的容颜和富有灵性的欢笑，祖父林孝恂从诗经《大雅·思齐》取"大姒嗣徽音，则百斯男"的句意，给这个漂亮的婴孩取了"徽音"这样一个动人的名字。后来，为了避免与当时一位男诗人林徽音相混，从1934年起改为大众熟知的"林徽因"。

五岁之前，林徽因和祖父母一起住在杭州陆官巷。林徽因才貌出众，儿时就深得祖父、父亲以及其他亲人的喜爱。她是在祖父身边长大的，直到五岁的时候随父母迁居蔡官巷的一座老宅，在这里林徽因得到了大姑妈林泽民的培养，教她读书识字、背诵诗词。

林泽民是清朝末年的大家闺秀，自幼接受私塾教育，诗词歌赋、琴棋书画样样拿得起、放得下。林徽因的骨子里透露着传统知性女子的美好气质，这和她小时候接受传统教育是分不开的。

林徽因有一个博学多才的父亲，却也有一个思想守旧得近乎狭隘的母亲。何雪媛是林长民的继室。原配是同籍门当户对的叶氏，叶氏早早病逝，没有留下儿女。何雪媛进林府做继室无异于原配，本值得庆幸。不幸只是出在她自身。

何氏来自浙江小城嘉兴，其父开了个小作坊，既不会女红，脾气也不可人，有着此类女孩常有的任性。何雪媛缺少文化熏陶，出嫁后和做姑娘时无大改观。婆母游氏倒一派闺秀风范，不仅女红在行，亦喜好读书，且工于书法。婆媳间素养悬殊不言而喻。何氏为林长民生下长女林徽因后，还生过一男一女，但接连夭折。公爹难免有断后之忧，由此引起的不满自然不言而喻。

林长民常年在外，所以林家许久没有考虑添妾。直到第十年，林长民娶了上海女子程桂林，林徽因叫她二娘。二娘也没文化，但性情乖巧，又接连生下四子一女，何氏长期便被遗忘在小而阴暗的后院，实际过着分居的孤单生活，脾气难免越来越坏。幼小的林徽因跟随母亲住在阴冷后院，常常感到悲伤和困惑。

林徽因的儿子梁从诫这么评述过母亲的人生心态："她爱父亲，却恨他对母亲的无情；她爱自己的母亲，却又恨她不争气；她以长姊真挚的感情，爱着几个异母的弟妹，然而，那个半封建家庭中扭曲了的人际关系却在精神上深深地伤害过她。"

由此，我们不免能想到，多年之后，面对徐志摩的热情似火，她为什么能够做到心如止水，转身投入梁思成的怀抱。

由于时局动荡，林长民任职地点频频调动。林徽因一家在她八岁那年举家搬到上海。十岁时，林长民任北京政府国务院参事，又全家迁居北京。十二岁时，袁世凯称帝，全家迁往天津英租界；是年秋，举家由津返京；继而不断在津京之间辗转奔波。

1914年林孝恂病故后，林长民常在北京忙于政事，全家人住在天津，林徽因几乎成为天津家里的主心骨，此后伺候两位母亲，照应几个弟妹，乃至搬家打点行李，所有事务基本都需要她亲力亲为。

林徽因之所以早熟，除了聪慧，主要归于遭冷落的母亲给她心理蒙上的阴影。纵然她自己深得父亲以及其他长辈们的宠爱，但当受宠之后回到冷落的后院，面对母亲阴沉怨愤的神情，她也不得不过早地体会世态的阴暗。

1916年，林徽因进入北京培华女中，开始接受西方教育的培养。优越的教育环境，让她早早萌生了文化意识，走出了童年，出落成一个亭亭玉立的小姑娘。

青春最终落脚何处，林徽因是懵懂的，那时的她一如一扇紧闭的门扉，等着有缘人来叩响。

二、爱情，不做扑火的飞蛾

梁思成初见林徽因是在他十七岁的时候，他们首次相识在林长民北京寓所的书房中。当时林徽因只有十四岁，正在培华女子中学学习。梁思成后来回忆说："他当时对于这次相亲颇为忐忑，有点担心会见到一个梳着一条油光光的大辫子、穿着拖地长绸裙的旧式大小姐。"

当亭亭玉立却稚气未脱的林徽因走进来时，他见到的却是一个梳着两条垂肩发辫、上身穿着浅色中式短衫、深色裙仅及膝下的小姑娘。她的灵秀之气和神采立刻吸引了他。特别令他心动的是，这位小姑娘起身告辞时轻快地将裙子一甩，便翩然转身而去的那种洒脱。

当时的梁思成是一个风度翩翩的貌美少年，温文尔雅，但又带着几分羞怯。此次见面林徽因应该低着头很少说话，两人之间没有过多的言语，但自有一种含情脉脉的气氛弥漫在二人之间，像一缕暗香低低徘徊，隐约间还藏着略微不安的心跳声。林徽因和梁思成就这样认识了。

有人曾经这样生动地描述过梁思成与林徽因当年的关系:"林徽因与梁思成注定要经历一个漫长的过程才能走到一起。原本是两个一同行走的人,其中一个在路途中探看了别的风景,而另一个人一直在原地等待。"林徽因无疑是那个看风景的人,而梁思成一直立于原地守望。

徐志摩遇见林徽因或许就像安妮宝贝说过的那句话,"徽因,我遇见你,那是我在劫难逃!"

1937年11月抗战时期,林徽因给沈从文写过一封信,信里说:"差不多二十年前,我独自坐在一间顶大的书房里看雨,那是英国的不断的雨。我爸爸到瑞士国联开会去,我能在楼上嗅到顶下层楼房里炸牛腰子同洋咸肉,到晚上又是在顶大的饭厅里(点着一盏顶暗的灯)独自坐着,垂着两条不着地的腿同刚刚垂肩的发辫,一个人吃饭一面咬着手指头哭——闷到实在不能不哭!理想的我老希望着生活有点浪漫的发生,或是有个人叩下门走进来坐在我对面同我谈话,或是同我同坐在楼上炉边给我讲故事,最要紧的还是有个人要来爱我。我做着所有女孩做的梦。"

这大概是林徽因对她旅居伦敦时那段生活仅存的笔墨。多少年来,她对那段往事讳莫如深,一如既往地保持着沉默。这段笔墨所展现的正是一个深锁春闺的十六七岁的少女的逼真形象。

一个孤单的少女,在异国他乡的雨雾里独自惆怅,渴望爱情的知音,渴望浪漫的邂逅。她懵懂的豆蔻年华就这样被伦敦的雾雨淋湿。

徐志摩就这样不失时机地走进了林徽因的梦幻中。温文尔雅的气度,才华横溢的诗情,恰恰撞上了一双澄澈如水的眼睛。不经意间的一个对视,都会让两个人的心潮澎湃如海。

康桥,英国著名的剑桥大学所在地。知道林徽因和徐志摩的人,都知道是康桥给了他们美丽的相逢。他们曾经依偎桥头,带着柔美的梦,接受雾都的风从脸颊上吹过;他们曾一起荡漾起轻舟,在康湖的柔波里划出无边的涟漪。

永远有多远?那一刻的康桥就是两个人心中的永远。

只可惜,梦总是短暂,美梦更是如此!

在伦敦,徐志摩带着霞光走进了林徽因的生活,彼此都有书信往来。但徐志摩大她八岁，且妻子就在他的身边，在遥远的中国还有一个儿子。现实的纠结叫他们的情感恰似密闭暗室中的飞蛾逃无可逃。每挣扎一次，羽翼就会伤损；每冲动一次，心就会阵阵刺痛。林徽因年龄虽小，却有着足够的理智。她只能将这份灿若飞霞的情感囚禁在心底，彼此道声：你若安好，便是晴天。

此后，即便徐志摩雪片般的书信纷飞而来，即便他以决绝的离婚来表明自己的态度，甚至为此不惜背上抛妻弃子的骂名，林徽因也从来没有回应过一个字。

这是一个十七岁的女子，在情窦初开的年龄所作出的选择。难道她真的就能做到毫发无伤？如此曼妙如莲的女子，骨子里的浪漫自不必言，梦的时候她比谁都富有诗意。当梦一去，她又可以做到比铁血男儿都要理智，那是因为她不想为一段无果的恋爱做无谓的牺牲。因为她不想伤害他背后的那个女子，她打小就从母亲的身上明白了遭受冷落的屈辱。

1925年，奉军将领郭松龄倒戈反奉，通电张作霖，林长民应邀为"东北国民军政务处长"。同年，林长民在参加反奉战争中中流弹身亡，死于沈阳西南新民屯，年仅四十九岁。

消息传来，林徽因伤痛欲绝，林长民在她的心目中不仅是慈祥的父亲，更是难得的知己，曾给予她在成长中太多的温暖，在迷茫中太多的指引。可他竟然在这样凄绝的境况中离开了。后来，在梁思成和其父梁启超的帮助下，林徽因才完成了在美国的学业。

或许就是这段艰难岁月里的携手相伴，让林徽因感觉到了谁才可以给她一生的宁静。而徐志摩与陆小曼的结合，也让她可以更加心安理得地选择自己的路，不再背负任何精神上的枷锁，从此只做一个推心置腹的蓝颜知己。

1928年3月，二十四岁的林徽因和梁思成在加拿大温哥华举行婚礼。行礼前梁思成曾问过林徽因："为什么是我？"

林徽因回答说："答案很长，我得用一生来回答你，你准备好听我说了吗？"

她的回答是如此淡定、从容。这是一个女子历经岁月的风雨洗礼之后所作出的选择。由此，他们一生紧密相连的事业之旅宣告开始。一个原本只被鲜花和掌声呵护在诗露花语中的女子，从此开启了她不同凡响的职业生涯。

三、多才多艺的设计师与建筑师

　　林徽因最有成就的身份是什么？不是林长民的女公子、梁启超的长媳，也不是徐志摩的知己，更不是传闻中的交际花，而是设计师与建筑师。

　　早在1923年12月，林徽因就为《晨报五周年纪念增刊》设计了封面并得到了全面地肯定。

　　1924年，林徽因和梁思成一起到美国宾夕法尼亚大学学习，因为建筑系不招收女学生而进入美术系学习，因此如鱼得水。林徽因最终以美术学士的身份从宾大毕业，考入耶鲁大学戏剧学院学习舞台美术。她可能是中国第一位女舞美设计师，肯定是第一个接受过西方专业教育和训练的中国舞美设计师。

　　1928年，林徽因随丈夫回国，到东北大学创建建筑系。

　　1929年，张学良倡议设计东北大学校徽，林徽因设计成具有东北特点的"白山黑水"图案，首先以东北地域文化特征入画，将校徽设计成圆形图案，在中心圆内的花朵上书有东北大学校训"知行合一"，圆外上半部为环形半圆体，正面有八卦中艮卦符号，两侧分别书有东北大学校名，大篆字体，是东三省博物馆委员长金梁的墨迹；圆下方嵌入白山黑水图案，图案两侧绘有动物，左龙右虎，反映了东北虎的雄姿和黑龙江喜龙之态。此设计在众多作品中脱颖而出，林徽因获得四百元大洋的奖励。

　　作为搞设计的文学青年，林徽因从东北回北京后开始文学创作，但设计依然是大家倚重的"必杀技"。在此期间林徽因设计了很多图书封面。如1931年8月15日，她为沈从文的小说《神巫之爱》绘制插图《祈福》；1934年为陈梦家的诗集《铁马集》设计封面；1934年5月1日，《学文》月刊创刊，林徽因为杂志设计封面。因此，用流行的一句话说，林徽因是平面设计师里写诗写得最好的，是诗人中搞平面设计做得最好的。但是新中国成立之后，林徽因的设计才能才开始大放异彩。

　　1949年，林徽因参与设计国徽。清华大学国徽设计的组织者和主持人主要是林徽因。据国徽设计小组成员朱畅中回忆:"林徽因先生提出了国徽和商标的区别问题,进行讨论。林先生向我们展示了一些国家的'国徽'和家族的'族徽'以及一些商品的'商标',做了分析比较,提出了精辟的见解,梁先生也阐述了自己对国徽设计的基本原则和要求。"

决定性的日子是1950年6月20日。政协全委会在当天下午召开国徽审查会议。周总理和到会成员对清华大学和中央美术学院两家提出的方案进行了审议,最后,清华大学营建系设计的第二图当选。在这庄严的时刻,受邀出席大会的林徽因泪花簌簌。

此外,林徽因还参与设计了中国景泰蓝工艺的改良,特别是1952年,梁思成和刘开渠主持设计人民英雄纪念碑,林徽因被任命为中国人民英雄纪念碑建筑委员会委员,她抱病参加设计工作,与助手一起完成了须弥座的图案设计。

1955年4月1日,五十一岁的林徽因因病逝世在同仁医院,离开了梁思成,也离开了这个世界。史景迁说,她是"在寒风凛冽的北京,在最后一堵庞大的古城墙颓然倒塌之时"死去的。

林徽因曾经两骂时为北京市市长的吴晗,是因为北京城。曾经政府爱护古建筑的举动让梁思成夫妇大受感动。新中国成立不过五年,曾热衷于北京城保护的政府就开始了大规模的拆建。据吴良镛回忆,1954年,林徽因还拖着病体找到北京市政府,又指着吴晗的鼻子骂:"你们拆的是具有八百年历史的真古董!将来,你们迟早会后悔,那个时候你们要盖的就是假古董!"两次过程中吴晗都一声不吭。

林徽因是一位有真性情的建筑师,在她的性格里从来没有妥协和退让。她去世后遗体安葬在八宝山革命烈士公墓。鉴于她曾参加过人民英雄纪念碑的设计工作,该建筑委员会决定,把林徽因亲手设计的一方富于民族风格的花圈与飘带的汉白玉刻样移做她的墓碑。碑上镌刻着"建筑师林徽因之墓"字样。按照他们夫妻生前约定的"后死者为对方设计墓体"的承诺,梁思成亲自为妻子设计了墓体,墓身没有一字遗文。

四、一生家国梦，全家赤子心

在林徽因与梁思成之前，中国的古建研究专家是日本人。林徽因夫妇的真正爱国，是在身体最差、物质最差，困难到无法从中央政府和公款基金中获得救助的时候，还在竭尽所能地进行田野考察、学术研究、图书出版。抗战时期，在四川李庄，据说当时连写信都是各种凑起来的小纸片，只要烟盒大小的空白，都会撕下来留作它用。

林徽因身体一直很差，根本不适合野外作业，可她还是坚持和丈夫一起考察了东北、平津、云南、山西、四川等地的古建。从1931年加入中国营造学社，到1955年去世，林徽因生命里的一半时间都用在了中国古建筑的研究和保护上。

1937年7月，在写给女儿梁再冰的信中，林徽因更是表明了自己对抗战的态度：

现在我要告诉你这一次日本人同我们闹什么。你知道他们老要我们的"华北"地方，这一次又是为了点小事就大出兵来打我们！……你知道妈妈同爹爹都顶平安地在北平，不怕打仗，更不怕日本。

1941年，日本偷袭珍珠港前，美国一直发战争财，和日本有着密切且规模庞大的军火和石油交易。对美国有着良好印象的林徽因对此非常愤怒，她在写给美国好友费蔚梅的信中说：

你曾经问我，在李庄这个偏远小镇，我们是否可以远离战争，我可以告诉你，在今天的中国，没有人能够远离战争。我们是得到了许多国际社会的同情和帮助，但是这些帮助要不就是太遥远，要不就是来得太慢。如果美国能够禁止对日本出售石油，一年，哪怕几个月，日本飞机还能像现在这样，不分昼夜地对我们狂轰滥炸吗？

到了抗美援朝开始的1951年，林徽因夫妇和费蔚梅夫妇正式反目。据说当时费正清辗转从美国寄来一封信，告诉梁思成："你们出兵朝鲜是侵略行为"。梁思成夫妇非常生气，回信说："我们是为了保卫自己，你们组织联合国军队来，你们才是侵略。过去我们是朋友，现在我们是敌人了。"

2015年11月，中纪委监察部网站刊登了《梁启超：一生家国梦 几代赤子心》，对梁家人给予了高度评价：

梁启超的九个子女中，先后有七个在国外接受了高等教育，学贯中西，成为各行各业的专家学者，完全有条件进入西方主流社会，享受优质的物质待遇。但是，他们没有一人留居国外，都是学成后即刻回国，与祖国共忧患。在梁启超儿女的心中，国家，早已留下了深深的烙印。

长子梁思成和妻子林徽因在交通不便、兵荒马乱的年代，十几年间，踏遍中国十五省，二百多个县，考察古建筑，完成了中国第一部《中国建筑史》。字里行间，都透着夫妻二人付出的心血。

第四辑　圃地文丛

一曲乌金岁月里的红尘挽歌
——读刘秀梅长篇小说《乌金红尘》

在刘秀梅的《乌金红尘》还没有出版之前，我就对这本书充满了期待。因为我觉得仅仅"乌金红尘"这四个字，便足以吸引对文字有洞察力的读者的眼球。据说这个名字的由来得自出道已早的彬县籍女作家韩晓英老师的慧心，而《乌金红尘》的真正问世更离不开《豳风》杂志编辑部主任刘兆华老师的慧眼，就连作者的笔名蒿子梅三字也起源于他们文人间的一次笑谈。由此，很自然地我们就可以知晓在古豳国这块厚土上文风之所以炽盛的原因了。

《乌金红尘》以女性的视角展现了一幅波澜壮阔的煤矿众生图，其文笔凝练、情感细腻，作者的笔端饱含着对这片乌金黑土之上以血汗和骨肉为生存资本的农民矿工的悲悯和热爱。因为作者有着在煤矿基层长达八年的生存体验，所以在阅读的时候便有一种脚踏实地的真实感时时冲击着我们的心灵，在质朴的语言里带着饱含泪水的欢乐和散发着泥土清香的踏实。

陈荷这个女子便在这样一种氛围里站在了读者的面前，她有着质朴的笑容，灵动的眼神，生长于乡土也热爱着乡土。在寄身煤矿的岁月里，她努力用劳作排遣着一个离异女性在婚姻中所受到的伤害和时时刻刻如影随形的孤独与迷惘。在这里她遇到了鲁会娟、赵六斤、王捉娃这样一些只能依靠汗水和力气来维持生存的盘煤工，她和他们打成一片，彼此关心，以一种底层生活中粗鲁的欢乐感来抵挡生活带给她的伤害。可站在漆黑的荒野里，她才发现潜藏于内心的巨大孤独感并不能因此而消解。在煤矿的营业室里，她目睹了和在盘煤场完全不同的利益争逐，甚至有时候为了生活她也不得不加入到他们的队伍中去,和他们同流合污。因此她的内心在情感的痛苦之外又增添了一层来自社会丑恶的折磨。而正是在这所有的痛苦考验中我们逐渐看到了一个坚守底线、有良知的知识女性自我灵魂的重塑过程。

陈荷与少时青梅竹马的玩伴李果元的情感纠葛作为这部小说的主线贯穿了全文。一对两小无猜的少年情侣终被无知的父母以迷信的观念拆散,情感的纠葛由此也成了《乌金红尘》情节推动的主要力量。陈荷离异,李果元由此得到了接近和关怀陈荷的理由,但他们同时又必须背负李果元已是有夫之妇的现实悖论,因为李果元的家庭美满不可能再因此离婚,双方也就没有走到一起的真正可能。由此他们不得不各自压抑着内心的情感诉求,在一种若即若离的暧昧状态边缘游走,小说因此便得到了一种张力。陈荷与李果元的分与合、爱与欲便成了所有读者强烈关注的焦点。虽然在小说结尾,随着陈荷与原夫韩建超的复合每个人的情感都走上了貌似完满的正轨,可是他们内心曾经所遭受的痛苦和在现实社会面前的无奈正由此得到了真正的凸显。

我以为,这种"貌合神离"、甚至"同床异梦"的情感焦灼感才是整部《乌金红尘》所要表达的重点,那种"相见时难别亦难"的哀婉便在这曲红尘挽歌中被演绎到了极致。

正如《豳风》杂志编辑部主任刘兆华所言:"《乌金红尘》是继《平凡的世界》之后真诚关注煤矿世界、反映矿工生活的不可多得的又一力作"。在《乌金红尘》之中,作者所塑造的几个底层人物活灵活现,他们以其质朴感人的形象和乐观豁达的精神深深地感动着读者的心灵。赵六斤不幸的婚姻、鲁会娟的忍辱负重在作者的笔下如话家常般被娓娓道来,而营业室内外的郭总、沈矿、周董、马董、朱科长等形形色色的人物则被作者以鲁家河煤矿营业室这个窗口通过不同的事件和人物展示出来,让读者看到了在繁忙紧张的矿井生活中一个个真实得不能再真实的人物形象来。这群人中自有为了利益而不择手段的奸猾狡诈之徒,但更多的却是为了求生存不得不接受生活重压的底层民众,他们是死于暴雨塌方事件中的幼年学生、是在事故中瘫痪自杀的鲁会娟的丈夫、也是采矿导致房屋裂缝的鲁家河村民……

《乌金红尘》的作者以一个女性的悲悯情怀,以一个煤矿营业室的小窗口,折射出了一座煤矿里丰富的人情世态,这里有生有死,有去有留,有真正的人性温暖，也有深藏的欲望陷阱。说穿了，这里是一个比外面五光十色的社会更加残酷的利益角逐场。经历了一场跨世纪的改革，矿工从社会的政治经济主体，逐渐沦为成今天社会剩余者。他们不再是所谓的工人阶级中的领导者，更多的时候他们只是一具赤裸裸的生命，是社会发展中经济资本的附属，是弱势群体。《乌金红尘》所关注的正是这样的一群人，尽管由于女性视角的限制，作者很难接触到更深层的矿井生活，从而在文本的深度上有所不足，但在广度上《乌金红尘》已经触及到了煤矿生活的方方面面，足以反映出一个青年作家在小说写作上的野心和抱负。

《乌金红尘》的真正亮点是作者塑造了一个有血有肉的底层社会的独立女性。这是一个勇敢地站立于黑色尘埃中的温暖女性形象，她敢于同情弱小、反抗不公甚至为此放弃个人利益。她有着清晰的头脑和坚韧的承受力，她爱得炽烈，爱得刻骨铭心，她的灵魂始终属于她脚下的这片热土，也能给这方热土回报以地火一般纯正的能量。

文学朝圣路上的两地书
——读韩晓英《鲁院日记》

韩晓英这个名字原本对我来说是陌生的。尽管后来我知道她和我一样生长于古豳州这块热土；尽管我曾经一字一字地阅读了她的成名作《都市挣扎》，还班门弄斧地写了篇书评。可从心理上来说，我们是有距离的。这距离可能源自于我们在年龄上属于两个不同的梯队，作为七零后豳地文学领军人物，她理所当然值得我尊敬和学习，但从感情上来讲，我更愿意近距离地了解一个作家在文学追求上不凡的心路历程。因为只有如此，我才能获得更多的文学资源和学习机会。庆幸的是，在韩晓英老师的《鲁院日记》出版之后，我第一时间拿到了她快递过来的书，而在之后的咸阳首届中青年作家培训班上，我们也有了近距离的接触。

翻开这本还散发着油墨清香的《鲁院日记》，一个知性优雅、柔弱中含坚韧、勤奋中纳刚强、虔诚里容悲悯的女性形象便扑面而来，这个形象正是那个在文学朝圣路上跌跌撞撞、摸爬滚打一路前行的豳州女儿韩晓英。

夜晚阅读这本书的时候，我经常辗转反侧，时而开怀，时而忧虑，时而赞叹，时而唏嘘。也许有人会说，一本日记而已，值得你这样吗？我会告诉他，那是因为你没有走进一颗朝圣者的心灵，你并不理解鲁院这个地方在文学追求者心目中的神圣和荣耀。这只是其中的一部分原因，更多的是这本书让我们看到了文学对一个普通家庭生活质量的影响和提升，甚至看到了鲁迅文学院中整个的文学群像，看到了在这个欲望与物质主宰的当下社会里，还有那么一群人，甘愿于寂寞孤独中秉烛奋发坚守文学圣地，永不停息地向世界和灵魂发问。

这是一本真正意义上的两地书，或者说这是女作家韩晓英在上鲁迅文学院期间，自己和丈夫各自的日记合集。是在同一个时间里，两个不同的城市，一对夫妻之间因着文学的影响而震颤生发的生命乐章。韩晓英的日记单纯明亮，在字里行间流露着对文学的无比热爱和对自我写作历程的深刻反思，她既满怀热忱、激动喜悦，又战战兢兢、卑微彷徨，甚至自我怀疑、自我贬低。在走进鲁院之后，看到一个个写作实力雄厚的同学，她的内心承受着巨大的压力，但也正是这种压力，让她以一种谦卑的姿态投入到学习中，完成了一次新的人生洗礼。

在《戒掉文学》一文中韩晓英自我拷问："这时，你会想，文学到底给你带来了什么？为什么你对它不离不弃，像坚守一个阵地一样死守不放呢？"为此她引用作家傅爱毛的话做出回答："那是因为你心中有爱，你的血管里激荡着生命最本真的歌谣，那歌谣响彻在你的内心深处，汹涌澎湃，滋润着你的生命，挥之不去，你必须用自己的声音唱出来，那唱出的声音也许干涩，也许没有调子，不成章法，但那毕竟是你的声音，那是你生命最原始的回响，只有那种声音在证明着，你作为人，来到过这个世界，你在这个世界上回肠荡气、百折不挠、历尽艰辛而又无比卑微无奈同时又不失赤子之心地活过。"

她说："我克服一切障碍和阻力，跳出我们那个小山沟，一路跌跌绊绊走到今天，来到鲁院，就是为了证明，我也渴望沐浴到文学的圣光。"至此，一个文学朝圣者的形象脱颖而出，我想假如把鲁迅文学院比作《西游记》中太上老君的"八卦炉"，那么韩晓英就是甘愿把自己投进这"八卦炉"的孙悟空，她内心的惊喜、恐惧、彷徨、无奈和最后的振奋与提升就是孙悟空在"八卦炉"中承受三味真火焚烧锻造的过程，是成就"金刚铁骨、火眼金睛"的生命历练过程。同时她的文字记录也带领我们在思想上接受了一次文学的洗礼，如果你真的细心阅读了，就一定会有自己的收获。

咸阳的"爱人日记"展现了一个血肉丰满，真情实感的男人。这个男人主要的角色是丈夫、父亲和儿子。他脆弱敏感又坚强宽厚，他的文字绵密细腻，温婉动情，表达了一个丈夫在妻子离开后独自承受事业与家庭双重责任的孤独与爱。

他在文中说:"这七十天,仿佛一个世纪那么漫长,那么悠远。思念、牵挂把时间拉得那么长,那么心碎,像天上的星星,让人迷茫。多少个白天盼天黑,多少个夜晚盼天亮。时间就像一座熟睡的大山,那么沉重,压得我喘不过气。"孤独是源于倾诉和理解对象的远行、爱人的离开;爱是源于分离之后的思念,还有对一份情感的反思与自省。有句话说,当你失去之后才知道拥有之时的可贵,哪怕仅仅只是短暂的失去。我想这句话或许是韩晓英离开之后丈夫的内心最刻骨铭心的体验。同时我不得不说,这是一个细腻温情的男人,他对自我在爱妻深造离开之后深刻的灵魂剖析,已经达到了深入骨髓的程度。他对自我的批判毫不留情,他对人生和社会的体察清醒自觉,对一切事物始终保持着一份发自内心的警醒。这不是任何男人都能够做到的,他对子女的爱,对父亲去世的悲伤,对妻子的思念,对兄弟和朋友的理解与包容,我想会让阅读到这本日记的每个人都肃然起敬的。

其实,我更愿意把这本两地书当作一个沐浴在文学圣光中的完美家庭的文学样本。尤其是在这本书里,韩晓英的哥哥韩健与她的儿子李博文的两篇情真意切的文字,更令我欣喜和动容,它们和韩晓英的散文《我的坡我的塬我的家》一起构成了一幅朴素真诚、散发着泥土清香的亲情画卷。在《我的坡我的塬我的家》这一长篇散文中作者说:"生活中,我们在为远处的风景支付生命的激情,却在风雨兼程的某个路口,不经意的蓦然回首中,看见了我们灵魂深处的珍贵原来只是被蒙尘了的朴素和简单,一个简单而有温度的家,是一生的所有。我们总是渴望远方的城市,真正抵达之后,才发现,故乡辽阔的平原、纵横的沟壑、静静的村落才是我永恒的家园。"

从这里,我们看到了一个作家自泥土里生发、成长,最后长成挺拔的参天大树的根源。当年那个扎着两个羊角辫、提着小筐用小铲子挑荠荠菜的女子,通过自己的努力终于获得了华丽转身,迎来了属于她的"豳风"时代。(韩晓英下部长篇小说《豳风》已与咸阳秦汉文学馆签约,正在创作之中。)

韩晓英的儿子李博文在文中说:"有人说怀才就像怀孕,要时间长了才能看得出来。我觉得这句话说的就是我妈妈。我和妹妹是她怀胎十月才生的孩子,《都市挣扎》这本书是妈妈怀胎三年才生下来的。"

其实在《鲁院日记》这本书中,我特别看重的还有一点,那就是关于长篇小说《都市挣扎》的评论，是韩晓英在鲁迅文学院召开的作品研讨会上，无数文学大家锋芒毕露的文学批评，一如韩晓英自己所说的鲁院的作品研讨会素以"不打麻药的手术"而著称，在这精彩纷呈的十多篇文学评论中，我获得了一种堪称完美的文学享受，作为特别钟情于文学评论的我，算是大长见识。他们以关爱的态度，语重心长的分析和直指弊病的严厉让韩晓英的鲁院学习有了货真价实的收获和砥砺心智的成长，这怎么能不令人羡慕。

黄土地上人性深处的雅歌
——评大漠《白土人》

一、奇葩绽放

  初见大漠,是在省作协大院门口。也许我们都属于那种不善交际又内心满怀着无限虔诚,执著于梦想的孩子,所以我们能够在第一时间通过浑浊的尘世看透彼此内心之中那颗滚烫真诚的朝圣者的灵魂。

  满脸沧桑风尘的脸上,一双清澈见底而又明亮如火的眼睛,是我对大漠最初的印象。双手相握间,那双温暖如春的大手瞬间拉近了我们彼此之间的距离。但是我却能感受到那双历经风雨沧桑的手上一层层坚硬的老痂,那分明就是一双在黄土地中劳作几十年的老农才会有的手。就是凭借着这双老农的手,大漠完成了长篇小说《白土人》,一部描写改革开放三十年黄土地沧桑变迁的厚重之作。

  当大漠将六十万字如砖头般厚重的《白土人》递到我手里的时候,我的内心中充满了敬仰与感激,因为我知道这是一部关于生我养我的故乡的真诚之作。在这本书里有我探寻已久的泾河两岸的悠悠史话和古老传说,也有我们烂漫如花的童年往事和亲情历历,更有着我们熟稔于心却在都市游走中渐渐疏离的乡俗土语。所以阅读的渴望已经临近沸点,陪伴大漠游走在省作协大院的片刻,我就迫不及待地打开了《白土人》。

  大漠是彬州的一个传说。这个传说首先起自百度彬县吧,由彬县文化馆馆长现在已是彬县文联副主席的王应涛老师发起的一个帖子。在这个帖子里我们知道了《白土人》创作者大漠的艰辛生活：他带着年近八十的母亲，一边从事废品收购，一边坚持创作，完成初稿六十五万字的小说《白土人》，故事由此在彬州大地上疯传。我们知道了彬州土地上诞生了一个作家，一个将心灵浸在苦水中，却在这片黄土地上竖起了一块丰碑的作家。

之后的日子里，我有幸承王应涛老师的邀请担任《彬县文化》小说和诗歌版的责任编辑，所以在第一时间见到小说《白土人》的节选部分。正是这次机缘巧合，让我认识了大漠。虽然因为时空阻隔，未能谋面。但在网络空间里，我们却神交已久，兄弟相称。

苦心人，天不负。2011年7月，在彬县举办的"豳风七月开新篇，陕西省作家读书笔会"上，县委书记李建民得知大漠的创作情况之后，从省市奖励资金中拨付五万元，由与会的太白文艺出版社编辑周瑄璞承约，资助小说《白土人》出版。大漠喜极而泣，奔走相告。《白土人》这朵根植在古豳大地上的奇葩终于绽放了！

《白土人》是一部根植于乡土之中的家族小说。小说讲述了渭北高原白县水口乡白土村白氏家族在改革开放三十年变迁中的家族苦难史，以白桦林和苏燕的爱情故事为主线，家族发展与兄弟成长和乡土民俗为脉络，宏大的小说结构与生动的细节描写逐次展开，在读者面前呈现出一部爱恨交织而又纵横交错的史诗剧集。

白氏家族世代单传，在20世纪30年代白晋手上开始人丁兴旺，生有六男一女，因为贫穷抱养出去了一个男丁是为：羊娃。大女儿白春花早嫁，1980年白晋早逝之时中国社会历经十年浩劫，自然灾害，农业合作化之后百废待兴，凋敝已久的黄土地在家庭联产承包责任制的催生中开始焕发出新的生机。白氏家族五个男儿在守寡的白母吕凤英的拉扯下艰难度日，老大白秉乾和老二白秉坤已经订婚待娶，白秉轩、白秉宇正在成长，最小的白桦林只有一岁。

二、乡土繁华与民俗文化

小说从1983年的腊月二十八写起，农村年节之际的乡土繁华扑面而来。

贫穷而又好强的白母和长男白秉乾在向村邻的不断借贷中，拆东墙补西墙地维持着一家六口的生计。在贫穷家境中成长的白桦林也在用一颗敏感而又执拗的童心感受着人世间最初的世态炎凉。

白桦林聪明正直，白土村荒凉贫瘠，而白氏家族正是荒凉贫瘠的白土村中最贫穷的人家。大年三十，别人家鞭炮声声，白家的土窑洞里却是凄清一片。别人家七碟八碗，肉香十里，白家却只能吃粉条萝卜做的"暖锅"。就是那一斤肉还是跑运输的邻居孙德林让儿子孙小明送给白家的，要留着在大年初一招待客人。拜年之时，白桦林因为衣着的破旧寒酸只能远离那些全身焕然一新的伙伴们，在这个时候只有他的邻居好友孙小明与他不离不弃，一切好吃好玩的都愿意与他分享，幼小而纯真的友谊温暖着单纯透明的白桦林，让他感受着孩童之间的温情与美好。而从大年初三开始，白家又只能吃永远不换样的高粱面卷卷了。贫穷与多子的白家继续在白晋留下的土窑洞中艰难度日。

白土村人在面对生活的贫穷考验之时，也更多地面临着千百年来乡土民俗积淀形成的阴阳学说和鬼神迷信的精神危机。王妈家的瓜子（傻子）娃狗蛋在一个风雪之夜被赤条条地冻死在了自己家的偏窑外面，王妈因为他大小便不能自理一直不给他穿衣服。他死后的身子如同雪一样白，两腿之间的牛牛向着天空高高地翘着。王妈之后叫来了阴阳先生陈生财，怕他成为"凶死鬼"，半夜时分把他埋在了"滴水堂"的马路上。因为人们传说狗蛋是一个外村凶死多年的木匠转世，没有喝"迷魂汤"，所以王妈给他吃了药后就变成了傻子。

太峪村的"一块钱"因为年轻时与狐狸交欢，狐狸走时给他留下了一个旱烟袋，叮嘱他不能打开，可保他富贵一生。据说里面的烟叶子一直用不完，"一块钱"因为好奇打开了旱烟袋，结果里面只有一粒羊粪豆。自此之后"一块钱"家业不旺，直到三十岁才得一子，珍贵如宝。他却不给老母吃好饭，睡暖炕，吝啬如鬼，惜财如命。据传他的爷爷叫富贵，本是个阴阳先生。他死时算得他的孙子将与山中狐狸有一段姻缘，并会因此富贵一生，并叮嘱给孙子起名"一元"，即一元开泰之意。

大漠在看似平铺直叙的波澜不惊中运用他悲悯而又神奇的笔触道出了乡

土民俗之中的荒凉与荒诞，丑陋与善良，争斗与粗鄙，于是偏僻乡野之中的鬼神信仰开始粉墨登场。作为小说主人公的白桦林也在用他那颗童真的心灵感受和认知着乡土生活之中的神奇与荒诞，同时这也给小说增添了一份传奇色彩。

正所谓："台上小戏台戏台虽小上演古今戏戏在台下；台下大舞台舞台即大暗藏天下大理理在台上。"求神拜佛保平安，求子求财求姻缘。一年一度的药王爷庙会是以白土村为中心的四里八乡搭台唱戏欢聚一堂精神狂欢和压力释放的大舞台，白桦林贫穷而快乐的童年正是在这样的乡土繁华之中度过的。因为有了好朋友孙小明，他便可以跟着他蹭吃蹭喝，倒也穷有穷的玩法。作为秦腔秦调的一分子，白土村人也同样把秦腔曲艺和社火高跷锣鼓家什当作精神狂欢的主打节目。但在药王庙会捐款之时，别人最少也捐一块钱，白母却只能羞惭地拿出五毛钱。当村长王照山宣布捐款数目为1697.5元之时，白母知道，那五毛钱是她给药王爷捐的钱。

大漠以细致入微的笔触在展现白桦林童年时代里的美好记忆的同时，也展现了白土村这一方神奇土地之上的乡土民俗，在我们的童年记忆里复活了一场贫穷年代里的"精神盛宴"，更在我们面前展现了一位贫穷年代里慈祥而又坚强的母亲形象。那用神奇的白土漫洗锅台的场景，那把仅有的肉让给孩子们自己吃高粱卷卷的母爱，那"面面土，贴膏药"的歌谣，那等待出门的孩子还家的守望，都无不令人潸然泪下。

母爱是最伟大也无私的人间大爱，作为一个乡村妇女的白母，她舍弃了原本应属于自己的医生职业和自由爱情，选择了媒妁之言的白晋。在丈夫死后她虽然无法给予孩子父亲般的保护，但她心灵手巧，厨艺精超，剪裁得当，勤俭持家，用一个女性柔软的脊梁撑持起了一个家庭的重担。她是彬州黄土地上千千万万慈祥母亲的化身，也是中国农村妇女勤劳质朴而又美丽坚韧的传神写照！

三、求学生涯与苦难爱情

（一）

白桦林与苏燕之间的爱情可谓青梅竹马两小无猜，两个人从小学到初中毕业都是同桌，就是到了高中还是同班。他们之间的情感萌芽由学习上互相帮助到生活上彼此照顾再到心灵上的感应共鸣，一路走来亲密无间而又真挚美好，正应了那句"童男玉女"的真言。白桦林的聪明好学，苏燕的奋起直追；白桦林的敏感善思，苏燕的少女情怀；白桦林英俊洒脱，苏燕的质朴纯洁，他们之间的相互爱慕和彼此钟情是在十年寒窗的苦读中培养出的自尊而又羞涩的爱情，如同一颗含苞待放的蓓蕾，在瑟瑟的春风里等待着一朝吐蕊，芳华满天的日子。

从小学"六一"儿童节大型汇演中走来的白桦林透着儿童的天真与执拗，指挥全校学生在万人瞩目的舞台上镇定自若地歌唱，那是苏燕眼中"唯一"的白桦林；从《泾水》丛刊上走来的白桦林文采飞扬，诗人忧郁的气质里透出一种苦涩中的成熟，那是苏燕眼中完美的白桦林；从省城获奖归来的白桦林自信满满、朝气蓬勃，那是苏燕眼中以身相许的白桦林。"天下只应我爱，世间唯有你知"！一句爱情的信言维系着一生的守候，这是何等纯洁的爱情。

好事多磨，世情苦多。从贫寒家境中一路走来的白桦林并非一直都是苏燕眼中的英俊洒脱，诗人气质。他不得不时时受到来自方方面面的无形压力，在物质的贫乏中用一双稚嫩的双手靠挖草药、卖核桃、卖萝卜等方式来勤工俭学，同时他还得在众多的哥哥面前苦苦哀求以获取学费来上学。当十年寒窗的苦读终于换来一纸大学录取通知书的时候，本以为从此可以前程似锦的白桦林，却因为没有钱上学而成了一个社会青年。当和他一同上学的苏燕、司马雄、金昔走进大学的校门，成为天之骄子的时候，白桦林却只能背着蛇皮袋子开始在西安的南门洞里等待着招工的老板出现。此时的苏燕，还一直以为白桦林走进了他梦想成真的北大，正在未名湖畔吟诗作对呢！

一个是不名一文的社会青年，一个是天之骄子的未来法官。门户的对立与前景的殊途将他们彼此之间的爱情开始逐渐推向一个无底深渊。站在深渊底端心性素来高傲的白桦林,此时心如刀割,羞愧难当。他开始明白,在这个社会上单靠个人的努力,很多事情是无法做到的。在苦难的深渊中打磨的白桦林,开始给人一份一份地打工,从底层的处境中磨砺心灵与意志,用泪水与汗水浇灌爱情与梦想。苏燕此时成为白桦林活着的全部精神支柱,而无比漫长的文学朝拜之路也在远方若隐若现地给予他心灵的慰藉与鼓舞。历经了建筑工地上风雨之夜的心灵耻辱,历经了参军审验的反复煎熬,那个原本书生意气的白桦林逐渐从他的身上隐退,取而代之的是一个在人情世故中隐忍退让,迂回前进的白桦林。只是,他心中的爱情与梦想之火依然灿烂如霞。这是参军路上,在西安火车站苏燕给他的承诺与信心,"天下只应我爱,世间唯有君知"!

军旅生涯,锻就热血男儿。新兵初训之后,白桦林带着一颗火热的心来到了齐鲁大地的腹地长城岭。三年的时间里他的才华并没有得到连长的重视,而是一味地压制人才,在不断的训练与巡查山道中忍受着大山的严寒和风雪的冰霜,考军校的梦想最终因为裁军的国防计划而化为泡影。这三年中,苏燕的书信与探访给予白桦林最大的心灵滋润与情感鼓舞。当最后的梦想彻底破灭之时,他们的爱情终于进入了死胡同。复员归来的白桦林虽然带着抗洪英雄的桂冠,可是在物质与地位上,他依然是一个待业青年。而苏燕和他昔日的同学金昔、司马雄此时已经是政府公务员。尤其是昔日校园的情敌司马雄的父亲,原水口乡乡长司马庆此时已经成为白县县长,手握一方大权,指鹿为马,颐指气使。此等靠山之下的司马雄又向苏燕发起了爱情攻势。而此时的白桦林却以无法给予苏燕的幸福为借口,留下一封书信,远走深圳。

他以为他们之间的爱情此生再无可能,她以为他的背弃与逃避是愚蠢之举。是的,她以为跟着他一起种地也是幸福的。但是她的母亲却以死相逼,最终让她在亲情面前屈服嫁给了县长的公子司马雄。远走深圳的白桦林心灵深处的文学梦想并没有放弃,在这十多年的苦难人生中,他始终坚持写作与阅读,不断充实自我,在做保安的过程中完成并自费出版诗集。只是,苏燕始终是他心灵深处的痛,这种痛楚伴随着他打工生活的每一个夜晚与白天。

作为打工天堂的深圳,物欲横流,人情淡漠。白桦林凭借着军人的本色舍身擒贼，负伤救人，台湾商人保全了性命感激涕零之余，资助他出版长篇小说《我没有做鸭》。不想小说热销百万册，功成名就的白桦林载着作家的殊荣归来之时，昔日的县长司马庆和公子司马雄因为贪污腐败双双入狱获刑，面临着枪决的下场。行刑场上，司马雄叫来白桦林临死托孤，带着双胞胎的苏燕此时是最悲伤无助的人。看着身边面容枯槁的苏燕，白桦林情何以堪。在苦难的生活面前，他们最终走到了一起。只是，幸福啊，你来的是如此不易！

罗曼·罗兰说："生命是建立在苦难之上的，整个生活都贯穿着苦难"。而我想说，没有经历苦难的爱情，是淡而无味的爱情。没有经历苦难的磨砺，就无法成就辉煌的梦想。白桦林与苏燕历经曲折而矢志不渝的爱，是大漠对我们脚下的这片黄土地最深情的讴歌。正是因为历经了苦难的岁月，才成就了《白土人》这部根植于黄土地深处的深情之作。

（二）

"一个吹着风笛的小男孩／一个编着花环的小姑娘／林中两条交叉的小径／还有远方田野上遥远的火花／这一切我都看见／这一切我都记着／深情地把它珍藏在心底／只有一件事情我至今还不知道／甚至再也不能够把它回忆／我既不祈求智慧／也不祈求力量／啊／只求你让我烤烤火／我冷啊……快乐之神／有翅膀的／没有翅膀的／都不会来探望我。"

樱子与白桦林的凄美爱情虽然只是他整个校园生活的一个插曲，但却唤醒了白桦林内心深处对于生命的敬畏和对于最初的生离死别的痛伤。樱子的心在白桦林身上，金昔的心在樱子身上。还有王康，那个在内心深处把樱子当作纯洁爱情化身的男孩，当他落榜之后，在樱子的坟墓之旁的哀伤痛哭，让这段虽然纠葛重重，但却纯洁美好的感伤记忆如同飘落在泾水河上的樱花一样，芳华灼灼，香飘千古。

泰戈尔说："生如夏花之灿烂，死如秋叶之静美"。樱花的生命虽然短暂，但却绚烂芬芳，樱子的美便亦如樱花的美，是白桦林生命长河之中最短暂芬芳的一页记忆，充满了感伤，却执著无悔。

四、家族成长与乡村权力

　　在白氏家族中，随着孩子们的逐渐长大，白母的家长地位逐渐被孤立。白秉乾与张会娃结婚后（生一子）不久，白秉坤也与李爱蓉结婚了（后生一子）。只是在白秉坤结婚前这个家就因为白秉乾与张会娃的日日争吵而分家了。白秉坤结婚之后也分家另过，白秉轩参军之后又复员归来娶了高中生袁文娟，然后到下沟煤矿当工人，袁文娟则学了裁缝手艺，后生了一个女儿，日子倒也和和美美。白秉宇与抱出家门后因为生活无着而被兄弟们叫回家读书的弟弟羊娃远涉荒漠淘金不成归来，归来后的白秉宇娶了外村的是非姑娘席小琼，整日吵闹打架日子过的甚是艰难。

　　在艰难的日子里，白家兄弟们逐渐分立为两个阵营。一个是以姐夫张五性和五哥羊娃为首信奉轮回转世的阴阳学说与耶稣教的白秉乾，白秉坤兄弟；一个阵营是以白桦林为主相信科学与自我奋斗的白秉宇兄弟；张五性素来宣扬自己是周文王转世，以卜卦占卜为生，整日装神弄鬼，骗吃骗喝，并说白秉乾等兄弟皆为天神某某转世，只要坚信此教等待时机，便会时来运转，飞黄腾达。白桦林因为不信他们的鬼神学说，而被白秉乾差点打死。此后这个家族便陷入了一种痴魔状态。今天，张五性帮着白秉乾攥置坟地，明天白秉宇跟着羊娃大念圣经。为了生儿子，白秉轩甚至放弃了自己的军人唯物主义立场，跟着张五性信奉起了阴阳学。羊娃和张五性更是整天《易经》《圣经》《麻衣神相》不离手。

　　羊娃因为腿脚不利索，生活自理能力差，后给说了一个媳妇，但相信自己是跨越三教五常的神圣人物的他，始终看不上人家，最后一拍两散。白秉乾、白秉坤兄弟农民做的艰难，村上的村长王照山和村主任麻一彬又损公肥私。他们在填窑洞盖新房的风潮下，借贷买了庄基地盖起了泥坯房，最后只好在县城做起了小生意，也是入不敷出。白秉宇在几间大房的债务重压下，咬咬牙去了煤矿。

　　这只是寻常生活之中的闹剧，悲剧却在闹剧之后。信奉阴阳鬼神的张五性，两个孩子却不成人。儿子出门打工引回来一个孝顺媳妇，结婚后却拳脚相加，闹得分了手。女儿自结婚后因为他一直灌输鬼神学说，说其女婿是狼转世，将女儿吓成了精神失常，后退婚另嫁给了一个当地黑帮老大，张五性依靠着他在县城开起了废品收购站，结果因为收售非法金属而双双入狱。羊娃则远走来宾，做起了传销，从此走火入魔，相继骗来了白秉轩一家三口，白秉乾与白秉宇兄弟。后因为传销团伙内杠致使羊娃横尸街头，众兄弟负债累累，凄惨归来。

乡村的贫困落后与都市的纸醉金迷，让人性走向了贫穷与暴富的两个极端。这是中国农民自身文化水平落后，没有正确的人生观与价值观，他们的精神观念在利益的驱使下在鬼神迷信与拜金主义之间来回摇摆。

我们不可否认他们本质的善良，只是他们的善良带着极其盲目的性质。他们的悲剧是小农意识千百年来在中国农民身上留下的极其顽固的劣根性。因为自身缺乏判别事物真假的能力，从而让他们成为一股闻风而动，不知因由，目光短浅，唯利是图，近朱者赤，近墨者黑，一旦暴发便极其可怕而又异常强大的力量。羊娃引领众兄弟陷入传销漩涡的例子便是明证。因此，加强对农民的思想教育和正确引导，树立其正确的人生观与价值观便是新型农村基层政府的当务之急。

五、文学特色

处女之作，已显气度峥嵘；如椽大笔，著就古豳新篇。

《白土人》以史诗的气度在我们面前展开了一幅波澜壮阔的历史画面，改革开放三十年里整整一代人的命运沉浮在此得以展现。作者运用彬州方言土语，亲切活泼，生动形象，其生活积淀由此可见。在故事架构上表面看来平铺直叙，但文本之中却处处充斥着真情，时时暗藏着新奇。强烈的情感张力和挥洒自如的叙事功底加上土得掉渣的乡村俗语，把古豳大地上白氏人家的家族苦难史在读者的面前演绎的摇曳多姿，更将一个矢志不渝追求爱情与梦想的白桦林塑造的形象丰满，感人至深。

性是作家无法回避的文学命题，也是文学必须面对的人性真题。《白土人》以大胆的笔触，直指人性深处的丑陋与卑鄙，将人性的本真暴露在了光天化日之下。同性之恋与异性之恋在作者的笔下并驾齐驱，却呈现出不同的人性指向，从而道出了我们复杂内心隐秘欲望中的善与恶、灵与肉的交战与挣扎。大漠以一以贯之的笔触直抵人性深处的壮阔与苍凉，在物欲横流的都市繁华里，为我们呈现出了一幕拷问生命与灵魂的严肃剧集！

《白土人》在思想深度上道出了中国农民小农意识的悲哀和缺乏独立思想与完整价值观的历史局限，从一个侧面也反映出了中国农村基层权力的混乱与失治和传统农村权力制度的陈旧，彰显了新农村建设和新知识型人才的紧迫需求。

作为一部处女作，我们不可否认，作者在小说叙述上拖沓冗长的缺憾，从而破坏了整体结构的紧凑与完美。然而，瑕不掩瑜，《白土人》以真情的书写，洋洋洒洒六十万余言的海量信息，给古豳大地留下了一份关于已经逝去的20世纪祖辈真实生活场景的历史珍藏，大漠功不可没。

深深地俯身于黄土
——读赵凯云《豳州书》有感

在我的眼里,赵凯云的诗歌一直都是大气磅礴,其诗歌技巧和艺术形式变幻多姿。他在多年的写作中已经形成了自己的独特诗性与风格特征,其写作背景更多的是针对生他养他的这片黄土地,即为豳州——今陕西省彬州市。

深处于渭北高原的豳州,其悠远的历史和诗歌传统自诗经《七月·豳风》而始,从远古的周朝一路蔓延至今,形成了其深远的历史和广博的地域文化特色。凯云的《豳州书》即是对这漫长的历史传统和地域文化之中生长于此的"生民之多艰"的现实处境的深切考察和悉心的打捞。同时也是对自己成长的故乡的深情缅怀和痛切发问。

这其中有对远古文明梦幻而深情的追忆,也有对现代文明蚕食农耕生态的深远忧虑。诗人饱含悲悯的泪水和火热的赤诚,甚至严厉的拷问和愤怒的指责。而其出发点,却无不充满着一片深情的痛伤。

诗人的思考是庄严的,我们面对的现状也是严峻的。而《豳州书》煌煌四十万言,由上下两卷共十个分辑组成,堪称近现代诗歌写作史上罕有的壮举。其阵列结构精致有序,堪称诗歌兵法;整体浑然天成,深得运气之精妙。

认识凯云是先见其诗,后见其人。其诗悲悯赤诚,其人磊落热情。而其相貌在我的眼中看来更像一个天真的孩童,在岁月沧桑侵蚀容颜的青春渐逝里,仍然饱含着一腔沸腾的热血。正是这腔热血,孕育了其诗歌的精魂。

在我的眼中,诗歌是语言艺术之精魂,更是汉字音韵之传承。现代诗歌，虽然在节律上脱去了古诗的桎梏。然而汉语本身的音韵之美却仍包孕其中。所以读这样一部浩浩长卷，更是一场语言的盛宴。在我所熟识的诗人中，凯云和左右的诗歌各有其鲜明特色，是我一直所钦羡的作者。凯云熟识乡土，稼穑五谷皆可入诗，其诗深情酣畅，气势恢弘感染力极强。左右的语言充满灵性，浸染着山水的光华和细微之处见执著的情感领悟。

在我看来《豳州书》第五辑《埃歌》篇是作者全书写的最为痛切的部分。在《尘埃上的火焰》之《春天，怀念或祷词》中诗人如此写到：

"此刻，太阳如一枚印章，火红地燃烧在天空一角
审视人世的悲苦。又是谁
在亘古的乡音里，把故乡的名字
遗落在迎风的村口……"

诗歌一开篇便奠定了悲苦的基调和深远的忧虑。
接着是对曾经家园的怀念，从而达成今昔对比：

"让淳朴的歌谣嘹亮
让语言喧闹、让陈年的流水寂静
让陶醉的笑容被时光定格"

在《倒流寺》中作者则发出扼腕的喟叹：

"三千丈白发变不成万米青丝
枯萎的花瓣挂不上粉红的枝头"

《矿难和地火》中更直接猛省：

"丧心病狂的开发，掏空了大地的心脏
捣毁了絮乱的肾上腺
挖好了自己的坟墓"

"快醒醒吧，快放慢追赶的脚步吧

听到母亲滴血的哭泣了吗？"

　　这句句如歌如泣的呐喊，如同当头棒喝，让我们面对资源过度开发的现状和到处裸露的黄土层时，不禁心生痛伤。作为豳州的儿子，身为豳州的诗者，凯云的目光穿透了天空与大地，以饱满的激情和赤诚在讴歌故乡昨天的同时也在为故乡的今天和明天而深深地忧虑和流泪。

　　这是一个具有深远忧患意识的诗者，更是一个具有清醒意识的诗者。在诗人直抒胸臆，迅猛急切的拷问里，我看到了一个跋涉在黄土地之中的儿子勇于面对的刚直和献身于黄土的决绝。也许就是在这一瞬间，诗人磊落的人格便悄然树立了起来。

　　在《花果山》中诗人写到：

"这利欲熏心的铁锤 折断了骨头

还要掏净骨髓

是谁在盛世阴影里为你的无声寂灭忍不住哭出泪来

彻夜不眠的灯盏 是谁将你的身体荒到荒芜

又是谁将你的灵魂推向虚空"

而在《矿难或生活》中诗人写到：

"追杀我们的除了水深火热的生活

还有胁迫

我们骨头的卑弱的心"

最后诗人在《致故乡》中终于逃离：

"我硕大的眼泪，在盛世的烟火里悲壮地逃离"。

《埃歌》篇在我的眼中更像极了《圣经》篇中的《出埃及记》,其结果都是无一例外的逃亡。这是诗人对工业文明迅猛发展,摧毁村庄与土地生态的深切悲歌,甚至深恶痛绝。

在这每一首诗歌里,我似乎都能看到一个面对满目疮痍的故园的游子的失落与悲伤。这是饱含悲悯的尘埃之歌,是深深地俯身于黄土最深处的故园情殇。

问题的关键在于,我们在现代文明的发展中如何能够让农耕文明获得起码的尊严与尊重,如何能够在保护中开发,在开发中保护。而不是盲目于眼前的利益,而无视于千秋万代的长远发展。

真诚书写　庄严发问
——读程娟散文集《热土》

在咸阳市首届中青年作家培训班上，我得到了彬县籍七零后女作家程娟老师赠送的散文集《热土》，非常朴素的封面摄影，据说出自家乡热爱文学也酷爱摄影的镇党委书记王金红的镜头之下。最近我在因为家事频繁奔波于城乡之间的旅途中，断断续续终于读完了这本文集。

掩卷沉思，我不得不说程娟的确写出了她心中所挚爱的那片"热土"，也写出了生她养她的这片土地上和她的成长有关的一切令人动容的事物。大到风土人情、山水日月，小到玩伴、猪、狗、鸡、鸭，一草一木，及至改革之中的山乡巨变、旧貌新颜，都在她细腻的笔触下一一展开。在阅读这些文字的过程中，我能感觉到作者心中涌动的真情，笔下流露的爱意，但最令我动容的还是她对亲情的描摹，对曾经童年中的那个小村庄里在底层顽强与命运抗争的小人物的书写，我相信这也是《热土》这本文集的价值所在，是涌动着朴素光华的文字魅力所在。

在《乡土情怀》一辑中，作者通过一个孩童的眼光写出了童年记忆中寂静月夜里母亲对亲情的守望，那恬静的乡夜潜藏着我们曾经的童年，也潜藏着母亲对孩子浓浓的爱意。还有散发着泥土清香的滚烫热炕，它曾在寂冷的冬夜里所给予我们的熨帖是妙不可言的，那是天然的麦草焚烧之后奉献给泥土的体温，也是作者一片乡土情怀最纯粹的流露。

女性的观察总是细腻入微的，屋顶的炊烟、老式的窑洞、田中的野菜、山中的酸枣，甚至于乡土之中的赶集场面、过年的韵味，哪怕是一个粗笨的药罐、一朵香甜的桐花，在作者记忆里都隐藏着对生活的热爱，隐藏着纯真岁月里一段悲欢交替的歌谣。尤其让我感动的是作者在《挖野菜的记忆里》写了贫困岁月中母亲对一窝失去猪妈妈的猪仔的呵护，那用珍稀的白面糊糊拿吸管嘴对嘴喂养刚出生的猪仔的淳朴情感，表现出的不仅是农人对家畜的珍爱，还有天下生灵皆有情感的人性温暖。那是一个淳朴年代里人与人、人与动物之间相依为命的一种大爱，也是闪耀在乡土之上最纯粹的人性光芒。

《守望亲情》一辑里，《爷爷的农具》一文写出了一个老人对农具的细腻呵护，表现了一个农民对自身职业近乎执拗的热爱。《傻三婶》一文曲折生动，道出了一个女人坎坷的命运与温暖的晚年，能够唤起读者心中美好的爱意。《一个孩子的奢望》则表现出作者内心中涌动的母爱和对一个孤儿的痛惜与怜爱。《黑黑》写了一只狗在摩托车的铁轮之下舍身救主的大义，同时更进一步道出了无常岁月中万物有情的朴素价值观。《梁老汉卖猪》一文诙谐幽默，运用乡土方言活灵活现地写出了一个淳朴老农对猪仔充满人性的疼爱和饱含乐观主义的豁达情怀。

程娟的这些散文皆生发于泥土的深处，都有着可以追溯的生活原型，是真实可信的原生态描写，作者以无比亲切的笔触书写了身边一个个可触可感的人物与他们各自不同的命运遭际，不仅传达出了自己朴素真诚的价值观，也给一方乡土留下了令人信服的文字记载。阅读之后，实令人肃然起敬。

《热土情怀》一辑中的《热土》和《从豳州走过》，实则是两篇短篇小说，它们和后面的数篇散文一起描摹出了彬县这座小城沧桑落后的昨天和青春靓丽的今朝，通过一个在贫困年代里仓皇出逃的游子的返乡经历将山乡巨变生动感人地展现在了读者面前。虽然其叙述略显仓促，但其用心实令人感佩；《寄景思情》一辑则是作者曾亲历的几篇游记，是一个文人率真性情的自然流露。

《情暖人生》一辑包括三个短篇小说，《守候幸福》是一个流浪的哑巴女子在煤矿中和一个曾因年幼无知而有过牢狱经历的农民矿工相遇相知的故事，他们都曾有着令人心酸的童年，在相互同情和怜惜中好不容易走到一起，相依为命，却仍然在残酷的命运里无法完满。矿工死于车祸，哑巴女子自杀于丈夫的坟头，说实话在读到这样的凄惨结尾之时，我落泪了，为他们苦难之中悲惨的遭际，也为哑巴女子忠贞不渝的爱情。

《那条河》同样是一个短篇，写了一个遭遇父母遗弃的女孩被养父母收养之后与两个没有血缘关系的哥哥以及养父母之间的情感交锋，同样描写的是贫困家庭之中人性在苦难中的颠簸起伏，但和后面的《风雪后的黎明》一样有着遭受苦难岁月之后的温暖结局。

　　程娟的这几个短篇，在题材方面表现出作者对孤儿和离异家庭的强烈关注，对小人物命运的普遍同情，它们和程娟的其它散文一起构成了20世纪70年代中国乡土社会的典型画面，那是一种依靠土地相依为命坚守家园的淳朴和豁达，也是人与人之间因着物质的匮乏而滋生的心与心的天然亲近，这是一种"既穷且贵"的人性温暖，也是身处于物质富足而人情冷漠的今天里，我们必须去深思的一道社会命题！

俯首做人梯，扬眉显铮骨
——读魏锋随笔集《微风轩书话》有感

当我打开案头魏锋的读书随笔《微风轩书话》，瞬间就被封面上"爱上读书，世界就爱上你"这句话深深地打动了，它唤起了我阅读的欲望，也让我仿佛看到了魏锋在微风轩与书香相伴，物我两忘倾心书写的情景。

《微风轩书话》这本书追踪大家现场，扫描人文心履，挖掘文学内核，体现人文担当。魏锋读书涉猎广泛，笔下的那一个个作家，一本本书籍，在这酷热的夏夜里，真的成了来自于天地宇宙与人心丘壑之间的一股清风，在不断地荡涤着这滚滚红尘之中的喧嚣与浮躁，也在不断呼唤着那些最原始最本真的品格。这品格既是为文的品格，也是为人的品格，是人立足于苍茫世相之中成就自我，还原自我，认识自我，又不断地超越自我的生命气象。

一

无论是如柳青、路遥、陈忠实、贾平凹这样举足轻重的文坛巨擘，还是小荷才露尖尖角的文坛新秀，无论是作者自述中艰辛而顽强跋涉于写作采访之中的点滴收获，还是夫唱妇随携手向前的温暖人生，或者泛舟于书籍的浩渺海洋，或者奔走于文人的书斋茅舍，与魏锋的身影不离不弃的始终是"文学"这两个字。他已经把文学的要义融入了自己的生命之中，融进了自己的家庭之中，甚至融入了他所接触到的每一个人的呼吸之中。表面上看起来笨拙甚至于冥顽不灵的魏锋，他的内心之中始终有澎湃激越的宏大乐章在鸣响、在歌唱，在不断地把他推向崭新的人生高度。

在这本书中有对已经逝去的老一辈文学前辈的深层书写，如曾影响无数人的路遥、陈忠实和他们的作品，甚至于他们传记作者的访谈，人生履历的梳理，传记作品的完成始末，这让我们很多普通读者有了了解和亲近文学大家的第一手资料，而且是最真实、翔实的采访记录，其史料价值、文学史意义也就自不待言。

　　更重要的是魏锋对著名作家贾平凹文学创作的探访，可以说是硕果累累，甚至于其早年诗歌创作与平时的生活趣闻、文人雅事、往来朋友细节的书写，可以说事无巨细却又妙趣横生，这些文字几乎让我们见到了一个活生生站立眼前的贾平凹，更通过对他的作品评论分析见证了他的文学成长全貌，见证了一个文坛大家的平凡与不平凡。在这诸多的文字里，魏锋的敏锐洞察力和细腻入微的心理捕捉能力便一览无遗。

二

　　魏锋是彬州人，准确地说魏锋是彬县新民镇人。他曾经在这里出生、成长、求学、从教，虽然他凭着自身的努力最终走出了这片热土。但他的心一直不曾远离，因为这里是他的故乡，是给予他鲜活血脉的出生地。所以他对这块土地上的文化与文人、教育与人文的关注目光始终不曾远离。

　　他几乎采访了这块土地上成长起来的所有作家、教育家、企业家，他密切地关注着这块土地上的山河巨变，也在关注着细微的、毫末的文脉颤动。他用自己的笔描写他们，宣传他们，也深爱着他们。因为他知道他和他们是一样的，无论走到这个世界上哪一个地方，脱口而出的都是一口彬州方言。

　　大漠与他的《白土人》，赵凯云与他的《豳州书》，辛峰与他的《西漂十年》，刘秀梅与她的《乌金红尘》，陈旭与他的《走好人生每一步》，史鹏钊与他的《光阴史记》……，这些在《微风轩书话》中曾经提到的书籍与作者，就是和魏锋携手向前的文学战友，代表着一个完整的文学方阵。这种共生的关系早已因着生长在一块土地上而成了彼此的手足。书写他们就是书写自己，魏锋早已领悟了报告文学的真谛，也体察到了自己身上的文学使命感。

三

  这些年魏锋的生活虽然一直很辛苦，但他却从来没有放弃做公益。《微风轩书话》这本书从某种意义上来说就是他坚持不懈做公益的回报。他把爱的种子播撒了出去，收获的全是如金色光芒一般的文字种子，是薪火传承的爱心火种。"微风书公益"目前已经成为一个知名的公益品牌，将千万本图书送到大千世界的每一个角落里，在每一颗童心里悄悄地种下一颗文字的种子。我相信，其收获必然充满期待，也饱含大爱，更蕴含着惊喜。

  魏锋又是幸福的，因为他拥有一个最幸福的家庭，拥有一个支持他追梦并与他一起奔走在追梦路上的妻子。《微风徐来，爱意荡漾》这本连环画，以最真挚朴素的方式，最童稚纯真的情感热烈地向这个世界宣告着他的幸福。我相信，那些曾经的辛苦在此刻都已经微不足道，值得称道的则是他们把梦想变成了现实，那些曾在春天里放飞的梦想，此刻都落在了他们温暖的心房里。如果说《微风轩书话》是一本集读书与故事为一体的随笔集，那么《微风徐来，爱意荡漾》则是一个充满励志精神的追梦故事，魏锋携着家人一起实现了它，并将追梦的接力棒逐渐移向下一代的接班人。

  一直奔走的魏锋把眼光和笔触瞄准了宣传、推介追逐梦想的人身上，甘做人梯成全别人。他不知道的是，爱出者爱返，福往者福来，他的付出在无形中却正好成全了自己。在他俯首挥洒汗水的时候，有一种精神正在他的内心中成长，有一种品格正在他的骨骼中丰盈。

  禾苗的俯首成全了大地的收获，老农的俯首成全了镰刀的锋刃。其实一直闪耀在青年作家魏锋身上的品格，正是这种因成全而的来的铮铮铁骨，是在他拭汗扬眉之际闪耀在他额头上的纯粹光芒！

从诗经之乡走来的歌者
——读席平均散文集《一个人的故乡》

认识席平均，还是我的长篇小说《西漂十年》出版前夕的事。

那次彬县作协会员萧黎听说我回县城了，便联系豳地的文友说一起见个面。于是便有了我们兄弟的相识和之后的相交与相知。身材中等，略显发福的席平均一出现在我面前，一股冲面而来的随和与大气便直接缩短了我们之间的心理距离。那是一种兄长式的温暖与关怀，也许还有一份彼此对文字天然的热忱。总之，我们是真的把对方都当作了能够坦诚相见的知己和朋友。同时他也的确是一个善于倾听的人。

席平均憨厚朴实，看似大大咧咧、木讷笨拙，实际上有着一颗非常敏感丰富的心灵，在关键时刻也常常能做出令人信服的决断。可当你沉浸于席平均的散文河流之中的时候，你会发现他还是一个相当不错的倾诉者和书写者。他的文字意象丰富，浮想联翩，在如针脚一般绵绸的叙述中，会为我们呈现绝佳美景，也会带我们走进一个快意恩仇的江湖意境。在那里可以仗剑天涯、自由天下，谈笑间樯橹烟飞灰灭；也可以诗情画意，观残荷听雨声，于晚霞中渔舟唱晚。

在席平均的散文中，《打马江南千年醉》应是神来之笔，可遇而不可求。他所表达的情感真挚纯洁，文风唯美隽永。当我们走进这样细腻传情的温婉文字中时，内心便会有如天籁般的音乐自发流淌，令人陶醉其中，不可自拔。因此，在文字的追求上我十分认可席平均就是那种完美主义者，他对文字的苛求就像追日的夸父一般，不费尽全身最后一丝力气绝不善罢甘休。他对文字这种精益求精、宁缺毋滥的态度，令我钦佩。

《寻雪记》则完全是他的童年心语，是拙朴无邪的稚子于漫天大雪之中奏响的一曲童谣。那个天真的孩童不仅仅是记忆中的作者自己，还可能是正在阅读这篇文字的每一个人。童年岁月总是充满了欢乐，因为懵懂无知这种欢乐在以后的忧患岁月里便会愈加地弥足珍贵，会让我们在怀想起来的时候有想流泪的冲动。席平均的散文正是用这种最真切的感受、最逼真的细节给了我们冲动的可能。在他的文字中，童年的欢乐与怀想，欢乐之际的悲伤，都是一首首难以忘却的大歌。

因为长期生活在故乡，席平均的散文对故乡的感受特别地深刻。他的文字中充满了泥土芬芳和浓郁亲情，更有着浓烈的乡愁。这种乡愁是一般生活于故乡的人所不能理解的。从表面上看来，这是对于童年与亲情的真挚记忆，但从深层去看却饱含着对逐渐远去的农耕文明的哀叹。那些曾经存在于乡土之上的花鸟虫鱼、山河老树，在城镇化的进程中、在工业化的轰鸣里一点点地灰飞烟灭。我们虽然身在故乡，却已经无法触摸到曾经的那片可供脚丫奔跑撒欢与大地亲密接触的土地。我们实际上所看到的是一个支离破碎的故乡，是亲人们惊慌失措地要挣扎着"逃亡"的故乡。今天的故乡不再牛欢马叫、鸡鸣狗吠，今天的故乡在现代文明的包裹下让每一个游子的精神都成了"荒村"和"空城"。面对这样的故乡，生于斯长于斯的作者内心里充满着悲伤与压抑、无奈与彷徨。于是他用自己的笔触在一个个沉寂的午夜为我们道出了这存在于灵魂中的真实。浓烈的忧患意识，强烈的悲悯情怀便如水银漫地一般抛洒开来，形成这繁茂如花朵般忧伤的文字河流。

在《城市的意义》这篇颇具规格的大散文中，我们能够真切地感受到作者的内心之痛。那一个个曾经可触可感的灵魂从土地上一一出走，来到这烈火烹油般的繁华都市，结果却只能成为一具具冷漠、僵硬的木偶，在流水线般的生活节奏里仓皇奔走。城乡反差和一个回不去的故乡的现实，只能用文字呈现和抚慰。所以，那个《豳风·七月》之中的故乡便在作者的记忆之中重新复活……

我曾经和作者一起走遍了那座城市的大街小巷。我们曾穿越满地狼藉的城中村，在路边小摊上一起喝酒吃饭，也曾在漆黑的村中民房里过夜。在这样的时候，他总会用颤抖的手指急切地点燃嘴角的香烟，似乎只有那灼热的火焰才能释化他心中的悲情。当我们在一起过马路时,他会惊慌地拉起我的手,时时担心听力不济的我遇到危险。尽管我常常告诉他,我已经在这座城市独自穿梭了十多个年头。

2015年5月1日,在我的长篇小说《西漂十年》首发签售仪式上,他在我考虑天气因素完全没有邀请的情况下,冒着大雨从故乡赶到西安小寨万邦书城,参加《西漂十年》的首发式,这是我完全没有想到的事。同时他还带来一帮文友为我鼓劲,并掏钱买了两本书让我签名。在见到他满身雨水的那一刻,我眼中一潮,泪花差点就涌了出来。故乡的人与故乡的情,总是我们每个人心中最柔软的那块地方,一旦触及,那种幸福与悲伤的交融,是完全无法用语言来形容的。

我总觉得,一个人的文字是否有温度,取决于一个人在生活中的温度。这温度说穿了,就是看他对待身边每一个人的态度。只有一个人在生活中有温度了,他的文字才会在时光的洪流中透射出持久的力量,这力量便是一种人格渗透于文字的永恒魅力。

当你认真地阅读完席平均的散文,你会发现在他表面的平静豁达之下实际上隐藏着一颗孤独、忧伤的灵魂。作为一个浪漫温情的人,他以文字慰藉和温暖着阅读者。他用文字架构出灵魂中的诗意楼阁,以笔为剑构筑了自己的精神王国。

《一个人的故乡》正是席平均打造自己文字王国的具体体现。他以一贯舒缓沉静的笔触和饱含悲悯的情怀道出了一个文人的故园之思和理想情怀。因此,席平均是有抱负的,他于平淡的生活之中善于挖掘和探寻人生的偏锋,进而不甘平庸,他要做自己的王。席平均的文字颇具古风,这或许可以理解为是豳地文化的天然熏陶。他的骨子里始终向往的仍然是那个繁衍生息于古豳大地"七月流火,九月授衣",崇尚天性、热爱自由的"诗经"时代。

《一个人的故乡》是诗经之乡古豳州的一朵云彩,是泾河岸边一束散发着幽香的野花。这本由著名作家贾平凹题写书名、省散文学会会长陈长吟作序并联袂推荐的散文集,即将由太白文艺出版社精心打造,完美呈现。

让我们拭目以待。

寻找自己灵魂的高地
——读康桥《风在高处》

与诗人康桥相识，是在长篇小说《西漂十年》西安万邦书城首发会上。那天下着大雨，康桥和彬县作协的一帮文友冒雨从家乡赶来为我助阵。那是我们的第一次见面，但他依然给我留下了非常深刻的印象。高大的身材，瘦削的脸庞，黝黑的肤色，一双大手握起来柔润有力，尤其是那双焕发着神采的眼睛里有着单纯而明亮的火焰，在我的理解中那应该就是诗歌的火焰，是熊熊燃烧在一个人灵魂深处的诗情。

之后的日子里，我知道康桥只是他的笔名，他的本名叫冯文灿，七零后诗人，同时还担任着兴平市作协的副主席。但他的身上一点架子都没有，相反却始终透射出一种孩童的单纯和质朴，有着相当细腻的体察力，是一个性情率真的兄长式文友。

其实，相比"康桥"这个笔名，我是比较喜欢他的本名"文灿"二字的，我甚至觉得那就是一个人天然的笔名，文华卓著，文采斐然。直到读了他的诗集《风在高处》，我才明白他为什么选择"康桥"做笔名。那是因为在他的诗歌里有着太多徐志摩《再别康桥》的影子，比如"河畔的金柳，油油地在水底招摇""寻梦？撑一支长篙，向青草更青处漫溯"，这样的意象被他分解在诗歌里，幻化成多种表现方式用来传达自己的生命感悟。在那一刻，我方始明白，冯文灿已经将《再别康桥》这首诗拆解、揉碎，融化在了自己的骨头里，这能让我深切地感受到一个人对诗歌的热忱与痴情究竟有多深。

冯文灿属于典型的抒情诗人，他的诗歌里充满着忧郁的哲思也充满着激情的歌唱，在阅读他的诗歌过程中，我能够感受到海子的诗歌对他的影响之深，比如他在《沉默的宣言》一诗的开头如此写到"当所有的星星睡去／灵魂，才可以放歌／当一万支火把熄灭／思绪，才会在黑暗里骤然跃起／当夜空飘起悠扬的歌声／才会同时听见／一个高地分娩前的阵痛"，这种浩大的情感河流，在一种沉寂之中突然爆发的力量感，不由让人想起海子诗歌中的"十个太阳"那种铺天盖地般奔涌的激情。他说："谁愿招惹那蝴蝶的舞步／谁就会在花香中虚无／谁愿随那小溪一路寻欢／谁就会深陷河谷 再无前路／不，那不是故事的延续／那将成为最终的结局——《沉默的宣言》"。在这种执拗而热烈的纯真里，我们能够看到一颗清醒的灵魂对世俗所始终保持的警惕，我们也能够看到一个追求纯真，毫不妥协的诗人的鲜明形象。他说："别嘲笑我的迂腐／别同情我的孤单／别用你的美艳／就想打动我无欲的心田／我会用一生的孤独／回答你的不解——我是一枚沉默的石子／我钟爱那一缕孤烟"。

我认为，《沉默的宣言》应该是冯文灿诗歌理想的宣言，也是他作为一个诗人最真诚的灵魂告白。这是一个诗人对自己认定的道路的一种不遗余力的奔赴，已足以感动每一个尊敬文字的读者。

在组诗《致海子》中，冯文灿更将自己对海子诗歌精神的传承推向了极致，他如此写道：

> 你想要你的酒杯
> 那只属于你的酒杯
> 还有酒杯里
> 属于你的羊群
> 你的酒杯像你小小的房子
> 你是房间里一只小小的仔羊
> 你的酒杯盛满苦涩的海水
> 你喜欢在苦涩中大醉
> 就像
> 他们吞噬着烤仔羊的美味

就像
　　他们做一首诗
　　为你的死亡
　　做自我陶醉的
　　假惺惺的祭礼

　　这种饱含批判精神的灵魂追问，始终回荡在诗人的诗歌之中，那种奔涌的情感之中包容着热爱、悲悯、善良与愤慨，也包容着一个诗人对另一个诗人深深的致敬。这并非单纯的崇拜，而是一种诗歌精神的延续和传承，是饱含理性光芒而又不失温情浪漫的沉静书写。

　　同时，在阅读冯文灿诗歌的过程中，我还体察到诗人对急剧发展的工业文明蚕食农耕文明的忧虑和哀叹，尤其在《城市中央》一辑中《脚手架上长满冰冷的庄稼》《拥挤的空屋子》这些诗歌中，诗人面对城市的钢筋水泥丛林，文字里明显透露出一种深重的迷惘情绪，这种情绪既是对故乡与土地的怀念，也是对都市漂泊的无奈。

　　在《脚手架上长满冰冷的庄稼》中诗人如此写到："夜色深情地过于夸张／十三层楼的高度却只有冷铁弘锈／脚手架不离不弃／从土地的深层伸出／我在脚手架的枝干上／像冰冷的庄稼一样／生长 成熟"，作为从乡村中走出的七零后诗人，冯文灿的身上更深刻地浸润着的还是曾经的那片故园和故园中的亲情。作为一个诗人，他无法与曾经的那片乡土完全地融为一体，他的身上既有农耕文明中度过的美好童年，又有在都市文明中浸淫的独立意识与理性光芒，这两种复杂的情感在诗人的内心中碰撞和交战的过程，便是冯文灿诗歌产生的过程。这种过程是美好的，又是撕裂的，我想这正是冯文灿诗歌的价值所在。

　　《风在高处》一诗更是作者自我精神的传神写照：

　　所有的鸟都在飞
　　一切高远的向往 或者
　　无家可归的迷惘，都在

伸展着翅膀

梦，总在梦里开花
风过处，满地的叹息与哭泣
了无踪迹
风，总在高处
清洗夜晚的黑 或者
布置黎明的曙光

而飞鸟
一只飞在高处的鸟
依然抖动着翅膀

抖动着翅膀的鸟，是一种战斗的姿态，更是一种奔往黎明曙光的姿态，因为它知道自己要飞往何处。我想这才是真正的冯文灿，是那个忧郁外表下内心里潜藏着一团燃烧火焰的冯文灿，也是孜孜以求渴望奔赴理想高地的冯文灿，更是在康桥的柔波里获取飞翔力量的冯文灿。

今天的冯文灿，已经在进行长篇小说《大路朝天》的写作，诗歌往往是很多人文学创作的起点，而小说则是一个人文学创作的集大成。我相信，终有一天，康桥会回到冯文灿，那个时候，也必然是他找到自己灵魂高地的时刻。

今宵别梦寒
——读微微远枫古体诗《谁知山中冷》有感

> 谁知山中冷，霜重凝布衣。
> 有晴余晖暖，无意心更寒。
> 教鞭轻落下，心中起波澜。
> 想我少年时，朝日照白衣。
> 几经风雨洗，才得清白名。
> 光阴如风去，不待旧尘埃。
> 愿做炊烟起，隔江唱晚霞。

——2014年8月微微远枫

　　读这首诗的时候，我的意象中似乎看到的是在一个古老山村里，一个年轻女教师手执教鞭陪伴一群孩子书声琅琅诵读的美好场景。尽管这个画面在无数电视剧中我们都曾看到过，但在读到这首诗的时候，仍然让我能够感受到内心激情的涌动与暖流的滋生。我能感受到那群孩子的幸福和那个远赴山村支教的女教师的美丽动人。

　　似乎她在午后秋日暖阳中衣裙飞扬的画面就在我眼前，那群孩子清澈的眼神和青葱到滴水的童年亦在我的眼前。山村的清冷和青春的美丽，以及生发中的稚嫩花朵，总是能够激发我们对生命成长中最美好的画面的想象和感动，也能激发出生命的暖流和奉献的赤诚。

　　但是，事实上这首诗真正演绎的却是另一种生动而美好的情感，那就是爱情。而且是离别与思念之中的爱情。一个姑娘站古老的城墙之上，看着万家灯火。心中却在思念远赴山区支教的那个男子。

"谁知山中冷，霜重凝布衣。有情余晖暖，无意心更寒。教鞭轻落下，心中起波澜。"

晚秋时节，山中的霜露已经缀满了枝头，一经走过就会浸染一身的白霜。想他这个时候一定还穿着那身临走时单薄的布衣，那么冷的天气岂不是要冻坏了他！以前两个人在一起，所以即便是在晚风的余晖里也会感到温暖，此刻远山重重，缺少了相携相伴的情意，站在这荒凉的城墙上竟然是如此的凄冷！但是一想到他站在七尺讲台上挥舞教鞭意气风发的俊朗面孔，她的心里一下子就会涌出阵阵的暖流。

奔赴远山支教一度曾经是很多满怀热忱的青年学子的梦想，但是在真实的现实面前，我们最后仍然会退缩。可能是为了家人，也可能是为了自己，更可能是为了成全一个野心勃勃的梦想。当读到这首诗的时候我记起曾经和一个女子在青葱的大学校园里笔谈时的殷殷心迹，只是我们都无法阻挡如铁的现实！

当读到"教鞭轻落下，心中起波澜"时，我的心中映现的却是弘一法师李叔同唱遍大江南北的《毕业歌》的场景："长城外，古道边，芳草碧连天……一杯浊酒尽余欢，今宵别梦寒……"，是啊，离别的夜晚真的是格外地凄冷……

"想我少年时，朝日照白衣。几经风雨洗，才得清白名。光阴如风去，不待旧尘埃。愿作炊烟起，隔江唱晚霞。"

诗歌转到下半首，写的却是一个"文革"老人的经历。他少年的时候也曾白衣飘飘，玉树临风。只是几经岁月的风霜，"文革"岁月的动乱，也曾被人侮辱唾弃，也曾遭受莫须有的冤屈与罪名。曾经的白衣飘飘被涂满了人世的肮脏与渣滓，好不容易雨住风停，云开月现，虽然青春已逝，额头刻满沧桑，可岁月终究还是还了他原本清白的名声。

在这人生的最后时光里，不管是年青还是苍老，都愿我们把自己当作一缕炊烟吧，让我们隔着远山和大江，一起来唱一曲夕阳红，让爱情和梦想一起陪伴我们上路……

第五辑　外国经典

生不同衾死同穴
——读罗伯特·詹姆斯·沃勒《廊桥遗梦》

美国经典小说《廊桥遗梦》讲述了一个非常简洁的故事：一对中年男女偶然的邂逅，然后爆发出一段电光石火般的恋情。三天的柔情蜜意之后一切必须在残酷的现实面前回归原位，但他们的爱情却在彼此的记忆里持续了一生。生不同衾死同穴，他们死后将自己的骨灰撒在了曾经热恋的那座廊桥：罗斯曼桥。

也许一段不能彼此相伴的爱情是人世间最为绝望的爱情，却也是人世间最为美好的爱情。《廊桥遗梦》和普通的一夜情不同之处在于，女主人公因为一段中年的邂逅而复苏了心中的梦想，她的一生因为这短短三天的爱恋从此成为另一种活法，她用此后的一生书写了这段美丽的邂逅，让自己原本黯淡无光的岁月变得熠熠生辉。

就像男主人公罗伯特金凯对她说的那样："弗朗西斯卡，你不是一个普通的女人。"在最后告别的时刻，他又对她说："我要让你相信，这短短三天的相处绝对不是一段可有可无的风流韵事，不，这确切的爱一生只有一次。"

罗伯特金凯作为《国家地理》杂志的摄影师因为工作和爱好摄影而到处漂泊，他与弗朗西斯卡这个美丽的有夫之妇的相遇与热恋，让他在疯狂与理智之间痛苦地挣扎，这是一个隐忍的男人，也是一个充满激情的男人。他的理智表现在他一切都顺从她的意愿而行，虽然他更想带她走，而她也想和他一起去浪迹天涯，寻找自己曾经丢失的梦想。但她知道这是一件非常残酷的事情，尤其对自己的丈夫和儿女来说。

她为此抱怨："大家都不了解，女人决定结婚生子之时，她的生命一方面开始了，另一方面却结束了。生活开始充斥琐碎的事，你停下脚步，呆在原地，好让你的孩子能够任意来去。他们离开后，你的生活就空了。你应该再度向前，但你已忘记了如何迈步。因为长久以来，都没有人叫你动。你自己也忘了要动。"

　　在某种意义上这部小说讨论的并非简单的情感问题，而是所有中年人在琐碎的现实生活中如何寻回自我，如何从琐碎的生活泥潭中拔脚，在精神上重新出发，赋予生活新的意义。罗伯特金凯的到来并非单纯地带着一个中年人的荷尔蒙到来的，如果真是如此，他也无法唤起弗朗西斯卡在心中沉睡已久的激情。他所带来的还有关于未知世界的梦想，和一个又一个奇幻却异常真实的故事。或者说他是带着自己的梦想而来的，他的梦想在不经意间便唤醒了曾经有着另一种梦想的弗朗西斯卡沉闷而琐碎的家庭主妇生活。同时，他还为她带来了爱情，那是与现实生活中的婚姻完全不同的一种情感，是可以令人沉迷、激动、兴奋，甚至愿意为之死去的情感。弗朗西斯卡在罗伯特金凯的身上几乎发现了另一个自己，那是一个富于激情，眼神焕发着夺目光彩，谈笑间嘴角上扬永远不觉得疲惫的自己。

　　正因为如此，他们都挣扎在彼此衷心却不能拥有的绝望之中，最后为了不打破家人现实生活的宁静，而回到各自原来的位置。多年之后，她收到了他的骨灰和那三天相处的照片。他要她将自己的骨灰撒在他们曾经相恋的罗斯曼桥，她在日记中记载了他们的故事，并留下遗嘱给儿女，要求将自己的骨灰撒在同一个地方。她在信中写道："我活着的时候，属于这个家，但愿死了以后，属于他。"

　　一如《廊桥遗梦》的作者在小说中所言："我们每个人都生活在各自的过去中，人们用一分钟时间去认识一个人，用一小时去喜欢一个人，用一天去爱一个人，而最后却要用一生去忘记一个人，而这就是所谓的爱情。"

　　因此，分别之后的男女主人公都因为这段不能拥有却无法忘怀的爱情生活在长久的怀恋之中。罗伯特金凯直至死前也没有打扰弗朗西斯卡平静的生活，但他们却选择了死后的陪伴。我想，生不同衾死同穴，这样的故事能与《廊桥遗梦》相媲美的也只有东方的古典爱情梁祝化蝶了，不同的是梁祝的故事充满了凄美与悲壮，甚至凄惨与哀怨。《廊桥遗梦》却是一种温暖的诀别,是理解、宽容以及与人为善的慈悲。也许这就是东方美学与西方美学的不同之处。这里没有那种"山无陵,江水为竭,冬雷震震,夏雨雪,天地合"的激愤与悲情,有是只是在天地的两端彼此怀想,却永不道破的至爱无言。

《廊桥遗梦》之所以成为经典的伟大之处,还在于其故事的简单,虽然男女主人公内心充满了狂风暴雨般的挣扎甚至垂死一般的痛苦,但却选择了理智的动情,而不是绝望的纠缠,才让整个故事拥有了一种静谧温暖的力量,一种深邃的宁静与慈悲,整部小说由此便获得了一种永恒魅力,来自于温暖爱情的魅力。

战火中的爱情悼词
——读海明威《永别了,武器》

也许我们永远也不会想到作为曾经写出了如诺贝尔文学奖获奖作品《老人与海》的文坛硬汉海明威,实际上还有着刻骨温柔的一面与一段令人落泪的爱情往事。

他曾在战争的伤痛里遭遇爱情的绝望,可当他把这种绝望投影到一部小说之中的时候,现实中的绝望与虚构中的甜美忧伤交相辉映,便留下了一部文风纯净,读来令人不由沉浸其中的硝烟下的爱情小说。

一

1918年,19岁的海明威加入美国红十字战地服务队,被授予中尉军衔,在意大利受到重伤,从身上取出几百片榴弹炮弹片,住院期间,他爱上了比他大十岁的美国护士艾格尼丝。

1919年,浑身伤痕的海明威从欧洲回国,战争给他的肉体和精神都造成了巨大的创伤,而随后他却遭受到更强大的刺激,同一年,艾格尼丝写信来表示绝交。海明威悲痛欲绝,在密支安北部租了间房子,写了十几篇小说,全部被退回来,之后只能以记者职业为生。

《永别了,武器》初写于1922年,也是海明威最迷茫的那几年。这部以第一次世界大战为背景的战地爱情故事,可以说正是艾格尼丝与海明威之间恋情的移花接木,是一部自传色彩浓郁的长篇小说。

在《永别了,武器》第二部分中,美国中尉军官亨利和英国女护士凯瑟琳在瑞士的乡居生活写得犹如处身世外桃源，实际上正是作者第一次结婚后的生活体会。而女主角凯瑟琳的难产，也是他第二个妻子难产的切身经历，最后剖腹生下第二个儿子。

不同于一般爱情小说的梦幻，这部小说中的爱情是死亡、悲痛和甜蜜的复合。写作过程中，海明威深受战后创伤的影响，长期失眠，黑夜上床必须点着灯，入睡后被噩梦折磨，旧病发作起来，理性失去控制，无法制止忧虑和恐惧。

他反复思考第一次世界大战的经历，战争对人的伤害，战争的意义，把自己的感情和经历倾注于艺术创作中。

二

一战的背景，异国风情的恋爱，一段令人唏嘘不已的战争生死恋。英国护士与美国军官，逃亡中的生死相依。海明威将自己战争中的个人际遇融合进一部有血有肉的小说中去，对战争的深刻反思、对爱情的执著追求、以及对个人命运的绝望挣扎在这里表现得是那么温暖明媚又是那么哀伤悲痛，这痛不仅仅是战争对肉体血淋淋的伤害，还有死亡对于生命无休无止的追逃！

在《永别了，武器》中，作者的笔触并没有如同战争本身那样炮火连天、兵荒马乱，而是表现出一种与战争完全相反的冷静与克制。

"栗树叶纷纷掉落，只剩下光秃黝黑的枝干。就连葡萄园也没能逃脱这种厄运，枝叶早早地颓败了。乡间处处都被这场秋雨濡湿浸润，烙上了萧索的秋韵。水汽在低处的河上凝结成雾，在高处的山间舒卷成云。"

这种宁静与克制的笔调之下实际上始终充满着一种压抑与死亡的气息，战争的气息。它是战争在人的心灵内的投影，是死神对于生命无时不在的威慑与威胁。小说中，无论是作为美国籍意大利军中尉军官的亨利，还是作为英国人的医院护士凯瑟琳，身处世界战争的汪洋大海中谁都没有安全感。尤其是他们并非意大利人，这场战争本身的胜败好像与他们并没有所谓的切肤之痛。但他们依然受到了这场战争的冲击，甚至变成了如同浮萍野草一般卑微的个体，在这动荡的时局中漂泊无依。

他们相遇在米兰，初见之时亨利只是一个除了执行任务便以喝酒和找军妓打发空虚青春岁月的医疗救护队志愿军官。他只是把她看作一个和军官妓院的妓女们不同的良家女子。她也只是把他当作一个因荷尔蒙泛滥逢场作戏的男子。是战争的处境改变了他们，或者说是身处战争之中的孤独和脆弱让他们一点一点地靠在了一起，然后在情不自禁中开始彼此牵挂。如果说最初的参战还让他的内心有一种军人的荣誉感，那么当战争进行到最后他的内心便只剩下了恐惧和厌倦甚至于绝望。他们似乎永远也看不到战争结束的那一天，他们所看到的只是人身处于战争之中一天一天变得无比冷漠、暴虐，死亡不在远方，死神随时与他们相伴，在隆隆的炮火声中，在睡一觉就可能永远看不到明天的恐惧之中。

当亨利经历了战争的创伤，在米兰的医院之中再次和凯瑟琳相遇的时候，他们的感情进一步升温。而她到最后已经到了对他言听计从的地步。等他养好伤要再次身往前线的时候，她已经怀了他的孩子。可是她觉得是她给他添了麻烦，在这样兵荒马乱的时局里。他并不这样看，他说他一定会回来找她，而她说自己会处理好一切，不用他担心。但是她依然还是希望他带她走，她说随便去哪儿都可以，只要离开这里。他们最后约定等他回来一起离开米兰。

三

车站的温暖诀别，他们依依不舍。至此，亨利才真正地爱上了凯瑟琳。也许是因为她有了他的孩子，也许是漂泊之中的孤独相依。回到前线的时刻，他开始无时无刻不思念她。当他再次归来，这一次根本就是从死神身边逃回来的。战争已经到了糟烂不堪的地步，军队的大撤退变成了大溃退。车辆陷入了泥泞的沼泽，亨利的救护小分队也人心溃散，四散奔逃。在撤退中他们击毙了不守信用的士兵，亨利则差点被意大利后方宪兵当作逃亡军官就地枪毙。所以当他再次归来的时候，已经成了一个只想和战争撇清关系的自由者。这场战争本身就和他们没有关系，他只是一个志愿服军役的美国人。可是他的下属在撤退的过程中竟然被奔逃中惊慌不堪的自己军队的流弹打死了。他回到米兰，追着她的脚步找到了她，他们在大雨之夜划船偷渡边境前往瑞士，湖面泛舟，顺风顺水中静谧的夜晚，永不停息地划桨，他们生命中最甜美快乐自由的一段时间便从此开启。

"我喜欢解开她的头发，她坐在床上，动都不动，除了偶尔突然低下头来吻我；我把她的发针一根根取下来，放在被单上，她的头发就散开来，我定睛看着她，她一动不动地坐着，等到最后两根发针取了下来，头发就全部垂下来，她的头一低，于是我们俩都在头发中，那时的感觉就好比是在帐幕里或者在一道瀑布的后边。"

这样温暖甜美的画面在小说中几乎俯拾皆是，尤其是那些甜似蜜糖一般的情爱话语，几乎让我不敢相信这是那个写出过《老人与海》的硬汉海明威的文笔。但这又是明确无误的事实，至此，我方始相信鲁迅的那句话："无情未必真豪杰，怜子如何不丈夫！"

当甜美方歇，他们一心等待孩子降生的时刻，死神再次到来。孩子在腹中因为脐带缠绕窒息而死，凯瑟琳也因为失血过多性命不存。此时此刻，作为一个无神论者的亨利，跪倒在上帝的脚下苦苦地哀求："啊，上帝啊，求你不要让她死。只要你不要让她死，我会为你做任何事情。求求你，求求你，求求你，亲爱的上帝，别让她死。亲爱的上帝，别让她死。求求你，求求你，求求你，别让她死。上帝啊，求求你不要让她死。只要你不让她死，你说什么我都答应。你已经拿走了婴儿，别让她死吧。孩子拿走就算啦，千万别让她死啊。求求你，求求你，亲爱的上帝，别让她死。"

如此低微到尘埃里的乞求，上帝依然没有动容。其实说让上帝动容，只是一句废话。海明威的世界里原本是没有上帝的，这只不过是一个男人面对战争和死亡之时最深切的痛楚和无奈。

作者在小说的结尾讲了这么一个细节：

"有一次，我把一根圆木添加在篝火上，圆木上爬满了蚂蚁。当圆木开始烧起来的时候，蚂蚁成群地涌动起来，刚开始是朝起火的中间爬；然后掉头往两头跑。在圆木末端的蚂蚁聚成团落入火中。有几只蚂蚁逃出来，身体被烧得又焦又扁，根本不知道要去哪里，只知道逃跑。绝大部分的蚂蚁都是先往暖和的火中爬，然后再掉头爬回起火的末端，聚集在凉爽的地方。我还记得当时我想，如果这就是世界末日，我就有一个辉煌的机会当救世主，从火海里抽出那根圆木，扔到蚂蚁可以安全爬到地上的地方。但我当时什么都没有做，只是把一只白铁杯里的水泼在圆木上，好把杯子腾空后再盛威士忌酒，再加苏打水喝。我想我泼水在烈火中的圆木上，只是让蚂蚁又多了一层受蒸汽折磨的苦难。"

这段看似和小说毫不相干的话语，是小说主人公在等待凯瑟琳生产的过程中想到的。但实际上正是海明威借助主人公之口道出战争的残酷和命运的焦灼与无奈。我们所祈求的上帝看似无所不能，其实毫无作用。那只拯救苍生（也包括蚂蚁）的大手，或者是存在的，但他恰恰熟视无睹。苍生在他的眼里一如蝼蚁，毫无意义。那么小说中的主人公赴身战争的意义也就自然而然地被消解掉了。

四

1924年，海明威辞去工作，在巴黎租了间小阁楼潜心写作，作品依然没有影响力，而这一年的海明威，已经25岁，他仍然迷茫地游荡在巴黎；1926年，海明威发表了小说《太阳照常升起》。

据说，《永别了，武器》初稿写成后，手稿在巴黎不幸被小偷扒走，只好重新创作，于1929年出版。

这期间他的个人生活也风起云涌，结了两次婚，他父亲患高血压和糖尿病，医治无效，饮弹自尽。这些遭遇变化，更使他感觉人生变幻无常，好像随时随地都潜伏着毁灭的危机。

《永别了，武器》和《太阳照常升起》一直被认为是海明威作品中最温暖明媚的小说。其文字风格读久了便有一种质朴动人的韵味，说穿了便是由文字中散发出来的明净澄澈的情感，有一种让人心颤的感动和不由想为之落泪的爱怜。这是从一个文坛硬汉的青春里飞扬出的悲悯，也是从一个作家残酷的战争经历中提纯出的盐分。它闪耀着明亮的光芒，分明就是结晶的泪水，是疼痛中的吟唱。

1961年，62岁的海明威用猎枪结束了自己的生命，一具被战争折磨得千疮百孔的肉身，却也是一颗为人类贡献了所有的光与热的灵魂。

　　我想，我们应该感谢这颗伟大的灵魂，更应向这具承载了伟大灵魂的肉身致敬！

寻找瓦尔登湖
——读戴维·梭罗《瓦尔登湖》

大学的时候读到《瓦尔登湖》，梭罗在我的心目中便一直有着特殊的地位。在今天的这个时代重提《瓦尔登湖》和梭罗一直所倡导的简朴式灵魂生活，虽然不免有点格格不入，但同时也有着另一重崭新的意义。

吉禾读书会从去年第一期活动发起到今年已经连续举行了好多期活动。这种线下的咖啡馆阅读模式，已经成为西安这座城市大学生、白领等不同文化阶层进行精神交流的一种理想模式。同时我们开启阅读经典的漫长之旅，每一本书都要经历好几期活动的讨论和分享，而今年的重头戏便是梭罗的《瓦尔登湖》。

在每一次的活动中我们都会遇到新的加入者，每一次活动也都会呈现出不同的精神面貌。在安静的阅读和分享中每一个人都是主体，每一个人都需要发言、参与与分享，勇于表达和不吝于表达是我们一贯所倡导的主题。同时我们也倡导一种平和的民主阅读模式，让这里成为友好沟通、放松精神与释放压力的理想阅读园地。

昨天的活动刘畅为我们每个人带来了一本书做礼物，是儿童绘本《安的种子》。之后，我们便开始了正式的阅读环节。我们重点讨论了"漫步林中""访客"与"种豆"三个章节。"漫步林中"其实是梭罗与大自然亲密接触的一种无声的心灵交流模式，在这其中，人和自然之间完全没有隔膜。它在某种意义上更像是我们的呼吸，那是一种不易察觉的心灵交流模式，在这个过程中我们需要开启自己的心智，敞开自己的心扉，不但用肺去呼吸自然的新鲜空气，而且要在灵魂和思维中去感受自然对心灵的启悟。如果我们的心智与思维在这其中完全打开了，我们便会感受到独处的美好和孤独的必要。离群索居从而成为一种追寻更高心智生活的人生选择。

在这里，梭罗告诉我们"孤独"的必要和美好。因为孤独并非是指一个人独自待在一个地方。一个农夫一整天待在田野里劳作他是不会真正体验到孤独的。孤独需要我们独处，但同时也需要能用敏感的心智去感悟和体味一种心灵上的煎熬，这种煎熬或者是文化上的困境或者是情感上的折磨，总之它必须是在一种文化语境的氛围下才能产生的东西。这就好像老子孤坐于观楼台的高楼上让精神与天地独往来，又好像是苏轼在贬谪乡野吟诵"飘飘何所似，天地一沙鸥"，至此，我们便多少会明白，真正意义上的孤独是指当一个智者在独自思考的时候才能够产生的意境，它是"念天地之悠悠，独怆然而泣下"的悲苦愁绝，而绝不会与"曲水流觞"的群欢相联系。

在"访客"的章节中梭罗直接提出了一个观点："社交是廉价的"。这是因为我们平常人的社交不免是有目的性的，更赤裸一点说我们的社交是带有功利性的。而在梭罗的眼中，一切和精神生活没有关系的活动便不免是廉价的。在《瓦尔登湖》一书中，梭罗所倡导和实践的其实也正是这样一种生活。他离群索居在瓦尔登湖畔独自耕种，独自建屋，甚至冬天在很深的冰层下钓鱼等等，这一切活动的目的也都是为了在这里建立起自己灵魂的居所，进行自己的简朴模式的精神生活，在这里阅读或者写作，偶尔会会远道而来的朋友，一起谈谈读书和写作上的事情。因此满足口腹之欲的物质上的获取相比于他所追求的灵魂思考便不免是廉价的了。

晚上回来在台灯下阅读了刘畅的赠书《安的种子》，我便被书中描绘的寺院中扫雪的"安"的沉静、等待和耕耘的那份平静的心态所震撼了。我想为什么在三个孩子中，只有"安"种出了千年古莲的种子，而"静"和"本"都失败了呢？道理也许谁都懂，因为"本"太急躁，"静"太心重。而只有安"安之若素"，只是安静地等待来年春天到来，去种下种子即可。在绘本中的那座寺院西安南郊的兴教寺也同样引起了我的兴趣，那是冬天大雪中的佛家寺院兴教寺，是坚持在雪天为游客清扫上山路径的兴教寺。这些朴素的图画和三个孩子质朴的装扮无不让人在短短的故事中兴起一股谛听佛法庄严心境。这和《瓦尔登湖》中的"种豆"实质上殊途同归,是要我们持守一颗素净的灵魂,在喧嚣纷杂之中安之若常,如此我们就会看到自己心中的那片瓦尔登湖。它澄澈、纯粹、晶莹、璀璨,无论黑夜还是白天,无论严寒还是酷暑,都会静静地安守在那里,等着我们去寻找和发现。

梭罗与超验主义
——《瓦尔登湖》阅读笔记

在阅读《瓦尔登湖》的时候，我们经常有这样一种感觉，梭罗完全是站在一种超验主义的立场上看待眼前的自然，正如他在"贝克农场"一章中针对完全没有接受过人文教育的农夫夫妻所说的那样："我和他谈话的时候，刻意把他当作一位哲学家，或者说想要成为一名哲学家的人。"

我们可以看出，梭罗所面对自然的态度，完全是以一种理想主义的精神，或者说明显带有乌托邦的色彩，同时我们却必须相信他的真诚。他继续说："如果人类的自我救赎要把牧场还原到原始状态，那么看到地球上的所有牧场都变成杂草丛生的草地，我会十分欣喜的。"这实际上是倡导人们站在理性的角度去重返自然。

站在杂草丛生的大自然中，梭罗倡导人们解放心灵，去顺应狂放不羁的大自热，让人类在自然中自由生长。为此他说："大自然是狂放不羁的，你也应该如此，你看那自由生长的莎草和凤尾蕨，他们永远都不会成为英格兰干草堆。"梭罗所倡导的解放人类的自我限制，解放人类在社会中被过度束缚的野性，去风雨雷电中接受自然的洗礼，从而和自然融为一体。因此他说要享受大地带给你的快乐，但不要想着把它占为己有。由此我说："这不就是要把自己还给自己，把自然还给自然吗？"

梭罗进一步解释："那些缺乏信念和进取心的人，他们买来卖去，始终都在原地踏步，过着奴隶般的生活。"很明显在梭罗的意识中，人和自然是两个完全独立的主体。它们各有各的"人格"。人只有始终保持自己的独立人格，才能不被社会的物质属性所侵蚀，也才能够保持其精神上的独立。同时人只有在把自然当作一个值得尊敬的独立客体之时，他的占有欲望才会站在理性的一边，而不是穷凶极奢。因此，人和自然的相处才会得到一种精神上的相融而又完全保持其独立属性。由此我们才不会走向一种表面的现代和骨子里的奴性十足的精神沦陷，成为物欲的奴隶。所谓的超验主义，也正验证了梭罗的这种理想主义的精神生活。超验主义（transcendentalism）的核心观点是主张人能超越感觉和理性而直接认识真理，强调直觉的重要性。被后世看作超验主义的集大成者亨利·戴维·梭罗（Henry David Thoreau）虽然并未意识到自己契合于超验主义，但他却用实际行动在践行着这种观点。

梭罗的文字细腻自然，充满了一个敏感的作家和一个深思熟虑的哲人对大自然的至诚的感受和感动。在他的性格中，那种崇尚生命和自然、崇尚自由和独立的精神，和那种曾经在美国的开发，尤其是西部开发中表现出来的勇敢、豪迈、粗犷、野性的拓荒者精神存在某种内在的联系。

所谓超验主义主要思想观点有三。首先，超验主义者强调精神或超灵，认为这是宇宙至为重要的存在因素。超灵是一种无所不容、无所不在、扬善抑恶的力量，是万物之本、万物之所属，它存在于人和自然界内。其二，超验主义者强调个人的重要性。他们认为个人是社会的最重要的组成部分，社会的革新只能通过个人的修养和完善才能实现。因此人的首要责任就是自我完善，而不是刻意追求金玉富贵。理想的人是依靠自己的人。其三，超验主义者以全新的目光看待自然，认为自然界是超灵或上帝的象征。在他们看来，自然界不只是物质而已。它有生命，上帝的精神充溢其中，它是超灵的外衣。因此，它对人的思想具有一种健康的滋补作用。超验主义主张回归自然，接受它的影响，以在精神上成为完人。这种观点的自然内涵是，自然界万物均具象征意义，外部世界是精神世界的体现。

超验主义的创始人爱默生有句名言："相信你自己"，这句话后来成为超验主义者的座右铭被广为流传。它强调人的主观能动性，它认为人的精神可以超越物质世界、感性世界、经验世界的种种限制，而生活就是为了发掘自我、表达自我、充实自我。这种人文主义精神和自立主张对人类历史的发展具有重要意义和深远影响。尤其是对于今天沉迷于物欲的人类来说，无疑是一个及时的提醒。

【注释】① 超验主义：作为一场融欧洲与美国思想潮流于一体的思想运动，超验主义催生了美国散文一系列经典之作：《自然》《美国学者》《知识的自然历史》《瓦尔登湖》等等。

② 超验主义主要教义：1. 至善 2. 纯洁无瑕；

③ 超验主义的来源：1. 欧洲浪漫主义文学 2. 新柏拉图主义 3. 德国唯心主义哲学 4. 东方神秘主义【Oriental mysticism】

莉迪亚从来就没在这个世界上活过
——读华裔女作家伍绮诗长篇小说《无声告白》

《无声告白》讲述了一个简洁深刻的故事，十六岁正值青春芳龄的少女莉迪亚死了，死在了家门口的湖泊之中。少女的死亡背后到底隐藏着什么样的疑团和秘密，这是所有人都想知道的。然而这并不是一部悬疑小说，情节也并非那么引人入胜。这部小说真正想表达的是人的社会处境和内心困境，实质上就是少女莉迪亚的生存处境和内心世界。

莉迪亚出身于美国华裔混血家庭，有着从哈佛大学毕业后从事美国牛仔文化研究的大学教授父亲詹姆斯，有一心渴望女儿长大替自己完成医生职业梦想的白人母亲玛丽琳。虽然莉迪亚上有哥哥内斯，下有妹妹汉娜，但她一直都是家庭中的明星，是父母全部的希望和寄托，承载着团结整个家庭的核心任务。然而只有当莉迪亚死后，人们才开始注意到这个家庭的特别，父母也才开始明白莉迪亚的孤独。莉迪亚的母亲玛丽琳曾经为了完成自己的医学梦想离家出走，结果因为怀孕而被迫归来。莉迪亚的父亲詹姆斯因为华裔的身份备受社会歧视，虽然才华出众依然没有得到哈佛大学的教职，最终选择来到了米德伍德的一所大学。玛丽琳在毕业前因为怀孕而不得不放弃了学业成为家庭主妇，在柴米油盐中损耗着自己的梦想。

于是，莉迪亚的存在便成为父母在下一代身上完成自我梦想的全部期待。母亲玛丽琳总带着满含期望的眼神梦幻般地看着自己的女儿莉迪亚，将一本本原本属于自己渴望阅读的专业书作为礼物送给女儿，父亲詹姆斯甚至为了让女儿弥补自己的社交缺憾有更多的朋友而送她一本《如何赢得朋友和影响他人》。在整个家庭中，哥哥内斯的天文梦想被父母忽略不见，妹妹汉娜的敏感孤独被弃置一边。只有莉迪亚拥有着父母全部的爱和期待。而我们不知道的是：正是这种期待一力促成了她的死亡。

她在不堪重负的关爱中没有朋友没有爱好没有娱乐也没有梦想，母亲的梦想就是她的梦想，父亲渴望的成功就是她的成功。只有哥哥内斯能够洞察她的可怜和孤独并给予精神上的声援，可惜的是到了最后内斯为了完成自己的梦想只能离开这个爱的囚笼，由此莉迪亚失去了精神上最后的依靠。年幼的汉娜虽然能够洞悉她的孤独和无助，却无法从本质上去帮助她。唯一的朋友杰克在她要以身相托获取温暖之时却突然明白他深爱的一直是她的哥哥内斯，她无法在他的身上获得异性之爱。由此，她彻底失望了，她开始一步步地走向那片湖水，企图用自己的离去来获得一种全新的开始，一种在解脱之后的重新获得。

《无声告白》的语言细腻、冷静、克制，在文字表面的沉寂之下流动着深不见底的孤独海洋。在美国文化处境之下，这确实是一个非常特别的小说文本，种族和肤色的差异在小说中被用一种刻骨的孤独表达出来，透露着无法言说的凄冷和漠然。小说细节描写的精到如同一把剔骨尖刀，总能准确地找到人心最关键的要点，然后给予精细的解剖。比如玛丽琳在母亲的房子里由母亲的烹饪书想到母亲失败的一生和自己人生理想的惨败，从莉迪亚的发卡和内斯的弹珠想到家庭的温暖和自己逃离的残忍。詹姆斯在情人的怀里感受同类肤色女子的温暖和失去爱女之后的彷徨。移民家庭在西方文化背景中的孤立和无助在这里被作者以一种冷眼旁观的描述凸显出来，从而产生了内敛深邃的思想深度。

也许只有当莉迪亚死了，我们才能真正地走入这个青春少女的灵魂世界。从她投身湖水的决然姿态，我们才能发现一个少女在爱的负荷下是如何剥离亲情而投身自由和真正自我的。因为在她的生活中从来没有自我，她的存在本身就是为了完成父母心中所期待的另一个莉迪亚，那并非真正的莉迪亚，而是詹姆斯心目中企图在美国社会中获得认同的莉迪亚，是玛丽琳心目中能够脱颖而出成为优秀医生的莉迪亚。真正的莉迪亚似乎从来就没有在这个世界上活过。这才是这本书所要表达的真正的悲哀。

在我看来，阅读这样一本小说必须注意到中西文化的差异，由此才能感受到作品真正成功的地方。故事架构的简单可能在很多人眼中是这本小说的苍白之处,然而简单的故事被放置在中西文化的夹缝里便会产生完全不同的效果,从而折射出不同的视角。在《无声告白》中,作者很多不动声色的叙述和冷眼旁观的描写会让我们在内心产生一种动画般的立体效果,就好像我们跟随在主人公莉迪亚的身后,看着她是如何一步步地走向那片湖泊进入小船解开缆绳最后纵身一跃投入那片水域,但我们却无能为力。这是一种特别奇异的阅读效果,它能够让我们触摸到故事本身的尖利锋刃,在能够经受得起反复阅读的故事细节中把读者带入主人公莉迪亚的内心世界,让我们在她永远不能吐露的苦闷之中感受小说人物的灵魂痛苦。

  从小说一开头,莉迪亚的死就决定了这部小说沉郁悲怆的情感基调。读完全文之后这种悲怆的基调依然存在。也许当人物死去灵魂才会开口说话,就好像青春少女的心灵独白必须以毅然决然的死亡来向这个世界宣告:带着枷锁的深爱是一所囚笼,父辈的梦想投射到孩子身上可能就会成为地狱。

  所以,此生请尊重自己的梦想,只为自己的梦想负责,不要企图以爱的名义去绑架别人。因为有时候"我是为你好"并不等于"这真的对我好"。别人眼中所认为的那个"自己",也并非真正的自己。如果你真的尊重自己的人格,那么,此生请不要让任何人代替你活着,也不要替任何人而活。

假如给我三天的光明
——读海伦·凯勒自传《我的生活》

在人类生命的长河中，我们每一个人都是一粒渺小的尘埃。然而在一个人完整的一生中，我们俨然就是自己的君王。如何主宰自己的人生，不屈服于命运的安排，完成一个独特生命个体灿烂辉煌的生命史，这是上天摆在我们每一个人面前的生命课题。

是的，自打我们从呱呱坠地的那一刻起，便开始了独自摸索、面对无处不在的命运挑战的孤独之旅。在这个不断跋涉的旅程中，只有勇于直面残酷人生的人，才会成为永远的强者。

海伦·凯勒正是这样一个强者，一个永不屈服于命运的奇女子，一个被命运抛弃却又顽强地回到上帝怀中的执著于爱的孩子。

在20世纪有一个独特的生命个体以其勇敢的方式震撼了世界，她就是海伦·凯勒——一个生活在黑暗中却又给人类带来光明的女性，一个度过了生命中八十八个春秋，却熬过了八十七年无光、无声、无语的孤独岁月的弱女子。然而，正是这么一个幽闭在盲聋哑世界里的人，竟毕业于哈佛大学德吉利夫学院，并用生命的全部力量到处奔走，创建了一家家慈善机构，为残疾人造福。她不仅用行动证明了人类战胜生命的勇气，而且还将自己所经历的痛苦和幸福记录下来，给后世以勉励。

美国著名作家海尔博士评论说："1902年文学上最重要的两大贡献是吉卜林的《吉姆》和海伦·凯勒的《我的生活》。"同时海伦·凯勒也被美国《时代周刊》评为20世纪美国十大英雄偶像。

一、海伦·凯勒是谁?

1880年6月27日,海伦·凯勒出生在美国南部亚拉巴马州的塔斯甘比亚镇。海伦的父亲亚瑟·凯勒曾是南北战争时的南军上尉,母亲凯蒂·亚当斯是他的第二任妻子。应该说这是一个幸福快乐的家庭,海伦作为父母的第一个女儿,享受到了无与伦比的宠爱与呵护,从蹒跚学步开始她就奔跑在家中花园的鸟语花香之中,婴儿时期就表现出了不服输的个性,对任何事物都充满了好奇心,个性倔强,喜欢模仿大人的一举一动。半岁时已经能够学习说话,而在她学习的所有词语中,"水"这个词直到她生病之后还仍然记得。

这样无忧无虑的日子只伴随了小海伦十九个月,便在一场持续的高烧中彻底从她的人生中隐匿,代之的是永远沉默孤独的悲凉岁月。这场持续的高烧,让医生也认为这个小生命是彻底无救了。可在一个清晨,高烧自动退去,小海伦奇迹般地活了下来。此时就连医生和家人都不知道,等待小海伦的将是无声、无光、无语的残酷人生。

当小海伦重新睁开眼睛,发现眼前一片黑暗的时候,那种绝望和哀伤的恐惧感让她永生难忘。后来当海伦回忆她仅有的十九个月的健康人生时这样说:"虽然我只拥有过十九个月的光明和声音,但我却仍可以清晰地记得——宽广的绿色家园、蔚蓝的天空、青翠的草木、争奇斗艳的鲜花,所有这些一点一滴都铭刻在我的心版上,永驻在我的心中。"

二、张开心灵的双眼

沉陷在黑暗与冷寂世界里的小海伦,她的整个心灵充满了莫名的恐惧与不信任。虽然父母更加宠爱和怜悯这个残疾儿,但是无法与外部世界沟通的孤独感彻底困扰了她的整个生命。就在这样的环境中,她开始试图用手,她以后生命中唯一可以与世界交流的工具来摸索外部的未知世界。

在以后的几年里,她学会了自己摸索着叠衣服,拉着母亲的衣角来来去去,学会了点头认可与摇头否定,也学会了用各种动作来表达自己内心的想法与愿望。并从家人的各种动作来分辨人们的表情与行为。然而,并非每一个人都能够准确理解小海伦的动作与要求，当无法达成意愿之时，内心的烦躁与孩童的任性便让她变成了一个十足的小暴君，用声嘶力竭的哭喊和踢打滚爬，甚至于各种恶作剧来发泄内心的绝望与孤独，寻求与外部世界的交流。直到家庭教师莎莉文小姐的到来，才彻底改变了小海伦的生活现状，打开了她心灵的眼睛，点燃了心中的烛火。

在小海伦即将六岁时，为了医治她的眼睛父母带着她到处奔波求医问药。她的母亲在阅读狄更斯写的《美国札记》时发现有一个又聋又盲又哑的少女——萝拉，经由郝博士的教导，学有所成。几经周折，他们在华盛顿见到了亚历山大·贝尔博士（世界上第一台电话的发明者），并听从贝尔博士建议写信给柏金斯盲人学校校长安纳诺斯先生，请她为海伦物色一位启蒙老师。柏金斯学校正是《美国札记》中郝博士为盲、聋、哑人孜孜不倦工作的地方。就这样，1887年3月，家庭教师莎莉文小姐在安纳诺斯校长的推荐下终于长途劳顿到达了塔斯甘比亚镇海伦的家中。

海伦在回忆中如此描述莎莉文小姐的到来对于自己生命的涵义："就这样，我走出了埃及，站在了西奈山的面前。一时灵感遍涌我的全身，眼前展现出无数奇景。从这座圣山上发出了这样的声音，知识给人以爱，给人以光明，给人以智慧。"

家庭教师安妮·莎莉文的到来，给小海伦与世隔绝的生活打开了通往未知世界的崭新通道。那就是学习盲文，获得知识，建立文字与世界的对应与参照，让小海伦获得表达自我感情，与世界相互交流的能力。

三、春风化雨：安妮·莎莉文老师的故事

安妮·莎莉文老师来自波士顿柏金斯盲人学校，自小家中贫困染上沙眼而成为盲人。在十岁的时候因为母亲病逝，父亲是个酒鬼而被送到德士堡救济院，一起来到的还有她的弟弟吉米。救济院中房屋破损，老鼠横行，口粮微薄，还要忍受救济院年老妇人们的指责和讥讽。

弟弟吉米患有和母亲相同的肿瘤，在德士堡最初的日子里，他们姐弟相依为命，过得还算快乐。可自从吉米的肿瘤日渐增大，因为没有医疗条件，

只能躺在床上休息。虽然安妮寸步不离地照顾，吉米还是在一个夜里停止了呼吸。安妮为此痛彻肺腑，至此之后她彻底成为孤儿。

救济院的生活虽然贫困不堪，却依然无法阻止安妮上学的梦想。当她偶然间得知世界上还有为盲人儿童专门开设的学校时，她上学的愿望更加迫切。虽然救济院中每一个人都认为安妮异想天开，只有她自己知道，这是她生命中唯一的希望。

因为救济院的条件日益恶劣，社会上怨声四起，政府官员们不得不组团前来调查。安妮在好心妇人的提醒下记住了调查团长法朗·香邦的名字，在官员调查团即将离开的紧要关头哭泣着喊出了"香邦先生，我要上学"的愿望，终于得到离开德士堡进入柏金斯盲人学校的机会。

进入学校后，因为安妮以前在救济院便得到好心妇人的教导，她在英文阅读方面的成绩优异。可在性格方面她也和海伦·凯勒起初一样。因为父亲的酗酒，母亲的病逝，亲戚们的歧视加上自身的眼盲，她的性格格外地暴躁易怒。老师和同学都特别厌烦。之后，因为和老师吵架而不肯道歉，校长决定让安妮离开。是莫小姐看出了安妮心中的痛苦与冷漠，她答应校长转变安妮的现状，用无比的耐心与关爱消融了安妮心中的寒冰。加之她本身的聪明用功，学习成绩上升很快。之后又遇到了好心的布莱福医生，历经三次开刀终于可以看清一些东西，安妮也变成柏金斯盲人学校里深受欢迎的学生。安妮以优异的成绩毕业后，经安纳诺斯校长推荐来到了海伦的身边。

四、"水"的彻悟

安妮来到海伦的身边，她像莫小姐对待自己一样，用无比的耐心与爱来消融海伦对于整个世界的恐惧与反抗。她在海伦的手中不厌其烦地写着代表各种事物的词语，海伦在安妮老师的教导下左手触摸着实物，右手感触着写在手中代表实物的词语，从而让海伦懂得世间万物都有自己的名字。然而，在海伦的世界里还根本不懂得世间有文字，也不知道自己是在写字。

直到有一天，她们散步到井房，房顶上盛开的金银花芬芳扑鼻。安妮把海伦的一只手放在喷水口下，一股清凉的水在海伦手上流过。她在海伦的另一只手上拼写"water"——"水"字，起先写得很慢，第二遍就写得快一些。海伦静静地站着，注意安妮手指的动作。突然间，海伦恍然大悟，有股神奇的感觉在她脑中激荡，她一下子理解了语言文字的奥秘，知道了"水"这个字就是正在她手上流过的这种清凉而奇妙的东西。水唤醒了海伦的灵魂，并给予海伦光明、希望、快乐和自由，让海伦获得了对于世界崭新的认知，打开了她内心情感的闸门，一时情感的溪流涓涓而来。

她在自己的回忆中如此写到："井房的经历使我求知的欲望油然而生。啊！原来宇宙万物都各有名称，每个名称都能启发我新的思想。我开始以充满新奇的眼光看待每一样东西。回到屋里，碰到的东西似乎都有了生命。我想起了那个被我摔碎的洋娃娃，摸索着来到炉子跟前，捡起碎片，想把它们拼凑起来，但怎么也拼不好。想起刚才的所作所为，我悔恨莫及，两眼浸满了泪水，这是生平第一次。那一天，我学会了不少字，譬如父亲（father）、母亲（mother）、妹妹（sister）、老师（teacher）等。这些字使整个世界在我面前变得花团锦簇，美不胜收。记得那个美好的夜晚，我独自躺在床上，心中充满了喜悦，企盼着新的一天快些来到。啊！世界上还有比我更幸福的孩子吗？"

五、爱的真谛

一天早晨，海伦第一次问起"爱"这个字的意思。当时认识的字还不很多，海伦在花园里摘了几朵早开的紫罗兰送给安妮老师。安妮高兴地想吻她，可那时除了母亲外，海伦不愿意让别人吻。安妮用一只胳膊轻轻地搂着海伦，在她手上拼写出了"我爱海伦"几个字。

"爱是什么？"海伦问。

安妮把海伦搂得更紧了，用手指着她的心说："爱在这里"。海伦第一次感到了心脏的跳动，但对老师的话和动作依然迷惑不解，因为当时除了能触摸到的东西外，海伦几乎什么都不懂。

海伦闻了闻她手里的紫罗兰，一半儿用文字，一半儿用手势问道："爱就是花的香味吗？"

"不是。"安妮老师说。海伦又想了想。太阳正温暖地照耀着她们。

"爱是不是太阳？"海伦指着阳光射来的方向问，"是太阳么？"

在海伦看来，世界上没有比太阳更好的东西了，它的热力使万物茁壮生长。但安妮老师却连连摇头，海伦变得又困惑又失望，觉得很奇怪，为什么老师不能告诉她，什么是爱呢？

一两天过后，海伦正用线把大小不同的珠子串起来，按两个大的、三个小的这样的次序。结果老是弄错，安妮老师在一旁耐心地为海伦纠正错误。弄到最后，海伦发现有一大段串错了。于是，海伦用心想着，到底应该怎样才能把这些珠子串好。莎莉文老师碰碰海伦的额头，使劲地拼写出了"想"字。

这时，海伦突然明白了，这个字原来指的是脑子里正在进行的过程。这是海伦第一次领悟到抽象的概念。

海伦静静地在那里坐了许久，不是在想珠子的排列方式，而是在脑海中用新的观念来寻求"爱"的解释。那天，乌云密布，间或有阵阵的细雨，突然间太阳突破云层，发出耀眼的光芒。

海伦又问老师："爱是不是太阳？"

"爱有点儿像太阳没出来以前天空中的云彩。"老师回答说。

她似乎意识到我仍然是困惑的，于是又用更浅显、但当时我依然无法理解的话解释说："你摸不到云彩，但你能感觉到雨水。你也知道，在经过酷热日晒之后，要是花和大地能得到雨水会是多么高兴呀！爱也是摸不着的，但你却能感到她带来的甜蜜。没有爱，你就不快活，也不想玩了。"

刹那间，海伦明白了其中的道理——她感觉到有无数无形的线条正穿梭在自己和其他人的心灵中间。

每个老师都能把孩子领进教室，但并不是每个老师都能使孩子学到真正的东西。正是莎莉文这种无比的耐心与关爱，如同春风化雨在滋润着一个盲童封闭的心灵，让她在与整个大自然的接触中获得整个世界。

六、假如给我三天的光明？海伦·凯勒的回答。

人类作为必死的生物，处在生命的最后几小时内，会充满一些什么样的遭遇、什么样的感受、什么样的联想呢？我们回顾往事，会找到哪些幸福、哪些遗憾呢？有时我认为，如果我们像明天就会死去那样去生活，才是最好的规则。这样一种态度可以尖锐地强调生命的价值。我们每天都应该怀着友善、朝气和渴望去生活。但是，当时间在我们前面日复一日地不断延伸开去，这些品质常常就会丧失。我们大多数人都把人生视为当然。我们知道有一天我们必得死去，但我们总是把那一天想得极其遥远。我们处于精神活泼、身体轻快的健康状态，死亡简直是不可想像的，我们难得想到它，日子将伸延到无穷无尽的远景之中。

我担心，我们全部的天赋和感官都有同样的懒惰的特征。只有聋人才珍惜听觉，只有盲人才体会重见天日的种种幸福。这种看法特别适用于那些成年后失去视觉和听觉的人。但是，那些在视觉或听觉上没有蒙受损害的人，却很少能够充分地利用这些可贵的感官。他们的眼睛和耳朵模模糊糊地吸收了一切景色和声音，他们并不专心也很少珍惜它们。我们并不感激我们的所有，直到我们丧失了它；我们意识不到我们的健康，直到我们生了病——自古以来，莫不如此。

我常想，如果每个人在他的初始阶段患过几天盲聋症，这将是一种幸福。黑暗会使他更珍惜视觉；哑默会教导他更喜慕声音。有时，我的心在哭泣，渴望看到所有这些东西。如果我仅仅凭借触觉就能得到那么多的快乐，那么凭借视觉将会有多少美展现出来啊！可是，那些有眼睛的人显然看得很少。对于世界上充盈的五颜六色、千姿百态万花筒般的景象，他们认为是理所当然的。也许人类就是这样，极少去珍惜我们所拥有的东西，而渴望那些我们所没有的东西。在光明的世界中，视觉这一天赋才能，竟只被作为一种便利，而不是一种丰富生活的手段，这是多么可惜啊！

如果，由于某种奇迹，我可以睁眼看三天，紧跟着回到黑暗中去，我将会把这段时间分成三部分。

第一天，我要看人，他们的善良、温厚与友谊使我的生活值得一过。

第二天，我要在黎明起身，去看黑夜变为白昼的动人奇迹。我将怀着敬畏之心，仰望壮丽的曙光全景。这一天，我将向世界，向过去和现在的世界匆忙瞥一眼。我想看看人类进步的奇观，那变化无穷的万古千年。我将通过艺术来搜寻人类的灵魂。我会看见那些我凭借触摸所知道的东西。

第三天，我要在现实世界里，在从事日常生活的人们中间度过平凡的一天。我开始周游城市，站在繁华的街角，只看看人，试图凭借对他们的观察去了解一下他们的生活。我要到公园大道去，到贫民窟去，到工厂去，到孩子们玩耍的公园去。我始终睁大眼睛注视幸福和悲惨的全部景象，以便能够深入调查，进一步了解人们是怎样工作和生活的。

七、海伦·凯勒给大家的忠告

对那些能够充分利用天赋视觉的人们一个忠告：善用你的眼睛吧，犹如明天你将遭到失明的灾难。同样的方法也可以应用于其他感官。聆听乐曲的妙音、鸟儿的歌唱、管弦乐队雄浑而铿锵有力的曲调吧，犹如明天你将遭到耳聋的厄运。抚摸每一件你想要抚摸的物品吧，犹如明天你的触觉将会衰退。嗅闻所有鲜花的芳香，品尝每一口佳肴吧，犹如明天你再不能嗅闻品尝。充分利用每一个感官，通过自然给予你的几种接触手段，为世界向你显示的所有愉快而美好的细节而自豪吧！不过，在所有感官中，我相信，视觉一定是最令人赏心悦目的。

绝望与新生：另一种灵魂的自我救赎
——读格雷厄姆·格林《命运的内核》

英国作家格雷厄姆·格林《命运的内核》表面上看只是一个单纯的爱情故事，是一个中年男人在压抑疲惫的婚姻中一次充满愧疚的婚外情，实则不然。因为正是这段恋情让他走向了个人毁灭，在义无反顾中情愿以自殉的方式去成全另一种灵魂与宗教的救赎。

一

主人公斯考比从一出场就是一个充满了心灵压抑和没有安全感的人。二次战争期间，他被派遣到遥远的非洲西海岸酷热的热带雨林从事警察工作，十五年过去了，却还只是一个看不到升迁希望的警察署副专员。虽然他对自己的升迁毫不在乎，却必须面对来自于经济的压力和妻子的催迫，以及她永无尽止的抱怨。

在工作之中他又必须面对各种各样永远处理不完的案子，面对随时可能爆发的各种疫情和在疫情中被夺取生命的危险，更要面对殖民地黑人对外来统治者白种人的仇恨与报复。他看不惯各种徇私舞弊，对工作充满了负责的精神，可是微薄的收入难以满足妻子去南非度假的愿望，每天回家都必须面对妻子哀怨的眼神和她对于丈夫早日升任专员的期待。

他温柔地说："我会尽力想出个办法来的。你知道，只要可能，什么事我也愿意为你做——不管什么事。"

"我会的，亲爱的。我会想出个办法来的。"他很奇怪，她这么快就睡着了。她好像一个把担子摞掉的累垮了的搬运夫。他还没把一句话说完她就睡着了，像个孩子似的握着他的一根手指，呼吸也像孩子那样自然。现在挑子摆在他的身边了，他准备把它担到肩上。

这是斯考比每天面对妻子必须做出的承诺，好像这样的承诺已经成了他的口头禅和对妻子爱的义务。但他又明白自己很难做到，如果真要做到他就必须冒着犯罪的危险，那有违他做人的原则，更有违一个天主教徒的教义，虽然这样的受贿机会满地皆是。所以，他只能每天都活在愧疚与自责里，永远都在渴望安宁。

坦白地说，斯考比的灵魂是一颗充满了困惑的灵魂，作为一名虔诚的天主教徒，他本身对天主教的教义也充满了各种质疑，只是被一种无形的责任强迫着去完成每天的祈祷和每周去教堂做弥撒领圣体的义务。或者说他仅仅是出于对妻子婚姻爱情的怜悯而每天按部就班地工作和生活着。

二

在面对一个被举报藏匿非法信件的船长写给女儿的信时，斯考比在船长的贿赂面前想到了前任警察官员的腐败。船长对他跪地求饶甚至拿出了大笔的钱款，他既没有收取贿赂也没有将信件上交，而是冒着风险默默地烧掉了它。虽然他知道，只要收下那些钱款就可以满足妻子去南非度假的愿望。

弗莱塞尔用快活的语调说："烧毁证据吗？"说着就向铁皮桶里看了一眼。姓名已经烧黑了：弗莱塞尔肯定不会发现什么——只有斯考比一眼就能看出来的一个棕色外国信封的三角形碎片。他连忙用一根棍子把它打碎，然后抬头看了看弗莱塞尔的脸……只有自己的心跳告诉他干了违法的事，他已经加入了腐化警察官员之列——在另一个城市有大笔存款的拜利，被发现隐匿了钻石的克雷绍，博伊斯顿虽然没有确凿的贪污证据，但也已因病退职。

由此斯考比在心里想到："这些人都受了金钱的腐蚀，而他却是受感情的腐蚀而堕落的。比较起来感情比金钱更为危险，因为感情是没有固定价格的。一个惯于受贿的人在贿赂没有达到某一数字时还是可靠的，而感情却可能只因为一个名字、一张照片，甚至一阵使人有所缅怀的气味就在一个人的心里泛滥起来。"

　　这是一个饱含悲悯心的男人所做出的选择，是他内心的善良让他抵抗住了那些来自于殖民政策本身的不公，他的内心自有一杆天平，可是他却要为这杆悲悯的天平背负起更加沉重的情感债务。

　　而斯考比的情感堕落正是因为他对一个陷入困境的女人手中的集邮册多看了几眼，他对她的情感就真的泛滥成灾了。

三

　　她把酒杯递过去，不出声地哭起来。她哭的时候面孔涨的通红——她看起来老了十岁，一个中年、被遗弃的妇女。他觉得他面颊上吹来一丝令人不寒而栗的气息。他在她的身边跪下一条腿，把粉红色的杜松子酒像药水似的举到她唇边。"我亲爱的，"他说，"我会想出个办法来的。喝了吧。"

　　她再次对他发起了攻势。

　　"蒂奇，这个地方我再也待不下去了。"

　　"告诉我一个办法。只告诉我一个。"

　　"我早就知道了，你并不爱我。"

　　"你谁也不爱。"

　　"那是你的良心，"她悲哀地说，"你的责任感。自从凯瑟琳（他们的女儿）死了以后，你就从来没有爱过谁。"

　　"蒂奇，你连一声爱我也不肯说。说吧，就说一声。"

　　…… ……

　　他从杜松子酒上面悲伤地望着她，望着自己失败的明显标记：她的皮肤因为长期服用阿的平而微微发黄，眼睛被泪水泡得红肿不堪。没有人能够保证永久的爱情，但是十四年前在伊灵（地名），在花边同蜡烛中举行的只有少数人参加的那场可怕的典雅的婚礼上，他曾默默发誓，至少要使她得到幸福。

　　面对妻子的强大攻势，斯考比终于屈服了，去找了叙利亚商人尤塞夫借钱了。斯考比一直知道尤塞夫对他有所求，也知道尤塞夫不是好人。他知道尤塞夫想通过警察的手打击对手、打通关卡走私钻石。然而他还是跟他借了钱，足以满足妻子去南非度假的钱。这是斯考比走向堕落最关键的一步。

终于送走了妻子，"斯考比在起居室里坐下来，两只脚搭在另一张椅子上。现在家里只剩下他一个人，他可以为所欲为，做出最荒唐的举动来：他可以在椅子上而不在床上睡觉。悲哀从他的心上一层一层地剥落，留下来的是宁静自得的感觉。他已尽了自己的责任：露易丝快乐了。他闭上了眼睛。"

然而，就像歌德《浮士德》中的浮士德博士一样，斯考比从此也与魔鬼签下了协议。这个魔鬼就是永远也不会让他安宁的尤塞夫。偿还了妻子短期情感债务因此获得一段自由期的斯考比，也必将为此付出更大的代价。

四

正是在这段可以"为所欲为"的自由期里，他遇到了罗尔特太太（海伦），一个在海上漂浮了四十天，从九死一生中逃出死神之手的年轻女子。

一场海上沉船事故，船长遇难，只剩下轮机长带着剩余的人员历经四十多天的漂浮，才到达了海边。很多人在中途因为疫病死掉了，反而剩下多余的淡水能够让罗尔特太太幸存下来。斯考比在救援的过程中见到她的时候：她昏昏沉沉地睡着，金黄色的头发因为汗水浸泡而缠结成一团，张着小嘴，嘴唇焦干，龟裂了很多小口。每隔一会儿，她就浑身抽搐一下……一张脸因为干枯瘦削几乎可以说是丑陋的脸，包在颧骨上的肉皮看上去像要绽裂似的，只是因为看不到任何皱纹才能断定是一张年轻的面孔。

法国军官说："她刚刚结过婚——启程以前。丈夫遇难了。根据护照，她才十九岁。"

她的胳膊像个小孩子似的，露在毯子外边，手指紧紧接着一个本子。斯考比看到她的结婚戒指松松地套在一根枯瘦的手指上。

"那是什么？"

"邮票。"法国军官说，接着又恼恨地加了一句，"这场倒霉的战争开始的时候，她一定还在小学念书呢。"

她就是这样躺在担架上，紧闭着眼睛，手里接着一本集邮册，被抬入了他的生活。斯考比永远也忘不了这一情景。

接下来他鬼使神差地开始关注她，千方百计地照顾她，等她稍微康复了一些被安排到山上的尼森式住房里，他去看望她，并确切地知道了她原来的名字叫海伦。他知道了她原来在学校的时候打过无挡板篮球。他们整整聊了一夜的话。

最后她抬起她的憔悴的、真诚的、孩子似的脸说："我那么喜欢你。"

"我也喜欢你。"他严肃地说。他们两个人都感到非常、非常放心。他们俩是朋友，他们只可能是朋友，不可能有别的关系。他们被许许多多的事物分割开：一个死去的丈夫，一个活着的妻子，一个做牧师的父亲，一个名叫海伦的体育女教师，以及那么多年的不同的经验和阅历。他们彼此无论说什么，都用不着有什么顾虑。

但是他们不知道，所谓的"安全"只是化了妆的敌人。当他们再一次在大雨之夜在一起的时候，正是这种貌似的"安全"催化了他们之间的关系。

他们被包围在一片雨声中，雨点以一定的节奏一刻不停地敲打着铁皮屋顶。

她忽然热情地说："我的上帝，你多么好啊！"

他说："我不好。"

她说："我有一种感觉，你永远也不会做出对不起我的事。"

她的话像是对他发出的一道命令，不论执行多么困难，他也要服从。她的手里塞满了他带来的莫名其妙的小纸片。

她说："我要永远保存着这些邮票。我们永远也不用把它们抽出来。"

有人在门上敲了敲，一个兴高采烈的声音说："弗莱迪巴格斯特来了。不是别人，是我，弗莱迪巴格斯特。"

"别作声，"她低声说，"别作声。"她挽住他的胳膊，望着门，好像喘不过气来似的微微张着嘴。他觉得她像是一只逃回自己洞穴中的被追捕的动物。当巴格斯特的脚步声走远了以后，她抬起嘴巴来，他们的嘴吻在一起……

他往家里走的时候，把雨伞落下了；当时他处在一种奇特的狂喜的心情里，仿佛是，他再度寻获到自己失去的一件东西，一件属于他青年时代的东西。在潮湿、喧嚣的黑暗中，他甚至提高嗓门唱起福莱赛尔经常哼唱的那首

270

歌里的一句歌词来……

从此，那个以前的斯考比不见了，代之的是一个处处需要掩饰、小心翼翼，生怕被别人发现私情的斯考比。是跪在上帝的脚下心里充满了哀伤、狂喜、疼痛和绝望的斯考比。

他一方面无法制止每夜去看海伦的脚步，一方面又为这种违反天主教教规的私通行为羞耻万分。他去找神父忏悔，又无法听从神父的规诫。恰恰是在这个时候，上峰通知他来年可以升迁为警察署专员了，让他做好一切准备。

同时魔鬼一样的尤塞夫一次次地找上门来，要他办理各种各样的要求。他甚至眼睁睁地看着尤塞夫在自己的眼皮子底下杀害了跟了他十五年的黑人奴仆阿里，一个曾在关键时刻救过自己命的奴仆。原因是怀疑阿里给弟弟通风报信，泄露斯考比的个人信息，而这些信息是敌对方千方百计要获取的情报，是会威胁到尤塞夫切身利益的把柄。就是在这个时候，在南非度假的妻子露易丝从爱慕她的他们夫妻共同的朋友同时也是政府密探的威尔逊处获得斯考比外遇的消息，即将提前返回。

当所有的压力一起压顶而来的时候，斯考比开始陷入惶惶不可终日的精神乱局。

一个从来只会为别人考虑的人，一个饱含怜悯心的人，一个曾经处处谨言慎行的人，最后却让自己变成了待罪的羔羊，变成了令自己憎恨的人：虚伪的骗子、间接的杀人凶手、违反教规的私通者和涉嫌职务犯罪的嫌疑犯。虽然并不是所有人都知道他的罪行，也没有人马上要去审判他，甚至就连他的妻子也装聋作哑，意图把他拉回生活的正轨，等待着享受职务升迁之后的荣耀。

但他自己已经无法忍受。

五

这个时候海伦情愿放弃自己，从他的身边消失，他的怜悯心却无法忍受。可他又做不到离开妻子彻底和海伦在一起，正是这所有的一切让斯考比想到了自杀。是的，只有自己的死亡才能让怜悯心消失，让他的灵魂不再痛苦。而只有合理的死亡才会让他的名誉不至于在死后蒙羞受辱，丢失进入天堂的资格。

因为对他而言，他知道热情会泯灭，爱情会消失，但怜悯却永远停留在那里，无论什么也不能使怜悯消减。生活的条件培育着它。世界上只有一个人不需要怜悯——那就是他自己。

虽然他曾经对海伦写下过：我爱你，比爱我自己、爱我的妻子，我想也许比爱上帝更爱你。但在现实面前，在宗教与道德的双重审判面前，他还是做了一个爱情的逃亡者。他情愿付出自己的生命，用一种世人很难察觉的伪装疾病方式死亡（心绞痛，而实质上则是大剂量服用安眠药），而不让自己背负上自杀而死的罪名。因为在天主教看来，自杀意味着自愿进入地狱。所以他为自己的死亡假象写下了大量与之相关的病历式日记，可谓绞尽脑汁。

最后时刻，他把药片放在嘴里，一次服六粒，分两次把它们冲了下去。接着他打开了日记在11月12日下面写道："去海罗（即海伦罗尔特）处，未遇，下午二时气温……"

"当他的身体摔倒在地上的时候，他什么也感觉不到了，他也没有听到从他的身上甩落的一个圣章发出的叮铃铃的声音，那圣章像一枚硬币似的旋转着一直滚到冰箱下面，并没有谁记得起上面的圣徒是什么人。"

也许我们可以说这是一桩蓄谋已久伪装式自杀，斯考比最后确实获得了他想要的结局，没有人推翻他的心绞痛式疾病死亡断定。虽然有人怀疑，比如对他的妻子露易丝垂涎已久的政府密探威尔逊，可也仅仅只是怀疑。

从真正的意义上来说，这是一颗饱含悲悯心的灵魂不愿意同时辜负两个女人的爱情而做出的自裁。是自己对自己生命与灵魂的负罪所做出的宣判与执行。斯考比的选择固然不可思议，但却是作者对人性的复杂和灵魂的深邃所作出的不懈探索的有力证明，小说人物所拥有的独立人格和悲悯精神仍然值得尊敬。因为悲悯精神是人类存在于这个世界上区别于其他类族能够拥有传承不息的文明的根本；也是当世界充满陷阱、人生的路上荆棘密布、敏感的灵魂痛苦绝望之时，我们唯一能够依靠自己的灵魂指引走出困境与做出选择的灯塔。

六

格雷厄姆格林曾二十一次获得诺贝尔文学奖提名,在他六十七年的写作生涯中,创作超过二十五部小说。虽然他的一生并没有最终获得诺奖,却是加西亚马尔克斯、威廉福克纳、奈保尔和J·M·库切等众多诺奖作家推崇备至的偶像级大师。《命运的内核》是作者自认写得最好的一部作品,因为"它深具腐蚀人心的东西。"

格林一生游历于墨西哥、西非、南非、越南、古巴、中东等战乱之地,曾任职于英国军情六处,从事间谍工作,并以此为背景创作,他的写作始终关注人灵魂深处的挣扎与救赎、内心的道德和精神斗争,被誉为20世纪人类意识和焦虑的卓越记录者。

关于安娜命运的思考
——读托尔斯泰《安娜·卡列尼娜》

列夫托尔斯泰的长篇小说《安娜·卡列妮娜》是一部经典的文学作品，当读到最后我才体会到它的伟大。

安娜的命运是本书的一条主线，列文的人生探索则是本书的另一条主线，二者相同之处就在于他们不安于现状，对爱情、人生理想和生活理想的不懈追求。安娜的爱情悲剧则是全书的重点。安娜不喜欢自己的丈夫卡列宁而爱上了年轻的军官渥伦斯基，她为了追求生命中真正的爱情不惜与丈夫和上层社会决裂，并且忍痛离开了自己的儿子。然而，当她不惜一切的爱达到疯狂甚至神经质的地步，渥伦斯基却对她冷淡了。她唯一相信的爱情忽然间变得暗淡无光了，同时她又遭到上流社会的羞辱和拒绝。丈夫拒绝和她离婚，而且不答应让儿子回到她的身边。她处境艰难，心理又敏感丰富，与渥伦斯基的争吵更让她伤心欲绝。于是当一切的残酷现实逼迫着她的时候，她选择了死，她想用死来唤回她的爱情。在她的身上，她为了爱情可以死也可以生，甚至不惜以自己的死来唤起爱情的生。她临死之前对渥伦斯基说：你会后悔的！

这是一个爱情悲剧，同时也是一个社会悲剧。虚伪的上流社会无法令她容身，虚伪的宗教、道德和一切冠冕堂皇的道德伦理都是为了维持一个内部腐败、堕落空虚的上流社会的外壳。

安娜是一个为了爱情永不妥协，勇敢向社会挑战的个人自由主义者。尽管她的反叛是无力的，但却揭露了那个社会的封建本质和腐朽内核。她的女性光辉就在于她不安于虚伪的上流社会现状，她漂亮高雅富有情趣，她聪颖美丽又真诚善良，她热情大方又知识广博，但她的丈夫卡列宁却麻木、迟钝、虚伪，表面上对上帝一片虔诚本质上根本就不是基督徒。他只是为了维护自己的体面和在官场上的名誉与权位，甚至为此可以忍受安娜和渥伦斯基的情人关系而只要安娜在表面上维护他作为丈夫的体面，这更使安娜看透了他的虚伪和愚蠢。他们之间根本毫无爱情可言。

最终，安娜在现实的逼迫下从容赴死，她认识到在这虚伪的彼得堡，一切都是欺骗，一切都是罪恶。她怀着对社会的绝望和对爱情的失望伏倒于铁轨之上，但她死的又何其甘心呢？她报复了渥伦斯基，也报复了这个无情的社会，她诅咒一切的虚伪和无情！于是，整个小说便凸显出了它震撼人心的悲剧力量！

这是一部批判现实主义的作品，也是列夫托尔斯泰的代表作，其中列文的精神探索即是作者本人的精神体现。安娜的悲剧命运有其性格本身的内在原因以及追求个人爱情幸福的一面，但从根本上来说仍是整个农奴改革后的俄国残存的封建主义和虚伪的社会观念与宗教道德伦理造成的。这不能不使我们惊醒，从而去仔细审视我们自己的生存环境，小说的社会批判力量根本体现就在于此！

当生命逝去的时刻，我们唯有认识到她的本身价值，才是对生命最好的祭奠！文学的力量在于批判，而批判唯有深刻才能令人惊醒，也许经典作品的经典之处就在这里！

传说，每个人的灵魂只有 21 克
——读艾丽丝·门罗《逃离》

  据说人死以后会比生前轻去 21 克，那是灵魂的分量。如果一个人对你说，他给你的是 21 克净重的爱情，那么他是在暗示他用生命爱着你。即使有一天，谁将离去，这一份爱也不会因为生命的消亡而消失，只会随着灵魂更深刻，更隽永。听起来有点像爱情的童话。

——题记

一

  我一直相信，青年的血是最热的，也是最富有激情的。

  在这个寒冷的冬天，我不相信早晨八九点钟太阳的温度，但我却相信青年们血管中滚烫的热流。

  在一个叫做"21 克空间"的微信公众号发起的一场叫"疯狂阅读日"的读书会上，我认识了这样一群热血沸腾的青年。大家在一间名叫"撒哈拉"青年旅社文艺风格的旅馆客厅里围炉阅读。冬日寒冷的北风不时地从封闭严实的窗户缝隙中钻入。整个客厅里，只有纸张哗啦哗啦翻阅的声音。两座火炉在房间里蹿动着呼啦啦的火苗，几盆炭火在脚边上散发着幽蓝的光芒。

  这是一栋坐落在北院门回民街区的明清建筑，雕梁画栋虽然几经兴废，结实滚圆的柱子却历经三百年依然屹立不倒。幽深的巷子七弯八拐地从嘈杂的回民街绕进来，立刻止了声。现代被时空阻隔在外面，就连空气也好像被过滤了一般。整个院子里，只有一股凛冽的寒，在自顾地妖娆着。

空气是冷的，时间是冷的，建筑是冷的，就连呼吸的空气也是冷的。

火炉是热的，血液是热的，青春是热的，灵魂是热的，人生也便是热的。

阅读在友善与有序中进行，也在灵魂与灵魂的碰撞中进行。客厅的一角两排整齐的书架上陈列着寂静的灵魂。我们只需要用自己灵魂的眼睛将他们请入内心，便能与之进行真切的交流。时间从早上八点一直持续到晚上五点，中间除了一顿简餐，所有人都在寂静中进行着自己的阅读。我们在寂静的阅读中寻找属于自己灵魂的那 21 克重量。

二

我阅读的是加拿大女作家艾莉丝门罗的小说《逃离》。小说讲述了一个诗人的妻子在丈夫去世之后帮助一个离异家庭的女孩逃离她现有的生活困境的故事。女孩在离开继父之后，和另一个男子建立了一个并不稳定的家庭。他们一起经营着一个驯马场，帮助别人照护和驯养马匹与其它动物。只是这个男子性情粗鲁，经常对女孩辱骂和训斥，从而引发了女孩想逃离的情绪。诗人的妻子在得知女孩的现状以后愿意提供朋友的住所帮助女孩离开，但女孩却在离开的大巴上对逃离本身和陌生的旅程产生了恐惧。最后放弃了行动，回到了那个虽然不堪却足够温暖的男子身边。男子在回头找诗人妻子理论的过程中，因为他们共同遭受暗夜里从雾气弥漫的水雾中归来的一只小羊的惊吓而放弃了争吵。

故事情节简单，故事的意境却格外深远。小说从诗人的妻子在丈夫死后在大雨之中开车归来写起，女孩作为诗人家的小时工不时去他们家里帮助诗人的妻子做家务。马场生意因为寒冬不景气使女孩的丈夫愈发脾气暴涨，女孩只能在沉默中用泪水消解内心的委屈。女孩只有与自己看护的几头动物做着沉闷的交流。诗人的妻子在丈夫去世后倍感孤独与凌乱。所有一切的不如意都在泥泞的大雨中展开，但是却营造了一个人人都想逃离的生活状态，一种最真切的人生状态。这是一种比较沉闷的阅读，整个故事几乎无所谓高潮，也无所谓结局。但是在阅读的结尾我们却能在小说中看到自己的影子，看到自身的生存状态，看到我们灵魂本身的疲惫不堪，无所依归的孤独与惘然。这种描写犹如一把钝刀，不尖锐，却足够分量，落在心里能把你震到心肺俱损。

这也是我阅读西方文学作品的一贯体验。所有的场景几乎都是凌乱的，四分五裂的，但却是生活本来的面目。所有的描写几乎没有什么组织，没有架构，好像不息的洪水一般浩浩荡荡地向你涌来，最后却会让你有一种喘不过气来的刻骨与疼痛。

东方的文学却不是这个样子，我们所有的故事都是环环相扣的，我们的每一句语言都是尖锐锋利的，我们的面部表情更加生动形象。我们是活在细节之中，却唯独让灵魂变得模糊。或者说我们太过于关心局部的描绘，琐碎与不堪的计较。就好像如来佛手上的孙猴子，只为自己在五行山上留下的那一泡尿而洋洋得意。

三

最后两个小时的交流恰如围炉夜话般的温暖。只因着每个人手中书本里那一颗灵魂的敏感多情、丰富多彩，便也触发了我们自己心灵中的那一泓溪流。我们甚至想让这溪流变成大海，汹涌澎湃起来，因此便有了争论与交锋。周国平、余秋雨、梁文道、米兰昆德拉都被我们一一地请进这场没有硝烟的战争里。在这场小小的十余人的语言激战中，我们为古城读书会发展前景忧虑着，为着文化古都的才子佳人和他们令人激动的诗文而喜悦着，为社会的瞬息万变与功利浮躁而忧愤着，更为我们明天的梦想而憧憬着……

那些激情涌动的时刻，青春是如此明媚地绽放在她们的身上，凛冽的北风在这如火的青春里也偃旗息鼓了。原本一直以为，阅读是一件最为私密的事情。现在看来也不尽然，阅读更有着它开放性的一面。至少在阅读者与阅读者之间，在将阅读奉为真诚的灵魂交流的人面前，阅读更是一种令人欢欣鼓舞的灵魂狂欢。不因为别的，只是源于我们对于孤独的渴望与恐惧，所以我们愿意听到一切灵魂的回响。我们之所以活着，在很大程度上也是为了寻求这灵魂的回响。那妙不可言的天籁，就好像一颗灵魂碰撞另一颗灵魂，

"砰"的一声，激越如洪钟大吕，清脆如山涧鸟鸣，然后便是绵延无尽的情感震颤，是我们毕生所寻求的那 21 克的重量……

其中：一克是宽容；一克是接受；一克是支持；一克是倾诉；一克是难忘；一克是浪漫；一克是彼此交流；一克是为他祈求；一克是道歉；一克是认错；一克是体贴；一克是了解；一克是道谢；一克是改错；一克是体谅；一克是开解；一克是忍受；一克是质问；一克是要求；一克是遗忘；最后一克是不要随便牵手，更不要随便放……

这些都在青年的血液里流淌着，因为青年的血是最热的，也是最富有激情的……

第六辑　书边语丝

我有一个梦想
——我的阅读故事

书,是烛照灵魂的灯塔,也是人类从蛮荒走向文明的标志。

我想,我是喜欢书的。这种喜欢是一种发自内心的喜悦,是阅读到动情之处悲欣交集、泪盈眼眶的慰藉。它既来自于我手中的书本,又来自于另一个现在仍存在,或者已经不存在的思考者的灵魂,向我传达一种穿越时间而直抵人心的力量。所以,我一直以为,文字是这个世界上最值得我们敬畏的一种存在。仓颉造字,惊风雨而泣鬼神,也绝非只是一个遥远的传说。

记得在很小的时候,母亲便告诉我要敬惜字纸。母亲用的是"敬"而不是"珍",这在不识字的母亲的心目中是把字纸和她一向敬畏的神邸摆在了同一个位置。因此自从我上小学开始,每当我写作业的时候,母亲都要把我坐的桌椅擦拭的干干净净,才让我把书本摆上去。我想,那一桌一椅,应该就是我最初的书房吧,它们摆放在乡村的篱笆门旁,紧邻的猪圈里不断传出小猪的歌谣。现在想起,我常常在心里偷笑,那应该是我最珍贵的童年了。

乡村的孩子,喜欢读书和能读到好书常常不是一回事情。八十年代的我们,乡村的读书资源还异常匮乏,一本连环画常常被我们翻得起了毛边,宝葫芦兄弟的故事和郑渊洁的《童话大王》只有父母在城镇工作的孩子才能有,而能拥有一本《365夜故事》在我的眼中看来,那就是这个世界上最幸福的孩子了。

每次暑假跟爸爸去单位玩,路过新华书店的时候我宁愿什么好吃的也不要,也要买几本喜欢的连环画或者故事书。父亲也是没有读过书的,只是在以后的工作中慢慢地学习了一些基本的文化知识。所以他对我的请求从来都会满足，同时也不会少掉好吃的。记得有次，爸爸带我在新华书店，我看中了一套十二本的《铁道游击队》的连环画，售货员说要十二块钱，我听了吓了一跳，以为这次爸爸一定会拒绝我买书的愿望，要知道在当时的十二块钱相当于爸爸在单位十天的伙食费啊，可爸爸也只是低头看了我一眼，就爽快地付了钱。后来才知道，爸爸为了给我买书，整整一个多月都没有抽烟。

我为这件事情内疚了好一阵子，也在内心激励自己一定要好好念书。在小学整整六年时间里，我是没有书房的，也是没有自己独立的房间的。当时乡村的孩子环境大致都是如此，物质条件的限制在很大程度上压抑了我们对精神食粮的渴求。因为拥有有限，所以极为珍惜，我们总是将手中的每一本书反复阅读，相互传阅，交换阅读，这相比今天的孩子读起书来囫囵吞枣却也无形中培养了我们精读的能力。

上初中时，家里的新房落成，我拥有了自己的房间。但大多数读书的日子一直住校。我的书房总是空着，但母亲依然把书房打扮的漂亮雅致。梅兰竹菊的字画条幅是我从书店里选回来的。桌前的台灯是我作文获奖比赛的奖品。书柜是爸爸特意请村里的老木匠做的。书柜落成的周末我迫不及待地将自己的所有藏书摆进书柜，并加了一把小锁，特意告诉母亲不准任何人动。如果我不在的时候有客人来家里翻动了我的书籍，或者借走了我的一本书，我常常会对母亲发火。我想，在书籍上的小气应该是我身上最大的坏毛病了，可这辈子恐怕都改不了啦。

从初中拥有了一套四大名著，到高中文学类藏书增添到一百多本。藏书的不断丰富和最大程度上利用图书馆阅读极大地锻炼了我的阅读写作能力，开阔了我的视野。自从高中的那次全县作文比赛获得一等奖，全程开启了我的文学之梦。从文理分科我毅然选择文科，到高考志愿我填报中文系。数年的大学生活是我将自己沉浸在图书馆里的四年，从第一篇文章在《视野》杂志的发表，到在《华商报》和文学刊物上发表星星点点的豆腐块，我的阅读从未终止，我的笔从未放下。从毕业以来的第一部长篇小说在华商网的连载，到现在蛰居城中村书写《西漂十年：80后睡在城中村的日子》，我的梦想从未停止。

看到《华商报》的"新书房运动"，我的心忽然间有一种被彻底击中的疼痛。埋首书海二十多年，我竟从没有想过给自己的书房取一个名字。但是我肯定千次万次地在梦中想像过自己书房的模样，像诗人海子一样，梦想站在房子的门口，面朝大海，春暖花开。

我想，如果真的有那么一天，我书房的名字就叫作"沁风斋"吧，愿我的文字能像一股沁人心脾的春风，拂去你心头的那一缕忧愁！

疼痛的青春
——关于席慕容，也说诗歌

我想凡是喜欢诗歌和文学的人，很少有人不知道席慕容，这个原本属于草原的女儿。后来一直居于海峡的那边。但是她的诗歌和散文，却深深地影响了海峡两岸的无数青年。

现在的席慕容已是花甲之年，但读她的诗歌我们却仍能够感受到一个青春女子，骨子里漫溢的诗情与芬芳。刚入大学的时候，也读了很多诗歌，却仍然不知道席慕容何许人也。那个时候的自己，怀揣着一颗莽撞而又惊喜的心，一头扎入大学的殿堂里。看着图书馆里满架满架的书，就好像孙猴子进了蟠桃园，那个都想尝一口。然而，农村孩子的卑怯感又如影随形，最后难免成了进了大观园的刘姥姥，闹出许多只有自己知道的笑话来。

只是很多艰涩的哲学大部头，就那样在当时带着一股莽撞的勇气走入其中。不能说没有收获，也许因为自己习惯了安静独处的书城岁月，所以很多艰涩的东西在静心琢磨之后，反而有自己的感悟在其中。这些大部头的东西，最终能够十得其一，就已经算是造化。

那个时候，阅读更多的诗歌，是北岛、顾城、舒婷这样的带着朦胧青春之风和哲理感悟的作品。而读席慕容的诗，则是由那首《一棵花开的树》引发的。这首诗歌如今已成为经典作品，只是其凄美的风格，却可以因不同场合，不同氛围而得到不同的阐释。总的来说，诗歌仍然只占了我阅读总量很小的一部分。等后来接触了太多的小说和散文，便对诗歌阅读一直处于常读却并非只读的状态中。

当时，自己也确实写了很多幼稚的诗歌。或许那些诗歌在真正意义上很难称为诗歌。它只是青春期的自己对爱情和文学的无比向往的另一种表达。而在我的印象里,很多人写作大都是从诗歌开始,最后由小说收尾。诗歌在很大程度上可以说是只属于青春的。或者说需要青春的激情和灵感,才能喷薄而出的偶得之作。诗歌是语言最精华的表达,尤其是汉语诗歌,其遣词造句并非只要分行和顺畅就行。诗歌本身是需要表达出我们生活中常见的,却又并非是每个人都能发现的美。它是对庸常的超越,又是透过庸常见真醇最后抵达真理的途径。

时至今日,再读席慕容的诗歌,内心会涌动起一股怀念往昔的美好情愫。就如同《一棵花开的树》,令人对青春的逝去哀伤而又留恋。对曾经的情感怀念而又疼痛。因此,也可以说诗歌和青春都是一种对生命疼痛的表达。尤其是在"为赋新词强说愁"年纪里的那份鲁莽和心悸的疼痛,会在多年以后变成真切而又刻骨铭心的疼痛。

而现在,有三首席慕容的诗歌,仍然能够唤起我们那时疼痛的美好。

青春

所有的结局都已写好
所有的泪水都已启程
却忽然忘了是怎么样的一个开始
在那个古老的不再回来的夏日

无论我如何地去追索
年轻的你只如云影掠过
而你微笑的面容极浅极浅
逐渐隐没在落日后的群岚
遂翻开那发黄的扉页
命运将它装订的极为拙劣
含着泪,我一读再读
却不得不承认
青春是一本太仓促的书

如果说《青春》是对青春本身逝去的最深婉的哀悼。那么《莲的心事》则是一种最羞怯的哀伤。

  我
  是一朵盛开的夏莲
  多希望
  你能看见现在的我
  风霜还不曾来侵袭
  秋雨还未滴落
  青涩的季节又已离我远去
  我已亭亭 不忧 亦不惧

  现在　正是
  最美丽的时刻
  重门却已深锁
  在芬芳的笑靥之后
  谁人知我莲的心事
  无缘的你啊
  不是来得太早
  就是
  太迟

而最令人落泪的却是《晓镜》，这个题目本身就令我想起了一句唐诗"晓镜但愁云鬓改"。

  我以为
  我已经把你藏好了
  藏在

那样深　那样冷的
昔日的心底

我以为
只要绝口不提
只要让日子继续地过去
你就终于
终于变成一个
古老的秘密
可是　不眠的夜
仍然太长 而
早生的华发　又泄露了
我的悲伤

　　这是写诗的席慕容给予青春的疼痛最美的诠释和表达。也许这种疼痛，只有当深处叶芝的《当你老了》的美好之中时，我们才能真的释然。可是，岁月和青春却很少给我们这样的机会。所以，缅怀和哀伤变成了我们记忆之中一份永恒的疼痛和美好。
　　因为，只有我们感觉到疼痛的时候，我们才知道，我们的心还在跳动……

不朽之途
——写在陈忠实老师逝世之际

作为一个始终关注文学的晚辈，我无法不对陈忠实老师的病逝产生触动。尤其是我们共同生长在一片黄土地上，脚下这一块又一块的黄土台原是我们得以生根发芽延续血脉与情感的永恒故土。

一部厚重的《白鹿原》给了我们得以了解这片土地的心灵密码，那些活灵活现有血有肉的人物形象和生动故事，是我们每天都在接触的父老乡亲，更是我们无法忘记的记忆与梦想。

选择了文学，就意味着放弃个人的得失与荣辱，用义无反顾的担当去为一个民族书写真正的史诗。陈忠实和他的《白鹿原》所给予我们的正是这样的启示。

可能我们很多人并没有真实地与这位老人打过交道，可我相信只要阅读过他文字的人，观看过他采访节目的人，甚至于道听途说过他待人接物故事的人，我们都会觉得他无愧于他名字中的"忠实"二字，他始终怀着一颗悲天悯人之心，以一个农民的善良本分履行着一个作家所应有的担当和责任。

2002年刚上大学的时候，陈忠实老师来我们学院做报告，当时能容纳五百人的阶梯教室座无虚席，就连过道和走廊里也涌满了前来听课的学生，甚至一些慕名而来的社会人士。同学们的提问一个接一个，在那个互联网方兴未艾，文学依然神圣的年代，我们怀着满腔的青春激情环绕在这位老人身边，想急切地从他的口中得知文学写作的奥秘和捷径。面对众多的提问，陈忠实老师以饱满的精神状态为我们尽可能地做出阐释和回答，如同雪花一般的提问纸条从讲台下面传递上去，陈忠实老师一口关中方言，语音纯正精湛，句词落地有声。

　　这么多年来，在文学的道路上我从未想到过放弃，正是因为当年我在一个关中汉子身上所看到的希冀和向往，那是一种带着梦想光芒的抵达，是埋身黄土、走出黄土又回归黄土的悲壮和决绝，是抬着棺材出征的大无畏气概。所以，在陈忠实老师身上他生前的所有预言几乎都得到了验证：要写一本死后入棺垫枕的书，要用文字来揭示一个民族的秘史，要让人回归到人本身的尊严。

　　高中三年级读的那本《白鹿原》被别人翻得早掉了封底，所以我一直以为自己看到的《白鹿原》没有结尾，甚至我一直都没有搞清楚白家得势之后小说的结局会走向哪里？

　　《白鹿原》的结尾实质上是一个开放的结尾，作者并没有局限于所谓的正面与反面角色的区分，而是站在大历史的背景下纵观社会变迁与人心向背，这正是《白鹿原》超越历史局限获得崭新视野的可贵之处，因此这本书放在任何一个历史时期都不会过时。《白鹿原》中的那些人物永远都带着浓郁的黄土气息，以鲜明的个性色彩活跃在中国乃至世界文学史的画廊之中。

　　一个文学领军人物的辞世是令人悲伤的，这是整个中国乃至世界文学的一大损失，但他和他的《白鹿原》必将因此更加深刻地进入世人的心中，并在持续阅读中不断获得崭新的意义。

　　我以为，对一个作家的最好祭奠莫过于认真地去阅读他的作品，这时他的精神和他活着之时的全部意义便会从他的文字中浮现，从而让他抵达真正的不朽之途。

"吉禾"精神
——与周莉老师的"共"读岁月

  说起和"吉禾"的缘分，还是源于2013年的秋天我刚开始接触微信。在一次偶然的情况下，我关注了一个叫"吉禾家书舍"的微信公众号。当初关注的原因仅仅只是自己对微信订阅号的好奇。后来这个公众号开始不间断推送加西亚马尔克斯《百年孤独》的章节内容，然后是村上春树的《且听风吟》等中外现当代名家的作品选摘。

  可能是源于自己对文学一向的关注与热忱，当听说吉禾要组织一次线下读书交流活动时，我很自然地被一种文学的向心力推动着，不知不觉地在图书馆找到了那本《空谷幽兰》，不知不觉地读完了这本早在很久以前就听说过的简朴之作，不知不觉地来到了凤城五路，参加了"吉禾"第一次线下活动。同时，我也必须诚恳地检讨，我把素未谋面的涛涛同学也给忽悠来了。之所以说忽悠，是因为她之前对这个公众号一点也不了解。那天她来得最早，连早餐都没顾得上吃，长达五个小时的交流讨论活动让她在精神上收益颇丰，却也把她的肚子饿坏了。

  那天我们都过得非常充实，也非常快乐。虽然只有七个人，新颖的观点和旁逸斜出的看法仍然屡屡让大家惊喜和讶异。张晖老师作为整个交流活动的话题向导和主持人，让整个讨论活动有中心有重点地得到了展开。她和蔼诚恳的笑容让大家在精神上都非常放松，大家在一个宽松、舒适的环境里跟随着《空谷幽兰》作者的游历进行了一次别有意味的精神历险。比尔波特对民间隐士的向往其实也是我们每一个读者对中国隐逸传统的向往，围绕着终南山长达数千年的隐逸文化实则是我们对一种朴素精神生活的向往和热爱。

中国历史上无数大大小小的寺院和道观，一直承载着中华文化最朴素的真谛，那就是让心灵获得妥帖的安置，让精神能够自然地伸展和生发。这是每一个向往精神自由的人都渴望获得的结果。只是都市文明发展到今天，在繁忙紧张的高科技发展节奏中，有时候我们不得不承认，我们的精神世界正在逐渐变成一片干涸的荒漠。原本浩浩荡荡的中华精神的河流，正在被挤压成一朵朵的"空谷幽兰"。

第二次线下活动书目是张德芬的《遇见未知的自己》，"吉禾读书会"发起人周莉老师如同上次一样热情地组织了这次活动。只是这次参与的人相比更多，年龄层次也涉及到老中青三代人，更有宝石花公益的理事郭超老师与凤凰网记者李倩的到来，无形间让这次活动显得更具气场和规模。话题向导张晖老师别出心裁地让大家在开始前每个人用水彩笔各画了一张自己心目中的自己的肖像画，然后让大家根据这张画来介绍自己性格的三个特点。因此活动一开始就进入了一种乐观而谐趣横生的场面，由张德芬身心灵修养的精彩观点引发开来，最后我们提炼出了一个主题：我们如何与爱自己的人更好地相处？

这是一个非常现实的话题，也是一个广泛地引发大家心灵共鸣的话题。在这个话题中有子女与父母之间在生活和精神取向上的种种不同与冲突，有夫妻之间朋友之间的种种不被理解和误会的产生与消融。青年们慷慨激昂、中年们低头聆听、老者们据理相争，这是一场和平自由与宽松谅解并存的对话场景，也是一场激动人心的对话场景。让代沟在这里成为观点的交锋，让争辩在这里成为海纳百川的海洋，甚至在这里我们没有了长幼之分，没有了身份之别，有的只是心与心的交融，灵与灵的碰撞，我们所要获得的只是彼此一个会心的微笑，一场浩浩荡荡在图书的海洋里奔涌向前的精神的融汇。

我将这种融汇称之为："吉禾"精神。

其实"吉禾精神"的背后还有另一种渺小却不失伟大的场景，那就是自2008年汶川地震以来所自发成立的"宝石花"公益组织。它不仅在那场世所罕见的国殇之中发挥了自己的力量，而且在那场地震之后也一直在默默地奉献和努力着，为陕、甘、宁、青、川的留守儿童和贫困学子、为全国计划生育特殊家庭的失独老人、身边敬老院和社区的老人、边疆灾民等，不断地输送着自己的爱心与力量，并在 2015 年我国第一个扶贫日，获得了国务院扶贫办公室的表彰！

"吉禾读书会"发起人周莉老师当时任宝石花公益的秘书长，在公益组织获得国字头的荣誉后急流勇退，只保留了宝石花公益创始人之一和出资人之一的身份，以名誉理事的头衔继续支持宝石花公益的良性发展。

"吉禾"两字就是周莉老师名字的拆分，去掉束缚、杂草和利器得以"吉禾"二字。同时也是她的常用笔名。后来她在凤城五路长庆兴隆园一号1005 室开放了自己的书房，"吉禾家书舍"由此诞生，也让"吉禾读书会"从此有了固定的线下活动场所。同时"吉禾家书舍"还是西部儿童阅读联盟绘本馆成员之一，其馆藏绘本均是国内外经典名家之作，全部都是精装版图书。

周莉老师以《礼记》中"好学者如禾如稻"来沉淀自己，还时刻提醒自己"饱稻低头"虚怀若谷做好自己。关于做自己，说起来很好玩，她不仅是个严肃的阅读者，还是个时尚的艺术生活手作达人，擅长刺绣、剪纸和手作纸艺花，在吉禾家书舍处处可以见到她的各种作品。这几年读书会雨后春笋一样的遍地开花，"吉禾读书会"却只想认真读书，不求人气拒绝浮躁，线下活动只深耕经典做安静的深度交流。

趣味相投的人最终会遇见，"吉禾读书会"是因阅读的兴趣而生的参与式读书会，倡导阅读经典和参与式分享。米饭自己嚼着吃才有营养和味道，所以不请大伽讲座也没有主讲，主体是参与其中的阅读者。在流程引导下的参与式分享交流，让阅读真正回归到了阅读本身，参加几次之后你会发现，只有读的越深入才能分享的越透彻收获也会越多。只想人云亦云的听听，别人的分享你也接不住。

"吉禾读书会"没有门槛，却要求每次参加线下活动必须提前认真读书，所以你决定要参加，必须是认真做出来的决定而不是来凑热闹。好好读书吧，期待你来参与、分享、链接。每个参与的人都是良师益友，有了不同的视角和观点，你的发言有可能在其他参与者眼里是最精彩和最触动内心的那一个。在阅读和分享过程中共同学习、互为榜样、彼此链接，一起成长。一个人走会很快，一群人走会很远！

最后，愿我们与"吉禾"精神同在！

阅读是灵魂的密语
——西安十点钟读书会活动侧记

一

文字不灭，青春不死。

我一直这样认为。

最近可能因为《西漂十年》的宣传，让一直以来习惯了沉浸于阅读之中的自己变得忙碌起来。这忙碌里，虽然有些渴望已久的惊喜。然而，喜悦过后却是满身的疲惫与困倦。总觉得自己原本狭小的生活圈子似乎变得大而无当起来。

只是在这忙碌之中也认识了很多志同道合的朋友。这其中有可以称兄道弟的同行知己，也有因为文字的牵引而相识的众多书友。这是思想的碰撞，是一种源自文字圣洁之光的指引，从而让纯善的灵魂聚集到一起的陌生的故友之会。

这圣洁之光，便是阅读。

在这大半年的时光里，我接触过西安很多读书会。在这众多的读书会里，最多的成员还是天之骄子的大学生。因为我也是从这段青春时光中走过来的，所以我能深深地理解存在于他们身上的那种火热的激情，纯真的善良，还有获取成功的喜悦，在一点一滴的进步中扩大视野的兴奋与激动。

因为我走出校园已经十年了，经历了十年的社会沉浮，我更能感受到这份青春情怀的珍贵。因为这是一旦失去便永不再赎的一种拥有。是一种对每一个生命来说都不可再生的资源。它比金子更闪亮,比玉石更纯洁。就像少女洁白的齿尖上闪耀的光芒,美的朴素无华,又惊心动魄。

和十点读书会相识,同样是因为这种阅读的牵引。西安的很多读书会都发生于咖啡馆里。十点读书会也不例外。只是相对而言,十点读书会是一个更正规的组织。因为这是一个源自厦门的公司发起的,在中国众多的城市同一时间不同地点展开的阅读交流活动。

它有严格的报名审核程序,有井然有序的活动议程,更有众多在西安阅读圈子具有相当声望的成员作为组织者和发起人。这其中便有 LEE 姐和"北门"。

LEE 姐姓李,据闻曾留学海外,见闻广博,家学甚深,深谙心理学等诸多杂学。回国后的 LEE 姐,曾一度执教于高校,却见不惯体制内的诸多钳制与纷争,毅然辞职做起外文写作的单干户来。同时她也是西安众多民间读书会的组织者之一,因为其渊博的见闻和亲切和蔼的风格,被众多的学子当作偶像来崇拜。让我惊讶的是,《西漂十年》首发式上,LEE 姐会不请自来,这让之后了解情况的我,甚为惭愧。后来曾负荆请罪,却不料相谈甚欢。这次十点读书会西安 2 班第一次线下活动,我们能够再次相见。自然亲切又重了一份。

"北门"是西安十点钟读书会一班的班委。他虽然姗姗来迟,却亲切和气,与大家见面即是故友。之后又对我的作品做了很长时间的单独介绍,实在令我汗颜。然而相识之后,却也知道他长期居住于西安北门,即民间所称的"道北",仅仅这两个字,我们便成了知己。如此"北门"便是一个地地道道的"老西安"了,而在我心中他高大的背影也愈发地令我感到亲切与崇敬。因为,在《西漂十年》中,"道北"一直以来是我念念不忘的一个写作重点。

二

文字不灭,青春不死。

文字不灭,阅读便是永恒的。

青春不死，所有的人生便都在纸上复活。

在当天的十点钟读书会上，闵一恒是发言最早的，同时他也是一班的班委。一个热情而又淳朴的理科生。他的发言也是最真诚的。说到"母亲"这个词眼的时候，他的目光中焕发出一种恒久而温情的光芒。而我们都深信，因为阅读，我们的生命会变得更加地温润多彩。

令我惊讶的是，在这二十多位成员中，会有近一半属于工科生，这其中还包括相当多的女生。有趣的是，这些女生们很多都会自称为女汉子。我也能在发言中感受她们身上存在的刚毅与果敢，确实有着巾帼不让须眉的风采。比如基本不看文艺书的法兰，提出的一长串书目竟然都是《数据规划管理》《停车场设计》《数据规划设计》，而且充满自信地说："6月27号西安建筑科技大学华清学院，有欧洲建筑的分享会，将由法兰主持分享，大家都可以加入"。来自咸阳师范的小沐，竟然说她喜欢简单粗暴的运动，当然也喜欢说走就走的旅行。丽江的景色确实给她带来了很多惊喜。

还有在PPT简介中掷地有声地宣言女子必不可少的四件事便是"扬在脸上的自信，长在心底的善良，溶进血液的骨气和刻进生命里的坚强"的卢先珍同学。而她更多的愿望还是渴望从自我的小世界里走出来，和大家一起交流分享生活中的喜怒哀乐。

自称是小太阳的阳海燕。来自新疆，也在积极地宣传新疆，欢迎大家由此进藏旅游。ALLISON则是一个立志要由女汉子重新做回软妹子的女子。曾经出国学习的经历让她的身上闪耀着一种明显的独立精神。曾经忙碌的学习生活让她渴望在放松和阅读之中寻找新的自我。同时工作于国企的她又深感于体制的弊病永远不会把专业的人才放到属于个人的专业领域里去。于是，看书、喝咖啡、健身，做读书笔记便成了她做灵魂旅行的最好方式。除此之外，时而忙碌的工作也会令她充实许多。不难看出，积极昂扬的生活态度一直是她获取生命快乐的有力支撑。

毕业于体院的葵，渴望美好的情怀。执教于舞蹈专业，也会热爱麻将与火锅。在她身上艺术的塔尖与世俗的欢乐贴的是那么近，又那么酣畅淋漓。而给我留下更深印象的却是朱丽萍。稍显年长的她，身上有着知性女子的优雅，却能平易近人。说起阅读，说起《第二次握手》，她说在工作中劳累久了，文字的阅读会让她重新回归于年轻。一颗青春的心是永不会老的。而更多地则是她身上散发出的一种对生活不易的理解与和解，是一种在抗争中握手言和的自信与宽慰。这份态度，实非一般人所能拥有。

马小跑，这个名字本身就带有一种青春的律动。她本人也确实如此。马小跑和刘青青一起来自于西安外国语大学。人如其名，她们同样地喜欢旅行，喜欢疯跑，比如马小跑推荐的书就是《天才在左，疯子在右》，而刘青青推荐的书则是《一个人的朝圣》。《一个人的朝圣》则最后落在了我的手中。因此，我要感谢刘青青。带来一本好书。因为我一眼就喜欢上这本书了。一种直觉使然，阅读时发现果然不负我心。

写到这儿，还是不由感叹阴盛阳衰的现状，男生确实比较少，不过温熙确实是个很爷们的汉子，千里走单骑，是他的拿手绝活。而他推荐的《乡关何处》更是多了一份天涯羁旅的粗犷，还有一份苍茫悠远的生命感悟。申阳和小司也是纯爷们。申阳喜欢历史和哲学，也喜欢《黑客帝国》《生化危机》等电影，喜欢探寻时间与历史，时间与人类的关系，这不由令我肃然起敬。我们的相同点便是我们的哲学入门书都是《苏菲的世界》，在这里我想偷偷地告诉申阳同学，我曾经把《苏菲的世界》在大一的时候整整抄写了一遍哦。感谢小司，不遗余力地主持策划了本次2班的线下活动。可能因为幕后的忙碌让你讲话的机会少了，但是你的功劳都记在大家的心里呢。最后当然是桃子哥了。工科女，伤不起。喜欢读书是你最大的优点。当然吃喝玩乐睡觉也是。还有活泼文静的自兰，小女子一个，幼师一枚。落落大方，温婉有节。她的发言三分调皮里却有着七分的明净纯澈与爱的光芒，实令人动容。

结尾我还是想说：阅读是生命的盐，是漫漫长夜里一盏永远的明灯。阅读也是给予孤独灵魂的一种最强有力的抚慰。它可以让生命中累累的伤痕变得不那么痛，可以让我们看到别人的痛就好像看到了镜子中的自己。可以让我们不狂妄自大，也不自卑自弃。让我们发现自己的光，照亮别人也照亮自己。

这些，都是任何物质和金钱都换不来的生命体验。是只有我们在阅读之后才能知道的灵魂密语。是属于你，也属于我，属于所有阅读者本身的悄悄话。

秦岭女子
——孙亚玲散文印象

我一直视散文写作为畏途。自己每每起笔，也莫不是战战兢兢，说穿了真是有一种如履薄冰、如临深渊的体验。因为散文是一种最容易进入的文体，又是一种最难写好的文体。表面看来，好像什么样的人都可以写散文，什么样的内容都可以入散文。但古往今来，真正称得上散文大家的人，却向来寥寥可数。那些真正能拿出一本或者几本散文作品的作家，向来都是令我心生敬意的人。因为这样的作家都是甘愿把自己的内心剖析开来，真诚袒露给世界和读者的人。阅读青年女作家孙亚玲的散文，就给我留下了这样的印象。

《一轮明月映秦岭》是蓝田籍青年女作家孙亚玲的散文代表作，也是她把自己的成长、家庭与故乡全面融入散文之中表达的最充分又最动情的一部散文著作。

孙亚玲生于蓝田，长于蓝田。蓝田地处秦岭北麓，其丰富的山水生态和文化生态给予了作者潜移默化的熏陶和启蒙。尤其是作者的童年经历了中国农村大锅饭时代的艰苦岁月，这对她的写作来说更是一座宝贵的文学富矿。她的青春从这段岁月中走过，体验过物质匮乏对于生命成长的磨砺，这让她对故乡的风土人情、秦岭的山水风物和家乡的父老乡亲都怀有一种更通透、更质朴的情怀。

从她的散文之中，我们不难发现，作者本身就是一个静若处子又动若脱兔般的女子，是从秦岭的山水和蓝田的文化中脱颖而出的性灵赋予。这让她的语言极具口语化和原生态的特点，跳出了一般散文表达的陈腐和僵硬样式，几乎无保留地袒露了种种丰富的个体生命体验。她从秦岭的山水风物中走来，也便把秦岭山水的原始和质朴一起带给了读者，或者说她本身就是秦岭山水的一部分，她的性情、胸怀、样貌里都带有着这座中国山水后花园所具有生命特征：水灵与大气。

孙亚玲的写作又是有继承的，她的父亲孙兴盛先生是蓝田老一辈作家的代表人物，是与陈忠实、高建群等陕西文学领军人物共同成长起来的陕西作家。因此，女承父业便具有了一种巾帼不让须眉的当仁不让。而在写作之中虚心学习、步步为营的稳扎稳打，也让她的写作走出了属于自己的路子，逐渐建立起属于自己的写作阵地：那就是秦岭山水所赋予的性灵书写和自小养成的童真视角。

她写山水游记类的散文有一种"野路子"的风格，即在粗犷之中葆有着细腻、敏感的生命感悟；她写亲情和童年记忆的散文，更是将兄妹之间的真挚感情、童年生活的艰辛与自己的倔犟性格展示的既丰富、宽厚又立体、形象。

《槐花殇》是对曾经父辈们所经历的"文革"岁月的反思与痛悼；《那年那月那日》与《那山那水那人》则通过栩栩如生的笔触展现了一段贫瘠岁月里一代人的青春——属于作者自己的青春。这样的文字每一笔都带着疼痛，每一划都饱含着辛酸，却又最能打动人心，把读者代入到作者的生命体验中去，甚至让我们为之留下感动的泪花。

比如父亲磨豆腐的艰苦岁月里兄妹之间虽贫穷却快乐温馨的美好亲情；比如奶奶在老屋旁守着指甲花圃的孤独晚年；比如作者在童年里和同伴分享一块月饼时那童言无忌、既辛酸又满含童趣的对话，它们都无不闪耀着爱的火花，流淌着生命的欢乐与悲辛，给读者以莫大的心灵慰藉，给受伤的灵魂以温暖的抚慰与舒心的安妥。

在我看来，这种能给予读者以心灵慰藉和灵魂抚慰的书写便是孙亚玲散文的风格特征，是她将秦岭山水的质朴和秦岭女儿的胸怀融入自我生命表达所体现出的散文美学风格。

后记：一个人的阅读史

一

我始终相信，阅读改变人生。

虽然阅读不能令一个人大富大贵，也不能换取金钱与物质，但阅读却可以像水一样，滋养我们的心灵。或者说阅读本身就是一条无声无息的河流，流淌在我们的生命里，带着灵魂的闪电、血肉的融汇，甚至是醍醐灌顶般的颤栗，然后给予我们以柔软、丰富、韧性乃至宽厚与博大。

阅读是无声无息的，但在阅读里却隐藏着一个浩渺的宇宙、无穷的广宇，隐藏着人的一切和一切的人，隐藏着我们的复杂、痛苦、欢乐、泪水与微笑。我相信，阅读本身是有生命的，所以我将阅读看成人的一种本能。就好像我们每天要吃饭和呼吸，阅读就是精神的进食，是灵魂的呼吸，是我们须臾不可离的灵魂伴侣，由此我甚至想大声呼喊：不阅读，毋宁死。

二

刚开始上幼儿园的我们是懵懂的，虽然每天听老师讲故事，也每天都能认识几个最基本的汉字，可我们从来没有想过文字与故事之间的联系。童年阶段的阅读，虽然在不断提高我们的表达能力，但阅读的盲目性是无法避免的。就我个人而言，这种盲目性在初中阶段几乎达到了顶峰。金庸、古龙、梁羽生还有一些三流武侠小说家的作品每天在我的脑海里狂轰乱炸，直到有一天劳动课上，阅读武侠小说的我被老师抓了个正着。

在戒除武侠小说的毒瘾之后，偶然之中我阅读到了《西游记》。那种语言的陌生感和文字的新奇感，天马行空的想像力与精神上的丘壑纵横，让文字与生命之间的隐秘通道开始一点点地敞开在我面前。尽管多年之后，我重新认识到武侠小说同样是文学的一种。它和其他文学样式一样，同样有着文字的优劣之分，情趣的雅俗之别。比如金庸、古龙的作品，历经时间的检阅和岁月的冲刷，依然焕发着历久弥新的文学质素。

三

整个高中阶段，图书馆、教室与校外的租住点三点一线的呆板生活里，隐藏着我对于疯狂阅读的美好体验。我终于清醒地认识到了阅读与文字之间的桥梁就是写作，是用手中的笔表达我们对于阅读与生活的体验，表达我们看不见、摸不着但内心却能真实感受到的情感与理性。阅读与写作让我发现了一个完全不同的自我，被世俗和规则掩埋的自我。有了阅读与写作，我的生命里才有了光。她犹如一盏看不见光源的灯，无边无际，恰似母亲温暖的子宫用她的柔软拥抱我们，也用她的理性指引我们，却从不伤害我们。

在阅读中我逐渐明白，一个人的见识愈广，便会愈加认识到世界的广大与自己的渺小。这并非说是我们变得卑贱了，而是因为我们看到了更广阔无垠的美丽，这美丽与无垠扩大了我们的胸怀，让我们看到了虚怀若谷的美好，所以我们才会感觉到自己的卑微与渺小。

偶然的一次机会，随着参观校园的人流一起闯进了西北大学，见到了它的图书馆。一排排书架在四月的春风里无声地耸立着，我霎时间傻了眼，静默中只感觉在书架与书架之间似乎流动着一股浩大的精神洪流，在不断地冲击着我的心房。它是如此强烈、又如此地不可抗拒，在它面前我之前在有限的格局中建立的心理防线开始一寸一寸坍塌、崩溃……

四

我从来没有想过自己有一天会失聪,但从初中三年级开始我就在失聪的路上不由自主地跋涉着。尽管实在不想提起,又不得不提起,正是数学老师的一巴掌,将我推上了这条看不清前路的人生迷途。

庆幸的是,我发现了阅读这条最美丽、也最孤独的路,并因阅读最终进入了大学。我真的拥有了一座图书馆,尽管她最初的模样是那么寒酸、简陋,但正是这所图书馆,给予了我发现更多图书馆的可能,也由此消弥了我第一次走入图书馆时的那种惶惑。原来,只要你有读书的欲望和勇气,这个世界上所有的图书馆都会不设防地为你打开。它是铺设在每个人脚下的无形阶梯,是人类知识进步的阶梯,更是我们认识自己的阶梯。

我要感谢我的大学和它所拥有的那座图书馆。三年时间里,我在这里找到了在声音逐渐离我远去之时的精神温暖。在无数个孤寂的日子里,我在这里找到了真正的自己。我身守书城,拥抱孤独和寂寞,也同时拥抱了许多伟大的灵魂,他们是在孤独中毁灭自己也成就自己的梵高,是在晚年听不到一点声音却创造了命运交响乐的贝多芬,是面对孤独、冷漠的世界,用灵魂去审判灵魂的卡夫卡……我和他们一起在这无声而又寂寞的海洋里一同起舞,倾听他们不凡的心声,用文字与他们交谈,倾吐自己的苦闷。我笔下的很多读书评论就是在这样的心境中产生的。

当然,也有一部分评论是我漂泊在西安这座都市的旅程中阅读产生的,比如钟楼书城的阅览架前,烟雾缭绕的网吧之中,城中村的出租屋里,甚至夜晚的路灯之下……这些地方对别人来说可能是喧闹的也是不堪的,于我而言却能获得另一种灵魂的安宁。我想,也许正因为这些地方是最世俗的,才能让我深陷其中去感知那一个个孤独灵魂内心的温暖与悲凉,感受文字之内与文字之外的人的处境。因为文学终究是关于人的文学,离开了人,所有的文字也便丧失了它存在的意义。

五

读书评论的真正意义并不是要证明我们读过多少书，而是要求证我们在阅读中获得了多少思想和力量。人类之所以有绵延永续的文化，是因为我们站在巨人的肩膀上，是我们脚下的这些前辈人的智慧汇聚成的文字河流抬升了我们的眼界，开阔了我们的心胸。读书评论是阅读者对经典作品的学习和再生，也是写作者砥砺思想的磨刀石，更是每一个阅读者在阅读中重新发现自我的不二路径。

散文评论集《文字的风度》包括国内外经典作家作品评论七十余篇和关于长篇小说《西漂十年》的评论文字十篇，合计约二十四余万字。评论主要分为"先锋阅读（余华、苏童、严歌苓、慕容雪村等作家作品评论）""经典品读（贾平凹、王海、范小青、迟子建等经典作家作品评论）""风流人物（张爱玲、胡兰成、安妮宝贝、张悦然等作家作品评论）""豳地文丛（彬县本地作家作品评论）""外国经典（外国经典文学评论）""书边语丝"六大部分，是对国内外重要作家作品的阅读诠释与分析评论。

这些评论均是我多年来从事读书写作的主要收获。这些作品曾经分散地发表在十点读书微信公众平台、陕西作家网、东莞《文化周末》杂志书评专栏、《豳风》文学期刊、《今日彬县报》等媒体。今结集出版以飨读者，希望得到大家的批评与指正！

同时，感谢著名书法家、原省作协党组书记雷涛老师的亲笔题名，感谢著名作家、陕西省文学基金会副理事长王芳闻老师和陕西省文学基金会同仁的大力扶持。感谢《当代著名作家美文自选集》丛书主编凌翔老师的认真组稿，同时也感谢民主与建设出版社编辑老师们的辛苦编校；感谢紫金人民文学奖获得者、第32届青春诗会参与诗人左右和我的铁杆兄弟柴治平的倾情作序。感谢《作品》杂志社副总编、第五届鲁迅文学奖获得者王十月老师；著名文化学者、散文作家史飞翔老师；《人民文学》短评奖获得者曹雨河老师和《百看红楼》系列作者、《百家讲坛》杂志专栏作家、十点读书签约作者百合老师的联袂推荐，在此一并致谢！